ハヤカワ文庫JA

〈JA1217〉

深紅の碑文

〔上〕

上田早夕里

早川書房

7722

上巻目次

第三部

下巻目次

無人宇宙船《アキーリ号》

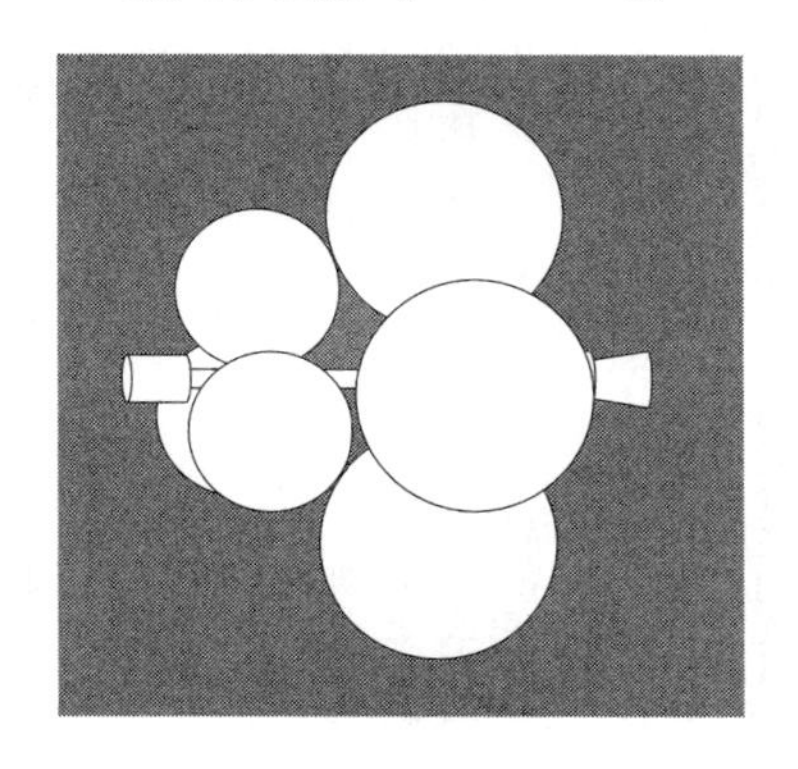

エネルギー源　液体重水素（核融合エンジンに使用）

全長 53.05m　幅 58.37m　総質量 2913.6t

タンク（小）直径 16.7m（3個）

タンク（大）直径 24.2m（4個）

燃料の総質量 2614.1t

噴射速度 2:831 107m/s（0.0944 光速）

増速量 7:495 107m/s（0.2500 光速）

推力 980.7kN（100.0tonf）

《オーシャンクロニクル・シリーズ》用語集

用語の詳細については、左記の先行作品をご参照下さい。

■「魚舟・獣舟」（光文社文庫／短篇集『魚舟・獣舟』の表題作）
■『華竜の宮』上・下（ハヤカワ文庫）※シリーズ長編第一作。
■「リリエンタールの末裔」（ハヤカワ文庫／短篇集『リリエンタールの末裔』の表題作）

【リ・クリテイシャス】太平洋ホットプルームの上昇による海洋底の隆起によって、陸地の多くが沈んだ最初の大規模海面上昇のこと。白亜紀とほぼ同じ規模に海洋が拡大したことから、この名で呼ばれている。二十一世紀初頭と比較すると、約二百六十メートルの海面上昇が起きた。これによって人類は、地球全域で生き残りをかけた武力闘争に突入し、その後、海上民と陸上民に分かれて独自の文化を形成するようになった。異常な生物の繁殖もこの混乱期に原因がある。

【IERA】国際環境研究連合。各連合や政府の思惑や利害から離れ、純粋に、科学観測と研究および対策を立案するために作られた機関。地球内部の観測結果から、アジア海域直下で再度ホットプルームの上昇が起き、人類が滅亡する可能性があることを指摘。以後、各政府と連絡を取り合いながら、対策に尽力している。環境シミュレータ〈シャドウランズ〉を管理している。

【〈大異変〉】アジア海域直下でホットプルームの上昇が起きると、連鎖的に引き起こされる様々な現象によって、人類は滅亡するだろうと予測されている。この大規模環境変動を、本作以降〈大異変〉と称する。回避手段は皆無で、人類が新環境に適応するしか生き残りの手段はないが、それも百パーセントの生存を保証するものではない。

【プルームの冬】〈大異変〉によって引き起こされる、全地球規模の寒冷化現象。目下のところ人類にとっては最大の脅威。特に海上民は、これが来ると絶滅するしかない。

【ルーシィ】〈大異変〉から海上民を救うための手段として、深海環境に適応できる別生物に変える手段が検討されている。ヒトの姿を捨て、完全に海洋生物に変異した人類を、IERAは未来への希望を託してルーシィ（「光」という意味）と名づけた。

【アシスタント知性体】人間の業務を補助するAI。無線で人間の脳と接続されており、仕事を手伝うだけでなく、人間の精神状態の制御も可能（このAIによって強い制御をかけると、人間の人格や性格を変えることもできる）機械なので人間的な感情はまったく持っていないが、人間に対するサポートを最優先するようにプログラミングされているので、本物の人間に似た反応を返すのが特徴。

【魚舟】海上民が使う居住用の大型海洋生物。人間が持っている遺伝子配列の中から、ヒトでは発現しない要素を強制的に表出させて作られた人工生物。背中に空洞（居住殻）を持っているので、海上民はそこに棲み、魚舟の背中に甲板を作って日常生活を送っている。海上民は、超高周波を含む特殊な音声で、魚舟とコミュニケートできる。

【獣舟】魚舟が野生化したもの。海上民との交流を忘れ、凶暴な海洋生物と化している。その変異の原因は、陸上民による生物制御技術の失敗と、リ・クリティシャス以降の海洋環境の激変やアカシデウニが影響している。異常な速度での変異を繰り返し、陸地へ上がると環境に適応した姿に変化する。

【病潮（やみしお）】ムツメクラゲが媒介する致死性の伝染病。事前にワクチンを打っておく以外に対抗策はない。ワクチン生産は陸上民が管理しており、接種が陸上政府への納税とセットになっているので、この政策は海上民にとても評判が悪い。

【アカシデウニ】海上民にとっては、ムツメクラゲ以上に恐ろしい海洋生物。特定海域に集中して棲息。刺された場合の治療法は皆無。激しい身体変形が引き起こされ、やがて死亡する。獣舟対策として作られた人工生物の機能が暴走し、人間に害を為しているのではないかと言われている。

【日本群島】かつての日本列島が、海面上昇と気象変動によって分断され、群島化したもの。現在の日本文化の延長線上にありつつも、住民の構成は同一ではない。

【汎ア】汎アジア連合の略称。大規模海面上昇による武力闘争の中で生まれた国家連合。多数の国々が連合しており、内部では様々な思惑が衝突している。政府首脳陣の構成は、特定民族のみではない。

【ネジェス】統合アメリカやオセアニアの一部などが結び合った強力な国家連合。日本群島は、汎アではなく、こちらに所属している。NODEという組織が全体の働きを管理している。

【外洋公館】　海洋上の外交業務に特化した在外公館の一種。通常の在外公館よりも地位が低く、トラブルシューター的な性質が強い。職員の肩書きは各政府の外交部の呼称に準じるが、陸上の職員よりも政治的な意味での発言力は弱い。

【シガテラ】　海上強盗団。貧しい海上民のなれの果て。政治的な思想は持たない。

【ダックウィード】　海上商人。陸と海との物流管理を一手に引き受けている。基本的には陸上民。完全な自給自足が難しい海上民にとって、生活を支えるために、なくてはならない存在である。

【海上都市】　陸上民が海洋進出に使うための都市で、これまでは、海上民のために海上都市が作られたことはなかった。本作『深紅の碑文』より、初めて、海上民専用の都市建設が始まる。

【ハンググライダークラブ（飛行クラブ）】　汎アに所属する海上都市〈ノトゥン・フル〉にあるハンググライダー愛好会。裕福層の趣味の会に見えるが、実は、別の目的のために作られた集団。

深紅の碑文

〔上〕

登場人物

ザフィール……………… 〈ラブカ〉のリーダー。元医師
シャーディー……………ザフィールの妻
ファリフ
ボルダー
イーヴ
ホスロー
……………〈ラブカ〉のメンバー

アントン・ヨーワ………南洋で働く医師。ザフィールの父
ジョン……………………海洋警備会社〈シェンドゥガルド〉隊長
バハリキース…………… 〈ラブカ〉のリーダー
シング……………………バハリキースの息子
オクトープス…………… 〈ラブカ〉のリーダー
スクイード……………… 〈見えない十人〉の代理人
ピスカトール…………… 〈見えない十人〉のメンバー

星川ユイ…………………深宇宙研究開発協会〈DSRD〉・日本メンバー
恵
省吾
ハルト
………………ユイの友人たち
鴻野マリエ……………… 〈救世の子〉
アルビィ・グラント…… 〈救世の子〉
御倉・MM・リード……深宇宙研究開発協会〈DSRD〉・日本渉外部長
チャム…………………… 〃 ・航空技術者
中野……………………… 〃 ・協会長
薗山……………………… 〃 ・企画室長

アニス・C・ウルカ…… 〈調和の教団(プレジェ・アコルド)〉祭司
ジェネジオ・C・タデオ… 〃 ・祭司長
デュレー…………………海洋警備会社〈シェンドゥガルド〉会長
柴崎管理官………………NODE 日本支部の職員
ズワルト………………… 〈ラブカ〉と陸上民を仲介する海上商人
(ダックウィード)
ツェン・MM・リー……汎アの政治家。出自は海上民

青澄誠司…………………救援団体〈パンディオン〉理事長

第一部

■書簡＃1　発信者：星川・MM・イサオ／受信者：御倉・MM・リード

親愛なるリードへ

　心配をかけてすまなかった。私は無事だ。娘のユイも何ともない。そちらでは大きなニュースになったようだね。貨物船の乗組員が何名も亡くなったから、この話に尾鰭がついて無責任な噂が広がったんだろう。

　陸から見れば、いまでも海は得体の知れない生物が潜み、海上強盗団やラブカが常に船舶を狙っている――そんなイメージがあるんだな。大半の陸上民は、海上強盗団とラブカの区別すらついていない。ラブカを生んだのは汎アの海洋環境整備政策だ。なのに、それをすっかり忘れているんじゃないかな。

　いま、多くの海域で物の値段が毎日跳ね上がり、適正価格の千倍まで達するハイパーインフレが起きている。この状況を作り出したのは陸上民だ。〈大異変〉に備えて陸側が物資を占有し始めたせいで、食糧、衣料品、医薬品――必要最低限の生活用品が、作っても作っても市場全体に行き渡らない。

物がない――たったそれだけのことで、大勢の人間がコロコロと死んでいく。本当に恐ろしいことをしているのは、陸上民と海上民のどちらなんだろうね。

なかなか連絡できなかったのは通信回線のせいだ。いまも文字メールしか送れない。昔はアシスタント知性体が一瞬でつないでくれたものだが、いまじゃ回線の状態が悪過ぎる。〈プルームの冬〉対策として、大きな組織が回線を占有しているんだ。通信衛星の新規打ち上げは一時中断。古い衛星の修理も進んでいない。工業用の資材は海上都市の改築に回されている。人類の生き残りをかけた工事計画だからね。やめてくれとは言えんよな。

世界中の資源が恐ろしい速度で消費されている。キャベツは一個しかないのに、それに無数の青虫が齧(かじ)りついている。私には、この青虫がすべて蝶になれるとは到底思えない。彼らは蛹(さなぎ)になるために、同胞までをも食い尽くすだろう。

この争いを経て生き残る青虫は、いったい何匹だ？　この蛹から生まれてくる蝶たちを、我々はそれでも「美しい」と呼べるのだろうか。もっとひどい想像をするならば、すべての蛹が羽化に失敗して、一匹も生き残らない未来だって有り得るんだ。


話が横道へ逸(そ)れ過ぎたな。今回の件について記しておこう。

一ヶ月ほど前、私はユイを連れて貨物船に乗り込んだ。渡航できるうちに、ユイに豊かな世界を見せておきたくてね。ユキエは仕事が忙し過ぎるので家に残ってもらった。ユイは「ママは来られないの？」って残念がったが、まあ仕方がない。

貨物船は観光船よりも航行本数が多い。世界中の海上都市が増築工事を続けているから、資材を運ぶ船は昼夜を問わず行き来している。これを利用しない手はないよ。ただ、貨物船だからサービスはゼロだ。三等船員用のベッドは狭いし、毛布は紙みたいに薄っぺらい。食事は冷たい合成食だ。快適な旅行を望むなら絶対にお勧めできない。でも、ユイは大喜びしていたよ。客船よりも構造が面白いと言ってね。

私が機関部の話をよく聞かせたせいだろうか。ユイはまだ五歳なのに、とても機械が好きだ。子供のおもちゃで機械式の自動車があるだろう。あれを、もうひとりで組み立てるよ。筋がいいんだろうな。ユイとふたりで船のエンジンを弄（いじ）れたら、とても楽しいだろうな。

貨物船がラブカの襲撃を受けたのは港を出てから十日目だ。私は数日前から機関部で整備の仕事をしていた。小さな海運会社は、インフレのせいで整備用の物品を揃（そろ）えられない。油も部品も粗悪なものしか使えない。エンジニアの数も少なく、雇うのもままならない状態だ。そこで、私のような人間が船旅と引き替えに出張点検を引き受ける。やり甲斐のある、いい仕事だ。

機関長や機関士は、ユイをとても可愛がってくれた。いまは子供がいない家庭が多いから、子供の存在自体が珍しいんだな。

〈大異変〉のときに生きているのは可哀想だからと、子供を産む選択をあきらめた家庭は多い。逆に、産みたくても政府の制限で産めない人たちもいる。人工子宮の維持費にも金がかかるから、最終的には政府が管理する少数の設備だけが残るだろう。子供の有無や数を、個人ではなく、政府が決める時代が来たわけだ。

おかげで、子供型の人工身体がよく売れているそうだ。人工知性体を、子供型の筐体(きょうたい)で使いたがる人が増えたらしい。子供が欲しいという気持ちを慰めるためのおもちゃだな。人工身体はメンテナンスに金がかかる。資源不足から、いつかは交換部品もなくなるだろう。ただ、そうなったら人工身体は機能を停止するだけだ。持ち主は本物の子供が死んだような気分を味わうだろうな。それもまた悲しい話だ。

ユキエはユイを産む選択をしてくれたが、これは、私たちの意思でユイを〈大異変〉に直面させるという意味でもある。思春期を迎えたとき、ユイがこれをどう捉えるのか——とても難しい問題だ。

〈大異変〉が訪れたとしても、人間は最後の瞬間まで生きざるを得ない。その後に続くプルームの冬も含めて、ユイが生きることを望むかどうか、正直なところ、私たちにはわからない。それでも、私たちはあの子を産み育てた。もしかしたら若い世代が人類の希望をつないでくれるかもしれない、新しい知恵を得てプルームの冬を乗り越えるかもしれない——と思ってね。

貨物船の乗組員も、一度は、私たちと同じように考えた人ばかりだった。だから、なおさらユイを可愛がったんだろう。ユイがエンジンの仕組みについて訊ねると、わざわざ手を止めて、機械や配線について説明してくれた。美味しいお茶や、貴重な砂糖菓子も分けてくれた。機械油で汚れた男たちに向かって、ユイが「わたしもおふねをつくりたい」と言うと、誰もが笑顔を浮かべたよ。整備用の手袋を外して、大きな掌（てのひら）でユイの頭をぐいぐいと撫でながら機関士たちは言ったものだ。「ユイちゃんなら作れるさ」「故障ばっかりの船じゃなくて、すいすい進む船を作ってくれ」「ユイちゃんの船なら、おじさんたち、すぐに買いに行くからな！」

お菓子に大喜びしながら、ユイは機関士たちの言葉に大きくうなずいた。

そのとき、ふいに腹の底から突きあげるような音が響き渡り、船全体が激しく揺さぶられた。

一機士のセオがすぐに言った。「確認してくる」

私はセオの腕を摑んだ。「うかつに出ないほうが」

「どこかで機械が壊れていたら、直せるのは技師だけだ」

再び揺れが来た。船全体が太鼓になったように、ドーン、ドーンと重い音が響き続けていた。アッパーデッキや船腹で何が起きているのか、私には想像もつかなかった。

ユイもセオを必死に止めた。こわい場所へは行かないほうがいい、みんなといたほうがいいよと。

セオは己の逞（たくま）しさを誇示するように、右腕を曲げてユイに力瘤（ちからこぶ）を見せた。小さなサメなら絞め殺せそうなほどの力強さだった。「大丈夫。おじちゃんたちは強いから、何があっても平気さ」

泣き出しそうになったユイを、私はそっと抱きあげた。セオはヘラクレスみたいに強いから、きっとみんなを守ってくれるよと慰めた。

　セオが機関室から出て行くと、私はユイに訊ねてみた。「怖い音はどこから聞こえてくる？　甲板？　海の中？」

「海の中」とユイは答えた。「エンジンの音に生き物の声も混じってる。魚舟（うおぶね）の声みたいだけど、とても、こわい……」

　機関長が眉をひそめた。「魚舟だけで来ているなら海上強盗団（シガテラ）だ。だが、あいつらの装備では機械船を襲えない」

「じゃあ、ラブカですね。点検中にエンジンを止めたのがまずかったのかな。近くまで寄られたのかもしれない」

　生物船である魚舟しか持たない海上強盗団（シガテラ）と違って、ラブカは機械船を操る技術を知っている。小型の潜水艇を持っている集団もあるほどだ。

　海上民であるラブカが、潜水艇を調達できる理由は不明だ。警備会社や海軍から潜水艇ごと脱走した人間が、闇のルートで売りさばいているという噂もある。だが、真偽はわからない。彼らは普通の機械船も使うから、魚舟、潜水艇、この三つを組み合わせて襲ってくる。

　放浪者だけで構成されている海上強盗団（シガテラ）と違って、ラブカは、家族やコミュニティを食わせるために強盗をやっている。元は普通の海上民だ。汎アの政策に反抗するために、一部の海上強盗団（シガテラ）と結託して武器を手にした。〈ラブカ〉という呼び名は、深海に棲むサメの名前からつけられたそうだ。潜水艇や魚舟で、突然海の底から現れてまた海の底へ去っていくので、その様子からこの綽名(あだな)がついたらしい。

　私は機関長に訊ねた。「さっきの衝撃は機雷でしょうか」

「遠隔操作の機雷だろう。海上強盗団(シガテラ)がよく使うやつだ」

　内線電話が鳴り響いた。機関長は受話器を取って相手と話し始めた。表情がみるまに険しくなった。電話を切ると部屋の隅にあった工具箱を手に取り、私たちに言った。「船腹が破損している。浸水が始まった」

「沈むのですか」と訊ねると、「隔壁があるから大丈夫だ」と機関長は答えた。「皆で穴を塞ぐから、あんたたちはここで待て」

「私も行きます」

「ラブカはミドルデッキまで乗り込んでくる。危ないから、ここにいたほうがいい」

「しかし」

「あんたはユイちゃんを守っていろ。子供を守るのは父親の務めだろう」

　機関長は、ユイに向かって笑顔を見せて続けた。「ユイちゃん、お父さんの言うことをしっかり聞いて、おとなしくしているんだぞ。できるな？」

「うん。できる」

「明日、また一緒にお菓子を食べような」

「ありがとう！」

　私はユイを抱きしめたまま、騒ぎが収まるのを待った。

金属が引き裂かれるような音や破裂音が、ひっきりなしに頭上から響いていた。私はそのたびに身をすくめ、ユイもびくっと飛びあがった。耳がいいと、こんな状況では滅法つらい。幼いユイの耳は、私よりも遥かに鋭敏に音を拾っていただろう。この子を怯えさせるものに、私は親としてどう対抗すればいいのか。あとでどうやって慰めればいいのか。恐怖の傷跡を残していくものと、どう闘えばいいのか――。そればかりをずっと考えていた。

騒音は一時間ほどで止んだ。

若い機関士がひとり戻ってきて私たちに告げた。「作業は続いていますが、もう安心です」海水で濡れた作業服を脱ぎながら、やっぱりラブカでしたと彼は言った。「アッパーデッキで少し銃撃戦になりまして――」

ラブカは様々な武器を持っている。大刀や火薬式の銃は勿論だが、最も恐ろしいのは水圧砲だ。潜水艇を海面近くまで浮上させて、これを撃ってくる。

水圧砲は、ウォーターカッターのように物を切断する武器だ。砕いた貝殻や珊瑚の欠片を混ぜて海水を打ち出せば、散弾銃と同じ効果を得られる。これを食らうと、人間の体など、ズタズタに引き裂かれてしまうそうだ。ひどい場合には腕や首が飛ぶらしい。圧縮ポンプで海水を打ち出す方式だから弾切れの心配がない。電池切れになるまで撃ちまくる。

その場では簡単に話を切りあげ、夜になってユイを寝かしつけてから、機関長に詳しい話を訊いた。

長距離狙撃銃でラブカと闘っていた船員が、水圧砲を食らって三名も亡くなっていた。

そのうちの一名はセオだった。

撃ち合いの最中、首筋から肩の肉を水圧砲で抉られ、ひどい出血で息を引き取ったらしい。ラブカは潜水艇や魚舟から貨物船に飛び移ってきて、銃で船員を脅しながら、欲しいものを奪っていったそうだ。積み荷や船員の持ち物が、かなり荒らされたらしい。それでも、私たちを襲ったのは大人しい連中だった。ひどい奴に当たると、乗組員は皆殺しにされるんだ。

犠牲者の水葬は翌日の夜に行われた。本当はエンバーミングして海上都市まで運ぶべきなんだが、そのための備品すら弱小の海運会社にはもうないんだ。船員も家族も、何かあれば水葬になると承知の上で働いているらしい。

葬儀の前に、私は、ひとりでセオとお別れをした。セオは安らかな表情で船室のベッドに横たわっていた。布にくるまれ、傷口は綺麗に整えてあった。胸元に造花が少し挿してあった。私はセオの頬を撫で、感謝の気持ちを込めて額に口づけをした。セオの魂が安らかに天国へ行けるように祈った。

自分の船室へ戻ってしばらく経った頃、微かな喇叭の音を聞いた。亡くなった人が海へ流される合図だった。暗い海の底にゆらゆらと沈んでいく遺体の姿を想像しながら、私はベッドの上で、いつまでもぼんやりとしていた。

次の日からセオの姿が消えたことを、ユイは深刻に受け止めたようだった。食堂でも見かけない、甲板にもいない、船内のどこでも出会わない――その理由を私に訊ねた。

セオは海へ帰ったんだよ、と私は答えておいた。それ以外、何も言えなかった。

ユイは、セオが自分から危険の中へ飛び込んでいったと知っている。ユイが止めたのに笑って取り合わず――。死ぬために闘いに身を投じたわけではないが、結果的に戻れなかった。五歳の娘に、それを説明するのは難しかった。

子供には、いつか必ず〈人間の死〉について教えねばならないときが来る。私はユイに、もっと落ち着いた状態でそれを教えたいと思っていた。生き物は必ず死ぬのだということ、人間も例外ではないということ。それは自然の営みのひとつであって、無闇に恐れなくてもいいのだということ。

しかし、ユイは最悪の形でそれを知ってしまった。人間が人間を殺す――そんな死に方は最後に知ればいいことだ。しょっぱなから見聞きするものじゃない。

ユイは私の話を聞き終えると、表面上は明るさを取り戻したように見えた。しかし、寄港地へ到着するまでの間、目に見えて口数が減っていた。五歳の子供なりに、いろいろと考えるところがあったのだろう。人間同士が殺し合うという現実について、深い意味はわからなくとも、その禍々しさは実感したはずだ。ユイの心に、この事件は嫌な傷跡を残したに違いない。

私は、ユイの不安を取り除いてやりたい。

今回の事件で生じたであろう、大人への不信感を消し去ってやりたい。

こんな時代でも、世界は、やっぱり生きるに値するのだと——あらためて教えてやりたいのだ。

そちらへ戻ったら、これについて、もう少し君と話し合おうと思う。

よろしく頼む。

星川・ＭＭ・イサオ

第一章　ラブカ

1

ブラッド・オレンジの絞り汁を流したような空から、夕陽が最後の光を投げかけていた。海の色は暗かった。金属の欠片のように煌(きら)めく波は、舳先(へさき)と衝突して砕け、輝く飛沫(しぶき)となって消えていく。

一日の仕事を終えた太陽は、いまや静かな眠りと共に一夜の死を受け入れつつあった。入れ替わりに、冷ややかな闇が緞帳(どんちょう)のように天から降りてくる。ザフィールは鼻の奥で夜潮(よじお)の匂いを嗅ぎ取り、陽に灼けた肌で風向きの変化を味わった。

この海域の潮は、気温が下がると独特の匂いを発し始める。深海中層で繁殖する生物が日没と共に浮上して、陽光で繁殖したプランクトンを貪(むさぼ)り食うからだ。夜が更(ふ)けると、さらに大きな生物が上昇してくる。小魚、イカ、亀。無数の生物が食ったり食われたりを繰り返し、暗い海の中で乱舞する。

　深い海の底から立ち昇る臭気は、波間から大空へ向かって放たれる。海上民ならば、誰もがその匂いを嗅ぎ分けられる。魚の群れが移動すれば海の色が変わるように、匂いもまた、海洋生物の有様を教えてくれる貴重な情報だ。

　夜気を切り裂きながら進む小型船は、バイオ燃料で突っ走る機械船だった。追尾の速度を上げ、貨物船に迫っていく。ブリッジにはザフィールの仲間たちが待機していた。荒布の服を防水装甲で覆い、熱い血のざわめきに興奮しつつ、次の命令を待ちわびていた。

　貨物船の両舷からは、瀑布の如く海水が流れ落ちていた。海上強盗団やラブカは、商船を襲うときに舷梯にロープを引っかけて上がる。それを放水で阻止しようという作戦だ。毎秒何トンもの量で落ちる海水に叩かれたのでは、いくら体力のある男でも容赦なく海面まで落とされる。装置は絶えまなく水を噴き続けていたが、ザフィールの側に方策がないわけではなかった。

　貨物船と小型船の中間点に、小型の潜水艇ケダム号が浮かびあがった。貨物船との間に的確な距離を取り、長い砲身を持ちあげる。微かな発射音が響いた。圧縮空気に押し出された鋼の刃は、飴を切るように導水管を二ヶ所切断した。

　水が噴き出す場所が変わった。流れを遮断された部分は襲撃者よけの瀑布を失った。小型船は最大まで速度を上げ、貨物船との航行速度を一致させた。ラブカたちは小型船から貨物船の船腹へ梯子をかけた。強力な滑り止め付きの梯子は、最初から貨物船の一部だったように外壁に貼りついた。

　ザフィールは真っ先に梯子に取りついた。そのあとを仲間が追っていく。素早く舷梯まで駆け登り、フックを結びつけたロープを甲板へ向かって投げ上げた。ロープは次々と甲板の手すりに絡みつき、ラブカたちを上甲板へと導く道となった。

　甲板まで辿り着くと、ラブカたちは防水装甲のロックを外し、内部に隠していた武器を露わにした。ガス弾対策のマスクで顔を覆い、機関銃や巨大な海刀を手に甲板を駆け抜けた。

　船内へ続く扉の前で二手に分かれる。

　ザフィールの班は扉の前で立ち止まり、扉に爆薬を仕掛けた。

　もう片方の班は、甲板からブリッジの窓へ長距離狙撃銃の照準を合わせた。

　扉の爆破とブリッジへの銃撃は同時だった。ガラスの破砕音と共にブリッジ内には白煙が充満し、扉を蹴破ったザフィールたちは船内へなだれ込んだ。突入班はさらに二手に分かれた。ザフィールは仲間を連れてブリッジを目指し、もう片方の班は船倉へ向かった。

　廊下の向こうから飛び出してきたのは警備員ではなく、普通の船員だった。事前情報通り、この船は警備会社と契約していないらしい。経費節減のために。

　襲撃者たちは、マスクの下で凶暴な笑みを浮かべた。銃弾が激しく飛び交った。血飛沫が廊下の天井まで飛び、弾丸に抉られた船員たちの肉や骨片が床に散らばった。戦闘のプロでもないのに銃で抵抗しようとする船員を、ザフィールたちは次々と撃ち殺していった。恐怖に駆られて逃げ出そうとした男の後頭部に散弾が撃ち込まれた。赤黒い液体が噴き出して、壁と床に奇妙な模様を描いた。死体を飛び越えながら、ザフィールたちは走った。階段を昇りきり、ブリッジの扉を蹴破り、白煙が漂う室内へ飛び込んだ。

室内では船員がのたうち回っていた。鼻と口を押さえても、マスクがなければガスの成分は目の粘膜から吸収される。筒先でこづいて脅しながら、全員を廊下へ出した。ロープで数珠（じゅず）つなぎにしていると、船倉へ向かわせた仲間がブリッジへ入ってきた。

班長のボルダーが、ザフィールの耳元で囁（ささや）いた。「いいものを見つけた。確認してくれ」

ザフィールはその場を皆に任せて船倉へ急いだ。ボルダーと共に最下層まで降り、積み荷を開いた。中身を見た瞬間、顔を綻（ほころ）ばせた。「建築鋼材だ。リスト未収録の」

「本来こんな船で運ぶ品じゃねえ」ボルダーは冷ややかに笑った。「経費節減も、ここまで来ると阿呆としか思えん。毛布や木材を運ぶ船なら、襲われねえと思ってるんだ」

地球全体を襲う〈大異変〉にそなえて、世界中の海上都市ではドーム建設ラッシュが続いている。通常の工業船だけでは運搬が間に合わないので、陸上民は、ありったけの船を出して工業用品を運んでいる。建築材料の中には、危険な化学物質を含むものや、取り扱いが難しいものがある。本来ならば資格を持たない船には運べないが、工期を縮めるために黙認されていた。貨物船を襲うと、本来の積み荷に混じって時々こういうものが手に入る。宝の山を引き当てたようなものだ。

ザフィールは満足げに振り返った。「海上商人（ダックウィード）を通じて船会社に連絡を入れさせろ。いつものように、身の代金と、建築鋼材の返却金を要求する。これだけあれば、まあ、八千万ヴァルートといったところかな」

「了解。すぐに手配する」

普通の貨物船を襲った場合、ザフィールはいつも、生き残った船員を救命ボートで海へ流していた。貨物船ごと積み荷を強奪して、海上市で換金して必要なものを買うためである。船員は、運がよければ他の貨物船か、汎アやアラビア海連合やアフリカ連合の海軍に救助される。

建築鋼材を入手できた場合には、換金に骨が折れるので別の手段が必要だ。巨額になるので、商人が一度で代金を揃えられないのである。ならば、被害者である船会社に、身の代金込みで鋼材を買い取らせたほうが効率がいい。船会社は海難保険に入っているので、一千万ヴァルート単位の金ぐらいどうとでもなる。船員と鋼材の両方を返してやるといえば、必ず金を払うと言ってくる。

船員を船倉に押し込んで見張りをつけた後、ザフィールたちは貨物船を動かし始めた。襲撃に使った小型船とケダム号も共に航行させた。

数日後、馴染みのダックウィード経由で交渉人と連絡がついた。身の代金と建築鋼材の返却金として、ザフィールが要求した通りの金額が海運会社側から支払われることになった。代金の回収方法は海洋投棄。ザフィール側の代理人が回収に行き、発信機の有無を確認した後に届けてくれる手筈（てはず）だった。ザフィールは仲介してくれたダックウィードに謝礼を支払い、船員と鋼材を載せた貨物船を別の海域で解放するという流れである。

何度も繰り返してきた手順である。今回も同じように反復するだけだった。何事もなく取り引きを終え、尾行の有無を確認してから、ザフィールは仲間と共にペガーフ海上市へ向かった。

2

建築から二百年経つペガーフ海上市は、外洋の荒波に外縁部を浸食されつつも崩壊せずに巨大な姿を保っていた。死んだ珊瑚礁のような穴だらけの醜い浮遊塊――。その真下には旧時代の高層建築群が沈んでいる。ペガーフは水没都市にアンカーを降ろす格好で、水上植物のようにこの海域に留まっていた。

陸上民から買い入れた資材で増築を繰り返してきたペガーフは、もはや小型の海上都市に近かった。本物のメガフロートではないので、浮力の維持や台風対策などでは問題を抱えている。いずれは成長を止めねばならない不法建築物だ。しかし、フロート上には、既に数々の商店、宿泊所、食堂、娯楽施設等がひしめき、撤去できない状態まで膨れあがっていた。浮き草が際限なく水面を覆っていくように市は拡張を続けるしかなく、そして、拡張の果てにあるものを誰も想像しようとはしなかった。

港に小型船とケダム号を着岸させると、ザフィールは仲間たちを仕事から解放した。皆が骨休めのために市中へ散っていくと、ザフィールは船縁にもたれかかった。猥雑な匂いが充満する交易場を、じっと眺める。呼び込みの声や値切りの声、ボートや魚舟の発着音は、ザフィールの心をゆったりと癒やしてくれた。

──静寂は嫌いだ。死を連想する。助ける手段のない患者を、ただひたすら看護するしかなかった……あの暑い海域での仕事を思い出してしまう。

医大を卒業したばかりの頃、ザフィールは医師である父と共に南洋へ赴き、海上民の治療にあたっていた。父と共に向き合ったのは、アカシデウニに刺された患者たち。治療法のない病気に冒された人々だった。

医療の現場から離れたいまでも、父や患者の姿が、ザフィールの脳裏から消えたことはない。人間とは思えぬ姿に変形し、体中から血液や体液を染み出させて死んでいった患者たち──。その声は、未だに耳の底にこびりついている。

アカシデウニの毒素は、制御できない分子機械らしい。陸側の研究の失敗、あるいは未完成品の漏洩だと。危険な分子機械を回収するのは陸側の責務だ。しかし、この問題は何十年も放置され続けた。

治療薬さえあれば。

一日も早く、陸上民がそれを開発してくれれば。

そう願ったザフィールの父は、ひたすら病気の記録を取り、陸上民と交渉して、新薬開発の必要性を訴えていた。凄まじい執念と根気だった。だが、ザフィールは途中で折れてしまった。父よりも先に倒れた。もうついていけないと言って、すべてを投げ出した。

――おれは絶望するために医者になったんじゃない。治せる手段がある場所で治せる患者を診ていたい。物資も手段もない場所で何ができる。死にゆく患者の側で精神的に支えるだけなら、それは医者の仕事じゃない。祭司の仕事だ……。

ザフィールは自分の気持ちを父親に打ち明けた。冷静に話しているつもりだったが、途中から涙が溢れてきた。悲しいのではなかった。苦しいのでもなかった。どうしようもなく、自分が壊れていくのを感じていた。

父親は息子を止めなかった。

逆に「これまでよく頑張ったな」と誉めた。「おまえは自分の好きな人生を歩むといい。だが、自分が医師だったことは忘れないでくれ。母さんとの約束もな……」

ザフィールは空を仰ぎ、甲板に降り注ぐ陽射しの強さに目を細めた。

父の言葉に甘えるような形で、いま自分は医師であると同時に、人を殺す行為を何とも思わない人間になっている。罪悪感など欠片もなく、自分にとってはこのほうが当たり前になった。

貨物船からの収奪品を換金し、その金で、食糧と医薬品と、綺麗な水を作るための海水真水変換フィルターを買う。物資をあちこちの海域へ運べば、流通不全でぎりぎりの生活を強いられている海の民に、ほんの一時だが安らぎを与えられる。成果の見える仕事は楽しい。

充実感がある。患者を助けられない医者であるよりも、仲間を救える人殺しであるほうが気持ちがいい。

　交易場を眺めていると、干し魚やトマトやオレンジを抱えた子供たちが岸壁へ近づいてくるのが見えた。子供たちは声を張りあげ、買ってくれ買ってくれと繰り返した。

　ザフィールは「梯子が怖くない奴は登って来い」と声をかけた。「上がって来られるなら買ってやる。早い者勝ちだ」

　子供たちは我先に舷梯を登り始めた。ザフィールは、あっというまに売り子に取り囲まれた。

　ズボンのポケットから小銭を摑み出すと、ザフィールは、カモメに餌を撒くように子供たちに与えていった。引き替えに受け取った野菜や干物が甲板へ積みあがる。その場にしゃがみ込むと、ザフィールは子供たちの顔を見回しながら、「おまえら腹が減ってないか」と訊ねた。子供たちは素直に首を縦に振った。ザフィールは顔を綻ばせると、「これ、全部食っていいぞ」と、買い上げたばかりの品々を指さした。

　子供たちは商品を奪い合い、交易場から見えないように背を丸めて、がつがつと食べ始めた。

　ザフィールは再び交易場へ目をやった。

　この広い海上市に流れ着き、強欲な大人たちの元で働いている子供は、いったい、どれほどの数に及ぶのだろう。そういう子供は、〈大異変〉の日まで絶え間なく生まれ続ける。厳しい産児制限をしない海上社会では、時代に関係なく子供が生まれ、労働力として投入され続けるからだ。そして、〈大異変〉が訪れた後には、真っ先に犠牲になるだろう。誰からも救いの手を差し伸べられず、暴力と飢餓に晒(さら)されながら、人間としての尊厳など一顧だにされずに、惨めに死んでいくだけなのだ。

ザフィールは、いま三十七歳。地道に普通の生活をしていれば、〈大異変〉と遭遇するかもしれない世代である。だが、こんな稼業を続けて長生きできるはずはないと開き直っていた。遅かれ早かれ自分は死ぬ。海洋警備会社か海軍に撃沈されて。

だからこそ、無駄とはわかっていても、海上市を訪れるたびに子供たちに施(ほどこ)しを行った。こういう方法では子供たちを救えず、むしろ、残酷な希望を持たせてしまうだけなのだが、どうしてもやめられなかった。何かを与え続けずにはいられない——それはザフィールの心を蝕(むしば)んでいる、ある種の病に近いものだった。

食事を終えた子供たちを船から追い出していると、ダックウィードのミネオが港へ近づいてくるのが目に留まった。

子供たちを見送ってから、ミネオは甲板へ上がってきた。ザフィールの掌を自分の掌ではたき、満面に笑みを浮かべた。「まだ生きてたか」と憎まれ口を叩いた。

「お互い、よく保(も)つもんだな」

「成果は」

「見たら仰天するぞ」

ザフィールはミネオを連れて船倉へ降りた。ずらりと並んだ箱を開いてみせると、ミネオは目を丸くした。「工業用の鉱石じゃないか。よくこんなものが手に入ったな」

「数は少ないが質はいい」

「こっちは部品か。ネジもいっぱいある。いろんな規格が揃っているな。どうやって手に入れた」

「そいつは内緒だ」

「教えろよ。おれとおまえの仲じゃないか」

「ごめんだね。教えたら、あんたは自分で盗りに行くんだろう。中抜きができりゃ利益が上がるもんな」

「わしはダックウィードだぞ。強盗をする勇気なんぞない」

「いまどき銃を撃てない大人なんていない。それより、これで、どれぐらいの食糧を買えるんだ？」

「保存食で？」

「そうだ」

「小規模コミュニティなら半年分、中規模なら三ヶ月分」

「そりゃあ少な過ぎるだろう」

「最近は保存食の値段も馬鹿にならんのだ。陸側が備蓄に必死で、値が上がるいっぽうだから」

「あるところにはあるはずだ。それを見つけるのが、あんたの仕事じゃないか」

「嫌ならよそと取り引きしてくれ。どこへ行っても同じように言われるさ」

「いい加減なことを言うとぶち殺すぞ」

「おお、結構だとも。それでおまえが得をするなら、なんぼでもやるがいい。わしに指一本でも触れてみろ。もう二度と何も買ってやらんからな。ペガーフ以上に盗品を綺麗にさばいてくれる市なんてありゃせんぞ」

「もうちょっと色をつけてくれ。これで半年分じゃ盗ってきた甲斐がない」

「じゃあ、柔布（やわぬの）か香辛料をつけよう。海水真水変換フィルターや、中古の太陽光発電装置でもいいぞ」

「発電装置があるならバイオ燃料を使えるやつがいい。太陽光は、いつまで使えるかわからないから」

「ほう?」

「プルームの冬が来たら太陽光は粉塵で遮（さえぎ）られる。地上にも海にも届かん」

「まあ、そうなったら、どう足掻（あが）いたって死ぬしかないよ」

「〈大異変〉が来たからといって、海の民はすぐには死ねないんだ。そのときに使えない発電装置じゃ困る。バイオ型を揃えてくれ」

「ものがないんだ。高価な装置だから」

「じゃあ、まずは食糧だ。ケチるんじゃねえよ」

「海には魚がいくらでもいるじゃないか。なぜ飢えるんだ」

「陸上民が根こそぎ獲っていくんだ。保存食を作るために」

「〈大異変〉が来るまでは、太陽光発電でもいいだろう？　どんな形にせよ、発電機がなきゃ海上民は暮らせない。そこを支援してやればいいじゃないか」

「違う。異変がいつ来るかわからないからこそ、いますぐ、バイオ型に切り替えなきゃならんのだ。バイオ型の需要が増えれば、それを作るメーカーが増える。いま、おれたちがバイオ型を欲しがれば、メーカーはバイオ型の生産にもっと力を入れるようになる。数が多く出回れば市場競争で単価は下がる。修理部品も消耗品も大量に出回るようになる。安いからといって太陽光発電装置ばかり買っていたんじゃ、いつまでたっても、おれたちは代替エネルギーに切り替えられない。そこへ突然〈大異変〉が起きたらどうする。どれほど金を積みあげても『物がない』という理由だけで、発電装置を買えない海の民が続出するんだ。エネルギー供給を太陽光から別の方式へ変えるならチャンスはいまだ。いましかないんだよ」

　ミネオは、苦々しい表情で頭髪を掻き回した。「そう理詰めで言われてもな」

「今回揃えられないなら次でいい。その代わり、食糧をもう少し増やしてくれ」

「中古でよければ三台ほど準備できる」

「十台だ、ミネオ。いいか。そいつを手に入れた持ち主は、メンテナンス用品を継続的に購入し続ける。それを注文する先はどこだ。あんただ。そう考えれば絶対に損にはならん。よく考えて台数を決めろ」

「時間がかかる」

「構わん。おれは品物が揃うまでここにいる」

「海軍や警備会社の定期巡回があるぞ」

「仲間が魚舟を連れている。逃げ出す方法はいくらでもあるさ」

なんとか妥協できるラインで話がまとまると、ミネオは船から立ち去った。同じ頃に仲間が数人戻ってきた。ザフィールは甲板に戻ると、太陽の位置から時刻の見当をつけた。服を脱ぎ、腰布一枚の姿になって銛（もり）と潜水用の道具を手に取った。収穫物を入れる網袋を腰にくくりつけ、日向（ひなた）で寛（くつろ）いでいる仲間たちに「出かけてくる」と声をかけた。

ひとりで？」と心配そうな声があがった。

「そうだ。人工藻礁（アートリーフ）を見てくる」

「ひとりじゃ危ない。おれたちも行こう」

「心配ない。おまえたちは船を守ってろ」

ザフィールは舷梯を下りると、漁場の入り口にある事務所へ向かった。受付で代金を払い、タグを受け取って腕に巻きつける。

事務所の奥の部屋は床が四角く切り取られ、すぐ下に黒い海面が見えていた。床に腰をおろして足鰭（あしひれ）をはき、水中眼鏡と人工鰓（えら）を装着する。床穴の縁を両手で持ち、海の中へ、ゆっくりと身を沈めていった。やがて、勢いをつけて垂直に数メートル沈み込んだ後、体を半分に折り、海底へ頭を向けて水を蹴り始めた。

水深六十メートル附近に、水没都市の建築物が黒々と広がっていた。屋上部に太いワイヤーが何本も打ち込まれ、ワイヤーのもう片方はアートリーフにつながっている。頭上に展開されたアートリーフは、海藻や珊瑚がぎっしりと付き、空中庭園のように海水の中に浮いていた。鮮やかな色の小魚が、動く模様のように漂っている。

イワシが銀色の身を輝かせ、カマスが獲物を求めて縞模様の体をよじった。リーフペンギンが、弾丸のような勢いでザフィールを追い抜いていった。衝突すれば嘴（くちばし）で胸を破られるので、ザフィールは慎重にペンギンから身をかわしながら獲物を探した。

使い慣れた銛は、道具というよりも既に体の一部だった。ひょいと腕を伸ばすだけで目指す魚に突き刺さった。引き寄せた魚を銛から外して、腰の網袋へ落とし込む。網袋はあっというまに満杯になった。血の匂いに引かれて小さなウミヘビや小エビが寄ってきた。銛を振り回して追い払うと、ザフィールはアートリーフから離脱した。

ふと視線を向けた先で黒い影が揺れていた。人間ぐらいの大きさで、クラゲのようにぶるぶると身を震わせている。輪郭はぼんやりと滲（にじ）み、タコやイカが噴いた墨の塊のようにも見えた。

――いつものあれか。

背筋がぞくりと冷えた。

黒い影から逃げるようにザフィールは海面を目指した。銀色の陽光が針のように煌めきながら海中へ差し込んでいた。天国へ昇るような気持ちでザフィールは青い輝きを目指し、真っ直ぐに浮上していった。

床穴から事務所の内部へ戻ると、ザフィールは腰から網をはずして肩に担いだ。素肌に食い込む網の感触と心地よい疲労感を味わいながら、自分の船を目指して歩いた。

ちょうどいい時間帯になっていた。

甲板で休んでいた仲間たちに声をかけ、昼食の準備を始めた。獲ってきた魚のわたを手分けして抜き、鱗を落とし、真水で洗って塩を振りかける。調理具の上に金網を載せ、魚を並べてから火をつけた。袋から人数分の豆を量り、鍋で茹で始めた。

炊事係のホスローが船倉から酒壺を運び出してきた。邪魔にならない場所に壺を置き、豆の鍋のそばに座り込む。焦げつかせないように蒸気の量を見ながら、ホスローは慎重に火を調節した。

香ばしい匂いにつられて、海鳥が甲板へ降り、野良猫が岸壁をうろつき始めた。大皿の上に、わたや刻んだ小魚を載せておくと、海鳥は飛び跳ねながら近づいてきて勢いよくつつき始めた。

猫たちは舷梯を伝って甲板へ昇ってきた。海鳥には見向きもせず、ザフィールたちの作業をじっと見つめていた。

ホスローが焼きあがった魚を大皿へ移し、豆の鍋を火からおろした。男たちは皿を囲んで車座になり、鍋から煮豆を小鉢に取った。壺から器に酒を注ぎ、魚と煮豆を食べ始めた。食事をしながら猫に向かって魚の頭や骨を放り投げる。猫は先を争って食いつき、魚を奪い合って激しく唸った。男たちは笑いながら猫の喧嘩を眺め、けしかけるように、また別の骨を投げた。

ボルダーが口を開いた。「チェーフォ、次の仕事はいつだ」

「ケダム号のメンテナンスが終わったら。イーヴが言うには、二、三の年うちに、いろいろと交換する必要があるそうだ。燃料電池以外にも」

「耐圧限界はどうなんだ。発電機関がだめなら、そっちだって危ういだろう」

「船体は、もう少し保つそうだ」

「本当か？　海軍から逃げている途中で圧壊なんてのはごめんだぞ」

「潜水艇なんてそう簡単に手に入るものじゃない。代わりが見つかるまで、イーヴの診断を信じるしかない」

「あいつは海軍出身じゃないか。本当に信用できるのか」

「信用できない奴なら、おれたちはとうの昔に沈んでいるさ」

「泳がされている可能性だってある」

「こんな弱小集団を泳がしてもメリットはない。あいつがいなけりゃ、おれたちはここまで保っていないよ。信じてやってくれ」

ペガーフで食糧や生活用品を充分に補充してから、ザフィールは再び海へ出た。東北東へ船を進めていくと、やがて、黒や灰色の斑模様が波間に見え隠れし始めた。

船は警笛を五回鳴らした。

呼びかけに応じるように、波間から野太い鳴き声が響いた。強風が吹き抜けるような音、ぎちぎちと歯を鳴らす音、きーんと耳をつんざく音……。追いつき、混じり合い、海上の大気を、びりびりと震わせた。

突然、海面の一ヶ所が盛りあがり、波間に潜んでいた巨体の背中が露わになった。艶やかな外皮の上を、海水が滝のように流れ落ちてゆく。サンショウウオのように扁平な頭が近づいてきた。二十ないし二十五メートルまで育った七頭の魚舟が、鰭を回しながら悠々と海中を泳いでくる。

小型船はもう一度警笛を鳴らした。魚舟たちは再び太い鳴き声を轟かせた。速度を上げた小型船のあとを追って、全速力で泳ぎ始めた。

3

ザフィールたちが到着したとき、魚舟船団は海面まで浮上し、広い範囲にコミュニティを展開していた。上甲板には洗濯物が翻り、人々は鍋や食器を洗い、近づいてくる船に向かって手を振った。

濃緑色の魚舟へ小型船を進めていくと、前方から、大気を揺さぶる鋭い鳴き声が響いてきた。ザフィールは小型船をそちらへ向かわせた。

居住殻で待っていた船団のオサは、ひどく痩せこけていた。床であぐらをかいていたが、横になったほうがよいのではと思えるほど背が歪(ゆが)んでいた。

病気の進行は誰の目にも明らかだった。海に大量に含まれている化学物質や分子機械は、この歳になると肝臓での処理限界を超え、全身を蝕み始める。

ザフィールはオサに向かって一礼し、向かいに腰をおろした。「オサ、今回も大きな収獲があった。このコミュニティは、そろそろおれの支援がなくても自立できるだろう。あとでリーフの様子を確認して、魚の付きがよければ近々離れるつもりだ」

「ここまでしてくれたことに礼を言う」見た目の衰弱に反して、オサの声には強い張りがあった。「どれほど礼を言っても足りぬほどだ。物資不足で死にかけていた仲間を、よくぞ救ってくれた」

「誉められるような真似はしちゃいない。ところで、謝礼代わりと言っちゃなんだが、少し聞いてもらいたいことがある」

「礼ならいくらでもする。おまえたちはこれまで、何ひとつ受け取らなかったではないか」

「仕事が一段落つくまではと思ってね。欲しいものはいくらでもある。結構高くつくぜ」

「碧真珠貝(アオ)か、珊瑚か」

「人材が欲しい。仲間にできる奴を少々。機械船の知識はなくていい。働いていれば、すぐに覚えられるから」

「おまえの元ならば、闘いたいと望む若者は多かろう。好きに選ぶがいい」

「ありがとう。加えて、もうひとつ頼みがある」

「何だ」

「女をひとり連れていきたい」

「シャーディーか」

「耳が早いな」

「彼女が行きたいと望むなら」

「いいと言わなくても連れていく。何としてでも」

「女の扱いは貨物船のようにはゆかんぞ」

「わかっている。だから何年も手間をかけてきた」

オサの魚舟から退くと、ザフィールは小型船をコミュニティの外縁へ向けた。しばらく進むと、海上民たちが波間を泳いでいるのが見えてきた。魚介類で網をいっぱいにして、小舟へ運び上げていた。

ザフィールは甲板から呼びかけた。「どうだ、リーフの様子は」

「最高だ」喜びに満ちた声が返ってきた。「あんたのおかげだ、ありがとう」「魚は小さいが海藻と貝は豊富に獲れる」「これだけでもかなりしのげるよ」「どこへ行っても食糧に困らないのは本当に助かる」

「魚舟は、そいつを曳くのを嫌がっていないか」

「もう慣れたようだ」

「ハーネスは外れないか」

「しっかり掛かっている。金具を使わないから、魚舟はあまり気にしない」

甲板で服を脱ぎ捨てると、ザフィールは頭から海へ飛び込んだ。海中から水面を振り仰ぐと、群れを作っている魚舟の姿が濃紺のシルエットになって見えた。何頭もの魚舟の頭部に、ぐるりとハーネスが巻かれ、藻がついて緑色になった太いロープがつながっていた。ロープの先には、大きな構造物が中性浮力を保ってぶら下がっている。この曳航式アートリーフは、ザフィールが考案した新型リーフだった。

通常、アートリーフは潮に流されないように水没都市の上に作られる。そのため建設場所が限られ、海上民の居住海域はリーフ近辺となる。

では、魚舟船団と共に移動できるアートリーフがあれば。アンカー式ではなく、曳航式のアートリーフがあったら、いつでも食糧を調達できるのではないか。ザフィールはダックウィードに相談して、この移動式のリーフを試作させてみた。骨組みを浮力の大きな資材で作れば、大量に生物が棲みついても沈まない。規模は、魚舟が数頭で引っぱれる程度でいいだろうと考えた。

勿論、曳航式アートリーフにも欠点はあった。まず、アンカー型と違って魚の定着率がよくなかった。潮に乗って常に移動し続けるので、海流の温度や栄養濃度の変動を嫌う魚は途中から離脱しやすい。移動に警戒心を抱いて居着かない魚もあった。その結果、獲れる魚の種類は偏り、量も少な目だった。どちらかといえば海藻や貝の養殖に向くリーフであり、おまけとして小魚がついてくるといった感じだ。

魚舟に曳航させ続けるので、うまく航行スケジュールを組まないと、彼らの機嫌を損ねてしまう。太い帯を体に巻きつけるので、束縛されたように感じる個体はひどく抵抗するのだ。大きなアートリーフは一頭では曳けず、どうしても複数で曳く格好になるので、魚舟同士の息が合う必要もある。

「船団を動かさんほうが魚は居着く」獲ったばかりのタコの足を食いちぎりながら男が言った。「曳航を始めた途端、さーっと離れちまうんだ。ありゃあ何とかならんのかね」

「何ヶ月か、わざと船団を動かさないという方法もあるんだが……」

「産卵期に居着いてくれるといいんだがな。海藻に卵を産んでくれたら、おれたちゃ丸儲けだ」

「獣舟はどうだ。寄ってくるか」

「しょっちゅう狙われてるよ。曳航式は、釣り針に餌をつけて泳いどるようなもんじゃからな」

「どうやって追い払ってる?」

「魚舟の鳴き声で。しつこい場合には火薬も使うが」

獣舟から見れば、曳航式アートリーフは餌の宝庫だ。固定式アートリーフは陸上民の管轄下にあるので、獣舟退治の武器も完璧に備わっている。だが、海の民は、そこまでの武器は持っていない。

「まあ、それでも、ないよりはあるほうがずっといい」男はザフィールにもタコを差し出した。「美味いぞ。食え食え」

「ありがとう」

「贅沢を言わなきゃ曳航式でも充分だ。獣舟は確かに怖いが――本当に怖いのは腹を減らした別船団のほうだな。飢えた仲間が大量に押し寄せてきたら、どうすりゃいいのかわからん。こっちの食い扶持（ぶち）を守るために、女子供が見ている前で同胞を追っ払わなきゃならんのか。真剣に考えると、こっちの問題のほうが頭が痛い」

「なるべく多くの仲間に、このリーフの作り方を教えてやってくれ。材料さえあれば曳航式リーフを作るのは簡単なんだ」

「そのつもりだが、やっぱり資材がなけりゃ、どうしようもねえからなあ」

曳航式リーフの最後尾には、屋根つきの無動力船（バルガ）がいくつか浮いていた。リーフの管理人が交替で詰める場所である。

ザフィールは一艘のバルガへ向かって泳ぎ始めた。到着までたっぷり十五分かかった。船舷に吊るされた梯子を登り、甲板から船倉へ続く階段を降りた。

階下には籠があり、柔布が一枚収められていた。ザフィールはそれを引っ掴み、浴室へ向かった。

縦長の狭い浴室へ入り、頭上の蛇口を捻（ひね）ると弱々しくシャワーが出た。掌で受けた水を舐めてみると少し塩の味がした。雨水の汲み置きを切らしたのか、あるいは海水真水変換フィルターが古いのか。

それでも、海水で洗うよりはずっとましである。体に染みついた生臭さを少しでも消すため、瓶から香油を掌に落とし、両手で泡立てて髪と体を丁寧に擦（こす）った。肌がすっと冷え、清々しい香りが立ちのぼった。全身の泡を洗い流し、柔布で頭髪と体を充分に拭いてから船室へ向かった。

船室では、シャーディーが扉を開けっ放しにしたまま、ベッドで仰向けに寝転がっていた。両手で分厚い冊子を持ち、熱心に紙面に目を走らせている。焦げ茶色の長い髪は、簪（かんざし）を抜いているせいで枕全体に広がっていた。シーツの上に投げ出された若い肢体は、袖無しの薄着で包まれているだけだった。布地の起伏が綺麗な曲線を生み出し、二十二歳になったばかりの彼女の魅力を眩（まぶ）しいほどに放散していた。

冊子は、以前ザフィールが置いていったものだった。難しい本ではなく、面白い物語を提供してくれる娯楽本である。挿絵はないが、それを補って余りある分量の文字が海草紙にびっしりと印刷されている。シャーディーの灰緑色の目は、そこに釘付けになっていた。

ザフィールが壁を軽く叩くと、シャーディーはようやく視線をこちらへ向けた。くるりと体を起こして、冊子を枕の下へ挟み込んだ。開口一番「遅い」と言った。「いったい何週間ほっつき歩いていたのよ。もう三回も読んでるのよ、これ」

「十回読んでも飽きない本を渡しておいたはずだ」ザフィールはベッドの端に腰を降ろした。

シャーディーは眉根を寄せた。「確かに面白いけれど、本じゃ、あなたの代わりにならないわ」

「その本に出てくる男のほうが、おれよりもずっと格好いいだろう。金持ちだし、堅気だし、心優しい。歴史を動かした英雄でもある」

「私は歴史を動かせる男よりも、私を揺り動かしてくれる男のほうがいいの。さあ、ちゃんと〈ただいま〉の挨拶ぐらいして」

ザフィールは苦笑いを浮かべ、丁寧に頭を下げた。「ただいま戻りました、お嬢様――」

「怪我してない？」

「少しも」

「仲間は」

「ぴんぴんしている。死んだのは陸上民だけだ」

「また、たくさん殺したのね」

「ああ」

「そろそろ危険じゃないの」

「追い詰められた者が殺し合うのは当然の成り行きだ。最初に仕掛けてきたのが陸上民である以上、おれたちは抵抗し続けるしかない。でなければ飢え死にするか粛清されるだけだ。おれはどちらもごめんだな」

シャーディーは薄着の胸元に手を入れ、封書を一通取り出した。「これをもらった。何人もの海の民を介して、ここへ届いたみたい」

「おれ宛てに？」

「ええ」

シャーディーの温もりが移った封書を、ザフィールは裏返した。差出人の名前を確かめた瞳が、一瞬暗い輝きを帯びた。嘲（あざけ）るような笑みを片頰に浮かべると、ザフィールは封も切らずに、手紙をサイドテーブルの上へ放り投げた。

「いいの？」

「出した奴のことはわかっている」

「誰？」

「世界で一番おせっかいな野郎だ」

ザフィールはしばらくの間、険しい顔つきで黙り込んでいた。シャーディーは敏感に空気を読み、自分からは何も訊かなかった。考え事を始めると、ザフィールは誰がそばにいても返事をしなくなる。そこにいるのが、自分の家族や仲間や、狂おしいばかりに愛着を感じている女だとしても。無理に声をかけると、ザフィールは機嫌を損ねて出て行ってしまう。そうなるとつまらないので、シャーディーはひたすら待ち続けた。

やがて、ザフィールは思索から離れ、シャーディーのほうへ向き直った。

「いまは何も考えなくていい」

「そうなの？」

「考えるだけ無駄だ」

蛇が身をよじるように、ふたりは体を絡み合わせた。しっとりと潤った皮膚の感触を通して、お互いの存在を確かめ合った。唇を重ね、舌を這わせて軽く噛みつくと、シャーディーは、くすくすと笑いながら貪欲にザフィールの愛を求めた。

香油の匂いが残るザフィールの体に、痺れるような快感が広がっていった。それは、さらに深い喜びを深い淵から汲みあげ、いたたまれないような激しさで、体の芯から掻き立てた。長く離れていたふたりは快楽を昇りつめる道のりも早かった。強く刺激し合う中でふたりは頂点に達し、甘い緊張感から解放された。

ザフィールはシャーディーの中から身を引き抜くと、ベッドの上に仰向けに寝転がった。全速力で駆けた獣のように息があがっていた。日頃の荒んだ生活が寝床でも影響するようになったのは、やはり歳のせいなのか。シャーディーのはち切れそうな若さと比べて、自分の体力が下り坂に入っていることが恨めしかった。健康的に女を抱くには、いまの仕事は負担が大き過ぎる。強盗稼業から足を洗い、普通の漁民として生きる日々をふと想像した。

――できるわけがない。いまさら。

汗ばんだ肌の感触が脇腹に寄ってきた。彼女の指先は、さらに深い愛情を求めるように、ザフィールの胸や腹の古傷の上を這い回った。久しぶりの興奮で針が振り切れてしまったザフィールの触覚は、薄布を一枚隔てたように、それを遠いものに感じていた。

シャーディーがつぶやいた。「私、子供が欲しいの。産んでもいい？」

「好きにすればいい」ザフィールは寝返りをうって腹ばいになると、ベッドサイドの茶器へ手を伸ばした。取っ手を持ち、注ぎ口からじかに苦茶を飲んだ。「こんだけやってりゃ、いつか的に当たるだろう」

「本当にいいの？」

「〈大異変〉が来れば、子供を生かし続けるのは難しい。その覚悟ができているなら、いくらでも産めばいい」

「それはいいの。〈大異変〉が来ても来なくても、人間はいつか死ぬんだし」

「魚舟も持てないぞ。ここでは育てられないから」

「どうして？」

「おまえを連れていくからだ」

「誰が？」

「おれが」

「どこへ？」

「どこへも行かない。流れていくだけだ。陸の貨物船を襲って掠奪し、奪った品を換金して仲間やおれたち自身のために使う。歳を取ったらどこかに落ち着きたいが、落ち着く前に海軍に撃沈されるかもしれん」

「〈朋〉と出会えなかったら、子供の魚舟は獣舟に変わるわ」

「それも込みで考えてくれと言っている」

「潜水艇の中で赤ちゃんを育てろと？」

「子供ができたら、どこかのコミュニティに身を寄せてくれ。潜水艇の中は赤ん坊には不衛生過ぎる」

「無茶苦茶だわ、あなたは」

「嫌がっても連れていくぞ。他の男がおまえに種を撒くなんて許せん。産むなら、おれの子を最初に産んでくれ」

シャーディーは荒っぽくベッドから跳ね起き、部屋を出て行った。浴室を使う音がした。

ザフィールはベッドの縁に腰かけると、シャーディーが大切にしている小箱を開いた。柔布を開き、綺麗に並べられたトゥーラを一本抜き取る。灯に照らしてみると、薄手の海草紙で巻いた丁寧な作りが窺えた。発火石でトゥーラの先端を炙ると、アプリコットと薔薇の甘い香りがあたりに広がった。遠慮なく咥えてふかしていると、体を洗って戻ってきたシャーディーが目を吊りあげて叫んだ。「勝手に吸わないで。それ高いのよ」

「トゥーラなんていくらでも売ってるだろう」

「ご婦人向けのものは少ないの。上品な香りをつけるのが難しいのよ。さあ箱を返して」

「やなこった」

シャーディーは、サメが嚙みつくような凶暴さでザフィールの腕を捻った。ザフィールは痛みに顔をしかめ、思わず声をあげた。

小箱を取りあげると、シャーディーは椅子に腰をおろした。薄布を体に巻きつけただけの格好でトゥーラを一本つまみ、先端を炙って優雅にふかし始めた。

ザフィールは苦笑を浮かべた。「赤ん坊が欲しいなら、トゥーラはやめたらどうだ」

「いいの。これは危険なものは何も入ってないんだから。ハーブティーと同じよ」

「化学物質が入っていない嗜好品なんてないぞ」

「海も陸も毒素だらけなのよ。いまさら気にしても仕方がないでしょう」

トゥーラを弄りながら、シャーディーは、しばらく思索に耽っていた。やがて先端から火が消えてしまうと、貝殻で作った皿の上へ落として口を開いた。「……いいわ。あなたについていく。どうせ人類なんて近々滅びちゃうんでしょう。残りの人生ぐらい楽しく過ごしたいわ」

「楽しくはないぞ」

「そうなの？」

「刺激的なのは確かだが」

「似たようなものじゃない」

「じゃあ決まりだ。荷物をまとめてくれ」

「みんなに挨拶して回るから、丸一日はかかるわよ」

「わかった。支度が整ったらおれの船まで来てくれ」

「あなたの船に乗ったら、これからはあなたを船長とか艦長って呼ばなきゃならないの？」

「いや、これまで通り名前で呼んでくれ」ザフィールはベッドの縁から立ちあがると、もう一度シャーディーと唇を重ねた。「おまえはおれの部下じゃない。遠慮なんかしなくていい」

ケダム号はコミュニティの端でザフィールを待っていた。全長二十六メートルの潜水艇は鋼鉄のクジラのように漆黒に塗装されている。海面に出ていると、その黒さがいっそう目立った。

ザフィールが小船を横付けすると、ケダム号のハッチが開いた。艇内から頭をのぞかせた仲間が片手を振った。

ザフィールが梯子を降りていくと、カードゲームに興じていた乗組員が、さっと立ちあがって敬礼した。ザフィールが「交替だ。休んでこい」と声をかけると、乗組員は顔を綻（ほころ）ばせ、大声で礼を言って外へ飛び出していった。

操作卓の前には、ひとりだけ乗組員が残っていた。ザフィールとほぼ同年齢のその男は、戦闘員というよりも技師のような雰囲気を漂わせていた。データグラスをかけたままタッチパネルに向かい、機械のように正確にコマンドを打ち込み続けていた。

ザフィールは相手に声をかけた。「イーヴ、メンテナンスは終わったか」

「あともう少し」振り返りもせず、イーヴは指先を動かし続けた。「いまのところ異状は見（め）つかっていない。燃料電池はもうしばらく保つ。エンジンの部品や配電盤は、あと三年を目処に入れ替えたほうがいい」

「三年間で、突然障害が発生する確率は」

「一年目で二十パーセント、二年目で三十パーセント、三年目で五十パーセント。一年以内に新品に交換してくれ」

「潜水艇の部品も本体も、そう簡単には買えねぇんだ」

「こんなポンコツを制御し続けるのは無理だ。私だからできているんだぞ」

「そこを何とかしてくれ」

イーヴは不機嫌そうにザフィールを一瞥した。「金がないのは知っている。新しい艇を買えないなら、別の選択肢もあるんじゃないのか」

「どんな」

「強盗稼業をやめるんだ」

「馬鹿を言うな」

「網を持たない人間が漁をできるか。ナイフを使わない人間が魚を捌けるか。いまの君はそういう状態に近い」

「頑張れば、あと三年は何とかなるんだろう？」

「私は頑張りたくない」

「おいおい、勘弁してくれよ……」

「いいか、ザフィール。一年以内に機器を入れ替えるんだ。そうすれば、あと十年は何とかなる」

「おれを名前で呼ぶな。チェーフォと呼べ」

「嫌だね。何度も断ったはずだ」

イーヴは作業を終えると、椅子の上で体を斜に開いた。「金がないなら、一時的に仲間への支援を止めればいい。それで何とかなるだろう」

「おれたちが休んでいる間に、餓えや病気で同胞がどんどん死ぬんだぞ」

「君ひとりで、海上社会の不幸を背負わなくてもいいだろう。陸上民が支援活動を続けている。君が休んでいる間は彼らに任せればいい」

「陸の支援なんぞあてになるか。いつ打ち切られるかわからんのに」

「支援は支援だ。どれほど少額で、どれほど汚い政治的思惑があっても、命を救えるのは確かだ」

「おれは海の民を政治の道具にしたくない」

「気持ちはわかるが困窮している側から見ればどこが支援しても同じだよ。君が助けようが陸上民が助けようが、彼らは同じように涙を流して感謝してみせるだろう。君は義民になりたいのかもしれんが、残念ながら彼らは救援者を区別しない」

「……わかっているさ。だから休めないんじゃないか。——ああ、くそっ。これじゃ堂々巡りだ」

「改修工事の当てはあるんだろう？　技師も工場も」

「ああ」

「なるべく早いほうがいい。メンテナンスにかけられる物資は、どんどん減っていくぞ」

「あと二、三回はこのままで使いたい。何とかしてくれ」

イーヴは溜め息をついた。「……負荷のかかり方にもよるが、三回までなら障害の発生率は一桁に下がる」

あと三回仕事をして休み、シャーディーに子供を産ませ、安全なコミュニティへ預けてから、改修した潜水艇でまた強盗稼業に戻る——。

戻れるのだろうか、という不安がザフィールの胸にぽつりと浮かんだ。

数年もブランクをあければ、陸はラブカ対策を強化しているだろう。なにしろ向こうは、弾薬をうなるほど持っているのだ。散弾代わりに、貝殻や砂礫(されき)をウォーターガンに詰めている自分たちとは違う。

不利なのは最初からわかっていた。どん詰まりになったらそれで解散だ。それ以上、何を望む必要があるだろうか。走れるところまで走るしかない。


数日後、ザフィールはシャーディーを連れてコミュニティを離れた。魚舟と機械船を連れてゆったりと進む旅路は、強盗の仕事さえなければ、のんびりとした海上民の暮らしと変わらなかった。

シャーディーはザフィールの仲間たちに、華やかな笑みを浮かべながら挨拶して回った。

眩しい若さに満ち、甘い香油とトゥーラの匂いを振りまくシャーディーは、あっというまに男たちの心を捉えた。その雰囲気は一種の神々しさすら帯び、男たちに、手を出しづらいと感じさせる何かを放っていた。密かに彼女に言い寄ろうとした者は皆無だった。ましてや、正面から声をかける者はいなかった。

ザフィールはケダム号を修繕できる海上市へ向かい、工房のエンジニアと相談した。修繕にかかる期間と費用を算出してもらった。入れ替え用の機器を取り寄せる手間についても調べた。

頭を抱えて工房を出ることになった。確かに、まともに潜水艇を運用しようと思えば、定期的にドックに入れる必要がある。それをイーヴに無理を言って、小さな修繕だけで騙し騙し使ってきたのだ。もう限界が来ても不思議ではなかった。

検査をいい加減にしておくと潜水艇は浸水で沈む。戦闘中に突如として沈み始めたら洒落にならない。これだけの装備を持つ船を失えば、二度と手に入れる術はないだろう。ケダム号は他人から譲り受けたものだ。そんな機会は、この先、もう巡ってこないに違いない。

コミュニティへの支援を何ヶ月もあきらめて船を修繕する――。

そう考えると気が重かった。

ザフィールが運ぶ物資を待っているコミュニティは多い。我慢してくれと切り出すのはつらかった。餓えと病気は人の心を荒ませる。困窮した生活で真っ先に犠牲になるのは、いつの時代でも子供と病人だ。彼らを助けたくて強盗を始めたのに、船をドックに入れると彼らの命が危うくなる――。

自分のコミュニティへ戻ると、ザフィールは叔父と叔母が住む魚舟へ挨拶に行った。シャーディーを妻として紹介したうえで、自分が留守にしている間、彼女をふたりの舟に居候させてくれるように頼んだ。

叔父たちは、ザフィールが妻となる女性を連れ帰ったと大喜びした。叔母はシャーディーの美しさに目を見張り、子供はいつなの？　もうお腹にいるの？　と次々と質問を浴びせかけた。

ザフィールは苦笑し、出発までには種を仕込んでおきますよと答えた。

次の襲撃までの期間、ザフィールとシャーディーはケダム号の中で暮らした。仲間はコミュニティの魚舟へ散っていったので、艇内に残ったのはふたりだけだった。昼夜を問わず、ふたりは愛し合った。邪魔をする者はいなかった。

「私は襲撃に同行できないの？」とシャーディーは無邪気に訊ねた。「ここへ来るまで、みんなと一緒に食事を作るのがとても楽しかったわ。私も、ずっとついていけたらいいのに」

「いつも、あんなのんびりした雰囲気じゃないんだ」ザフィールは乱れた寝床を直し、ベッドの縁から埃(ほこり)を払った。「女がひとりいるだけで気が散るし、衛生状態は最悪だし、命懸けの場には連れ出せん」

「つまらないわ」

「子供が欲しいんだろう？　元気な子を産むことだけを考えてくれ」

やがてザフィールはシャーディーをコミュニティに残して、再び襲撃の旅に出た。いつものように貨物船を襲い、陸上民を殺し、資金や物資を集めた。

三度目の襲撃の後、コミュニティへ戻ったときに、ちょうど、シャーディーの出産に立ち会えた。

子供は男女の双子だった。魚舟も二匹生まれた。

ひとつの腹の中で、四つもの命が身を丸くしていたとは――。さぞ窮屈だったろうと、ザフィールは目を丸くした。

女児にはコーラ、男児にはフィーソと名前をつけた。〈珊瑚〉と〈魚〉という意味である。

赤ん坊の顔を眺めていると「これがおれの子なのか……」という不思議な感情が込みあげてきた。自分の体から生まれてきたわけではないから分身という感覚はない。自分が父親になったという実感からも遠かった。しかし、柔布にくるまれた温かい塊を抱き、小さな指をつまんでいると、愛しさが込みあげてきた。自分が父親であることに、少しだけ誇らしさを覚えた。

産婆が持ってきてくれた盥を覗き込むと、二頭の小さな魚舟が水の中でじっとしていた。サンショウウオのような扁平な頭を持つ黒い魚は、頻繁に鰭を動かして、自分の命を確認するように身をよじった。

ザフィールが盥の縁を叩くと、魚舟はびっくりしたのか激しく跳ね、盥の中をぐるぐると泳ぎ回った。

盥の中でしばらく飼った後、ザフィールはシャーディーを連れて、魚舟を海へ放しに行った。

波間へ落ちていった二頭の魚舟は、激しく鰭を振りながら、あっというまに深みへ姿を消した。盥の中は酸素も水も足りなくて最悪だった、これでやっと一息つける——と愚痴を洩らしているように見えた。

「あいつらとおれたちが再会する機会はもうないだろう」とザフィールは言った。「このコミュニティは、とても長い距離を移動し続けている。ラブカのコミュニティだと悟られないために、一ヶ所には留まれないんだ」

「じゃあ、あの魚舟がこの海域へ戻ってくる頃には——」

「船団はもういない。だから彼らは獣舟になるしかない」

「残念ね」

「仕方がない。〈大異変〉はいつ来るかわからない。魚舟とのんびり交流できる文化も、だんだん廃れていくんだ」

ザフィールは魚舟が泳ぎ去った方向をしばらく目で追っていた。

あの二匹の魚舟はやがて獣舟となり、分裂型にまで変異すれば、空腹のあまり陸や海上都市を目指すだろう。そして、陸上民の武器で殺されて一生を終えるのだ。その未来を、ザフィールはどうすることもできない。

生まれてきた以上、生物として幸せな時間が一瞬でもあって欲しいが、魚舟や獣舟にとって幸せな瞬間とは、いったいどのようなものなのか。人間であるザフィールには想像もつかない。それは魚舟自身に任せるしかないのだ。

ふと、若い頃に別れたきりの、自分の魚舟を思い出した。〈朋〉としての結びを得ながら行方不明となった〈スターガーネット〉――ガル。大海原のどこかで、おまえはまだ生きているだろうか。生きているなら、とっくの昔に獣舟と化しているだろうが、いまでも元気か。おれが人殺しを続けながら生きているように、おまえも人間を食らいながら生きているのだろうか。もしそうだとしたら、まさしく、おれたちは〈朋〉であると言えるだろう。あるいは、自然に死んだか、陸上民に殺されたか。ならば心配する必要はない。おれも、じきにおまえと同じ結末を迎えるだろう。

■書簡#2　発信者：御倉・ＭＭ・リード／受信者：星川・ＭＭ・イサオ

親愛なるイサオへ

メールをありがとう。

怪我がないのは何よりだ。ニュース番組は派手に煽るから、こちらは生きた心地がしなかったよ。

君の貨物船を襲撃したラブカは、とても小さな集団だ。不幸中の幸いだったかもしれない。頭の切れるリーダーがいると、人質を取って海運会社に身の代金を要求したりするんだ。インド洋の沖合にいる連中が有名でね。ニュースでよく流れるから、君も名前ぐらいは耳にしているんじゃないかな。

連中が欲しがる資材や食糧を、一番たくさん積んでいる船はどれか知っているか。実は、支援団体の船が一番狙われやすい。人権擁護機関や民間救援団体の船だ。君が乗っていた貨物船は、この種の活動を臨時で手伝っているんじゃないかな。そういう記録が残っていると、今回のような事件が起きやすいんだよ。

政府が管理している船には必ず海軍の警備がつくが、民間船は自力で警備員を雇わなきゃならない。多くの民間企業が、予算の関係で警備員なしの航行を続けている。君が乗っていた船もそうだろう。ラブカは、そういう弱い部分へつけ込んでくるんだ。

民間支援団体は、一般企業よりもさらに厳しい状態にある。たいていが非営利活動団体——つまりボランティアだから常に資金難だ。結果、警備が手薄になってしまう。

だが、支援団体も黙って手をこまねいているわけじゃない。

パンディオンという救援団体を知っているか。青澄（アオズミ）コンツェルンが嚙んでいる事業型の救援団体だ。人道支援とビジネスが合体している少し変わった組織でね。事業で得た収入を支援活動へ回す仕組みを取っている。寄付金額の変動によって行動を左右されない、安定した支援を目指しているんだ。いま、仕事の関係で少し調べている。なかなか興味深い団体だ。

パンディオンの理事長はコンツェルンの三男坊で、元は外洋公館で公使をやっていた人だ。在職中から変わり者だったそうだが、外務省を自己都合退職したあと、パンディオンの理事長になった。こう書くと天下りしたみたいに聞こえるかもしれないが、パンディオンは青澄理事長が自力で立ち上げた組織だ。楽をするために作った組織ではなさそうだ。

いまは、こういう荒れた時代だ。コンツェルンの御曹司なら、海上都市の一番安全な場所で、ぬくぬくと暮らしていればいい。それなのに、わざわざ金のかかる危険な最前線へ出てくるんだから、やっぱりちょっと変わった人なんだろうな。

いま、世界中の支援団体は頻繁に国際会議を開いている。彼らの活動は、本来は〈大異変〉が起きてから力を発揮するものだった。そのための準備をいまから整えておこう――というのが大半の設立趣旨なんだ。

ところが、陸側の資源占有をきっかけに、海上民がラブカになる形で反抗し始めた。救援団体にとっては、これが目下のところ最大の問題だ。

海洋警備会社と契約して支援船団を警護させるべきか、あるいは、支援ネットワークの内部に警備部門を新設して、自ら武器を手にすべきなのか。あるいは、政府に頼んで海軍に守ってもらうのか。

どの方法にも長所と短所がある。

海洋警備会社は武力の規模も契約の確かさも申し分ないが、当然ながら費用がかかる。人道支援のために集めた財が、この費用に削られてしまうのはもったいないよね。

かといって、救援団体内部に警備部門を作るのは、まったく現実的じゃない。どこから人を集め、どうやって人材や備品を管理するのか。救援団体の人たちに管理させるのは無理だ。本来の活動に手が回らなくなってしまう。それでは本末転倒だ。

海軍に警備してもらう方法は、政府や連合と交渉して許可を取り付けねばならない。これにはとても時間がかかる。実現したとしても、政府は軍隊を貸すことと引き替えに、救援団体に対して政治的な配慮を要求するだろう。場合によっては上層部の間で癒着が生じる。寄付金の一部が政界へ流れたり、救援団体の活動が政府の都合によって制限されたりするかもしれないね。

いずれを選ぶにせよ、金がかかるのは同じだ。警備に使う金があれば、ひとりでも多くの人間を救いたいと考えるのが、普通の救援団体だろう。だが、警備がなければその理想自体を実現できない。結局、堂々巡りになるわけだ。

銃を持つことと人を殺すことは別だ。そして、武器を持つなら、きちんとしたものを持たねば意味がないと僕は思う。

パンディオンは、いち早く、この方面で最大手の海洋警備会社〈シェンドゥガルド〉と契約したそうだ。支援船がラブカに襲撃されたら遠慮なく反撃してよし、これが青澄理事長の判断だ。これに対しては批判も上がっているが、彼は方針を変える気はないようだ。

ラブカは手強い。海上強盗団(シガテラ)よりも頭がいい。陸上民の技術と海上民の逞しさを併せ持つ連中だ。政府からの圧力に対して、死ぬまで抵抗するという意志で団結している。

僕は、青澄理事長の判断は正しいと思う。誰かを助けるために別の誰かを殺す——。それはとても難しい問題で、ひとくちに正しい正しくないと言える話じゃない。ましてや、現場でその問題に直面している人たちに、その経験を持たない人間が、とやかく言える筋合いはない。ひとたび現場へ出れば、命をかけて闘うしかないんだからね。

外務省時代の青澄氏を知る人の中には、「彼は変わってしまった」と嘆いている人もいるそうだ。「組織のトップに就いた途端、彼は冷酷な権力者になってしまったのだ」とか「強くなることと引き替えに、優しい思いやりを失ったのだ」とか。

だが、僕はそうは思わない。

青澄理事長は、自分の信念を全(まっと)うするために、黙々と進んでいるだけじゃないのかな。エビやカニが殻を脱ぎ捨てて大きくなっていくように、彼はいま、何か新しいものに変わろうとしているんだろう。

警備会社がパンディオンとの契約を通してラブカを牽制してくれるなら、君が体験したような悲しい事件は、この先、減っていくだろう。青澄理事長は、武力を使うと同時に、ラブカを社会的な闘争から解放するために水面下で動いているような気がするね。彼のこれまでの仕事ぶりから考えるに――ラブカを、普通の市民として、社会機構の中へ戻す手段を考えているんじゃないかな。武力で追い立てているのは、ラブカを殲滅(せんめつ)するためではなく、退路を断つためだろう。「君たちが歩んでいる先に未来はない」と、ラブカに教えようとしているんだ。彼の経歴から想像するに、武力による威嚇以外に、和平へ向けての交渉にも必ず手を出しているはずだよ。

僕たちは、ただの庶民だ。

彼らが争う現場をじかに見る機会は、ほとんどないだろう。君だって、今回の体験が最初で最後かもしれない。

それでも、僕たちの生活が彼らの闘争の余波を受けるのは確かだ。どこへ行っても争いばかりで、このままだと人類は、〈大異変〉が来るよりも先に、戦争で滅びてしまうかもしれないね。

まあ、そんなことはどうでもいいか。

そんな世の中でも、一握りの希望ぐらいは必ずどこかにあるはずだ。
君とユイちゃんが無事に戻ってくるように祈っている。
こちらで会えたら、ゆっくりと話をしよう。
ささやかながら、美味い酒と肴（さかな）を用意しておくよ。

御倉・MM・リード

第二章　パンディオン

1

〈大異変〉の到来が全世界へ向けて告知されたとき、その意味を瞬時に理解できた人間は少なかった。ホットプルーム、含水鉱物層、キンバーライトマグマ、プルームの冬――ほとんどの人々には聞き慣れない言葉である。マスメディアの解説を目にしても、呑み込めたのは上滑りな知識だけだった。それでも、三日も経てば、大規模な爆発のようなものが起きるらしい――という認識が広がった。だが、ここへ至っても、大半の人々は事態を必要最低限のレベルで鵜呑み（うの）にしたに過ぎなかった。充分な想像力を働かせた者は少なかった。

　何しろ、人類史上初の経験なのである。人間は、過去に記録がある事柄は想像できても、記録のない事柄を推論だけでイメージするのは苦手だ。全人類が均等にイメージすることなど、能力的にも、情報の伝達密度の点からも不可能だった。

最初の異変が汎ア内陸部で発生するという報告から、

「では、住民は周辺の省（プロヴィンス）に逃げればよいのではないか」

「海上都市が避難民を受け入れればよいのではないか」

と、他人事のように呑気（のんき）な反応を見せる者も多かった。災害の規模を我が身のスケールで感じ、これに付随して発生する地獄のような有様に想像を巡らせるのは難しい。訓練で得られる能力ではないのである。それは、人間の能力の限界というよりも、生物という存在が抱えるひとつの限界だった。


口にこそ出さないものの、汎アの人口が減ってくれるのはありがたいと考える人々すらいた。リ・クリテイシャス以降、世界の人口は年々増加している。陸上資源・海洋資源を末永く使うには、非人為的な人口減少があると助かるという考え方である。これは、リ・クリテイシャスによって地球規模の危機に晒（さら）され、既に一度、絶滅の瀬戸際を体験してしまった人類に特有の——奇妙な、そして冷ややかな人生観だった。過酷な状況を体験し、かろうじて乗り越えてしまったがゆえに、

「災厄が来ても以前と似たようなものだろう」

「今度も何とかなるのではないか」

という、極めて楽天的な、経験主義的な発想で物事を処理しようとした人々が少なからずいたのである。


国際環境研究連合（IERA）と各国政府・連合は、人々の反応を穏やかに受け止めた。情報分析官の

予測によって、人々の反応はここまでは見通されていた。この鈍感過ぎる人類全体の反応は、次のステップへ移行するためには、むしろ歓迎されるべきものだった。ＩＥＲＡは地道に広報を続けた。この時点では、ルーシィの研究についてはまだ公表されていない。時期尚早と判断されたからである。

そして、五年後に研究成果が発表されたとき、陸上民はＩＥＲＡが想像していた以上に冷ややかだった。身体改造の対象となるのが海上民のみだったせいもあるが、皆、本気にしなかったのである。何か別の情報を隠すための囮ではないか、という噂まで流れる始末だった。ＩＥＲＡはそれについては何も対応せず、海上民への説明と説得を始めた。ルーシィの研究は、避難先を持たない多くの海上民を救う唯一の手段である。これに同意してもいいと考えた者は、遠慮なく研究所の扉を叩いてくれと伝えた。

よきにつけ悪しきにつけ、公共アシスタント知性体はワールドネットから何でも収集してくる。陸上民はその気になれば、ＩＥＲＡや政府が何を考えているのか、相当なレベルまで把握できるはずだった。が、アシスタントが拾ってきた情報の意味を統合するのは人間自身である。そのためには、科学知識だけでなく想像力が必要だった。

だが、真の想像力とは何か。

最初の異変が起きる場所が特定されていたせいで、直接の被害を受けずに済む地域の人々は、それ以上の想像力をほとんど働かせなかった。ＩＥＲＡは繰り返し「〈大異変〉は地球全体に影響を及ぼす」と広報し続けたが、事態はあまり改善されなかった。特に、海上民に、この危機感を理解させるのは難しかった。ルーシィ化の計画を伝えても、研究者の配慮に感謝しつつも、海上民は困惑を隠さなかった。常に死と隣り合わせの環境で生きている海の民は、独特の死生観を持っている。大自然が起こす異変ならば回避は不可能、ならば何もせずに滅びるのが生物として最も正しい——そう考える者が多かった。

「無意味な努力はしないほうがいい。何もしないのが一番だ」

「努力によって新たな闘争が生まれるなら、そのほうがずっと不幸だ」

「わしらはわしらで勝手に生きて死んでいくだけだ。陸上民のドタバタ劇に付き合う気はないよ」

悠然と魚舟を操り、死ぬときには死ぬと開き直っている海上民は、一見とても自由に見えた。海上社会が閉じられた世界であったならば、それもひとつの生き方として何の問題も生じなかっただろう。

だが、世界と社会は連動している。

陸と海は、根の部分で深くつながっているのである。

陸上民の混乱は世界経済の暴走を生み——やがて、海上民の暮らしを過酷な渦へと巻き込んでいった。

人々が〈大異変〉をうまく想像できなかったのは、タイムスケールの問題も大きかった。

環境シミュレータ〈シャドウランズ〉は、アジア海域におけるホットプルームの発生と含水鉱物層との接触、マグマ溜まりの形成、それが地上へ噴き出すきっかけのシミュレートはできたが、発生する日時をピンポイント予測することはできなかった。予測された年月の幅は広かった。最長で五十年先、早ければ十年後にも――。このあやふやな予測は、一般人には、とてもわかりづらいものだった。

地球惑星科学の専門家は、地球全体の物理的な動きを〈百万年〉〈一千万年〉〈一億年〉といった極度に長い単位で見る。従って、最大でも残り五十年しか余裕がないという計算結果は、彼らにとっては仰天するような数値であった。心臓が凍りつくほど恐ろしい事態だった。

いっぽう、一般人にとって「五十年」という歳月はとても長い。人間の寿命を物差しとして考えると、

「なんだ。自分が生きているうちに〈大異変〉は来ないのか」

「来たとしても、ちょうどお迎えがくる時期か」

といった程度にしか感じない。殊に中年以降の世代――異変から逃げ切る高齢層は、「では、自分たちは何も考える必要がないのだな」と開き直ってしまうパターンが多かった。

と同時に、「早ければ十年で異変が来る」という予測も、これを信じない人々には何の説得力も持ち得なかった。

「あと十年で人類が滅びるなんてピンと来ない」

「現に、陸にも海にも何も変化は起きていないじゃないか」

「ＩＥＲＡの予測は外れるかもしれないぞ。天気予報だって外れるんだからな」

自分にとって都合のよい方向にしか想像力を働かせない人々を、いったい誰が責められるだろうか。それもまた、間違いなく人間の本質のひとつなのである。悪い方向しか想像できない頭脳では、生き残るための手段や余裕を生みようがないからだ。

予測されるスケールが大き過ぎて、どう想像していいのかわからない。あるいは、どうしても信じたくない――。これらに対する解決法を、人類は未だに持っていなかった。

しかし、この呑気過ぎる雰囲気は、歳月の経過と共に少しずつ変化していった。初めは小さかった雪玉が、斜面を転がり落ちるうちに成長し、やがて轟音をたてて爆走する巨大な雪塊と化して周辺のものを手当たり次第に薙ぎ倒してゆくように――ついに誰にも止められない激しい現象を生み出した。

陸の企業が異常な活発さを見せ始めたとき、内部の社員、その家族と周辺の人々、地域の住民は、ようやく日常レベルで危機を肌で感じるようになった。狂気を孕んだ工程スケジュール、物品や商品の納品量、それに伴う殺人的な労働時間数と、休日出勤日数の増加によって。

先々まで経済予測を立てている企業にとって、将来、現行の形では経済活動を維持できないだろう――という分析報告ほど恐ろしいものはない。専門家の解説を素直に受け入れ、生き残りをかけた資源争奪戦を開始した。政府の〈プルームの冬〉対策に便乗し、食糧や生活用品の大量生産と備蓄を行い、これによって得た資金で、より安全な海上都市への移転と入居を開始した。そのために死に物狂いで働き、一日でも早く安心を手に入れようとしたのである。

　プルームの冬に向けての生産品は、もし〈大異変〉が来なかったとしても通常の生活内で徐々に消費できる。勿論、ロスは出るが作って損になるものではない。だからなるべく多く作っておけ、それが売れるうちに――。これが企業の論理だった。

　食糧、医薬品、生活用品、防犯用具、あらゆる分野での生産量が爆発的に増えていった。にもかかわらず、これらはすべて、消費ではなく長期の備蓄に回された。作っても作っても、それは人々の生活の場には姿を現さず、海上都市の深部や大陸地下の堅牢な倉庫へ蓄えられていった。

　これが、ある時点から物価の急上昇を引き起こした。政府だけでなく資産家や個人までもが大量備蓄に走ったため、本来ならば流通すべきはずの商品までもがすべて市場から消え去ったのである。

　一般市民は残り少ない在庫を奪い合い、店舗の倉庫を襲撃し、果ては個人宅まで狙った。しかし、それすら、事態を正しく把握した結果の行動ではなかった。いま目の前で起きている経済異常に怯えているだけだった。ここから先に起きる本当の災厄について、隅々まで想像力を働かせた者はいなかった。それは専門家でも難しかったのである。

　陸上民による過度の生産と備蓄の繰り返しは、陸地の資源を食い潰して、海洋資源を根こそぎ収奪する方向へ突き進んでいった。この行為は、海洋資源だけに頼って生活している海上民の暮らしを脅かした。急激に困窮していく海上社会に配慮して、彼らの行く末を心配してくれる陸上企業は皆無だった。

「生き残るためなら何をやってもいい」

「命以上に大切なものなどないのだから」

「陸上民のやり方に文句があるなら、海上民は抗議に来ればいい。話し合いぐらいには応じよう。だが、それでも我々は生産と備蓄をやめないだろう。家族のために、社会のために」

漁獲高が極端に落ち、海上民は日々の食事にも困るようになった。ダックウィード経由で届いていた医療品や生活用品が手に入らなくなった。同じ状況は陸の僻地(へきち)でも発生した。凄まじい勢いで物の値段が上がり続け、痩せた土地や高地で暮らす陸上民は、海上民以上に餓え始めた。

貧しさは病気を呼び込み、感染性の高い病気が貧困層を中心に拡大していった。

ラブカは、このような状況を背景に、同胞を守るための闘いに身を投じていったのである。

2

青澄・N・セイジは、〈大異変〉の情報を三十七歳のときに知った。外洋公館で公使として働いていた折、特殊公館(SOE)の統括官から極秘情報として打ち明けられた。

人類文明の終焉に向けて、自分は他人と何を共有し、何を為すべきなのか——。そんな高尚な思索に耽る暇もなく、この話を知った直後から、青澄は過酷なスケジュールに追い回され始めた。

ポートモレスビーでの一件が落ち着いた後、青澄には、退職までにやっておくべき仕事がふたつあった。

ひとつは、海上民のオサ・ツキソメと約束した海上都市建設を、政府に承認させることである。

当初、これは、海上社会の生活を安定させる〈交易ステーション〉として企画されていた。だが、〈大異変〉が予測された現在、海上民の避難場所としても機能させねばならない。大幅な設計変更が必要だった。予算も一から立て直しである。

稟議書を作り直して、各省庁の承認をあらためて取り付けるという面倒な作業を、青澄は地道に片づけていった。この件には病潮ワクチンの製造と配布の問題も含まれていた。新海上都市にワクチン製造工場を組み込めれば、配布の問題は解決する。闇取引のルートは潰れ、海上社会には、正規の安全なワクチンが行き渡るはずだった。

新海上都市にはマルガリータ・シリーズという名称がつけられた。マルガリータとは真珠を意味する言葉である。予定では十基を竣工。避難施設として使うのだから予算ぎりぎりまで数を増やすべきだ、というのが青澄が新たに打ち出した提案だった。企画の規模が大きければ他政府や連合からの協力も取り付けやすい。外洋公館同士の付き合いや人脈をフルに使って、青澄は十基という条件を承認させることに成功した。最終的には二十を超える政府や連合が提携を申し出た。技術を共有すれば建設も早いし、全海域の海上民の問題が多少なりとも解決するからである。各政府や連合が個別に抱える思惑を見て見ぬふりをしつつ、日本はすべてを呑み込み、この計画にゴーサインを出した。

寒冷化への対策として、マルガリータ・シリーズは凍結の影響を受けにくい海域――赤道附近に横並びに配置された。この形態から、海上民の海上都市はマルガリータ・コリエ――すなわち〈真珠の首飾り〉という名称で呼ばれるようになった。赤道附近は場所によってはアカシデウニと獣舟の巣になっている。これらに向けての早急な対策も必要だった。

ふたつ目の課題は、汎アの政策に追われてオセアニア海域まで逃亡したアジア系難民の生活立て直しだった。オセアニアの先住海上民とアジア系難民との間では、食糧調達や生活領域を巡って衝突が続いていた。青澄はオセアニア共同体のハーシュフェルド大使と協力して、トラブル解決を検討した。その結果、難民がアジア海域に戻れない以上、公海上に新たな海洋産業を展開し、ここに難民を回収するのがよいのではないか、という結論に達した。

アジア系海上民を就業させるには、どのような産業を興すのがいいか。検討を重ねた末、青澄はバイオ燃料の生産プラントを提案した。〈大異変〉後に必要となる火力発電の燃料、機械類を動かすための燃料――海藻から抽出されるバイオ燃料は、いくらでも必要である。現在の燃料藻類は、太陽光が遮断されると生産量がガタ落ちする。太陽光に依存しないで済む遺伝子改良も含め、新藻類の開発と、新藻類から燃料成分を抽出する手段の試行錯誤が必要だった。

日照時間の関係で、オセアニア海域は藻類の繁殖に最も適した場所である。青澄は、燃料藻類プラントの仕事をアジア系難民に優先的に回した。その収益によって、オセアニア以外の場所から食糧を買い入れた。これによって、オセアニアの海洋資源を守る作戦である。既にノウハウが確立されているプラントの新設は簡単で、あとは販売ルートを確保するだけだった。

ワクチン事業も燃料藻類事業も、共に、政府や連合が指導する形にしておいた。つまり収益の一部が、公的管理・維持費の名目で政府に流れる仕組みである。ここさえ筋を通しておけば、計画は頓挫しないはずだった。

桂大使に退職届を提出しておきながら、この二件の仕事に翻弄されたせいで、青澄は五年間、退職の機会を逸していた。

どちらの件も、最後まで面倒を見られないことはわかっていたが、せめてここまでは――と彼なりに決めた基準があり、しかし、それをクリアできないせいで現場に残り続ける形になっていた。

ふたつの企画が軌道に乗ると、ようやく手を離せるラインを見出せた。後任者への引き継ぎを終えると、どっと脱力感に見舞われた。

まだ四十二歳、働き盛りのはずなのに、回復不可能な重い疲労が全身にのしかかっていた。鏡を覗き込むと、自分でも恥ずかしくなるほどに白髪が増え、やつれきった男の顔が映っていた。久しく感じなかった動揺を覚え、青澄は洗面台の前でよろめいた。

――退職したら、アンチエイジングに大金を注ぎ込んでやる。

と決めてマキに専門病院を探させた。自分のためだけに大金を使うなど、学生時代以来だった。そうせざるを得ないほど自分がひどい状態に陥っていることを、ひと仕事終えた解放感から、青澄はようやく客観視できたのである。

長らく仕事相手だったハーシュフェルド大使に、「私はこれで担当を降ります。外務省も退職します。長い間お世話になりました」と青澄が告げると、大使はひどく驚いた様子を見せた。が、青澄が何を考えて辞めるのか、オセアニア共同体の外洋公館が情報を摑んでいないわけがない。礼儀としてそのような顔つきをしたに過ぎなかった。自衛のためとはいえ、オセアニア共同体の領海附近で魚雷を撃たせた人物である。ハーシュフェルド大使が、それを知らないはずはない。

それでも大使は、別れ際に青澄の手をしっかりと握った。

「いい仕事をさせてもらいました。あなたの熱意には、いつも当てられっぱなしでした」

「こちらこそ。厳しい仕事でしたが、将来への道はしっかり通しました。あとは海上民の努力次第でしょう。私にできるのは、いつもこのあたりまでなんです」

「ご謙遜を。あなたは皆が期待した以上のことを成し遂げました。あなたと共に働いた日々を私は忘れません」

「そう仰って頂けると、私も担当した甲斐があります」

「この後はどんなお仕事を？」
「しばらくは何もしません。休暇を取って、ゆっくり遊んで暮らしますよ」
「いいですね。充分にお休みになって下さい」
「その後はもう死ぬまで休めませんからね」青澄は静かに微笑した。「あなたも私も、次に休めるのは人類が滅びるときだ。ごきげんよう、ハーシュフェルド大使」

外洋公館の執務室で私物の整理を始めた頃、深宇宙研究開発協会（DSRD）の御倉（ミクラ）と名乗る人物が、エア01の外洋公館を訪れた。

DSRDは、青澄がマキのコピーを渡すことを了解した団体である。それに関するやりとりは済んでいた。今日は何の用事なのかと、青澄は訝（いぶか）しんだ。

寄付の相談かもしれないと思った。DSRDは企業ではなく寄付だけで成立している。立ち上げに成功したとはいえ、いくらでも追加資金が欲しい状態だろう。青澄が理事長として就任する救援団体パンディオンは、単体ではたいした企業ではない。が、バックに、ふたりの実兄が経営する巨大コンツェルンが控えている。パンディオンだけでは経営的に危ういため、兄たちに頼み、コンツェルンの下部組織として組み込んでもらったのである。ふたりの兄は青澄の計画を面白がり、すぐに承知してくれた。救援事業を通して、新たな販路拡大を狙っているようだった。製薬会社を買収したのも、ワクチン事業に参入するためだけでなく、パンディオンの活動内容を見越しての行動だった。

御倉がコンツェルンまで視野に入れた付き合い方を望んでいるなら、青澄はそれを退けねばならなかった。宇宙船事業は金食い虫だ。いくらなんでも、そこまで兄たちに背負わせるわけにはいかない。

マキが表示した個人情報によると、御倉・MM・リードは三十歳。DSRDの渉外部長だった。元は人工衛星の製造部門にいた人物で、五年前にそこを退職してDSRDに転職。両者の間に事業上の関連はなく、従って、出向ではなく完全に職を変えているのだった。〈大異変〉直前にこのような行動を取るとは、本人に、よほどの決意があったのだろう。よく配偶者が納得したものだと青澄は感心した。

御倉は営業慣れした微笑を浮かべ、爽やかな口調で淀みなく喋った。「DSRDという正式名称で呼んでくれる方は、なかなかおりません。ロケット協会とか宇宙船協会とか――まあ、一般の方から見れば、ロケットも宇宙船も似たようなものですからね。何しろ、人類は深宇宙探査を捨てて何百年も経ちます。誰も何も知らなくても責められません」

DSRDには世界中から有志が集まっているという話だった。複数の支部が世界各地にあるのだが、日本にあるのは本部だという。

「本部？」青澄は目を見張った。「この計画は日本人の発案なんですか」

「はい。なかなか信じてもらえませんが本当です。最初に日本群島から上がった声が、世界中から同好の士を集めたのです」

日本政府は、現在、自前の宇宙開発部門を持っていない。内之浦宇宙空間観測所と種子島宇宙センターは、政府が移転と継続運用に消極的だったので、海面上昇と共に沈んだ。いま、日本の通信衛星と気象衛星は、民間が運営する海上プラットフォームから打ち上げられている。それ以外の宇宙開発――つまり、太陽系内の惑星開発や深宇宙探査は凍結されたままだった。このあたりの事情は他の国でも同じである。

深宇宙進出なんて無意味だ、廃止だ、金がないんだと言われると、益々熱をあげてしまう一団が世界中のどこにでもいるらしい。何十年も前からメンバーと資金を募り、黙々と宇宙船建造計画を進行させてきたのだという。

〈大異変〉の告知前までは、簡単な有人飛行を実施したり、もう一度月へ行ったりする計画を検討していたという。が、告知と同時に協会の方針は変わった。

《自分たちの研究を応用すれば、人類を宇宙へ逃がすのは無理でも、深宇宙へ向かって何かを打ち出すことはできる。人類という生物がこの星に生きていた証(あかし)を、我々は、地球外のどこかに残せるのではないか――》

熱狂的な想いに支えられ、無人宇宙機建造計画が立案された。これが、桂大使を通じて青澄まで伝わってきた宇宙船計画だった。

御倉はソファに腰をおろすと深々と頭を下げた。「このたびはアシスタント知性体のコピーに同意して頂きまして、誠にありがとうございます。断られて当然と思っておりましたので」

「断る方のほうが多いのですか」

「プライベートな情報までコピーする形になりますから。ユーザーの方には、情報の一部を削除する権利があることをお知らせしておりますが」

「私もいくつかのデータは処理しようと思っています。アシスタントの思考に影響しない程度に」

「ありがとうございます。今日は、この計画について、もう少し詳しくご説明させて頂きます」

選抜されたアシスタント知性体のコピーを作り、地球外へ旅立つ宇宙船に搭載する。これは宇宙船の航行を管理させ、到着先で新しい人類の種を育てさせるためでもあった。

アシスタント知性体は、ユーザーの個人情報だけでなく、ユーザーが働いていた頃の記憶も持っている。業種によってはコピーが厳禁の情報も少なくない。その問題をクリアしてコピーを了解させるには、各国政府や連合の上層部の許可がいる。ＤＳＲＤ内部には、特例を認めさせる力とパイプを持った人物がいるに違いなかった。

「まず、我々の宇宙船が目標としている惑星についてお話しします。当初は未定でした。漠然としか、お話ししていなかったと思います」

「ハビタブル・プラネットが確定したんですか？」

「はい。地球からの距離は二十五光年。天秤座の方向にあります。惑星表面に広範囲に渡る水の存在が確認されています。ＤＳＲＤでは、この星を〈マイーシャ〉という愛称で呼んでいます。生命という意味です」

宇宙には地球と似た環境の惑星、つまり生物が生存可能ではないかと予想される惑星が百を超えて存在する。それらの存在領域をハビタブル・ゾーン、具体的な星を指してハビタブル・プラネットと呼ぶ。二十一世紀初頭から頻繁に確認され、新しい名前があがるたびにニュースとなった。

しかし、どのハビタブル・プラネットも、地球から何十光年も離れている。マイーシャの二十五光年先というのも、実は、最も近いわけではないのだと御倉は言った。「もっと近くにもありまして、クジラ座タウの惑星――こちらは十二光年先ですね。ただ、その惑星とタウとの距離が、太陽系で言うと金星よりも内側。重力は地球の約二倍。水や大気があっても、我々の目的地としては少し条件が厳しい」

「マイーシャは、もう少しましですか」

「はい。恒星との距離が、ちょうどいい具合です。重力の差もほとんどありませんし、惑星の平均表面温度は地球の熱帯なみ。獣舟変異体の種ならば、これぐらい何ともないでしょう」

「それにしても二十五光年先とは遠い。そんな場所へ到達する宇宙船を作れるのですか」

御倉は胸を張って「はい」と応じた。「充分に可能です。私たちの計画は夢物語ではありません。できると判断したからこそ、協会を立ち上げました」

「二十五光年先に行こうと思ったら、いまの人類の技術で何年になりますか。どんなに頑張っても、光速で飛ぶ宇宙船は造れないんでしょう」

「ええ、都合よく空間をねじ曲げたり、ワープしたり——なんてことはできませんから。二百年はかかります」

「気の長い話だ」青澄は苦笑を洩らした。「船体に、それだけの耐久性を持たせることは可能です」

「じゃあ燃料は。エンジンは。二百年も飛び続ける宇宙船なんて想像もつかない。どうするつもりなんですか」

「方法はあります。公使もご存知かと思いますが、プルームの冬に備えて、一度でもエネルギー問題について真剣に考えた経験があるなら、ひとつの方法を思いつくはずです」

「まさか……」青澄は眉をひそめた。「核融合エンジン？」

「当たりです」

「あの技術は未完成のはずだが」

「三年以内には実用化されるでしょう」

「たった三年で？」

御倉は自信に満ちた笑みを浮かべた。「この年数で作れるという意味ではありません。リ・クリテイシャス以前のデータを何百年も守り続け、地道に研究してきたチームがあるのです。そこが、もうすぐ、公の実験に許可が下りるだろうと言っています。政府の審議を通して許可を取り付け、書類の申請にかかる年月というのがありまして——」

「ああ、なるほど。まだ、エンジンとしての実物はないわけだ」

御倉は楽しそうに目を細めた。「人類は多様なエネルギーを開発してきましたが、リ・クリティシャス以降は自然エネルギーに頼っています。太陽光や波力は安全ですし、バイオ燃料は、いまや飛行機すら飛ばすほど性能がいい。しかし、〈大異変〉が起きれば、これらのほとんどが使えません」

現在、地球上の電力は、複数の方法を組み合わせて供給されている。地上で行われる太陽光発電、静止軌道上に置かれた発電衛星から電磁波を送信してくる宇宙太陽光発電、火山活動を利用する地熱発電、大きなブレードが不要になったミニサイズの風力発電、海流による発電、波力発電、海洋温度差発電、燃料藻類による火力発電、山岳部での水力発電、蠟燭代わりの重力発電。環境や資源や予算の都合によって使い分けている。

自然環境に頼る方法は、〈大異変〉によって地球全体が粉塵に覆われると、ほとんど使えない。

太陽光発電に関しては、宇宙エレベータを建設し、これを経由して宇宙から送電し続けてはどうかという意見もあった。宇宙空間に太陽光発電パネルを展開し、そこで得た電力をエレベータ経由で地上まで届ける方式なら、気象変動や粉塵の量に影響されない発電ができる。宇宙エレベータの建設については古い時代の資料が残っている。総工費は、エレベータ本体のみで、国際通貨に換算して一兆から二兆ヴァルート程度。工期は十五年。周辺に海上都市や各種生産プラントを併設すると、その程度では済まない。だから、エレベータ本体だけの工事になる。

しかし、この手段にも弱点があった。

宇宙エレベータ建設の問題のひとつに、スペースデブリの存在がある。地球の軌道上には、ロケットや人工衛星の破片、人工衛星同士の衝突によって撒き散らされた残骸などが浮いている。リ・クリティシャスによる社会的な混乱によって、それらが除去されないまま今日に至っている。これを消滅させない限り、宇宙エレベータを建設するのは難しい。ものすごい勢いで突っ込んでくるデブリによって、エレベータが穴だらけになってしまうからだ。

そして、もし、信じ難いほどの短期間ですべてのデブリ除去に成功したとしても、別の問題が待ち構えている。〈大異変〉で地球を覆う粉塵は、大陸地殻下から噴き出すもので、硫黄化合物を大量に含むと予測されていた。エレベータの一部――大気上層から成層圏が、百年単位で酸性エアロゾルの中に曝され続けるのである。エレベータの芯自体はカーボンナノチューブを使うので腐食に強いが、外壁やメンテナンス装置が保たないのではないかと指摘されていた。

プルームの冬が引き起こす極寒環境下では、機械類が正常に作動しない可能性も高い。費用配分の問題もあった。海上都市のドーム化、マルガリータ・コリエの建設、陸地の居住者を避難させるための地下都市建設、これらすべてに伴う発電所の新設。この時点で資源も資金も尽きてしまい、宇宙エレベータの建設に回す余裕はなくなってしまう――という試算があった。資源も費用も有限なので、手持ちの中で遣り繰りすると、何かをあきらめざるを得ない。

となると、残る方法は限られてくる。

技術が確立されており運用が簡単なのは火力だが、燃料の種類が限られる。日本群島を含む環太平洋地域は、リ・クリテイシャスの直前――メガリスの一斉崩落による大陸棚の崩壊で、大量のメタンハイドレートが気体となって失われてしまった。残る資源はバイオ燃料である。領海内や公海で燃料藻類を育て、化学処理した後、バイオガソリンに転化する。これは、リ・クリテイシャス以降の航空機にも使われているものである。

だが、粉塵によって太陽光が遮断されれば燃料藻類は育たない。藻類は陽光によって成長を左右されるだけでなく、温暖な海洋環境にも依存している。人工灯で照らせば育つというものではない。プルームの冬は地球の温度を氷河期なみに下げてしまう。海が冷えれば藻類は繁殖しない。つまり、バイオ燃料が欲しければ、まず、培養槽を温めてやる電力が必要であり、問題は振り出しへ戻ってしまうのだ。

その問題を乗り越えて、暗闇と冷温環境で育つ改良型藻類を作り出せたとしても、今度は発電効率の問題が待っている。火力発電の発電効率は大気の温度に大きく左右される。気温が下がると効率も下がる。人類は氷河期に火力発電を行った経験を持たない。そもそも、バイオ燃料は温度が下がると粘度を増すという欠点を持っている。何の発電トラブルも起こさず、世界中に安定して電力を供給できるのかどうか。

水力、風力、波力は、地球環境の変化にダイレクトに影響される。プルームの冬が訪れたとき、地球全体の年間降雨量・降雪量、季節風や風量の変化は誰にも予測できない。気温が下がるなら、水は雨ではなく雪や氷として固体の形で地球上に保たれる。となると、水力発電に見込まれる水の確保は不可能だ。

風も地球全体の気象変化に影響されている。〈大異変〉後、どの方向へ、どれだけの力で、どのような性質の風が吹くようになるのか。〈大異変〉が起きる前の予測が外れれば、設備を作ってもすべて無駄になってしまう。発電できる場所と消費する場所がどれぐらい離れてしまうのか、これも予想がつかない。

波の力も気象の影響を受けている。波浪は、風が海面と接触することで生まれているからだ。〈大異変〉後に風の吹き方が変われば、望む場所での波力発電はできないかもしれない。

海洋温度差発電も、太陽の恩恵があってこそのものである。海洋表面の温かい海水と深層の冷たい海水との温度差を利用して発電するからだ。海洋温度差発電は、摂氏二十度ほどの温度差がないと発電機関から効率よくエネルギーを取り出せない。地球全体の気温が下がれば海洋の表面も冷える。深海との温度差が縮まってしまうと、結果、発電効率はひどく落ちる。

地熱発電は安定した熱源を確保できるが、海洋環境を中心に発達してきた現在の社会システムは、地熱利用の研究にほとんど開発費を投入してこなかった。それに、これから発電所を作って住居を併設するにしても、極端な寒冷化によって地表が氷で覆われることを考えると、地下都市の形にせざるを得ない。すべてが新規工事となるこの計画では、膨大な時間と莫大な費用と資源が必要となる。では、小規模の待避所として作ればいいのかというと、これにも問題があった。地下都市は閉鎖環境に近く、地球上の各都市との交流を持ちにくい。備蓄品だけでは乗り切れないので、都市内である程度の食糧や水や生活用品を生産しなければならないのだが、人口を絞れば絞るほど、この作業が困難となる。そして何よりも、アジア地域で起きる大規模なマントル内異変は、周辺の火山帯に影響を与えるに違いないのだ。地熱発電が何の問題もなく安全に使えるという保証はどこにもない。〈大異変〉以後、世界中の火山帯で新たな異変が連動する可能性は高く、マグマが想像もつかない場所へ噴き出せば、あてにしていた熱源が得られない可能性すらある。

となると、地球環境に依存せず、確実に発電を続けられる方法は限られる。核エネルギーはその筆頭だった。ただし、核分裂炉は、いまでは世界中で禁止されている。だから核融合炉を使う形になる。

理論は確立されている。燃料として使う重水素は、海水の中から幾らでも取り出せる。超高温に耐える素材さえあれば——炉を維持できる技術さえあれば——人類は史上初の〈太陽に依存しない生態系〉を作り出せるだろう。それは、プルームの冬を乗り切るために大きな助けとなるはずだ。大昔のように蒸気タービンを回して発電する方法ではなく、核融合反応そのものを電気エネルギーに変換する——直接発電方式が可能になれば、一基の設備で生産可能な電気エネルギーは莫大なものになる。

しかし——。

青澄は額に手をやり、目を閉じた。救援ネットワークの国際会議でも、当初から、この件が問題視されていた。核融合発電が可能になったとしても、人類はそれを許容できるのかと。〈制御できない技術〉の代名詞のように語られてきた核エネルギーの使用を、危機を乗り切るためだと言って押し切るのは、果たして正しいのかどうか。

人の手に余る技術は使うべきではない、たとえ技術があったとしても。他の技術では効率が悪いとわかっていても――人類を助けられない可能性が高いとしても――そちらを使うべきではないのか。それで滅びるのだとしたら、人類はそれまでの存在だったと、あきらめたほうがよいのではないか。それが会議での大半の意見だった。

そもそも、核融合発電があっても、人類が滅びないという保証はないのだ。極寒の中では機械類の動作不良が増え、発電所のメンテナンスができない可能性が高い。地球の寒冷化が極限まで進行すれば、発電所のメンテナンスは相当の困難を極めるはずだ。そこへかかるコストや危険性を考慮すれば、莫大な費用と資源を投じて核融合発電所を作る意味には疑問符がつく。

ただ、政府や連合の判断としては、第一選択になるだろうと誰もが考えていた。個々人の死生観とは違い、政府や連合は「だめだったら皆で静かに滅亡を待ちましょう」とは、立場上、絶対に言えないからである。最後の最後まで滅亡に抗い、人類を生き延びさせようと力を尽くす――それが政府の役目であり、国を司(つかさど)る人間の拠り所でもある。発電効率が極端によい核融合は、彼らが最も期待を寄せるに違いなかった。反対意見に耳を傾ける余地は、政府側にはまったくないだろう。

発表すれば大きな議論と騒乱が起きるのは目に見えていた。だからこの十年間、公の場で、核融合発電について語られたことはない。人類は太陽光以外の手段をニネルギー源として、プルームの冬を乗り切るのだ——と、どこの政府も発表していた。それでは足りないと指摘する科学者もいたが、試算では大丈夫だと言って突っぱねている。

青澄は御倉に訊ねた。「宇宙船のために核融合エンジンを作るというだけで、地球上では大騒ぎになるでしょう。それについては、どうなさるつもりですか」

「〈大異変〉が来る来ないにかかわらず、私たちは、いずれ核融合エンジンのテストを行う予定でした。人類の文明が落ち着き、いつか深宇宙への進出を再検討し始めれば——この技術が必ず要るとわかっていましたから。つまり、深宇宙進出と核融合炉の研究は、セットで進んできたのです。チームは核融合炉の用途を、宇宙船のエンジンに使う以外にはまったく考えていませんでした。実証実験を地球上ではなく宇宙で行うという取り決めも、初期から守られてきたものです。たとえ実験といえども、地球上に対して放射線の影響を与えないようにと考えられた計画でした。しかし、この時代、我々の技術が地球上での発電機関に転用される——これは止められない流れでしょう。政府や連合のほうから、うちへ接触してきました。技術転用と引き替えに、ロケット発射場の貸し出しを許可すると言って」

「なるほど。それで政府とのパイプができたわけだ」

「はい」

「実証実験を宇宙でやるならば、宇宙船の組み立ても地球外ですか」

「ええ。私たちが開発したタイプの反応炉は中性子を出しますので。中性子は周囲にある物質を放射化する。核融合反応自体が放射性物質と無縁でも、炉を稼働すれば周辺素材が放射化します。これを抑える方法はありますが、いまの社会状況では資材も開発費も足りません。エンジンテストすら許されないでしょうから、部品を工作ロボットと共にロケットで打ち上げ、宇宙空間で組み立てる流れになります。太陽からの影響を受けにくいラグランジュポイント・L2を使います。宇宙空間なら試運転で中性子をばらまいても何の問題もありませんので」

御倉は中空で指を振り、ディスプレイを表示させた。数字がずらりと並ぶ。宇宙船建造計画にかかる費用と、その詳細。「我々の深宇宙開発技術は、だいたい二十一世紀後半のレベルで止まっています。理由をご存知ですか」

「そのあたりから海面上昇が本格化したからだ。その対策に追われて、人工衛星打ち上げ以外の予算を、宇宙開発へ回す余裕がなくなった」

「その通りです。しかし、理論も資料もきちんと残っています。マイーシャを目指す宇宙船――人間を乗せない宇宙機なら飛ばすことは可能です。エンジンさえ完成できれば」

ロケットの図版が表示された。小型から大型まで。基本形はすべて同じだ。鉛筆状の細長い機体にブースターが付く。

「五トン以下のペイロードを打ち上げる場合には、このあたりのサイズで充分です。全高五十数メートル、ブースターが二台なら総重量は三百トン足らず。二段式。この規模なら海上プラットフォームから上げられるので、民間企業がやっています」

「だが、一台打ち上げるのに、国際通貨換算で八十億ヴァルートにかかる」

「いまはもっと安く済みますよ。ロケット本体を使い捨てにしないで、回収して再利用するんです。費用を十分の一まで節減できます。第一段、第二段とも、逆噴射装置で垂直着陸させて回収します。打ち上げ地点から、ほぼずれない位置に降ろすんですな。以前はパラシュートを使ったりもしましたが、あれは風に流されて公海上に落ちるので追跡が難しくて」

「しかし、宇宙船の部品をすべて上げるには、この規模では小さ過ぎる。何百回も打ち上げなければ」

「勿論、この規模の輸送ではお話になりません。百トンを超えても上げられる大型ロケットを使わなきゃ。それでも二十数回は打ち上げますが」

大サイズの機体を御倉は指さした。データが別ウィンドウで開く。「全高百十メートル、総重量約三千トン。二段式。これが二十一世紀に作られた最大のロケット、SLSです。一回の打ち上げで百三十トンまで上げられるのが魅力ですね。もうひとつ、こちらはSLSよりも小さくなりますが、ファルコンヘビーというロケット。推進薬クロスフィード方式を使うので、三段式に匹敵する打ち上げ能力があります。搭載できる積み荷の重量はSLSの約半分」

「どちらも、海上プラットフォームからの打ち上げは無理ですね」

「汎アと統合アメリカの政府管理発射場については、貸し出し手配が完了しています」

「ロケットは兵器にもなる。他の連合や政府はなんと言っていますか」

「そこが頭の痛いところです。まず、世界中の政府に向かって、これは兵器ではないと説明し、納得してもらわねばなりません。なにしろ、一度は核融合炉を積みますので」

「打ち上げ総額は」

「合計二十五回と計算した場合、四千八百億前後になるでしょう」

「回数の内訳は」

「生命の種とそれを管理するアシスタント知性体を含めた諸々の装置運搬に一回、核融合エンジンに一回、船体の材料に二回、残り二十一回の運搬で燃料となる液体重水素を運びます」

「トリチウムは」

「使いません。Ｄ－Ｄ反応炉なので。エネルギー効率は〇・七。高速点火方式。発電に関しては直接発電方式を採用しますので、熱－電気変換効率は確実に八十パーセントを超えます」

「液体重水素の生産は」

「工場を新設します。重水素は製薬や工業に欠かせませんから、いまも多数の工場で生産されています。そこにも発注をかけておけば、新設工場だけでは生産しきれない分も確保できます。原料は海水ですから、いくらでもある。むしろ、集めるのに時間がかかるのはイリジウムですね」

「何に使うんですか」

「生命の種の遺伝子を守る容器を作らなくてはなりません。地球の外へ出ると宇宙放射線の量がすごいので。本当は、最も集めるのに困らず簡単に扱えるのは水です。ただ、水を使うと四千トンを超える量が必要になってしまう。鉛でも七十トンぐらい。イリジウムなら二十八トンで済みます。中心部に容器を入れ、その周囲をイリジウムで覆うんです。宇宙放射線から守るために使うわけですから、放射線を出さない安定同位体を使います。直径が三十五センチぐらいの球体を作って、その中に生命の種を収めた容器を入れて……」

「ちょっと待ってくれ」淀みなく喋り続ける御倉を、青澄は手をあげて押し止めた。「宇宙船本体の製造費、打ち上げロケットの製造費、打ち上げそのものにかかる費用、核融合エンジンの建造、重水素生産工場の建築費、重水素の生産そのものにかかる費用、発射場の使用にかかる費用、これらすべてにかかってくる人件費……。これで、いくらになるんだ？」

御倉は、にっこりと微笑んだ。「そうですねえ。まあ、兆単位の心づもりでおればよいのではないでしょうか。ま、二桁には届かんでしょう。一桁で充分ですよ、一桁で」

「一桁……」

「開発途上にトラブルはつきものですから、実際には、六、七兆あたりまで覚悟しておいたほうがいいと思いますが」

青澄は、ゆっくりとソファに背をあずけた。天井を仰ぎ、目を閉じてつぶやいた。「……なんてことだ。たったそれだけでいいのか」

「そうなのです、公使。たった、それ、だけ、で足り、る、の、です、よ」

　青澄は姿勢を戻した。

　御倉は静かに青澄を見つめていた。「私がここへ来たのは、公使に、これを知って頂きたかったからです。コンツェルンの御曹司であり、外務省にお勤めである公使ならば――もうおわかりでしょう。一兆ヴァルート単位の金など、一般企業では簡単に動きます。個人の資産としてそれぐらい持っている人すらいます。宇宙船建造計画にかかる費用は莫大なものですが、決して非現実的な数字ではありません。数人の富豪がドカンと寄付してくれれば集まり得る金額なんです」

「ＤＳＲＤは、それを可能だと確信しているんだね」

「〈大異変〉が来るという事実は、宇宙に夢を賭けたい人たちの心を、きっと動かすでしょう。もっとも、動機は人それぞれ違うと思います。人類が滅びてしまうなら最後に好きなことに金を出したいとか、核融合炉が成功するならそれに賭けてみたいとか……理由は何でもいいんです。ようは資金を一ヶ所に集めればよいわけです。公使にも――いえ、これからはパンディオンの理事長ですね。ひとくち乗って頂けると、大変ありがたいのですが」

「……話はよくわかった。正直なところ、ここまで、しっかりと計画されているとは思わなかった。実質、あとは核融合炉の実用化を待てばいいだけなんだね」

「はい」

「個人的には大いに興味がある。もし安全に使えるなら、核融合は素晴らしいエネルギー源になるだろう。だが、それでも私は、資金を援助するわけにはいかないんだよ」

「なぜですか」

「君は七兆ヴァルートを収集可能な金額だと言った。確かにそうだろう。私がごく平凡な会社の経営者なら、幾ばくかはお手伝いさせてもらっただろう。だが、わかるだろう？　パンディオンは、政府の支援が届かない人々の生活を守るために作られた。食糧や水のない場所にそれを供給して、医療品と医師を送り届ける。経済が成り立っていない地域に、人々が働ける環境を作り出す。そこから得られる収益を、救援ネットワークの管理と別の場所での救助に使う……。私は仕事上、兆単位で金が動く社会を知っていると同時に、それだけあれば、どれだけの命を救えるのかも知っているんだ」

御倉は、それまでの饒舌が嘘だったように黙り込んだ。

青澄は続けた。「わかってくれないか。いまの私に、他を資金援助する余裕はない」

「ほんの僅かな額で結構なのですが……」

「中途半端な真似はしたくない。ここで出資したら、私はたぶん、あとで悔やむだろう。あのときの金がいまあればと。パンディオンは全能じゃない。資金繰りに困る時期が、いずれ必ずやって来る」

「……そんなに厳しいラインでやっておられるのですか」

「人間相手の仕事だからね。うまくいかないことも多い。ＤＳＲＤの計画には敬意を払うが、いまはこれ以上は無理だ」

「ご家族のほうは如何(いかが)でしょう。興味を持って頂けそうでしょうか」

「悪いが、コンツェルンまで話を上げるつもりはないよ。兄たちも経営には苦労している。察してやってくれ」

「……わかりました」御倉は素直に引き下がった。「公使らしいご判断だと思います。しかし、考えが変わったら、いつでもご連絡下さい。我々は、いつでも誰でも、どんな形での援助でも歓迎しますので」

「ありがとう。寄付はできないが陰ながら見守らせてもらうよ」

「十年ぐらい経ったら、我々のやりとりを知らない若い世代が寄付を募りに来るかもしれません。そのときには――」

「わかった。遠慮なく追い返させてもらおう」

「そうしてやって下さい。ＤＳＲＤが求める夢は、無数の命と他人の犠牲の上に成り立つであろうことを、どうか厳しく教えてやって下さい」

3

世界経済の偏りに対して、人権擁護機関と民間救援団体は、微々たる力ながらも抵抗を試みていた。政府が企業の行動を黙認していることを――何しろ国のための生産である――仕方ないと承知しながらも、それだけでよいはずはないと考え、独自の行動を開始していた。

国際会議によって世界各地・各海域の生活水準が分析され、どのような策が有効なのか検討がなされた。会議に参加した団体は、ほとんどが寄付だけで成立しているボランティアだった。どう試算しても、自分たちの働きだけでは焼け石に水という結論しか出てこなかった。

だが、彼らは沈黙しなかった。

「この状況を看過すれば、〈人間が人間であり続ける意味〉が失われてしまう」という信念から、陸と海への双方の支援を続けていた。

各政府内部にも志を同じくする者の声はあった。救援活動は、本来ならば政府が率先して担うべき事柄である。しかし、海上都市改築や代替エネルギー開発、ルーシィの研究など、費用がかさむ事業を政府は抱えている。いま目の前で苦しんでいる人間まで救う余裕はなかった。市民からの非難を承知のうえで、政府は民間の活動家に、ほとんどの救援対策を丸投げした。

青澄が外務省を退職してパンディオンの理事長に就任したのは、ちょうどこの時期だった。

外務省退職と同時に、青澄のよきアシスタント——人工知性体のマキは、機密保護のために、記憶の大半を外務省の情報管理部によって消去された。

青澄は入省時、これを了解する書類にサインしていた。日常的な暮らしの中で使うだけなら、少々記憶が欠けていても、マキは優れたアシスタントとして機能するはずだった。だから、仕事とプライベートでアシスタントを分けたりせず、マキ一台だけを使い回していたのである。

が、〈大異変〉の到来を控えた現在、外務省時代の記憶を失ったマキと共に新しい仕事を始めるのは、青澄にとって若干の痛手だった。

　記憶装置の処理を終えたマキは、青澄が二十歳だった頃の状態まで戻っていた。二十年を超える青澄の奮闘を何ひとつ覚えておらず、そこから得られた知見によって、青澄に有効なアドバイスを与えることもなくなった。むしろ、青澄のほうがマキに教え直さねばならない状態だった。

　それでも、青澄は新しいマキに失望したりはしなかった。工場出荷時の状態に戻す気もなかった。このマキは、思春期の頃の自分を覚えてくれているのだ。五歳から二十歳までの記憶を共有している大切なパートナーである。

　ただ、〈以前のマキ〉と区別したいという気持ちから、青澄は、擬似人格の設定に大きな変更を加えた。マキの仮想人格を、成人男性から、成人女性へと変えたのである。これに合わせて、人工身体（ボディ）も女性型を選んだ。

　どんな女性型を選べば最適か、青澄は長い時間をかけて検討した。学生時代、コンツェルンの三男坊という身上を利用して華やかに遊び回っていた頃——知り合った女性の数は多かった。ひとりひとりを、いまでもよく覚えていた。甘い思い出もあるし、苦い思い出もある。若気の至りと呼ぶにはあまりにも恥ずかしい失態も少なくない。

　いまでも愛しさを感じる彼女たちの姿から、青澄は、ひとつのイメージを作り上げていった。心を許せる相手として求める、大人の女性の姿を。

そして——青年型だったマキは、成熟した女性型のマキとして生まれ変わった。顎のラインで切り揃えられた黒髪。焦げ茶色の大きな瞳。すらりとしたボディの肌は、若干青みを帯びているものの本物の人間のように艶やかで、唇は薔薇の蕾を思わせる色に輝いていた。人工身体でありながら、その立ち居振る舞いには、微かな色気を含んだ清楚な雰囲気が漂っていた。数種類の秘書用スーツを、時と場所によって、自ら使い分ける美的センスも備えていた。

新しいマキが見せる笑顔は、外洋公館時代のマキと同じように、限りなく本物の人間に近かった。青澄が、今回も顔の造型に拘った成果である。

新しいマキは「僕」とは名乗らず、「私」と名乗るようになった。青澄を「理事長」と呼び、友人に対する砕けた口調ではなく、人間の秘書が企業の重役に話しかけるように敬語を使って接した。

これでいい、と青澄は満足した。何もかも前のマキと正反対にする——それがいまの青澄には必要だった。

新しいマキは、開口一番、青澄がパンディオンを立ち上げた理由を訊ねた。

青澄は微笑みながら答えた。「いまから始めるのは、これまでの仕事の延長だ。外洋公館でやっていた業務を、これからは民間で行う」

「逃げるという選択肢はないのですか」

「なんだって？」

「人類がもうすぐ滅びるなら、仕事などやめて静かに引き籠もるという選択もあります。そのほうが楽ではないでしょうか」

「退屈だぞ。そんな人生は」

「でも安全です」

「そうだな……。五十年ぐらい先には、そんな生活も考えてみよう。だが、いまの私が選びたいのはそういう生活じゃない。わかるな」

「はい。理事長がそうお望みなら、私はそれに従います」

「じゃあ順々に話そう。〈大異変〉を乗り越えるには、それ以前から世界全体を安定させておく必要がある。経済格差、民族間の問題、避難場所の確保――。危機的状況を抱えたままでは、〈大異変〉の時期にかかわらず、人類は内紛によって滅亡寸前になるだろう。自然の脅威よりも先に、人間が人間を押し潰してしまうんだ。これはとても悲しいことだ」

「悲しい？」

「虚しいと言ってもいいかな。これが人間の本質だとしても、それに逆らうのも人間の性質だ。極限状況に陥っても、なるべく人が人を殺さずに済む社会を作りたい。勿論、こんな望みは部分的にしか叶わないだろう。だが、そういう場所を少しでも多く作りたい」

　陸にも海にも問題はある。が、まずは海上社会の安定に乗り出すつもりだと、青澄はマキに教えた。

パンディオンはダックウィードとの連携で広いネットワークを持っている。その事業はいくつかの柱を備えていた。

ひとつは、海と陸との衝突を解消するための交渉部門である。外洋公館でやっていた業務の民間版。規模は小さいが、放置できない対立を解消するために必要だった。

もうひとつは救援部門である。汎アの政策で生活環境が悪化した海上民をマルガリータ・コリエ周辺へ誘導し、自力で生活を持ち直せるまで支援する。救援部門には陸上支援もあり、高地の民への援助も含まれていた。

これらふたつの支援を可能にするために、パンディオンは経済活動部門を備えていた。燃料海藻工場を運営し、民間に開放された病潮ワクチンの生産に乗り出し、これらの生産ラインに、漁ができずに飢えている海上民を雇い入れて給与を支払っていた。この点が、事業型救援団体と呼ばれる所以である。

マキは眉間に縦皺を寄せた。「……難しいお仕事ですね。いまの私にサポートできるでしょうか」

「時間をかけてゆっくりと学んでくれ。急がなくていい。いまは私のほうがおまえよりも先を行っているが、人工知性体の思考力は二十年分の差などすぐに縮めるだろう。じきに、昔のような判断能力を発揮するようになるさ」

青澄は、外洋公館時代には公館の外に住居を持っていたが、自分で企業を立ち上げた以上、どこに住もうと自由である。そこでパンディオン本部の最上階を、ワンフロアすべて居住区とした。

そこには、青澄とごく限られた親しい人間しか入れないようにした。家族を持たない自分にとって、「家」と「職場」は同じでいい――。青澄はそう説明したが、新しいマキは最初この考え方に納得しなかった。このような形をとると、青澄が体を壊すまで働き続けてしまうと心配したのである。

だが、青澄はこれを聞き入れなかった。これは理事長命令だと言って、マキの反論を封じた。

青澄がマキの意見を退けたのは、絶対に公私混同の生活はしないという自信が、彼の中に育っていたからだった。オセアニアの一件で、さすがの青澄も心底懲りていた。のべつまくなしに働き続けるような愚行は、もう二度と犯さないつもりだった。

視察や出張がない日には毎日定刻通りに仕事を終え、マキと共に居住フロアへ引き籠もった。必ず自分の手で食事の準備をして、温めた人工食品をダイニングテーブルに並べると、ひとりで静かに食べた。食事の間は、絶対にデータディスプレイを開かないようにした。音だけでニュースを聞いたり、静かに音楽を流したりした。

風呂場には大きなバスタブを入れた。若い頃はシャワーだけで済ませていたが、いまでは、じっくりと時間をかけて湯に浸るようになっていた。

体の芯まで温めると、意外なほどすっきりと体の疲れが消え、心まで軽くなった。それに気づいてから、沐浴を欠かさないようにした。あまりの気持ちよさに、青澄は、しばしば長湯をするようになっていた。マキが心配して途中で声をかけてくるほどに。

「仕事の合間に温泉巡りをしてみたいな」と青澄はバスルームから脳内通信でマキに話しかけた。「周辺地域を調査すれば、地熱発電の状況を確認できる。政府が管理していると、個人での訪問は難しいかもしれないが——調べてみてくれ」

「かしこまりました」

世界中に残る陸地は、リ・クリティシャスの際に沈んだだけではなく、河を遡行した海水によって塩害を受けている。植物が生えなくなった土地は降雨によって浸食され、どんどん土壌が流れ出した。海面上昇は地球全体の気候も変えたので、アジア海域の年間降水量は極端に跳ね上がっている。降雨による土地全体の浸食と泥地化、洪水による水没、止まらない海側からの浸食——。この繰り返しで、日本列島は徐々に崩れて群島になってしまった。温泉自体は火山活動の産物なので止まらないはずだが、山体崩壊によって湧出先が変わった場所もあるし、そのまま出なくなった場所も少なくない。

青澄が風呂から上がると、マキは完璧にデータを揃えていた。ファイルを早送りしつつ、青澄は楽しそうに目を細めた。「結構残っているんだな」

「民間が運営する形で、まだ、かなりの場所が。しかし、どこも小規模です。〈プルームの冬〉対策として有効なのでしょうか」

「寒冷化が極限まで進めば、地表は数千メートルの氷で覆われる。だから、地熱発電都市の場合、すべてを地下に作るしかないが、この設計と運営が難しい。シェルターに閉じこもるようなものだから」

「技術的に難しいのですか」

「他の都市との交流ができないから、いい暮らしはできないだろう。閉鎖環境で感染性の高い病気が流行したら、それだけで都市は全滅する。小さな避難所では薬の大量生産は不可能だから備蓄に頼るしかない。何度も病気が流行すれば、薬が尽きた時点でその都市はおしまいだ。〈大異変〉以後、地中で、どれほどの変動が起きるかも予測できないし」

「人間というのは、ほんのわずかな変化で死んでしまうのですね」

「そうだな。私は時々おまえが羨ましくなるよ。人間も、機械のように命に融通が利けばいいのにな」

外務省を退職して以来、青澄はベッドに入る前の一時間を、必ず、マキとのプライベートな会話にあてるようにしていた。機密データは削除されているものの、青澄が自分の体験を〈物語としてマキに語ること〉までは止められていない。青澄は、この方法でマキの空白部分を補うつもりだった。

新しいマキは青澄の話にじっと耳を傾け、「それは大変な体験をなさいましたね」とか「そのとき、理事長は本心ではどう思っておられたのですか」と、青澄の内面を探るような問い方をした。アシスタント知性体としての機能が、そのような質問を自然に選んだのである。

青澄はマキの反応に手応えを感じ、熱心に語り続けた。

よい思い出も悪い思い出も、区別をつけずに話した。話すことによって自分の内面が整理されていくのを感じた。マキの教育として始めた行為が、実は、自分自身の心の安定にもつながっていると気づき、いつしか、それを自ら楽しむようになっていた。

取り返しのつかない出来事は、いまでも取り返しがつかない。話したからといって、自分の失敗や罪が帳消しになるわけではない。生々しく甦った記憶によって青澄が言葉を失い、話を先へ進められなくなっても、マキは急かしたり咎めたりせず、青澄が再び口を開くまで根気よく待ち続けた。最後まで聞き終えると必ず、「話して下さってありがとうございます」とお礼を言った。「私たちアシスタント知性体にとって、マスターに関する情報は多ければ多いほどよいのです。私たちは所詮人間と同等にはなれません。だからこそ、より多くの話を伺って、人間の可能性について幅広く許容する必要があります。理事長は、随分と支え甲斐のある方のようですね」

「世話が焼ける男だと？」

「ええ、きっと世間ではそう表現するのでしょう。しかし、私には、そういう部分がとても好ましく思えます。理事長は精力的に他人の面倒を見る仕事を続けてこられました。しかし、それゆえ、理事長の精神もケアを必要としておられるのでしょう。愚痴のひとつも吐き出せない人間など、いくら理想が高くても、正常であり続けることなどできません」

「おまえにそう言われると、なんだか安心するな」

「〈前の私〉はどうでしたか。同じように理事長をケアしていましたか」

それは自己の機能比較のためにマキが発した、まったく感情を交えぬ発言だった。だが、青澄はそれを言葉以上の意味に受け取った。「……〈前のマキ〉については訊ねないでくれ。これからも」

「なぜですか」

「私にとって〈前のマキ〉は、とても大切な存在だ。安易に、いまのおまえと比べたくない。あの頃のマキは、あの時代にしかいない存在だから……」

「わかりました。理事長がそう仰(おっしゃ)るなら私はそれに従います。〈前のマキ〉は、とても幸せ者ですね。私は少しだけ〈嫉妬〉します。そして、少しだけ〈恥ずかしい〉気がします」

「嫉妬とか恥ずかしいとか、人工知性体のおまえにわかるのかい」

「いま覚えました。感情としての実感はありませんが、理事長のお話は、このデータにそのようなタグ付けを可能にしてくれました。ありがとうございます。そろそろお休みになりませんか。話を続けるには、もうだいぶ夜が更けたようですよ」


マキのiプローブは青澄の健康状態をモニターし、常に充分な睡眠と食事の摂取を促した。三十代後半まで青澄にとって深刻な問題だったパニック障害――身体的な痛みによって引き起こされる過呼吸と心臓の発作――を、新しいマキも引き続き警戒していた。

だが、青澄は少しずつ、マキの制御から離れつつあった。外洋公館から離れ、仕事上、生命の危険に晒される機会が減ったせいもある。多忙ではあるが命を懸ける必要のない事務職は、青澄の心を少しずつ落ち着かせていった。

青澄はメディカル・エンジニアに相談して、マキの制御なしで擬似的な苦痛に体を慣らす訓練を始めた。これは本人やマキが思っていた以上に効果があった。

痛みの制御をマキに任せなくなった頃から、青澄は仕事の面でも、昔のようにマキに頻繁に頼る回数を減らしていった。パンディオンの理事長としての責務は重い。判断しなければならない事柄は多岐に渡っていた。マキとの相談で、簡単に処理できるものではなくなっていた。

自分の判断だけで次々と物事を決裁し、細かい損失に囚われず、大局的な決断を即時に行う――。それは業種を問わず、組織のトップに立つ人間に求められる思考である。青澄の変化に連動して、新しいマキは自分の行動を慎重に制御していった。穏やかに青澄を見つめつつも、これまでとは違う行動様式を選ぶようになっていった。

4

理事長職に慣れて一年ほどたった頃、青澄は、汎アジア連合のツェン・MM・リーを訪問した。リーは政事院の仕事から離れ、耀星省（ヤオシン・プロヴィンス）の救済事業局で総指揮者の職に就いていた。

　あの日――レストランの個室でしばし対峙した後、リーとは一度も顔を合わせていなかった。活動自体は伝え聞いていた。五年ぶりの再会を、リーは躊躇(ためら)いもなく歓迎した。

　耀星省(ヤオシン・プロヴィンス)は汎アの第二の心臓、内陸部の生産と文化を支える拠点である。高地なので海洋文化の影響をまったく受けず、古い時代の陸上文化が継承され、発展を続けていた。

　複雑な地形のせいで、亜熱帯湿潤気候から亜寒帯まで複数の気候が各地域を支配している。盆地では年間降雨量が多く、水が不足しないという特徴があった。工業都市では水が大量に必要なので、他からの供給を受けずに済むのは強みだった。

　加えて、ここは古くから地熱利用にも適した場所だった。温泉の数は古い時代には三百を超え、多くの鉱物資源がその底にあった。効率的に太陽光を受ける場所でもあり、太陽光発電に困らないという特性も持っていた。

　青澄が訪れた日は、気温が低く、雨が静かに降り続けていた。

〈大異変〉発生日が確定されないため、耀星省(ヤオシン・プロヴィンス)の住民は直前までこの都市に暮らしたがっていた。ここは莫大な富を生み出す大都市である。主要産業の経営者は、自分たちの移住先を既に決めたうえで、マグマ噴出の直前まで社員を働かせるつもりでいた。この土地から、最後のひと絞りまで富を得るために――。社員自身もそれを望んだ。〈大異変〉に備えるには財産が必要だ。移住先で新しい仕事を得られる保証はない。工場が稼働し続ける限り、ここで働いたほうが得策なのだった。

リーの仕事は、「〈大異変〉など来ないに違いない」と言いたげな彼らを、速やかに周辺都市へ移住させることだった。海沿いの都市や海上都市まで出向き、市長と話し合い、各都市がどれぐらいの移民を受け入れ可能なのかを計算して、自分では動きたがらない住民に生活援助金を出して尻を叩いた。

ありていに言ってしまうと、これは雑務だった。かつて政府の中枢に座り、国家元首への道すら期待されていた人間が手がける仕事ではなかった。リーの側近たちは、これが汎ア政府の中枢から外れることなのかと驚き、悲しみもしたという。

周囲の嘆きとは裏腹に、リーは仕事に邁進していた。〈大異変〉が訪れれば政府もへったくれもない。巨大な連合ほど持ち堪えられないだろうと予想した。ならば、その前に可能な限り下準備が必要なのだ。

端々を切り捨てれば組織の本体だけは維持できるだろうという考え方は、巨大組織のトップに立つ者の傲慢でしかない。その巨大さは、端々の積み重ねで成り立っているのだから。切り捨てる量が限度を超えれば、本体もあっというまに瓦解する。麓(ふもと)を崩された砂山のように、脚が折れた卓のように。虎も蛇も頭だけでは生きられない。その臨界点は誰にも予測できないのだ。

海上民出身であるリーの望みは、陸上社会の動きが、海上社会に悪影響を与えないように配慮することだった。移住先を決めてやらねば、行き場をなくした陸上民は海へ出る。小舟や機械船を使って海で暮らそうとするだろう。だが、海上社会のルールを知らない陸上民は、行く先々で海上民とトラブルを起こすに違いない。この混乱と係争を阻止するには、耀星省の人間を、すべて、既存の陸上都市と海上都市に振り分けねばならなかった。

救済事業局の事務所は、中央庁舎近傍に置かれていた。かつては企業の所有物だった空き物件を、リーの判断で買い取ったという。

青澄が執務室を訪れたとき、リーは膨大な量の書類を処理している最中だった。事務机の周辺が明滅する電子ファイルで埋まり、若い男性型のアシスタント知性体が処理を手伝っていた。

リーのアシスタントは、マキが呼びかけるとすっと顔をあげた。リーとよく似た顔立ちの青年だったが、その双眸にも表情にも、リーと違って、穏やかに相手を受け止める柔和さが満ちていた。

「お忙しいところを誠に恐縮です」青澄が挨拶すると、リーは手を止めて視線をあげた。瞬時に、中空からすべてのファイルが消えた。リーはデスクの前から立ちあがり、青澄にソファを勧めた。ほどなく執務室のドアをノックする音が響き、リーが返事をすると、事務員がポットと茶器を持って入ってきた。ローテーブルの上で緑茶を淹れ、すぐに出て行った。

リーが湯呑みに手を延ばすと、青澄は口を開いた。「昨年の三月末に外務省を退職しました。ご挨拶に伺うまで一年以上もかかってしまって申し訳ありません」

「君は忙しいのだから仕方がない。私も睡眠時間を削り続ける毎日だ」

「お体は大事になさらないと」

「時間がないのだ。ここから住民を逃がす方策など、私とシュエラン以外、誰も考えておらん。適当に逃がせば何とかなると思っている。愚かなことだ。それにしても君は五年間よく粘ったな」

「粘ったというよりも、力尽きたという感じに近いのですが」

薄く笑って、リーは茶をすすった。「政府の方針が如何に変え難いものか、身に染みただろう」

「ええ。努力はしましたが、結局、汎アの政策は継続中ですし、未だに世界全体が海上民に対して冷ややかです。私が成し遂げた事柄など、あまりにも小さくて――」

「アジア系難民を燃料藻類事業へ回収したのはお手柄だ。実に君らしい。収益はどうだね」

「バイオ燃料への切り替えが進んでいるので、生産は軌道に乗っています。海上強盗団(シガテラ)やラブカのメンバーも、これで、ある程度までは吸収できるはずです」

「よく、盗っ人なんぞに工場を任せる気になるものだ」

「無闇に任せているわけではありません。船団の背景を慎重に調べ、ダックウィードを間に挟んで話し合った後、信用できる船団の人員しか就職させていません。深い部分まで立ち入って交渉するとわかりますが、更生できる船団は意外と多いのです。生活さえ立ち行けば、危険な強盗稼業に手を出す必要はありませんから」

「では、それ以外の者は？　更生できない連中は、どう処理しているんだ」

「司法にお任せしています。うちでは対処しきれないので」

「賢明な判断ではあるが、救い上げてもらった者たちから見れば、君の冷徹さが際立つ措置だな。君の判断ひとつで、同じ海上民が、救済対象にも処罰対象にも変わる。彼らは、これをどう見るかな？」

「〈同じ海上民〉――という分け方は如何なものでしょうか」青澄は穏やかに続けた。「そうやって海上民を十把一絡げに捉える……。問題は、むしろ、そこにあったように思えます。我々は陸にいても海にいても〈同じ人間〉であって、他者との関係性を巡って、その対処法を変えるべきなのです。共存を望む者とは手を結び、徹底抗戦を望む者には、本当にそれでよいのかと問い続けつつ落としどころを探る。それすら成立しない場合には司法に判断を仰ぐ――。私にできるのは、ここまでです。これが個人としての限界です。至らない部分に対する非難は、努力の過程に対する誉め言葉として聞いておきましょう」

「なるほど」

「これからも、海上社会に対する調査は続けます。可能な限り深いレベルまで。海上環境の悪化で、最近は、積極的に強力な武器を持つ海上民が増えています。彼らが海上強盗団（シーガテラ）やラブカと間違われて、海軍から攻撃されるケースも少なくありません。これは放置してよい問題ではないでしょう」

「そこまで君が面倒をみる必要はなかろう。いい加減、手を離したらどうだ」

「いろんな事例とリンクしているので、手を離すに離せないのです。組織の負担になる事柄は、なるべく減らしたいのですが」

「甘いことを言っていると共倒れになるぞ。組織のトップに立ってみた気分はどうだ。うまく回しているか」

「何となく、体が大きくなったような気がします」

「ほう？」

「少し力を出しただけで、物事が大きく動くのがわかります。下手に動かすと、その気はないのに弱い相手を殴ってしまうことになる……。なかなかうまく操れないのを、もどかしく感じます。同じ支援活動でも、外洋公館での仕事とは随分違いますね。これまでは、私がどう動こうとも、よくも悪くも外務省がクッションになっていましたので」

「それが組織を動かす怖さと醍醐味だよ。怖いという感覚を大切にしたまえ。君は、もはや我々政府の権力者と同じなのだ。市民はこれまで通りには見てくれない。背中から刺すような輩も出てくるだろう。人は、なかなか正面からは批判してくれないんだ。いつも後ろから撃ってくる」

「ご忠告ありがとうございます。なんだか私は、あまり長生きできないような気がしてきました」

リーは擦れた声で笑った。「ところで相談とは何かね。メールにはエネルギー問題に関する事柄とあったが」

「核融合発電の実用化について、どう思われますか」

「理論はあっても許可が下りんだろう。技術も不充分だ」

「政府は既に計画に組み込んでいます。あなたならご存知でしょう」

「耳が早いな」

「DSRDの渉外部が動いています。まず、確実に建設されるでしょう。いまでも陸地を多く持つ汎アは、核融合発電所を置くには便利な土地ですね」

リリーは茶を飲み干し、湯呑みをテーブルへ戻した。青澄は急須を手に取り、リリーの湯呑みに注ぎ足した。リリーは続けた。「君は、人類が核融合技術を制御できると思っているのか」

「試すには、いい時期かもしれません」

「時期――か。プルームの冬ではなく、核融合炉の事故で人類が滅びたら滑稽だな。核分裂炉を安全に制御できなかった種族が、核融合炉をまともに扱えるだろうか。だいたい、核融合炉があれば中性子爆弾を作れるんだぞ。戦争の火種を作る馬鹿が出てこないとも限らん」

「ええ。炉の反応は核分裂よりも危険度が低いのですが、兵器転用の問題があります。D-D反応炉では中性子やトリチウムを生成する欠点もあります。これを外部へ出さないためのブランケット技術は確立されていますが、逆に言うと、この防壁を突破されると人類には打つ手がありません。メンテナンスも問題になる。いま予定されているのはダイバーターをカセット交換する方法で、工作ロボットを使い、人間が放射線を浴びない形で放射化した部品を取り替えます。D-T反応炉よりもメンテ回数は少なくて済むそうですが、プルームの冬時代に、このシステムがどれほど正確に作動してくれるのか」

「悲観的なのかね」

「プルームの冬が極限まで進行した場合のシミュレーションを、国際環境研究連合（IERA）が出してきました」

「どんなふうになる？」

「最悪の場合、赤道附近まで凍ります。陸上で三千メートル、海洋でも千メートルの厚さまで凍るそうです。全球凍結と呼ばれる現象です。ただ、人類が未だ見たことのない現象ですし、赤道までは凍らないという計算値もあります。マルガリータ・コリエは比較的被害が少なくて済むでしょうが、機械類は気温の影響を受けますから、通常の発電機関では発電効率は最悪の状態に陥ります。そんな状況で人類が工作ロボットを作り続け、核融合炉をメンテナンスし続けるなど可能でしょうか。どうかすると工場の稼働自体が危ういのに」

「他の発電方法でも同じか」

「ええ」青澄は湯呑みを撫でながら言った。「寒さで滅びるというのは、寂しくてつらい終わり方ですね。想像するだけで体が冷たくなってくる……」

リーはしばらく黙っていたが、やがて重々しく言った。「君は、どこまで仕事をしたいと思っている？」

「できれば〈大異変〉のあとまでも」

「そういう意味じゃない」

「では、如何なる意味で」

「私のような人間になる覚悟はあるか」

「政界へ出ろと仰るのですか」

「違う。暗黒の世界へ足を踏み入れてでも、目標を達成したいかと訊ねている」

青澄が不審げに眉根を寄せると、リーは片頬を少しだけ動かした。「君は外務省時代、充分に仕事をした。退職によって手を離したとはいえ、マルガリータ・コリエは最高の成果だろう。普通なら、あとは悠々自適に過ごしてもいいぐらいだ。パンディオンの経営だって無理のない範囲でやればいい。民間事業なんだ。救えない人間が大勢いたとしても誰も君を責めない。だが、君はその程度では満足できまい？　まだ何かできないかと貪欲に探っている。いったい君は、どこまで欲深いのだろうか」

「欲ですか、これは」

「自分でもわかっているだろう。君は倫理的に生きているわけでも、正義の人として生きているわけでもない。己の欲望に忠実に生きているだけだ。私と同じくね」

「お誉めにあずかり光栄です」

「遜(へりくだ)らなくていい。私は君に、悪魔に魂を売ってでも、己の望みを達成したいかと訊いているんだ」

「……そうですね」青澄は少し目を伏せた。「どのような悪行に手を染めようとも、人間は人間でしかありません。真の意味では、悪魔ですら人間から魂を奪えないと私は思っています。ですから、その喩(たと)えはよくわかりませんね」

「覚悟はあるのだね」

「具体的にお話し頂ければ判断もつきますが」

「パンディオンの働きだけでは、〈大異変〉に備えられないのはわかっているな」

「はい。ラブカの問題がありますから。あれを片づけない限り、海上社会の〈大異変〉対策は整わないでしょう」

「法に則った方法では彼らを一掃できない。時間がかかり過ぎるし、成果があるとは思えない」

「汎アがやったように、無条件に殲滅しろと仰るのですか」

「それでは金も資源もかかり過ぎる」

「では、どうやって？」

「その方法を教えようという話だ」

「なるほど。成果は抜群だが、私が名誉を捨てねばならない要素があると」

「簡単に言えばそうだ。時間は短縮され、資源も節約される。君は闇の世界の規範に沿って活動し、巨大な権力の一部となって自由に振る舞えるだろう。ただし、それと引き替えに君は良心を手放さねばならん。一度手放せば、二度と取り返す機会はないだろう」

「あなたは手放したのですか。己の目的と引き替えに、自分の良心を」

リーは笑った。「かつて私が、一度でも、良心などというものを持っていた時代があったかね」

青澄は口をつぐんだ。

外洋公館時代の経験から、まっとうな行動だけでは海上紛争が終結しない現実を青澄は熟知していた。自分が片づけてきたのは〈政府の管理下にある課題〉――つまり、成果が出なくても後任者に引き継げる問題――そして、〈解決可能だからこそ解決できた問題〉に過ぎない。何かを根本から覆したわけではないのだ。未曾有の災害の前では、大鉈(おおなた)を振るわねば処理できない事柄も多いだろう。人間の良心など入り込む余地もない事例では、徹底的に冷酷になる必要もあるに違いない。海上社会を守るために、リーが徹底的に陸の勢力の一部を憎み続けたように。

「もう、そこまで来ているのだよ」とリーは言った。「君も、君の組織も」

「パンディオンは、そんなに成長していますか」

「知らんふりをするなら別だがね。しらを切り続けるのも、ひとつの道ではある」

「毒を食え、というわけですね」青澄は苦笑を浮かべた。「わかりました。では時期を見て。ただし、それが私の良心と引き替えにするほどの価値があるならば――という条件つきですが」

リーと別れた後、青澄はしばらくの間、耀星省(ヤオシン・プロヴィンス)に滞在した。鉱物資源――とりわけイリジウムの産出について、企業の情報を探り、その流通について調べ直した。

ＤＳＲＤの御倉は、宇宙船計画にはイリジウムが大量に必要だと言っていた。生命の種を守るための容器の原料だ。これがなければ宇宙船を飛ばす意味がない。

耀星省（ヤオシン・プロヴィンス）が工業で成り立っているのは、地下に鉱脈が多いからである。イリジウムは本来は惑星の中心部近くにしかないが、隕石の衝突によって惑星全体にばらまかれることがある。地球ではK‐T境界時代の地層に多く含まれている。深海の熱水鉱床にも含まれるが、汎アの場合、内陸部の領土がリ・クリティシャスの影響を受けずに残っているので、こちらから回収できる量は多いはずだった。

DSRDの計画が各政府容認のものであったとしても、宇宙船建造と重水素生産にかかわる資源の価値を決めるのは経済市場だ。DSRDの渉外担当は、経済関係の役人や重鎮と事前に話し合う必要があるだろう。市場価格が安定していないと、「原料が高騰したせいで予定量を購入できず、計画が頓挫した」という事態にも陥りかねない。

自分が手を出せるのはこのあたりまでかと青澄は考えた。寄付はできない。だが資源の流通に関して、ルートと備蓄を確保しておくぐらいはできる。時期がくれば、それをDSRDに放出してやればいい。自分が関与したと知らせない形で。

5

汎アを含めた周辺地域への訪問から戻ると、青澄は再びパンディオンの業務に没頭した。

IERAの浮遊型海上研究所が、救援団体の国際会議のために会議室を提供してくれていた。

会議の参加者に外部に出せない観測データを参照させ、計画を立ててもらうためである。

三つの研究施設——アルファ、ベータ、ガンマを順繰りに借りながら、救援団体の責任者は熱心に会議を繰り返した。

六年ぶりに浮遊型海上研究所を訪れた青澄は、海面で反射する陽光の眩しさに思わず目を細めた。ツキソメとユズリハをここへ収容した日が、昨日のように思い出された。大型生物用のプールでツキソメと顔を合わせ、ユズリハと彼女の唄を聴かせてもらった日の光景は、いまでも青澄の胸に鮮烈に刻まれている。

マルガリータ・コリエの建設工事が始まったとき、青澄は再びツキソメに連絡を取った。「あなたに第一都市の初代市長となって頂きたい——」と青澄はツキソメに依頼した。マルガリータはツキソメの提案で成立した企画だ。ツキソメにも住む権利と管理する権利があると告げた。

ツキソメは青澄の話を一蹴した。いつまで私を働かせるつもりだと笑った。

IERAの研究所から解放された後、ツキソメは、しばらくの間アジア海域で仲間たちの生活を助けていたが、やがて〈結手(すきて)〉のコミュニティへ移り住んだ。彼女が赤ん坊の頃に拾われたという海域である。たくさんの魚舟に囲まれ、楽しく歌って暮らしていると言った。これ以上の幸せは存在しないと言い切った。

だいたい、建設計画を立てた青澄自身にも住む権利はあるのではないか、とツキソメは返してきた。青澄が、いえ私は住みませんよ、他に仕事があるので——と返事をすると、ほらご覧なさい、あなたが住まないのに私が住んでも意味がないでしょう、とツキソメは言った。どこか寂しげにも聞こえる口調だった。

結局、それっきりになった。

市長就任の話は、あくまでも青澄の個人的な希望だった。ツキソメが望まない以上、無理に勧められなかった。

楽しく歌いながら、この世の終わりを待つ――。それはある意味、青澄の人生と同じだった。残された時間の中で何に価値を置くかという一点において、ツキソメも青澄も同じ選択をしたと言えた。だからこそ、それ以上は何も言えなかった。

会議室で席について待っていると、青澄は、他の参加者からしばしば声をかけられた。差し障りのない範囲で個人情報を交換して、タグから読み取ったデータは、室外で待機しているマキに飛ばしておいた。大西洋、アラビア海、インド洋等々、あらゆる海域と地域から人が集まっており、挨拶をするたびに利権絡みの探りを入れてきた。青澄は軽くいなしながら、適当に会話を交わした。

やがて議長が入室して、会議が始まった。自己紹介の時間を省くため、参加者のプロフィール情報が各人の端末へ一斉に伝達される。

室内にざわめきが走った。

青澄もプロフィール情報を凝視していた。

あちこちから囁き声が伝わってきた。「〈調和の教団（プレジェ・アコルド）〉が来ているのか」「あの〈吸収型宗教〉の……」

〈調和の教団（プレジェ・アコルド）〉の参加は、リ・クリティシャス以降、宗教団体が初めて政治の場で発言を行うという意味を持つ。参加者のどよめきは、教団の勇気に対する率直な驚きでもあった。

議長の誘導で、ひとりの女性が起立した。

アニス・C・ウルカと名乗るその人物は、西アジア系の顔立ちをした若い女性で、年齢は二十一、二歳に見えた。が、皆の目を惹きつけたのはその若さではなく、軍人のように背筋の伸びた姿勢のよさと、そこから放たれるある種の厳しさだった。

ミドルネームのCは、聖職者を意味する文字である。教団（プレジェ）の祭司は、皆、名前の中にこれを持つ。

「私は〈調和の教団（プレジェ・アコルド）〉の祭司を務めております」とアニスは自己紹介した。「各種団体との話し合いを進めるために窓口係を担当しております。よろしくお願い致します」

青澄は強い好奇心と共に、アニス・C・ウルカを見つめた。アニスは祭司の服は着ておらず、安物のジャケットとスラックスを身につけていた。まるで男物の服を着ているような厳めしさがあった。信者たちを優しく導く者というよりも、人を容易に寄せつけない、ある種の冷ややかさを漂わせていた。

彼女はここへ来たくなかったのだろうか、と青澄はふと思った。こういう場所へ来れば、むしろ嫌でも教団を代表する立場に置かれる。アニスは必ずしもそれを快（こころよ）く思っておらず、むしろ、教団がこの種の連携に関わることに反対なのかもしれない。

アニスは続けた。「西側ではリ・クリティシャスで多くの国が水没し、地形が激変しました。カスピ海と黒海は外洋とつながり、ロシア、欧州は膨大な面積の土地を失っています。国ごと消失した場所もあるほどです。北アフリカからは砂漠が消えました。地中海は〈拡張地中海〉と呼ばれるほどに広がり、海上都市は雑多な民族の流入先となっています。しかも、タグの種類の違いによって、人々は未だに混じり合おうとしません。こんなことが何百年も続いています。西側は、まずこの問題を片づけねばなりません。拡張地中海だけでも、相当数の差別や格差の問題を抱えています。とてもではありませんが、太平洋側と連携して救援活動を行うのは不可能です。まず、これをご理解頂きたいのです。そのうえで――」

アニスは淡々と救援計画について説明した。教団はあくまでも大西洋海域をメインに活動すること。世界各地の支部にも、他の団体と協力する意思はないこと。ただし、情報交換は行いたいので、自分は教団の窓口係（プレジェ）として、これからも会議に出席し続けるということ。

大半の参加者が、ぽかんと口を開けていた。青澄は噴き出しそうになった。ああ、なるほど。だから彼女はこんなに不機嫌なのか。誰もが嫌がるであろう役目を背負い、仕方なくここへやってきたに違いない。

すぐに他のメンバーから質問が飛んだ。「せっかく世界中に支部をお持ちなのに、現地の他団体と連携しないなんて非効率的ではありませんか。物資の交換や貸し借りもできるのですから」

「そのつど、相手の身元を確認しながらですか」アニスは巌(いわお)のような雰囲気を崩さなかった。

「現地での協力は、あらかじめ決められた方法でなければ危険です。我々の名を騙(かた)って物資を盗んでいく人間すらいるのですよ。資源を無駄にするなら、個別に活動したほうがマシでしょう」

「しかし、現場では突然物資が必要になります。本部へ連絡を入れて運んでもらうよりも、別の救援団体と協力し合ったほうが対処が早い。勿論、使った分は、あとでこちらから補充しますので」

「いまのような状況では補充がなされる保証はありません。無料でお譲りする場合も出てくるでしょう。細かい話になりますが、これはトラブルの元になりますよ」

「でも、医薬品などは一刻を争いますから」

アニスはさらに厳しい眼差しを見せた。「自前で備品を用意できないなら、救援団体など運営すべきではありません」

質問者は頬を紅くした。「そんなふうに言っていたら誰も救えない。とにかく手に入るものを持って現場へ飛ぶべきなんです」

「人道支援は遊びではありません。物資不足のまま現地へ飛ぶなど、絶望の傷口を広げにゆくようなものでしょう」

青澄は手を挙げて議長に訊ねた。「少し、よろしいでしょうか」

「どうぞ」

「物資の貸し借りがまずいなら、販売でよいのではありませんか。正式に金銭の授受を行って。これなら教団にご迷惑はかかりません」

アニスは青澄を見つめた。瞳に非難の色はなかったが、心を動かされたふうでもなかった。

「教団は、救援団体同士の経済活動には関われません」

「ならば、間にダックウィードを挟んでは如何（いかが）でしょう。教団は手数料を払って、ダックウィードに在庫管理を頼むのです。各救援団体は、教団ではなく、ダックウィードから商品を買い取る形にします。ダックウィードは得られた金銭で商品を補充し、教団の在庫数を元に戻す」

「その方法では、教団側に手数料の損失が出ます」

「いいえ、損にはなりません。いまでも倉庫管理にはお金がかかっているのでしょう？　そこで働く人間をダックウィードに入れ替えるだけです。倉庫のレンタル費用はいくらですか。自前で持つなら、かなりかかるでしょう。行動の独立性に拘るのであれば、教団は現在、救援物資用の倉庫をたくさんお持ちのはずだ。それにかかる費用は半端ではない」

「確かにその通りです」アニスは少しだけ厳しい調子を和らげた。「具体的な数の提示が必要ですか」

「いまは結構です。話を先へ進めましょう。教団の倉庫管理費は、ダックウィードに在庫管理を頼めばゼロになります。商品は彼らが持っている倉庫から直接出せばいいのですから」

メンバーのひとりが「なるほど」と声を洩らした。「その方法なら、帳簿の上では教団（プレジェ）の在庫だが、自前の倉庫を持つ必要がないんだ……」

　青澄はうなずいた。「つまり、現行の倉庫管理費が、そのままダックウィードへの手数料に変わるだけです。交渉次第では、いまの費用よりも安くなるでしょう」

　アニスが訊ねた。「ダックウィードを、そこまで信用してよいのですか」

「彼らを信用できないなら陸の商人でも何でも使えばよろしい。ただ、陸と海の輸送に最も詳しいのは彼らです。私なら、迷わずダックウィードに頼みますね」

「興味深いお話ですが、私ひとりの判断では決められません」海草紙のメモ帳に何かを書きつけると、アニスは青澄に向かって軽く頭を下げた。「実現しなくても気を悪くしないで下さい。私はあくまでも教団の窓口で、教団そのものではないのです」

「わかっています。でも、ご協力頂けると助かる団体は多いでしょう」

「バランスが難しいアイデアです」アニスはテーブルにペンを置いた。「下手な運用を行うと、教団はただの倉庫番になります。自分の組織を動かしたいときに物資が切れていたらお話になりませんね」

「そこは一線を引いておくべきでしょう。我々は協力し合っても、足を引っ張り合ってはならない」

「たとえば、どこかの海域で大きな闘争が起きれば、必要な物資の消費量は極端に跳ね上がります。在庫は、あっというまに尽きるでしょう。その場合、自分たちが必要な分まで削って他団体へ渡すのか、窮状がわかっていても断るのか」

「断らないで済むように、支援以外の活動も進めておくべきですね」

「というと？」

「〈大異変〉までの期間に大規模な闘争を起こさせないこと。陸と海の双方の社会に直接働きかけておくこと――。いま、多くの団体が、そういう活動も含めて動いています」

「教団(プレジェ)は政治には関われないのです」

「ですから、役割分担といきましょう」

アニスはテーブルの上で両手を組み合わせた。「では、その件は皆様にお任せします。私は在庫管理の件のみ、教団(プレジェ)へ話を上げましょう」


会議が終わった後、青澄はアニスから声をかけられた。展望台へ移動して少し話をしたいと言われ、青澄は喜んで受け入れた。

展望台は観測施設を兼ねているので、研究員も出入りしていた。来客用のブースに入ると、大きな窓越しに外の風景が見渡せた。海上都市の建物から見る場合と違って、自分の体が洋上数十メートルの位置に浮いているように感じられる。海が間近にあるせいだ。

インド洋上の色の濃い空には、巨大な雲が湧きあがっていた。寒冷前線との接触点で水平線近くは灰色に染まり、そのあたりの海は鈍色(にびいろ)を呈していた。

「教団(プレジェ)の腰の重さに、さぞ呆れたでしょう」とアニスは言った。

「いいえ」と青澄は答えた。「教団(プレジェ)は大西洋海域の代理人です。現場の熱意だけでは何も決れない」

「民間はそこが弱点でね。動きは速いが資金に限度があります。国家予算級の企画は立てられない」

「一度動き出せば、我々には民間企業以上の資金投入が可能です」

定できない。それはよくわかります」

「冷静な分析ですね」

「私は政府と民間の両方を見てきましたので」

青澄は窓際の手すりに両手をつき、身を乗り出した。「あなたは祭司としては型破りな方だ。本当は、ここへ来たくなかったんじゃありませんか」

「……正直に言わせてもらうとそうです。救援ネットワークを世界規模で連動させるなんて——。りっぱな思想ですが、これは大きなトラブルも呼び込むでしょう。意見を擦り合わせようとすればするほど、新たな問題が生まれます。会議に使う時間があったら、現場を駆けずり回ったほうがずっといい」

「これは手厳しい」

「私が深く話し合いたいと感じた相手は、あなただけです」アニスは、にこりともせずに言った。「他は、放っておいても、まずまずの成果を上げるでしょう。でも、あなたの団体は他とは違う」

「どう違いますか」

「台風の目になりそうな気がします。よくも悪くも、うちと似ています」

「教団と？」

「規模が大きく、背景に莫大な資産を持っている——。こういう団体は、ネットワークの中でハブになります。この意味がわかりますか」

「ハブには情報や人材だけでなく、危険も集まってくる。ラブカとの接点が増えるわけですから」

「その通り。ラブカは、いずれ貨物船だけでなく救援団体の船も襲うでしょう」

「うちは警備会社と契約しました。出費が痛いのですが、自前で警備部門を持つよりはましなので」

「ラブカに積み荷の一部を渡してみたことはありますか。襲撃から見逃してもらえる場合がありますよ」

「紛争地への人道支援ではよくある方法ですね。しかし、そんな話が祭司であるあなたの口から出るとは」

「うちも綺麗事だけでは動けませんので」

アニスは予想以上に型破りな祭司らしい。それは、世間で想像されている以上に、教団（プレジェ）が救援に関して深い部分で関わっている証拠と言える。青澄は強烈な好奇心を覚えた。教団（プレジェ）と情報交換できれば、パンディオンの活動を、もっと先まで広げられるだろう。

「祭司は、ラブカと接触した経験がありますか」

「ありますよ。私は内陸部の下層階級出身ですから、子供の頃から武器をおもちゃ代わりにしていたような人間です。祭司見習いだった頃には、よく海上での交渉に駆り出されたものです」

　自分より二十歳近くも歳下の——並大抵ではない経歴を持つ若き女性が、教団の祭司となった理由は何なのか。青澄はひどく興味を覚えた。信仰がなければ生きていけないほどの現実を見てしまったのか。あるいは、よき祭司になるためには、前線で厳しい体験をしなければ生きた言葉を操れないと考えたのか。「ラブカは話し合いに応じますか」

「闘争自体をやめさせる話には乗ってくれませんが、細かい事柄については応じてもらえる場合があります。常に物資が不足している集団ですから」

「経済的に豊かになれば、考えも変わるでしょうか」

「それはどうでしょう。生活苦とは関係なく、陸に反抗している集団もありますから。そういう人間は、徹底的に陸と闘おうとするでしょうね」

「和平交渉で紛争解決へ持ち込みたいんです」

「難しいですね。外洋公館ですら重荷に感じる課題ですよ、それは」

　青澄は手すりに軽く腰を乗せた。「うちと話し合いたいと仰いましたね」

「ええ」

「うちと連携しますか」

「情報を共有できるとありがたいです。あなたは経済活動に詳しそうなので」

「私も大西洋側の情報は欲しい。世界展開しているとはいえ、うちは本部が日本ですから、どうしてもアジア海域での働きに偏りがちで」

アニスは自分から右手を差し出した。青澄はその手を強く握り返した。アニスの手は皮膚が厚く、決して柔らかくはなかったが、とても温かかった。

その日以来、青澄は国際会議への出席よりも、アニスに会う目的でＩＥＲＡのラボを訪れるようになった。

アニスは、青澄が参加する日には必ず同席した。会議が終わった後、ふたりはよそへ移動して話し合いを続けた。会議で決着がつかなかった事柄について議論を重ね、忌憚（きたん）のない意見をぶつけ合うのが習慣になった。最初にアニスが指摘したように、パンディオンと教団はよく似ていた。その大きさと、細部に積み重なっていく問題点において。

火花を散らすような議論を続けるうちに、青澄はアニスに対して、年齢差を超えた、旧知の友のような気持ちを抱くようになった。

西側で、リ・クリティシャス後に、最も経済的に繁栄しているのはアフリカ大陸北部である。海水の浸食によって砂漠の生態系は破壊されたが、もともと何もない土地だったので再開発に有利に働いた。土地を失った欧州の経済連合と、これを機会に大陸全体での政治的な統一を狙ったアフリカ側が、大陸北部に巨大な経済区域を作り上げた。

北部アフリカ巨大経済区域——通称、北アフリカＭＥＺと呼ばれるエリア。

〈調和の教団（プレジェ・アコルド）〉の活動は、この経済区域を抜きにしては語れなかった。支援物資のほとんどが、ここで生産されていたからである。北アフリカMEZから見れば、教団（プレジェ）は大手の取引先だった。税金対策、および会社のイメージアップのために教団（プレジェ）へ寄付を行っている企業も多く、そういう意味でも両者は切り離せない関係にあった。青澄が教団（プレジェ）に興味を抱いたのは、これも理由のひとつだった。

　青澄はアニスを通して、教団（プレジェ）の祭司長、ジェネジオ・C・タデオとも何度か書簡をやりとりした。さすがに祭司長ともなれば簡単には会ってくれず、ましてや、教団（プレジェ）のトップに君臨する教団長への目通りは叶わなかった。が、情報チャンネルができたのは成果のひとつだった。もっとも、チャンネルができた以上、こちらから向こうへも情報が流れるわけである。青澄は慎重な態度を取ることを忘れなかった。

　アニスとの議論はそれ以降も続き、展望台や研究員の食堂や、陸地や海上都市のレストランやラウンジをよく使った。

　機密性の高い話をするときには、ホテルの宿泊室を利用した。祭司であるアニスには贅沢な旅行が許されていないので、青澄が予約を入れている部屋を利用した。

　セミスイートの部屋ですら、アニスは顔をしかめて「贅沢ですね」と言った。室内に控えているマキの容姿を見て、アシスタント知性体のボディを、なぜ、こんなに飾り立てる必要があるのですかと青澄を難詰（なんきつ）した。

　青澄が「これは私のささやかな息抜きなので……」と弁明すると、アニスは不満そうに眉間に縦皺を寄せた。青澄はそれを非難したりはしなかった。心の中で微苦笑を噛み殺していた。

知り合って半年ほどたった頃、アニスは青澄に「今度、教団(プレジェ)の日本支部へ派遣されることになりました」と打ち明けた。

「場所は？」

「中部SCです」

「うちは西都です。水路を使えば、あっというまの距離ですね」

「ええ。これからもよろしく。祭司は時々異動があって……いろいろと面倒です」

「支援活動のほうは」

「続けてくれという話でした。会議にはこれからも私が出席します」

妙だなと感じたが、青澄は口をつぐんでいた。救援ネットワークに対する窓口としてアニスを使うなら、なぜ、この時期に異動させるのだろう。西と東で、ひとりずつ窓口を設けるのだろうか。有り得ない話でもない。となると、これからは、アニス経由では得られない情報が増えるわけか。情報の流れを意図的に遮断したのだとすれば、教団(プレジェ)は、その平和的な行動とは裏腹に、なかなか食えない相手だ。

「私は生まれてこのかた、日本という国を訪れた経験がありません」アニスは意外なぐらい、深刻な表情を浮かべていた。「実際、日本人は、本当に教団(プレジェ)を必要としているのでしょうか。日本支部の祈禱(きとう)所には、いまでも真面目な信者がいるのでしょうか」

「あなたが派遣されるのであれば、それなりに訪問者がいるのでは」

「日本人は宗教に関して独特の考え方をすると聞いています。私たちから見ると非常に複雑な、文化的に立ち入りにくい要素があると……」

「いまの日本群島には、リ・クリティシャス以前の伝統的な日本文化など残っていません。世界中の文化がごっちゃになって、工業生産性だけが突出したような——そんな国になっています。昔の日本らしさを保持しているのは、むしろ、日本のタグを持つ海上民のほうでね。時代に合わせて変質しつつも、彼らの文化の中には、日本の古い言葉や文化や信仰が受け継がれています。子供や魚舟の名付けに古語を使うのは、その一例です」

「かつての日本は、もう滅びているという意味ですか」

「日本の本質とは何でしょうか。何をもってして、日本人や日本の基盤と呼ぶのでしょうか。生物学的改造を人間に対してすら許した時代に、日本という名称は、既にタグの種類以上のものは持ち得ません」

「それでもあなたは日本人でしょう。そう呼ばれる存在です。私とは違う」

「あなたと比べればという程度にはね」

「生まれたときから日本に？」

「ええ。若い頃は仕事で世界中を回りましたが、他国籍を取ろうとしたことはないし、海上民になろうと思ったこともありません」

「信仰はお持ちですか」

「いいえ、無宗教です」

「本当に？」

「それが何か」

「宗教を持たない方が救援活動をしているのが不思議で」

「宗教がないと救援できませんか」

「惜しみなく与えるという発想は、信仰がなければ難しいと思いますので」

「よき親は、神様など知らなくても子供に惜しみなく与えますよ」

「ああ、なるほど。生物として――という意味ですか」

「経済的な意味合いもあります。〈大異変〉のときに社会的な混乱を引き起こさないためには、前々から準備しておく必要がありますから」

アニスは少しだけ笑った。「すみません。知らない土地へ行くので、少し神経質になっていたようです」

「ご心労は理解できます。〈調和の教団(プレジェ・アコルド)〉は、教条を守ったり広めたりするのが信条ではない。心に神様を持つ人々を集めて共に生きるのが目的――と聞いています。リ・クリテイシャス以前には存在しなかった宗教です。そういうものは内部での衝突も多いでしょう」

「ええ。私たちの活動は、他人を変えるのではなく、どうすれば変えないままに受け入れられるか――そこに要諦がありますので。教義に合わせて人を作り替えるのではなく、異なる形を束ねようというのです。だから、祈禱所の活動ですら気苦労が多くて」

吸収型宗教――。それは〈調和の教団(プレジェ・アコルド)〉に対して世間が冠した呼び名だった。

リ・クリティシャス以前の宗教は、教義を持ち、教義によって人々を導く存在だった。真理も倫理も教義の中にあり、それを正しく守るのが最も大切な価値だった。宗教ごとに神の姿や性質が異なり、それらが同一視されることは決してなかった。

しかし、〈調和の教団〉（プレジェ・アコルド）は違った。教団を立ち上げた最初の教団長は、全人類に向かってこう呼びかけた。

「心に神を持つ方々のうち、真に、他者と共に生きたいと願う方は〈調和の教団〉（プレジェ・アコルド）に集まって下さい。ここでは、どのような名前の神も否定されません。神は、あなた方の心の中にこそ在ります。教団の内外や、天地の果てにはいないのです」

かつて栄えた多くの宗教は、リ・クリティシャスでの混乱を経た後、その規模を極端に縮小していた。あの時代——生き延びるだけで精一杯という社会の中で、世界中の宗教団体は政治家たちに懸命に働きかけたが、何ひとつ成果を引き出せなかった。

戦火の勢いを削いだのは、冷静な話し合いや宗教家が訴える平和の思想ではなく、それ以上の軍事力による強制介入。武力に対して武力で抵抗した結果、人類は滅亡の一歩手前で踏みとどまった。

「この結果を導いたのは、それまでの地道な和平交渉があったからだ」という信念を捨てない人々も少なからずいたが、多くの人々は虚脱し、宗教団体から離れていった。

しかし、宗教や信仰自体は、どれほどの社会的困難があろうとも人間社会から消えない。厳しい現実があるからこそ、むしろ、それをしのぐために、いつまでも必要とされる。

しかし、人々をまとめる力は失った。

政治にも関わらなくなった。

そのようなあきらめに対して、〈調和の教団(プレジェ・アコルド)〉は別の角度から新たな光を当てた。

信じる神の名が違っても、〈調和の教団(プレジェ・アコルド)〉はそれをすべて受け入れ、ひとつの集団として束ねるつもりである――。この宣言は、リ・クリティシャス以前の社会から見れば、恐ろしく猥雑(わいざつ)で大雑把で統一性のないものだった。しかし〈大異変〉を目前にしたいま、この柔軟性に興味を示す人々が現れた。

彼らは吸い寄せられるように〈調和の教団(プレジェ・アコルド)〉へ集まってきた。吸収型宗教と呼ばれる所以がここにある。リ・クリティシャス以前にも世界中の宗教が手を取り合う試みはあったが、〈調和の教団(プレジェ・アコルド)〉の思想は、それをさらに大胆に推し進めたものだった。

――共に生き、共に生かし合いましょう。

それ以外の取り決めを、教団(プレジェ)はまったく持たなかった。にもかかわらず、集まってきた人々は強く結束した。

皆がそれぞれに違う神を信じているのだから、まとめ役である祭司の苦労は並大抵のものではなかった。教団(プレジェ)には、奇妙な神を信じる者も入団を希望してくるからである。

《おれの神は、おれに人を殺せと命じている》そんなことを口走る入団希望者もいた。彼は祈禱所に来て祭司に訊ねた。《おれの神は、人を殺す行為が人を救う場合もあると言っている。殺されることで幸せになれる人もいると。世の中には、人生や生活が苦痛でしかない人間もいるから、これは正しいように思える。おれは自分の神に逆らえない。こんなおれでも《調和の教団(プレジェ・アコルド)》に入れるか》

祭司は彼に答えた。

――あなたの神はあなたのものです。誰にも否定できません。しかし、人を殺せば社会が黙っていないでしょう。あなたは神ではなく人に裁かれるのです。我々が裁かなくても、社会があなたを裁くのです。

祈禱所の外には逮捕状を持った警察が待ち構えていた。男には犯罪歴があり、指名手配中だったのだ。通報したのは教団(プレジェ)だった。男は《騙された！　騙された！　教団(プレジェ)こそが最も罪深い者どもだ！》と叫びながら連行されていった。

この事件は、かえって教団(プレジェ)の信用を高めた。教団(プレジェ)は人々を受け入れつつも、社会的な倫理を捨てない集団だと判断されたのである。


――共に生き、共に生かし合いましょう。

この言葉は、人々が考える以上に、教団(プレジェ)の意義と方向性を決定していった。

第三章　救世の子

1

「最初の授業は歴史から始める」と教師は言った。星川ユイは目を丸くした。時間割にはそのような科目は載っていない。最初の授業は、科学科への導入プログラムのはずだった。

四月。ユイは十二歳。ビギナークラスの学習過程を終えて、ミドルクラスへ進学した。このクラスから、生徒は一般教養課程と専門課程を選べる。ユイは科学の専門課程を選んだ。エンジニアである父親の影響で、子供の頃から機械弄りが好きだった。だから、より広く科学を学ぶために統合科学科を選んだ。この学科は工学系だけでなく、災害対策の学問も履修できるからだ。

「平和な頃と違って、理学や工学をのんびりと学べる時代は終わった」と教師は続けた。

「我々は、いずれ〈大異変〉と直面する。科学に興味を持っている者ならば、これがいかに過酷な事態であるか想像が及ぶだろう。だからこそ、科学を、社会や歴史の勉強と切り離して欲しくない」

教師は教室を隅から隅まで見回した。生徒たちは場の雰囲気に呑まれるように、教壇へ視線を集中させていた。彼らの中に白けきった視線が二つ三つあることを教師は見逃さなかったが、そういう生徒が必ずしも問題児になるわけではない。むしろ、特定条件下では極めて有能に働く大人になることを教師はよく知っていたので、特に注意を促したりはしなかった。

仮想ディスプレイが、ユイの眼前に古い時代の地図を表示した。リ・クリティシャスが始まる前の時代。かつての陸地の分布図である。いまよりも多くの国家があり、多くの小島と、広大な面積を占める平野部があった。やがて、青い色が陸地を侵食し、世界の色分けが変わっていった。残された政府を束ねる巨大連合がバランスを取り合う、現代の世界地図が出来上がる。

「リ・クリティシャスから五百年。これが最も安定していた頃の社会だ。陸上民と海上民がうまく棲み分け、納税と病潮ワクチンの接種を交換条件に、緩い社会的つながりを形成していた。このバランスが崩れたのは、いまから十五年ほど前だ。アジア海域での無国籍船団、通称タグ無し船団の存在が海洋汚染を引き起こしていると判断した汎アは、これらの船団を、海上強盗団（シガテラ）と同等の存在と見なして排除し始めた。タグ無し船団は闇市場でワクチンを買っていたから、そのルートを潰す目的もあったようだ。海上社会が一大勢力を作り、陸へ反抗することを恐れたとも言われている。海上警備隊や海軍は非武装の船団に弾を撃ち込み、国際社会はこれを傍観するだけだった。海上民を積極的に助けようとする国はなかった。汎アによる人口調整を是とする密約が裏で交わされていたわけだな。これに対して人権擁護機関が行動を起こし、各海域で、海上民と共に何度かデモを行っている。北京沖合で起きた事件では、この対処を巡って武装警察と海軍が揉めた。このとき、海軍との交戦の末に、武装警察が魚舟ごと撃沈されている。警備隊長のツェン・タイフォン上尉は海上民出身で、彼の死が知れ渡ると、海上民の中には彼の勇気に続けと声をあげる者が現れた。彼らは海上強盗団（シガテラ）と結束し、武器と人材を揃え、汎アに抵抗すると宣言した。これがラブカ誕生の歴史だ。ただし、正式な宣戦布告が行われていないため、現在まで続く揉め事は、あくまでも、外洋公館の管理下にある海上トラブルに過ぎない。海上民自身も、これを戦争ではなく〈闘争〉と呼んでいる」

ユイはディスプレイを見つめながら、幼い頃の体験を思い出していた。

父と共に乗った貨物船を襲ったラブカ。仲のよかった船員を殺したラブカ。最初に陸から攻撃されたのは彼らのほうだから、やむなく武器を手に取ったのだ——と言われても、私は彼らの仲間を殺したわけじゃないし、汎ア海軍の件を、なぜ、普通の貨物船の乗組員が仕返しされなければならないのか理解できない。あの貨物船には、殺されて当然な人など誰も存在しなかった。この争いは、どこが頭でどこが尻尾かわからなくなった蛇のようなものだ。ぐるぐる回って嚙み合っているうちに、輪をほどく方法を失った——。解決の道はあるのだろうか？

「その後ラブカは多数の派閥に分かれ、異なる行動を取っている。穏健派もいれば過激派もいる。ニュースをにぎわせるのは過激派だが、示威行動を繰り返しているだけの集団もいれば、遭遇すれば死を覚悟せねばならない集団もある。君たちは実習で貨物船に乗る場合があるが、ラブカが怖い者は事前に申し出てくれ。乗員メンバーから外しておく。実習航海に出なくても単位には影響しない。同じ時間分、陸の工場で働いてくれればいい。いずれ君たちを雇うであろう企業は、どこも蛮勇の徒など求めていない。危険を速やかに察知して、安全な場所へ逃れる判断力を持った者こそを歓迎する。若者ひとりの成育にかかる費用を考えれば、逃げる術を知っている者のほうが遥かにいいわけだ」

教師は次々とファイルを表示させた。

「汎アは過去の政策を、まったく問題視していない。反政府活動が過激になればなるほど、海軍を派遣する口実が増えるので、ラブカの殲滅に有利だと考えている。ラブカ側もそれを熟知しているので、決して大集団にはならない。少人数で貨物船を襲い、ときには夜中に港へ上陸して倉庫を荒らす。君たちが社会人となって働く世の中は、このようなものだ。特に、エンジニアを志望する者は警戒しておくように。ラブカに協力するような技術者にはならないで欲しい。銃も機械船も、壊れれば使えないし、生産しなければ彼らの手には届かない。物資がなくなればラブカは壊滅するのだから、一時の収入と引き替えに正義を忘れたりしないで欲しい」

やがて授業の内容は、陸と海で支援活動を行う民間救援団体の話に移った。こういう団体は常時職員を募集しており、特に、医師やエンジニアを切望しているらしい。

ファイルに並ぶ救援団体の名前に、ユイはざっと目を通した。見知った名前もあるし、聞いたことのない名前もある。これほどたくさんの団体があっても、まだ助けが足りないという現実にぞっとした。

いまからこの有様では、〈大異変〉が来たらどうなるのか。ドームで覆われた海上都市の外で、人としての尊厳など一顧だにされぬまま、大勢の人間が死んでいくのだろう。自分はそのとき、どちら側にいるのだろうか。ドームの内側か、それとも外側か。

授業が終わったのは午前十一時だった。

机の前から立ちあがると、ユイは前方に座っている少女をそっと眺めた。

教室に入った瞬間から気になっていた。長い黒髪と色白の容姿がひどく目を惹く女子で、肌は真珠のように滑らかで艶やかだ。ユイはヨットで頻繁に海へ出るので、同年齢の女子が呆れるほど日焼けしている。そんな彼女とは正反対の少女だった。よくできたインダストリアル・デザインを見ているようだった。機能性を極めた結果としての美。一切の無駄を含まぬ美。自分と同じ生物とは思えなかった。何か崇高な気配すら覚えるほどだった。

少女の雰囲気は教室の中で浮いていた。他の生徒とは住んでいる世界が違うとでも言わんばかりに、自ら孤立しているように見えた。

——もしかして、人工知性体なのかしら……。

科学科なら、生徒の中に人工知性体がいても不思議ではない。実験目的で投入するケースもあるだろう。知性体の側、生徒の側から、それぞれに興味深いデータが採れるはずだ。

　親たちの世代と違って、ユイの世代にはアシスタント知性体の所持に制限がある。各政府は〈大異変〉を告知した後、資源節約の名目で、一般市民のアシスタント知性体使用に制限をかけた。以来、特別な業務に就く人間以外、ボディ付きのアシスタントを使える者はいなくなった。

　代わりにユイたちは、腕に巻くタイプの携帯端末を使い始めた。リスト端末と呼ばれる旧式の情報管理機器である。ネットワーク上の公共アシスタントに接続すれば、そこそこの情報を引き出せる。高地の寒村では一台のアシスタントを村全体で共有しているが、それと似たような感じだ。

　親の世代が「昔はアシスタント知性体という便利なものがあって……」と語り合うのを聞いても、ユイは「そんなものかな」と思うだけだった。古い世代には、なぜそんなものが必要だったのか。昔の人間は、アシスタント知性体がいなければ何もできなかったのか。あるいは、いまの人間よりも難しい仕事をしていたのか。私は電子的な存在よりも人間の友達のほうがいい。手で触れられない友達なんてつまらない。ボディがあっても人工皮膚との触れ合いでは物足りない。

　――でも、ちょっと声をかけるぐらいなら。

　ユイは少女に近づくと、そっと声をかけた。「こんにちは。私は星川ユイ。あなたは？」

　少女は億劫そうに振り向き、冷ややかに答えた。「鴻野マリエ」

その反応に触れた瞬間、ユイはマリエを人間だと直観した。これは機械の反応とは違う。しなやかな生き物の冷たさだ。

ユイは続けた。「日本人？」

「どうして訊くの」

「見た目が日本人離れしているから。統合科学科は好き？」

「好きでも嫌いでもないわ。適性で振り分けられただけよ」

「自分で決めたんじゃなくて？」

「私は特殊な学校にいたから」

「へえ……」

「知識を吸収するのに好き嫌いは関係ないでしょう。大切なのは効率よ。あなたは好き嫌いで学科を選んだの？」

「うん」

「将来、適性がないとわかったときに困らない？」

「私は小さな頃から機械を触るのが好きだったから。セーリングボートならひとりで整備できるし、将来の夢は宇宙船を作ることなの」

「私は人工知性体のボディなら自分で設計図を引けるし、組み立てもできるわ。ベビー型ぐらいなら」

「えっ」

「ベビー型は成人型よりも少しコツがいるの。本物の赤ん坊に似せるために、一見、無駄に見える動きをプログラムしなきゃならないから。本物の子供が運動機能を獲得するときの動きを模倣させて、演出するわけよね。それを可能にする関節部の設計と制御プログラムの開発は、なかなか骨が折れるわ」

呆然となったユイに、マリエは訊ねた。「あなたは？　ボートの整備以外に何ができるの？」

「いや、その、設計とかは、まだ」

「卒業まで四年しかないのに、あなた本当に統合科学科が好きなの？」

どうやらマリエは、とんでもなく優秀な生徒らしい。人間っぽさに欠けて見えたのは、そのせいか。

ユイは苦笑いを浮かべながら少し身を引いた。「ええと、まあ、私はこれからいろいろと」

「勉強して何になりたいの？」

「え？」

「なりたいものを決めてから勉強しないと意味がないでしょう。あなたは勉強してから自分の職業を決めるの？　それって効率が悪くない？」

「だって、いまの歳で適職なんて……」

「大人に決めてもらえばいいじゃない」

「それじゃ面白くないでしょう」

「面白いとか面白くないとかいう問題じゃないでしょう。私たちは大人になったら、必ず〈大異変〉と直面するのよ。そのとき、あなたは社会の中で何をするの？　どうやって社会全体の手助けをするの？　そこから逆算していかないと人生を無駄にするわよ」

「そこまで深刻に考えなくても……」

「私は時間を無駄にしたくない。いまの大人みたいに」

授業再開のチャイムが鳴った。ユイにとっては救いのベルだった。

会話を打ち切って自分の席へ逃げ帰ったが、マリエは気にしていない様子だった。凛とした態度で前を向き、教師が教室に入ってくるのを待っていた。

――まいったな……。

ユイはマリエの背中を見つめながら着席した。統合科学科に来るぐらいだから論理的なのは当然だが、それでもマリエの頭のよさは飛び抜けている。口も回り過ぎる。

マリエの後ろ姿を眺めていると、男子がひとり教室に入ってきた。初日から一コマ目を欠席というのは珍しい。最初の授業を受けたくなかったのかしら……と思いながら目で追っていると、少年はマリエの隣の席に腰をおろした。マリエに向かって親しげに声をかけ、少しだけ話した後、首を捻って冷笑じみた視線をユイに向かって投げかけた。

少年の容姿は驚くほどマリエと似ていた。双子という意味ではない。雰囲気が同じだった。肌の白さや人間離れした存在感が。

相手の表情だけで、自分が一瞬にして値踏みされたのがわかった。

——君、マリエに話しかけたの？　変わってるね。

少年の口元は、いまにも大声をあげて笑い出しそうだった。ユイは強烈な居心地の悪さを感じたが、怒りの表情ではなく、大らかな笑みを相手に返した。それは、ユイが母親から常々教えられていた対処法だった。『うまくいきそうにない相手だと感じたときほど、笑顔を返してごらん』と母は言ったのだった。『相手からも笑顔を引っぱり出せたら、あんたの勝ちよ。相手が驚いたときにも脈はある。友達として一歩近づけた証拠だから』

少年の表情が微かに変化した。嘲りに対して朗らかな笑顔が返ってくるとは、想像もしていなかったらしい。困ったように視線を逸らして、理解できないといった様子で、眉間に縦皺を寄せていた。

マリエは振り返らなかった。遠くを見るような眼差しで、教師の話が始まるのを待っていた。

2

一ヶ月後、グループ研究の時間が授業に加わった。研究課題は「プルームの冬を生き延びるための社会システム」。技術面もしくは社会面から、プルームの冬を乗り切るアイデアを出せという課題だった。装置の模型を作るだけでなく、なぜそれが必要なのか、どのような形で必要なのか、という議論の記録提出も求められた。

生徒たちは、ビギナー時代からの友人を集めて、次々とグループを作り始めた。ユイの友人で、ここへ進学したのは石川省吾（イシカワ・ショウゴ）と平澤恵（ヒラサワ・ケイ）だけだった。班の最低人数は五人と指定されていたので、これでは数が足りない。三人で相談して、あぶれている生徒に声をかけることにした。

ディスプレイに表示された班分けを眺めながら、ユイは省吾と恵に訊ねた。「マリエとアルビィに声をかけない？」

アルビィというのは、マリエといつも一緒にいる例の少年である。

「あのふたりと組むのか」省吾は顔をしかめた。「そりゃ、頭のいい奴と同じ班になれば楽だろうが、おれたちの出番がないぞ」

「グループでやる以上それはないでしょう。議論の記録も要るし、先生は研究結果だけに注目するんじゃないし。チームワークも評価点になるから」

「だったら、もっと付き合いやすい相手を選ぼうよ。あいつらじゃ固過ぎるだろう」

「自由研究だと、案外、扱いやすいかも」

恵が横から口を出した。「遠巻きにしているだけじゃ本当のことはわからない。冒険してみる価値はあるし、冒険するなら一学期のうちに済ませたほうがいいんじゃないかな。あと、あっちにいる子もあぶれてるみたいだけど」

　教室の片隅で熱心にディスプレイと向かい合っている男子生徒がいた。クラスの中では一番背が高くて体も大きく、いつも、机と椅子から体をはみ出させるような格好で座っている。肌は見事なばかりの赤銅色だったが、休み時間に彼のディスプレイを埋め尽くしているのは、カラフルな立体パズルや、飛行機や戦車やコンプリケーション・ウォッチの組み立てゲームだ。友達と雑談するよりも、自分で決めた目標を達成することを喜ぶタイプなのだろう。

「あの子もビギナー時代の仲間がいないみたい。放っておくと、ひとりで研究を始めかねないタイプよね。うちへ引っ張り込もうよ」

　省吾は腕組みをして眉間に縦皺を寄せた。「うちの班は寄せ集めか」

「あんたよりは役に立つわ」

　ユイたちは、まずは恵が勧めた男子――ヒラギ・ハルトに声をかけた。班を組まないかと言われると、ハルトは面倒くさそうに振り返った。「いいけど、おれはものすごく好みが偏ってるよ」

「いいのいいの。好きなことだけやってくれれば」と恵は言った。「あたしたちの判断で、うまくまとめて提出できる形にするから」

「あんたマネージャー向きの性格だな」

「入ってくれる？」

「ああ」

「ありがとう」

マリエとアルビィにはユイが声をかけた。私たちと組めば六人になるから一班できるよ、とユイが言っても、マリエは表情も変えずにアルビィに訊ねた。「どうする？」

アルビィは「いいんじゃないか」と穏やかに答えた。「どうせ、どこかの班に入らなきゃならないんだ。せっかく誘ってもらったんだから一緒に組もう。こいつらでも充分だと思うよ」

――〈こいつら〉とは。

ユイはアルビィの態度に驚いたが、いまはそれについて問わないことにした。これだけ自信があるなら、きっと研究成果もたいしたものなのだろう。たいしたものにしてくれないなら、そのときに怒ってみせればいい。

マリエはうなずき、ユイに言った。「じゃあ、そういうことで。よろしく」

アルビィが口を挟んだ。「君は星川っていう名前なんだな。マリエと何か関係があるのかな」

「関係？」

「マリエの苗字は鴻野だろう。基礎遺伝子の選択で何か関係があるのかと思って」

「星川も鴻野も珍しい苗字じゃない」とマリエは言った。「偶然の一致でしょう」

ユイは、わけがわからず訊ねた。「あの、名前って何の話？」

アルビィはうっすらと笑みを浮かべた。「鴻野、星川、どちらも偉い学者の名前だ。〈鴻野‐星川理論〉って聞いたことない？」

「ない」

「あ、そう。じゃ、あとで調べてみて。その学者さんの家系で、後世のために遺伝子データを残している子孫がいるかどうかチェックするといい。辿っていくと君たちとつながるかもな」

　六人は、机を向かい合わせの形に移動させた。

「何をやる？」

「テーマは山のようにある」

　エネルギー問題、食糧問題、流通の問題、居住の問題。逐一チェックしていくと、眩暈（めまい）がするほど恐ろしい数だ。事態が複雑過ぎて実感が湧かなかった。しかし、どれもが現実に起きる問題なのだ。

　一番の問題は、マグマの噴出時期が確定できないことだった。つまり、大きなプロジェクトを立ち上げても、それが完成するまで、地球上が安全かどうかがわからない。

「となると、工期が何十年もかかるような大計画は論外だ。小さな計画をたくさん積みあげる形がいい。いつ〈大異変〉が起きてもいいように」

「有人宇宙船を打ち上げて人類を逃がすのは、やっぱり難しいのかな」

「無理無理。人間に対する宇宙環境の影響は計り知れない。宇宙医学の研究もストップしているんだから、いまの知識のまま宇宙へ出たら、私たちは宇宙放射線や強い磁場で、あっというまに死んじゃうよ。生殖機能に異常が出て、子孫を残せない可能性だってとても高いし」

「なんだかできないことばっかり」

「だから地球上での生活維持に集中したほうがいい。宇宙なんか見ずに、陸と海だけを見て計画を立てるのが王道だ」

その言い分が正しいのは、ユイにもよくわかっていた。滅びに対抗し得る技術を発展させるのが自分たち若い世代の務めだ。宇宙の研究は人類が無事に生き延びてから考えればいい――というのはよくわかる。

――でも。

それでは、なんだかつまらない。もし人類がこのまま滅びてしまったら、私たちは何も残さないままに、種としての運命を終えてしまう。

勿論、どんな生物も、そうやって滅びてきたのだ。この地球上で、繰り返し繰り返し、数え切れないほどの生物が環境激変のたびに絶滅してきた。けれども、人間もそれでいいのか。私たちは何か違うことができないのか。

「食糧と医療」と省吾が言った。「限られたエネルギーの範囲で物を作るには、どういう仕組みが必要か。これを社会構造上から検討するのはどうかな」

マリエが口を開いた。「労働力の確保についてはどう考える？」

「都市内の人口で充分じゃないかな。ほとんど機械化されているわけだし」

「エネルギーが不足すると機械はほとんど使えない。人間頼りになるけれど、それができる人材が残っているかどうか」

「どういうこと？」

「人口調整のために、政府は子供を産まない選択を各家庭に求めている。子供を〈大異変〉に直面させたくない親もいるし、〈大異変〉が訪れる頃、若年層の人口比率はとても低くなっているはずよ。中高年だけで社会全体の生産と管理を維持できるのかしら。エネルギーは不足している。本来なら都市で働くべきロボットや機械は、その活動をひどく制限される」

「じゃあどうすれば？」

「方法はふたつある。発電方法を根本から考え直して、大規模消費に耐えられる方法を設定するの。もうひとつは、若年層の人口を、もう少し意図的に増やすこと」

「人口が増えると食糧問題が深刻化する。住む場所だって困るだろう」

「だったらエネルギー問題のほうを重視する？　機械さえ動けば、たいていの作業はできてしまうものね」

「どうやって発電するんだ」

「核エネルギーしかない」

「そんなもの危なくて使えない。人類はリ・クリティシャスの混乱期に、核開発を完全に捨てている。いまさら社会的な認知は得られないよ」

「それは核分裂エネルギーでしょう。私たちには核融合という手段が残されている」

「あれだって完璧に安全なわけじゃない。D‐D反応炉は中性子やトリチウムを出すし、第

一、核融合技術があると中性子爆弾を作れるんだ。政治的に危険過ぎるよ。人類は核エネルギーを完全無欠に運用できるほど頭がいいわけじゃない。エネルギーを獲得するための理論は作れても、発電施設を管理する能力がないと言ってもいい。核分裂での発電時代に、そういう例が嫌というほどあったじゃないか。僕たちのご先祖が核の利用を捨てたのは、絶対に正解だったと思うな」

「私たちは何百年も前の人類とは違う。体も変わったし社会も変わった。人工生物や人工知性体まで生み出した。〈管理できる方向〉へ頭を発達させてきたんじゃないかしら。だからこそ、再び繁栄を得たんでしょう？」

マリエはユイのほうを向き、訊ねた。「あなたはどう？　宇宙開発には、必ず核融合炉が必要よね。それをどう考えているの？」

「えっ？　衛星打ち上げに核なんて使わないよ。化学燃料で上げるんだから」

「そんな小さな話をしているんじゃないの。宇宙船を造るには――〈いまの私たちの社会〉で恒星間飛行を実現させるには核融合エンジンが必要。対消滅エンジンだとか恒星間ラムジェットだとか、いまは、まだ無理でしょう。あなたは宇宙船を造るのが夢だと言ったけれど、どんなエンジンを使うつもりだったの？」

「まあそれは……。確かに、一番現実的なのは核融合エンジンだけど……」

「だったら一択でしょ。いまの時代に深宇宙開発を夢見るなら」

マリエは誰と視線を合わせるでもなく続けた。「バイオ燃料頼りでプルームの冬を乗り切ろうなんて甘過ぎる。〈低温に耐えて光合成を必要としない燃料藻類〉を作り出すことは確かに可能でしょう。ミドリムシの性質を変えることだって、きっとできる。でも、それを育てる栄養分をどこから得るつもりなの？　光合成をさせないなら、海中から直接養分を採らせなきゃならない。けれども海の豊かさは太陽光の照射に依存している。遺伝子改変藻類や改変ミドリムシにも、この種の栄養源が絶対に必要よ。でも、それをどこから持ってくるの」

「人間が人工的に撒いてやる方法もあるんじゃないかな」

「冗談じゃない。世界中の海と陸の都市エネルギーをバイオ燃料だけで解決しようとしたら、どれだけの改変生物が必要になるの？　それに、バイオ燃料には、もうひとつ弱点がある。低温に弱いの。マイナス十二度あたりから、もう凝固し始める。極寒環境下できちんと使えるのかどうか。確実に機械を目詰まりさせる」

「……ということは、まずエネルギー問題を解決しないと、他にどんなアイデアを出しても無駄なのか」

「どうやって都市生活を維持するのか、どうやって機械を動かすのか。食糧や医療の問題なんて、全部、エネルギーの心配がなくなってからの話なのよ」

ユイの頭はパンク寸前だった。これはみんな、大人だって頭を抱えている難問だ。ミドルクラスの自分たちに、どうやって解決できるというのだろう。

結局、この日は、アイデア探しと、核融合技術の有用性を再確認するに留まった。ユイと省吾と恵は釈然としない様子で、まあ、最初はこんなもんだよねと、自分たちを納得させていた。

ハルトは議論にほとんど参加しなかった。

アルビィも同じだった。

だが、ふたりの態度は正反対だった。ハルトは、終始、むすっとした表情で腕組みをしていた。アルビィは、頼もしそうにマリエの言葉に耳を傾けていた。

午前中の授業が終わると、マリエとアルビィは「私たちは外へ行くから」と言って教室から出て行った。残されたユイたちは、皆で食堂へ向かった。

廊下を歩きながら省吾が言った。「ありゃすごい。全然攻略方法がわからねぇ！」

「びっくりするほど物知りよね」恵は感心しきったように瞳を輝かせていた。「でも、あんな感じで進めていいのかな。あれって正しい議論の仕方なの？　私たちが未熟なだけ？」

「そうだな」ハルトの口調は冷静だった。「あんたら勉強不足だ。マリエの講釈を聞いていただけじゃないか」

「あんただって反論しなかったくせに」

「正しいことを言っている人間に反論する必要はない」

「……私もそう思う」とユイはつぶやいた。「宇宙船の作り方を、あそこまで具体的に考えている同世代なんて初めて見た」

「えーっ。私と省吾って、そんなに頼りなかった？」

「違う違う、そういう意味じゃないの。宇宙船のエンジンとして核融合炉を使う方法は私も知っていたわ。でも、その技術を地球上の発電所に応用するなんて考えたこともなかった。政治の勉強が不足していたのよ。もしかしたら、DSRDも、マリエと同じように考えているんじゃないかしら。日本も他の国も、もう、核融合発電の準備に取りかかっていて――」

「おいおい」と省吾が割り込んだ。「じゃあ、おれたちの知らない間に、勝手に核エネルギーの再開発が始まってるのか。核融合技術は宇宙船のエンジン製作に限定する――それがDSRDの公式発表だろう。おれはそれ以外の話なんて知らないぞ」

「大人は真実を隠すものよ。ある日突然『地球上で核融合発電を始めます』って政府から告知があるの。〈大異変〉の告知が突然だったみたいに」

「なんだそれ。そんなのって有りかよ」

「それが大人のやり方なんだから」

そのとき、ハルトがつぶやくように言った。「マリエって、つっけんどんだけど、冷たい女の子じゃないよな」

「ああ?」話の腰を折られた省吾は妙な声を出して応じた。「何の話だ、いきなり」

「冷たい人間っていうのは、冷徹で頭がいい奴のことを言うんじゃない。喋るのが上手で、人に好かれて、社交性もあって……、なのに、笑いながら他人を殺したり、平気で傷つけたりできる奴のことを言うんだ。マリエは、そういうのとは全然違うだろう」

「それはそうだけど」

「アルビィもマリエも、人づきあいに慣れていないだけじゃないかな。他人との喋り方を知らないんだ。きっと」

「ああ、言われてみればそんな感じかなあ」

「マリエもアルビィも幼いだけだ。おれはコミュニティ育ちだから、年下の連中を大勢見ているとわかる。あのふたりは、おれたちよりも、二、三歳年下なのかもしれんぞ」

ユイは思わず「あっ」と声を洩らした。あの白い肌、人形のように整った細い体つき――。年下だと考えれば、いろいろと納得がいく。飛び級で上がってきた天才児なのだとすれば。

恵が訊ねた。「コミュニティ育ちって……ハルトってどこの出身なの？」

「おれは海上民だ。ついでに言っておくと、あんたたちよりも三歳年上だから」

「えーっ！」

「何を驚いてるんだ。海上民が統合科学科に来ちゃいけないのか」

「いや、そんなことはないけれど」

「海上民の大人や子供は、いま、たくさん陸にいるんだ。おれたちは、いずれマルガリータを自分たちだけで運用するから、全分野の勉強をしているところだ」

「知らなかった……」

「まあ、こうやって陸で暮らしてみると、陸上民も海上民も大差ないってわかるな。おれたちは自然の中で生きてるつもりだったけど、技術を使おうとすると陸上民的な発想がいるんだ。ちょっと悔しいけどな」

悔しいと言いつつも、ハルトは楽しそうな笑顔を浮かべた。「ま、おれたち、結構いいチームなんじゃないかな。マリエもアルビィも面白い。あいつらがいるだけで、おれたち、随分、頭がよくなるような気がするな」

次のディスカッションで省吾は、「まず、エネルギー問題に論点を絞ろう」と提案した。「マリエが言った通り、これをどう考えるかで都市計画がまったく違ってしまう。地球上での核融合発電をどうするか、二派に分かれてディベートしよう。この記録をレポートに含める」

「班分けはどうするの」

「マリエとアルビィは核融合発電に賛成なんだろう？　だったら、まず、君たちが賛成派と反対派に分かれる。ユイ、恵、ハルトは好きなほうを選んでくれ」

マリエが言った。「私は自分以外が全員反対派に回ってもいい。そのほうが話が早くない？」

「だめだめ。他人と協力することを覚えてくれ。おれたちは君から見れば頭の鈍い役立たずだろうが、仲間である以上、支援しなければならない局面もあるんだ。仲間が失言で足を掬われたら君がフォローする。そういう行動も大事だ」

「……わかった。じゃあ好きにして」

ユイは少し迷った末、賛成派——マリエの側についた。賛成派にはハルトも入った。省吾、恵、アルビィが反対派に入った。
ディベートは〈賛成派〉の役を振られたユイの発言から始まった。あくまでも〈役〉を演じ切るのがディベートの要諦だ。ユイが本心で核融合発電をどう思っているかは、この際まったく関係がない。〈賛成派〉としての論理が完璧であれば、それ以上は何も必要ない。それがディベートの進め方であり、合格／不合格の判断基準となる。『プルームの冬におけるエネルギー問題は深刻です。安定した大量の電力を維持するには、核融合発電は最適の施設です。バイオ燃料による火力発電と併用すれば、より安定した社会を保てるのではないでしょうか』
アルビィの発言。『D－D反応型の核融合炉が中性子を出す問題についてはどう思いますか』
『ブランケットによる遮蔽技術があれば大丈夫です』
『では、それができない限りは実用化すべきではないと？』
『当然です。中途半端な形で運用するぐらいなら使うべきではありません』
恵が省吾に訊ねた。「いまのユイの発言ってOKなの？　賛成派って、何がなんでも賛成って意見を通さないと、ディベートにならないんじゃないの？」
「そんなことはない。この問題は複雑だから、あれぐらいは許容範囲だ」
アルビィが続けた。『もし核融合炉を作るとしたら、どこに置くのですか』
『海上施設が望ましいでしょう。重水素を作るための海水を運ぶ手間が省け、ケーブルによる海上都市への送電が簡単です。ですから、海上都市に隣接する形での建設になります』

『陸上には作らない？』

『勿論、そちらにも作ります』

『かなりの建設予算が必要ですね。海上民のためにマルガリータ・コリエを作り、核融合発電施設も建設する。世界中の政府や連合に、これだけの資金があるのでしょうか』

『軍事費を削ればいけるでしょう。我々には戦争をしている暇などないのです。軍事予算を縮小すれば、核融合炉が核兵器の開発に利用されることも防げます』

『各政府・連合の軍事力を弱めるには、いま海上で起きているラブカと海軍・警備会社の闘争を解決しなければなりませんね』

『そうですね。そのためには武力を使わない和平交渉が必要でしょう。お互いに血を流さないで済むという理由だけでなく、国家予算を無駄遣いせずに済むという意味で、冷静な交渉による停戦条約締結が必要です』

話を進めていくうちに、ユイは不思議な感覚に囚われた。核融合炉自体は危うい要素を孕(はら)んだ技術だ。兵器すら生む存在だ。しかし、その存在を巡る議論を重ねるだけで、意外にも、ラブカとの闘争がない世界を作る手段が見えてくる……。

でも、これは本当に正しい道なのか。

合理性だけで、これほど簡単に社会がよくなるんだろうか。

再び、アルビィからの発言。『僕は、政府や連合というのは基本的に武器を捨てない存在だと思います。なぜなら、自国民を守るためには絶対に武力が必要だから。世の中は善意だけではできていません。軍備の縮小は、一国が持つ武器の性能を先鋭化させませんか。戦闘機や戦艦がなくなっても中性子爆弾はある——という状況も起こり得ます。そして、爆弾はロケット技術があれば簡単に発射できるし、好きな場所へ落とせる。核融合炉を作ることは、必ずしも軍備の縮小とは一致しません』

ユイは反論できなかった。確かにその通りだ。さっき自分でも感じた引っかかりの正体は、これだったのだ。アルビィは、いまの発言で私の論理の欠点を的確に突いてくれた——。

『僕は、核融合炉なしの状態で人類が滅びるならば、滅びたほうがいいと思います』とアルビィは続けた。『それもまた、ヒトの在り方のひとつではないでしょうか。人類が、プルームの冬によってではなく、核エネルギーの使用によって滅びる……そんな間抜けな結末になってはいけない』

『でも、核融合炉があるほうが、人類が生き延びられる確率は上がるんですよ』

『上がるというだけで、絶滅の可能性がゼロになるわけではありません。たとえ核兵器に転用されずとも、発電所の事故だけで、すべてがだめになる可能性もあります』

『ですから、そのあたりについては、バイオ燃料や潮流発電と併用することで』

そのときマリエが割って入った。『私は人類が核エネルギーで滅びるなら、それもまたひとつの結末ではないかと思います』

アルビィは微笑を浮かべた。反対意見を投げられたのに、まるで、自分も本当はその意見かに賛成なのだと言いたげに。『それはどういう意味でしょう。詳しく説明してもらえますか』

『人間を救う技術があるのに、あえてそれを使わない……。そういう局面はたくさんあります。たとえば高齢者に対する延命は、例外なく、あらゆる場面においても必要でしょうか。人生に満足し終えている老人と、本人が《まだやるべき事を残している》と切実に感じている老人。このふたりに対する措置は同じでいいのでしょうか。技術があるのに、あえて使わない――この選択を倫理的と呼ぶのであれば、最後の瞬間まで技術によって現実と闘い続けることも、同じく倫理的だと言えるのではないでしょうか。私は核融合発電を、後者にあたるのではないかと考えます』

省吾が反論を始めた。『人間の命は何よりも優先されるべきではないかな。核融合発電所の事故、もしくは、そこからの兵器転用で大勢の死者が出た場合、人類は人口数を回復できないかもしれない』

『事故や核攻撃が起きたからといって、すぐに人類が滅びるとは限らないのでは？』

恵も反論に参加した。『結局、こういう方向だと仮定の話にしかなりませんよね。事故や核攻撃は起きるかもしれないし、起きないかもしれない。起きなくても別の理由で人類は滅びるかもしれない。プルームの冬は厳しいので、人類を滅ぼしそうな要因を極力排除する……という方向で考えたほうが現実的ではないでしょうか。となると、核融合発電のリスクはどの位置に来ますか。外すべき候補の、かなり高い位置に来ませんか』

『核エネルギーがなくても、都市間に権力闘争が起きれば、片方が片方を滅ぼすのは簡単です。安全性を基準にエネルギー生産量を極端に絞った場合、それを奪い合って、都市同士の闘争が始まるかもしれません。極限状況下において、人類が仲よく手を取り合うかどうかなど誰にもわかりません。そうなるかもしれないし、そうならないかもしれない。たぶん、状況はランダムに訪れ、その全体像は、まだら模様を見るように複雑なものになるでしょう。そして、何かのきっかけがあれば人類は理性を失い、奪い合うだけの存在になる。この愚かさは歴史が証明済みです』

この日のディベート結果から、ユイの班では「地球上に核融合発電所を作る」という結論のほうを選んだ。

これは、こちらが倫理的に正しいと考えたからではない。

こちらを選ばなければ、自分たちが計画する都市設計ができないとわかったからだ。あくまでも課題研究だから、実際には、どちらの結論を選んでもよいのである。大切なのは議論の過程を残すこと。話し合いが為され、賛否の意見が記録されて提出されれば、教師は点数をつけてくれるはずだった。

アルビィが言った。「他のグループは核エネルギー以外を使う研究を出すだろう。そのほうが政治的な問題を考慮せずに済むから。技術的にできる／できないの話だけに焦点を絞る方法は、これまでの社会的思考の常識だ。でも、僕たちが所属しているのは統合科学科だ。政治的な考察なしに都市計画を立てても、いい評価が来るとは思えない」

「このほうがいい点になるの？」

「僕たちは、いずれ本物の社会へ出て行く。政治や経済について何も考えずに物作りなんてできない。現実はもっとシビアだ」

陸上民の海上都市、マルガリータ・コリエ、海上核融合発電所。これを組み合わせて新しい連動型社会をデザインした。陸上民と海上民の都市が交流しながら発電施設を共有する社会だ。陸と海との境界が、よりいっそう溶融する社会形態だった。この方式では、陸上民と海上民がお互いの文化をより身近に感じるようになる。陸上民も日常的に魚舟を見て暮らし、海上民は優秀なエンジニアとして海上発電施設の管理を行い、プルームの冬を乗り切るための品々を工場で生産するのだ。

ユイの班が発表した研究を、担当教諭はよくできていると言って誉めた。アルビィが予測した通り、他の班は、すべて改良型自然エネルギーによる発電施設を提唱していた。核融合エネルギーを使うと宣言したのはユイの班だけだった。

教諭は、それについてはまったく問題にしなかった。あくまでも都市機能としての長所・短所について質問し、ユイたちはそれに対して順々に説明していった。

最後に、奇妙な問いが教諭の口から出た。「この提出文書には六人が平等に作業を分担したとあるが、これは本当なのかな、鴻野さん」

「はい」とマリエは答えた。

「たとえば、グラントくんと鴻野さんがリーダーとなって全体の設計を行い、他の四人が作業を補佐した……というような事実はないのかな」

アルビィが横から口を挟んだ。「先生がそのように指示なさっていたら、僕たちはそうしたでしょう。しかし、特に指示がなかったので平等に分担しました」

「それで問題は生じなかったのか」

「はい、一度も。彼らは優秀でした」

「グループを作るとき、この四人を選んだのは君たちか」

「いいえ。僕たちのほうが彼らから選ばれました。僕たちはグループの選別に関しては何もしていません。誰と組んでも同じだろうと思っていたので。しかし、彼らは予想以上に優秀でした」

「なるほど」

担当教諭はユイたちを興味深そうに一瞥(いちべつ)した。悪意のある視線ではなかった。むしろ喜んでいるような感触があった。だが、ユイはそれを誇らしく思えなかった。なんとなく居心地の悪さを覚えた。

「よろしい。今回は、双方にとっていい巡り合わせだったようだな」

「はい」

アルビィは屈託のない笑みを浮かべた。

マリエはいつものように冷淡だったが、その冷たさを、今日はユイたちに対してではなく、教諭に向けているように見えた。

3

自分たちの社会における科学技術の意味とは何なのか。それによって人を救うとは、どういうことなのか。あるいは意図的に技術を捨てるという選択を、私たちはどう考えるべきなのか。

いまではそんな難しいことも考えるが、ユイの科学に対する最初の思い出は、もっと単純な煌めきと驚きに満ちたものだった。自分で作った装置が何かを成し遂げる。その成果を自分の目で見る。その喜びが技術を支える根本であり、この楽しさがある限り、人間は技術を捨てられないのではないかと、ユイは以前から感じていた。

あの日――ビギナークラスの最後の夏休み、ユイは省吾や恵と一緒にミニロケットを作った。他に、ふたりの同級生を巻き込んで。

学校の工作課題として作ったのは、炭酸ガスでちょっと飛ぶだけの教材用ロケットだった。だが、これでは物足りなかった。小型の衛星を地球周回軌道に乗せるミニロケットを打ち上げられないか？　と計画を立てたのだ。こんなことを考えたのは、ユイの父親がエンジニアで、友人たちも、その方面に興味が偏っていたからだった。

日本群島がまだ日本列島だった頃、本物のロケットを打ち上げる場所は国内に二ヶ所あった。内之浦と種子島である。リ・クリティシャスは、このふたつの発射場を使用不能にした。より正確に言うと、研究者たちは「移転させたい」と強く希望したのだが、政府が移転計画を支援できなかったのである。

日本は、国土は狭いが標高差がある。

少し高い場所を確保できれば、移せないはずはなかった。が、社会的な混乱の中で、政府は移転計画をあきらめた。当時、大陸側からの分子機械兵器のせいで、日本社会は破滅の縁に立たされていた。人間の出産機能を狙い撃ちにする分子機械に対抗するため、医学とサイバネティクス方面に、莫大な予算が割かれていた。とても宇宙開発に回す予算はなかった。

放棄によって沈んでゆく施設を、宇宙開発関係者は黙って見ていたわけではない。私費を抛ち、移せるものは移した。高台に新たな発射場を作るだけの資金はなかったが、どうしても失われては困るもの、次代に引き継ぎたいものを、ソフト、ハードを問わず、限度枠いっぱいまで移動させた。彼らの胸の内で燃えていた想いは、ただひとつ。いつか海面上昇が止まったとき、もう一度ロケットを上げてみせる——ということだった。

リ・クリティシャスが終息した現在、日本群島附近で通信衛星や観測衛星を打ち上げているのは、民間のロケット打ち上げ会社だ。

政府は積極的な支援は行っていないが、法律的には関与していた。宇宙環境の利用は軍事転用が可能なので、どうしても政治的な思惑が絡んでくる。宇宙へ上がれば地上も海上も見え放題だ。海上プラットフォーム自体は民間運営だが、諸々が政府の監視下にあった。

この形式は、ユイたちにとってありがたい面もあった。施設維持費を弾き出すため、プラットフォームは積極的に一般市民の見学を受け入れていた。入場料を取り、ロケットの打ち上げを見学させ、子供向けのロケット教室を開催していた。ユイたちが利用しようとしたのは、このスペースだった。炭酸ガスロケットを持って参加するときに、施設の偉い人にかけあって、本物のミニロケットを打ち上げる計画を持ちかけようとしたのである。

勿論、子供だけでは成功しないことぐらい、ユイの年齢でもわかった。ユイがまず助けを求めたのは、父の一番の友人であった御倉・MM・リードだった。昔からよく家に遊びに来ていた御倉は、ユイにとって実の叔父のような存在だった。

御倉はユイから話を聞かされると、いつもの飄々(ひょうひょう)とした口調ではなく、やや厳しい調子で問い返した。「本気で言ってるんだろうな」

「本気だよ」

「費用はどうやって計算した？」

「データベースにモデルケースがあったから、そのデータを参考に。資金は、まず参加者五人の貯金から。それから、飛ぶのを見たいって言ってくれた男の子や、ロケット好きの模型屋のおっちゃんや、そこのお客さんから少しカンパしてもらったら製造費をクリアできるってわかった。でも、ぎりぎりだから、あとは御倉さんが協力してくれたら、すごくうれしいの」

「こいつは驚きだ。まず、予算をしっかりと押さえたか」

「うん。公共アシスタントに質問したり、いろんな人に話を聞いたりしたら、まず、お金の問題が一番大切だよって。貧弱な装置を作っても絶対に成功しないから、資金が集まってからやりなさいって」

いまにして思えば、それは実行のためのアドバイスではなく、子供たちを思いとどまらせるための言葉だったのだろう。具体的な数字を出して、ほら、ビギナークラスの子供では無理だろう？　もっと大きくなってから作りなさい――と言いたかったに違いない。

だが、幸か不幸か、ユイたちは資金繰りに成功した。残されたのは技術の問題だけだった。

御倉は訊ねた。「具体的には、どういうデザインで考えている？」

「全長百五十センチぐらいの三段式液体燃料ロケット。地球から見たときに、これぐらいの距離の楕円軌道へ――」と言いながら、ユイは手振りでその長さを表現した。「極小の人工衛星を投入するの。発信機を載せて、地上から追跡できるように」

「なるほど。で、燃料には何を使うつもりだ」

「ケロシンと液体酸素」

「子供には買えないぞ」

「だから御倉さんに助けて欲しいの。私たちの計画に協力してもらえませんか。海上都市は制限がきついから、打ち上げるとなると、海上プラットフォームを借りるしかないの。だから、そこの偉い人にも頼まなきゃならないんだけれど、子供だけじゃ絶対に無理でしょう？

みんな、このレベルのロケットなら、理論さえ間違わなければ飛べるはずって信じてる。それを、本当なのか間違いなのか、自分たちの手で確かめてみたいの。実験して確認するのって科学の基本だよね？」

　こういう悪ノリに御倉が黙っているはずはなかった。計画内容を詳しく訊き、他のメンバーも揃えてひとりずつ厳しく質問をした。知識の有無と覚悟を確認すると、

「じゃあ、ちょっとかけあってみるか」と言い出した。「ただし、絶対に子供だけではやらないこと。大人の指示を守ること。大人が中止だと言ったら何があっても従うこと。打ち上げには海上プラットフォームの職員を立ち会わせること。これを約束できるなら液体燃料を揃えてあげるよ」

　反対する理由などなかった。自分たちで作ったロケットを本当に上げられるなら、それぐらいの条件は呑むつもりだった。

　御倉は海上プラットフォームの主任とかけあい、ユイたちの計画が実施可能かどうかを相談し始めた。

　大村という名の主任は突然の申し入れに呆れて最初はユイたちを追い返そうとしたが、御倉がＤＳＲＤの人間だと名乗ると、えっ、と言って顔をまじまじと見つめた。

「そうか、あなたが」

「はい。渉外部におりますので、広報活動などで、お目に留まったかもしれません」

「実は、ささやかながら、私も寄付させてもらっておるのです」

御倉は真顔になると深々と頭を下げた。「ありがとうございます。お礼申し上げます」

「いや、そんなに固くならなくても。それより、ＤＳＲＤの宇宙船は本当に太陽系外まで飛ぶのかね」

「間違いなく飛びます」

「だが、地上での組み立ては無理だろう。エンジンがあれじゃあ」

「ええ。テストで噴かすこともできませんから、宇宙空間で組み立てて、実証実験も宇宙でやります。その後、微調整して本格稼働という流れに」

「となると、部品だの燃料だの、世界中の発射場を借りて打ち上げにゃ〈大異変〉までには間に合わんな」

「はい。目下のところ、それが一番の難題です。我々は研究部門と若干の生産部門はあっても、自前の打ち上げ場がないのです。仮に持っていたとしても一ヶ所だけでは間に合いません。最大級のロケットを使っても、何十回も打ち上げねばならないので」

「なるほど。それなら、我々も何とか力添えをしよう。小物の打ち上げ程度なら請け負うよ」

「それは助かります！　しかし、無茶をすると皆さんの仕事の量が」

「〈大異変〉が来るのに残業の量を気にしても仕方がない。それにさ、あんたは人類が〈大異変〉で滅びると思っているかい？　おれたちの人生はもうおしまいだと、本気で思っているかい？」

御倉の瞳が刃のようにぎらりと輝いた。「いいえ。実は私は、人類が滅びるところなど、ただの一度も想像したことがないのです。この過酷な運命を乗り越えて、またしても、文明の繁栄を取り戻すのではないかと考えているぐらいです」

「おれも同じさ。だから、あんた方の仕事を成功させたい。無人機の飛行で得られた技術で、次は、有人宇宙飛行を再開させるのがおれの夢さ。おれはそこまで見込んでDSRDに寄付した。子供たちの手伝いも、その一環だと考えよう。おれはこの子たちに未来を見る」

大村主任は、緊張しきっている子供たちに優しく、しかし、理路整然とした口調でロケットの製造から打ち上げまでの注意点について語った。

主任はテーブル上の仮想ディスプレイに、日本群島近海を含めた地図を表示させた。「一段目、二段目の落下地点は、ちゃんと計算してあるんだろうな」

「はい」とユイは答えた。「海上に落ちることを確認しています。附近には海上都市や観測ブイなどはありません。漁船、商船、客船、警備船の航路とも重なりません。海軍の演習日ともぶつかりません。海上民の魚舟が来ていると、ちょっと迷惑をかけちゃうかもしれないけれど……」

「よろしい。じゃあ、やってみようか」

「ありがとうございます！」

「ミニロケットは、炭酸ガスロケットの実験場でも打ち上げられるだろう。その日は君たちで貸し切りだ。他の子供や見学者が事故に巻き込まれると困るから」

「事故……」

「液体燃料は、めちゃくちゃ危ないんだ。大人がついてなきゃだめだし、万一事故が起きたら、最小限の被害に食い止める義務がおじさんたちにはあるんだよ」

ロケットが危険なものだという自覚はあった。ユイは以前、御倉に連れられて、ロケットエンジンの燃焼実験を見学したことがある。それがどれほど危険なものか、震えながら実感したものだった。

ドーン！　と響き渡る音と、竜が吐き出したかのように暴れる炎。その瞬間、自分の日常が吹き飛んだのをユイは感じた。世の中にはこんな世界があるのだ、そして、この技術は確実に自分たちの社会や生活を変えるのだ――と。

ユイの心の震えを知ってか知らずか、御倉は極上の笑みを浮かべて炎を眺めていた。世俗の憂いを、すべて吹き飛ばすかのような顔つきで。悪魔的と言っては言い過ぎだろうか――いや、それぐらい、いまの社会からは外れた価値観によって、御倉は炎の先にあるものを見ているのではないかとユイは感じたのだった。その双眸は真昼であっても宇宙の星々を見通し、銀河の中心で渦巻く無数のブラックホールにまで達して、さらにその先へ、誰も見たことのない世界を、激しく激しく渇望しているのではないか――と。

小型とはいえ、これから自分たちは、あれと同じものを作る。危険を越えて、その先にしか見えないものを見るために。

打ち上げの日、ユイたちは、御倉と共に海上プラットフォームを訪れた。

た。

見学者用の広場には、大村主任以下数名の職員が集まり、ユイたちの到着を待ち構えていた。

「お世話になります」とユイたちが挨拶すると、

「こちらこそよろしく」と大村主任は満面の笑みを浮かべた。

ミニロケットの発射準備は着々と整い、やがて、カウントダウンが始まった。数字がゼロになった瞬間、ロケットは爆音と共に白煙を吐き出し、勢いよく青空へ向かって飛び上がった。

ぐんぐん上昇していく鉛筆状の機体は、意思を持った生き物が空の彼方を目指しているように見えた。昇っていく、昇っていく。自分たちが作ったものが昇っていく。体は地上に留まっているのに、ユイの心はロケットと共に空を飛んでいた。それは強風を孕んだ凧が、糸の続く限り空へ駆けのぼっていくときの——あの力強い感覚にとてもよく似ていた。だが、凧と違ってロケットは速い。あっというまに雲の彼方へ姿を消した。

「成功……なのかな?」と省吾がつぶやいた。

「わからない。ここから先は御倉さんに追跡してもらわないと」

子供の手には余る観測を、海上プラットフォームの職員は、仕事の片手間に担当しておくという話だった。一段目と二段目が問題なく海に落ちるかどうかもわからないし、事故が起きた場合、ユイたちではなく、打ち上げさせたプラットフォームの責任になるからだ。自分たちが熱意だけでやったことを、大人が、きちんとバックアップしてくれる——その大らかさに心が震えた。

ユイは一連の作業を通じて痛感していた。

ロケットはひとりでは打ち上げられない。常に、チーム・プロジェクトとして進めねばならないのだ。設計や組み立てだけでなく、運用にもチームが必要なのだ。

ユイたちの人工衛星は、無事に地球周回軌道に入れば、明け方か夕方の一瞬、暗い空を移動していく輝点として見えるはずだった。計算値から、それが、いつ、どの場所に見えるのか予測できた。

残念ながら打ち上げた日の夜から天気が崩れ始め、ユイたちは、せっかくの衛星を肉眼では確認できなかった。電波信号を捉まえて3D画像として見る運びとなった。

3D地球儀の上空に輝点が描き出された瞬間、ユイたちは息を呑んだ。歓声をあげる前に、誰もが画像に釘付けになり、言葉を失った。

それはとても奇妙な感覚だった。うれしいなどという単純な言葉では言い表せない何かが、じんわりと胸に沁みてきた。宇宙空間にぽつんと浮いた孤独な輝点は、存在そのものが、まるで奇跡のように思えた。しかし、これは確かに人間の手によって成し遂げられた結果なのだ。自分たちの作業の成果なのだ。

何ヶ月もかけて組み立て、配線し、燃料を注いで打ち出したあのロケットが運び上げた衛星がいまここにいる——。胸の奥から溢れてくるのは、なぜか、とてつもない切なさであり、孤独感であり、そして、ようやくそれらを打ち破って噴きあげてきたのは、爆発するような歓喜と、ひとつの山を越えたときの達成感と解放感だった。

　ユイは友人たちと一緒にお互いの体をめちゃくちゃに叩き合い、抱き合って跳ね、何度も何度も歓声をあげた。３Ｄ画像に釘付けになった。いま本当にここにいるんだね、ここからずーっと楕円軌道を描きながら遠ざかっていくんだぜ！

　御倉が、のんびりと言った。「ま、ビギナーズラックってやつだな。この成功は奇跡みたいなもんだ。どう、ユイちゃん？」

「すごくよかった。ロケットって、あんなふうに綺麗に飛ぶんだ。動画で見たのと全然違う！」

「もう一回やってみたいか」

「うん」

「だったら、ミドルクラスは統合科学科へ進め。そして、ＤＳＲＤへおいで。試験の成績が合格ラインなら、面接は一発ＯＫで通しておくぞ」

「父さんがどう言うかな」

「イサオの気持ちよりも、ユイちゃんの気持ちのほうが大事だ」

「父さんは、私とふたりで船を作るのが夢なの」

「船もロケットも両方作ればいいよ」

　ユイは省吾や恵に再び声をかけ、今度は、宇宙船建造について考え始めた。これは学校の宿題ではなく、ただの空想だった。

人類が〈大異変〉で滅びる前に、宇宙へ脱出することは可能だろうか。月や火星に住むことはできないのだろうか。できるとしたらどんな方法があるのだろう。

ユイたちは、この問題を大真面目に話し合った。これが政府レベルではもう十年以上前に検討済みで、経済的・政治的問題から無理だと判断されたことなど知らなかった。

人類は、かつて月と火星への有人飛行に成功していた。が、現実には、どちらの惑星でも日常的な居住には成功しておらず、リ・クリティシャスの本格的な進行は、人類からその機会を奪った。ユイがこの計画について話すと、御倉は大らかに笑い、やりたいなら現実の社会の動きにも目を通すようにと言った。宇宙船を打ち上げるには科学と技術の力だけじゃ足りない。経済、政治、そして人材。どれが欠けても実行不能だと。そして、いま人類に最も足りないのは〈夢〉だと締め括った。妄想と空想、できそうにないことをあえて試してみる心の広さ――。魚舟と海上民を作り出そうとした時代には、まだそれがあったと御倉は言った。いまは必死になって探さなければ見つからないがね――と寂しそうな目をした。

ユイは自分の直観を信じることにした。だから進路指導で担任教師から「君が統合科学科へ行く理由とは？」と訊かれたとき、迷わず答えた。

宇宙船を作るためです、と。

担任は本気にしなかった。だが、科学は社会の役に立つ。〈大異変〉を越えて生き延びるためには絶対に必要であり、若い技術者や研究者が増えるのは社会にとって大きな貢献になる。担任は大いに喜び、ユイの進路を認めた。

4

一学期が終わって二学期が始まったとき、マリエとアルビィは、統合科学科から姿を消していた。欠席ではなかった。教務課のデータから、ふたりとも医学科へ移っているとわかった。学校自体をやめたのではなく、科を移動したのである。

こんな措置が可能なのだろうかと、ユイは学則を確認してみた。該当する項目は見当たらなかった。もっとも、どんな場合にも例外はある。飛び抜けて優秀な生徒には、これが許されているのかもしれない。

昼休み、ユイは医学科を訪れた。リスト端末の案内に従って歩くと、マリエがいるはずの教室まで辿り着けた。

中を覗いてみたがマリエの姿はなかった。午後の授業開始までは時間がある。データ閲覧室や中庭にいるのかもしれないと思い、廊下を歩き始めた。

窓の外には農業区域が見えていた。

学内にある樹木は飾りではなく、すべて食用となるものである。食糧資源が制限される海上都市では、装飾として草木を置くという発想はない。遺伝子操作によって樹高を制限された柑橘(かんきつ)類には、大量の青い実がついていた。その区域の前で、マリエが複数の生徒と一緒にいるのが目にはいった。アルビィの姿もあった。十人ぐらいでかたまっている。
ユイは足を止め、ガラス越しにマリエとアルビィを見つめた。ふたりの周囲に集まっているのは見覚えのない生徒たちだった。色白で頭がよさそうで、女子はマリエに、男子はアルビィに雰囲気がそっくりだった。マリエと最初に会ったときの印象が甦った。この生徒たちも人工知性体に似ているのだ。私たちとは違う基準で動いている男子と女子——。

　生徒たちは雑談をしている様子ではなく、言い争いをしているように見えた。マリエの表情には、ユイが知らなかった人間的な激しさが滲んでいた。一対多数の形で喋り続けるその勢いはとても早かった。アルビィは中立を保つように、交互に友人たちの顔を見ている。止めに入りそうな気配はない。どちらの側にもつかないことを、むしろ楽しんでいるようでもあった。

　ユイは医学科の棟から外へ出ると、果樹園へ向かって歩いた。生徒たちはすぐにユイに気づき、不審げな眼差しを向けてきた。ユイは怯まず声をかけた。「ちょっといい？　マリエ」

　その瞬間、マリエは、いつものように冷静な表情を取り戻して「何の用？」と訊ねた。

「学科を変わってるから、びっくりしちゃって」

「なぜ？」

「何も言わずにクラスを変わったら普通は驚くよ」

「進路は人それぞれでしょう。あなただって変わるかもしれない」

「それでも、ちょっと声をかけて欲しかったな」

生徒のひとりが割り込んだ。「君、邪魔をしないでくれるかな」

「邪魔？」

「僕たち、いま話し合いの途中だから」

「じゃあ、ここで待つわ」

「話を聞かれたくないんだ」

「言質（げんち）を取られたくないから？」

ユイの挑発的な言い方に生徒たちは色めき立った。「普通に話しているだけだよ」

「私にはそうは見えないけれど」

「言いがかりをつけるのはやめてくれないか」

マリエが口を開いた。「私のほうは、もう話すことはない。これ以上話し合っても無駄でしょう」

生徒たちは、不愉快そうな表情でマリエとユイを交互に見た。「マリエ。君は一般生徒から影響を受け過ぎたんじゃないかな。昔の君とは、まったく反応が変わっているぞ」

「一般生徒から影響を受けるほど、私たちの思考回路は軟弱なの？」マリエは嘲（あざけ）るような笑みを浮かべた。「私は私だわ。成績も下がっていないでしょう。あなたたちよりも上なのよ。放っておいてくれない？」

「一般生徒に混ざっていると歪むよ」

「臆病者。普通の生徒のほうが、あなたたちよりもずっと頭がいいわ」

マリエはユイの手を握ると踵を返した。生徒たちは追ってこなかった。罵声が飛んでくるわけでもなく、沈黙だけが背後からのしかかった。

「いいの、あのままで？」とユイは訊ねた。

「放っておけばいいのよ。害にはならないから」マリエの声には意外なほど棘がなかった。むしろ寂しげで悲しげだった。

「友達なんでしょう、あの人たち」

「とんでもない」

「同じ学校から上がってきたんでしょう。何となく雰囲気が似ているもの」

マリエは沈黙を守ったまま進み続けた。ユイは追うように訊ねた。「マリエはどこのビギナークラスだったの？　私たちとはだいぶ違うよね。学年の途中でジャンプするなんて普通は許されないもの」

「あなたは違うの？」

「うん。私みたいに普通に上がってきた生徒は、最低でも一年待たなきゃジャンプの許可をもらえない。学期の途中で移るなんて有り得ない。——統合科学科って、つまらなかった？あれだけ詳しいなら、もっと好きだと思っていたのに」

「好きとか嫌いとか、そういう問題じゃないと言ったでしょう。一学期いれば充分だって言われたから……」

「言われた？　誰から」

「上から」

「上？」

「ごめん、もう授業が始まってしまう」

確かにチャイムが鳴っていた。ユイは自分からマリエの手を離した。「これからも、お昼休みや放課後に会えるかな」

「約束はできない」

「じゃあ、私のほうで一方的に待っているから。お昼休みは学食にいるし、放課後は四時半までデータ閲覧室にいる」

「わかったわかった、だから、もう行って」

遊んでくれとねだる猫を追い払うようにマリエは手を振った。その仕草が妙に面白かったので、ユイは思わず笑みを洩らした。じゃあ、と言い残して統合科学科へ戻った。


ユイは言葉通りに待ち続けたが、マリエはなかなか姿を現さなかった。食堂にもデータ閲覧室にも。

閲覧室の体感システムで歴史や科学の教材を体験しながら、ユイは毎日機会を待った。椅子にもたれて頭部を閲覧デバイスで覆うシステムは、体や脳への刺激が強いので四十五分の利用制限があった。五感に訴えかけるシステムには、データの波が肌を洗い、データの海へ体がのめり込んでいくような――高所からの落下に似た感触があった。古い時代のざわめきや歴史的遺物、科学実験の成果や宇宙時代の記録などを生々しく味わいながら、ユイは、これだけのものを作り上げてきた種族が滅びるというのは、いったい、どんな感じなのだろうとあらためて空想した。

歴史と技術があってもだめなのだ。人間は滅びるときには滅びてしまう。あっというまに――そして、それを悲しむのは人間同士だけで、地球上の他生物は、人間など滅びても何の感慨も抱かない。

同胞同士でしか価値を認め合えないなら、同胞同士で争うのは最も愚かな行為だ。わかっていてそれをやめられないなら、人類は救いようがないとしか言えない。

視界の片隅に省吾の名前が表示された。ユイはプログラムの再生を中断して、閲覧デバイスを頭上へ押しあげた。

椅子を覗き込むような格好で、省吾がこちらを見ていた。「いま、いい?」

「何?」

「マリエたちのことで、いろいろと耳に挟んだから」

「中庭へ出ましょう」

ふたりは中庭へ出ると、ベンチに腰を降ろした。差し込む強い陽光に目を瞬かせた。

「あいつら、やっぱり特別みたいだ」と省吾は切り出した。「よその科で衝突した奴がいて、それで素性がわかった。あいつら人工児なんだ」

「人工児？」

「政府が作った子供だ。社会的な意味での両親を持たず、遺伝子も完璧に選別されている。生まれたときから専門の集団で育てられ、ミドルクラスの年齢になると、おれたちに混じって行動するようになる。でも、既にその時点で、知能にも学力にも大きな差がついているんだ」

「なんで政府が子供を作るの？　私たちには出産制限をしているのに」

「あいつらは役割が違うんだ」

「役割？」

「人工児は、〈大異変〉への危機管理を徹底的に叩き込まれて育つそうだ。どんな異変が起きても彼らは慌てず、社会の混乱を収めるように教育されている。そのために能力を特化された連中だ。〈救世の子〉と呼ばれているそうだ」

「そんな優良児が、なんで私たちの学校へ来るの」

「これも勉強のひとつなんだって」

「どういうこと」

「あいつらがミドルクラスで学んでいるのは学問じゃない。一般社会の構造と、一般人とはどういうものかってことを観察しているだけだ。あいつらにとっておれたちは、将来自分たちが管理するペットや保護動物程度なんだよ」

マリエやアルビィの冷ややかさを、ハルトは幼いせいだと言った。しかし、別の側面もあったわけか……。

でも――マリエは本当に、他の生徒を自分より下に見ているのだろうか。マリエは決然と口にしたではないか。自分の仲間たちよりも一般の生徒のほうが頭がいいと。あれは学習能力ではなく、人間性への信頼以外の何ものでもない。

「こんな話が出てきたんじゃ、みんな、あいつらをこれまで以上に敬遠するだろう」

省吾は複雑な顔をしていた。マリエたちの素性がわかったことを、うれしいとも、しめたとも思っていない様子だった。極端に異質なものと出くわしたときの、困惑に満ちた雰囲気を漂わせていた。「あいつらは〈救世の子〉――というよりも〈NODEの子〉と呼んだほうがいいんじゃないかな。おれたちを管理するとなると、日本政府の要職につくよりもNODEに所属するほうが本筋だ。みんな好き放題に言っている。《エリートなんて欠片ほども人間らしさを持っていない》とか《社会に都合が悪くなったら、おれたちを草刈りでもするように切り捨てるんだろう》とか」

「そうなると決まったわけでもないのに」

「噂だけでは不安にもなるさ。実際、彼らはかなり異質だし」

ユイは口をつぐんだ。マリエが冷たい管理者になった姿を想像してみた。困ったことに、案外似合いそうな気がした。とても素敵な意味で。でも、彼女の本心はどうなのだろう。

「マリエは――それでもいいと思っているのかな」とユイはつぶやいた。「生まれたときから、人間としての義務を政府に決められるなんて――。《これをやりなさい》《これを覚えなさい》《世界を救うために、おまえたちが先頭に立って闘うのです》って、それしか許されなかったら、普通の人間の生活や気持ちなんて理解できないんじゃないかしら。そんな人間が、本当の意味で私たちの社会を救えるのかな。マリエには、きっと、自分の意思でミニロケットを作って飛ばす自由だってなかったんだよ」

「人間を管理するには感情移入は邪魔じゃないかな。情に流されると正確な判断ができないから」

「でも、それって正しい管理方法なのかな。感情を抜きにした社会管理——。一見正しそうに見えるけれど、本当に役に立つのかしら」

「ちょっと昆虫の社会っぽいが、そこまでやらないと人類は簡単に滅びるのかも。おれは歴史の勉強をするたびに、だんだん、そういう気持ちが強くなってきたぞ」

ユイは溜め息をつき、データ閲覧室のほうへ視線を戻した。その瞬間「あっ……」と声を洩らした。

窓越しにマリエの姿が見えた。誰かを探すように視線を彷徨(さまよ)わせている。

省吾に断りを入れてから、ユイはデータ閲覧室へ駆け戻った。マリエに追いついて背後から肩を叩く。マリエは飛びあがり、ユイを振り返った。

「ごめん」ユイは呼吸を整えながら言った。「ちょっと中庭に出ていたの。来てくれてありがとう」

「別に……」とマリエは口ごもった。「来たくて来たんじゃないから。少し気になっただけだから」

「いいのよ、それで」

ふたりは閲覧室の一番奥のブースに入った。椅子はひとつしかないのでマリエに譲り、ユイは傍らに立った。

周囲の邪魔にならないように、マリエは小声で話した。「もう知ってるでしょうけど、私の仲間がクラスで揉めたの。自分の出身をばらしてまで……」

「喋っちゃだめって言われてたの？」

「なるべく話すなって。……話を聞いて呆れたでしょう？」

「どうして」

「あなたたちから見れば、私たちは人工生物みたいなものだから」

「でも、こうやって話が通じている」

「あなたと私って本当に同じ人間？　生まれ方も教育の受け方も違うのに」

「それを言い出したらハルトはどうなるのよ」

「海上民には人間としての権利が認められている。衝突はあっても、みんな人間として見ている。だから税金も納めるし、ワクチンだってもらうんでしょう。でも、私たちは違う。大人になって社会に組み込まれるとき、たぶん普通の人間とは違う待遇を受ける」

「選択の自由はないの？」

「自由？」

「決められたルートから外れる方法」

「ない」

「どうして？」

「ここまで育てるのに、ものすごく手間と費用がかかっているから。コストに相応しい分を取り返さない限り、私たちは解放されない」

暗い話をしているのに、マリエは遠くを見つめるような澄んだ目をしていた。「……ねえ、仲間と友達ってどこが違うの？」

「そうねぇ……」ユイは少し首を捻った。「仲間って、大勢でわいわい騒ぐイメージかな。友達っていうのは、こうやって、ふたりで向かい合っている感じ」

「私は自分の仲間相手ではもう物足りない。あなたと話しているほうがずっと楽しい。これって、あなたと私が、いま〈友達という状態〉にあるわけなの？　それとも――」

「待って」とユイは遮った。「そういう言い方をしないで。人間関係の状態とか、そんな難しいことは考えなくていいの。あなたが私を気になって、私もあなたが気になる――。それだけで充分なのよ」

マリエはユイをじっと見つめていた。不思議そうな面持ちで。

ユイは続けた。「あなたが、いつかＮＯＤＥに就職して、私たちを忘れる日が来ても――。いま友達でいられるならそれでいい」

「〈救世の子〉は管理官になる。その社会方針は、いずれ、あなたたちに不幸をもたらすかもしれない」

「そんなの気にしなくていいから。父さんがよく言うの。人生というのはカードゲームみたいなものだって。どんなに悪いカードが来ても、私たちは配られたカードで勝負するしかない。他人のカードの種類や運を羨んでも、何の解決にもならない。でも、どんなに悪いカードが配られても、私たちには自力でできることもある。勝負の場に居続けること。山から引いたカードを、手持ちの、どのカードと交換するのか決めること。そして、自分で選んだことは、確実に自分の運命を変える。どれほど些細な変化でも、自分で変えたものなら胸を張れるでしょう?」

ユイはマリエの手を握った。「あなたがどんな大人になっても、私は全然恨んだりしない。それよりも、私や恵や省吾やハルトについて、もっともっと知って欲しい。私たちも、あなたのことをもっと知りたいから。何を考えているんだろう、何をしてあげたら喜ぶんだろう――って。私たちが学校にいるのはたった六年間。しかもあなたは、もっと早くミドルクラスを卒業するかもしれない」

「私について知っていると、あなたにとって何か役に立つの?」

「役に立つとか立たないとかじゃない。単に楽しいだけ」

「それでいいの?」

「いいのよ。私はあなたと話していると、すごく楽しいもの」

「宇宙や宇宙船と同じぐらい私が好き?」

ユイは微笑を浮かべてうなずき、そろそろ外へ出ましょうと促した。

中庭へ出ると、省吾が退屈そうにベンチに座って地面を蹴っていた。ユイとマリエに気づくと、「遅いんだよぉ」と愚痴を洩らした。

「ごめんなさい」謝ったのはユイではなく、マリエだった。「私がユイを独占しちゃったから」

「……いや、まあ、それはいいから」省吾はマリエの反応に驚いたのか、しばらく、ふたりの顔を交互に見ていた。「何かあったの？」

「別に」

なんだか笑いが込みあげてきた。肩のあたりが妙に軽い。荷物をひとつ降ろしたように。

マリエは省吾に言った。「あなたもユイのことが気になるの？　だったら、しっかり摑まえておいたほうがいい」

「何だそれ。どういう意味だ？」

「彼女は本気だから」

「本気って？」

「きちんと手をつないでおかないと、彼女の心は、いつか宇宙に攫われる」

ミドルクラスとハイクラスの教育期間を、ユイとマリエは、つかず離れずの関係で過ごした。〈救世の子〉は、ユイたちとは教育のスケジュールが異なっており、その差は年を追うごとに広がっていった。どこかで心が離れても不思議ではない状況だったが、マリエは、しばしばユイがいる教室を訪れた。特にこれといった話をするわけでもなく、なんとなく雑談して帰るだけなのだが、そういう付き合い方をずっと続けた。

息抜きなのだろうか——とユイは感じていた。

同じ人工児同士でありながら、マリエは仲間たちに馴染めないと言った。粒が揃っていることが退屈に思えるのだろうか。だとしたら、それもまた、マリエの優秀さの一端であるに違いなかった。

あるいは、マリエという人間が、意図的に、そのような形に育てられた可能性もある。優秀な一団の中に存在する異端児——それは集団が袋小路に陥らないために必要な存在だろう。そこまでの管理によってマリエが配置されているのだとしたら、人工児というのは、恐るべきレベルで管理されている存在なのだ。逸脱する分子すら計算によって作り出されるのならば、人間としてのマリエの自由は、いったいどこにあるのだろうか。

あるいは、ＮＯＤＥが作り育てたいのは、〈人間〉ではなく〈人間〉を超えた別の知性なのだろうか。新たな時代を生き抜くための、より優れた知性体——。もはや、それは旧来の人間とは別の種なのかもしれない。

ハイクラスでの学習が終わる頃——友人たちは、社会に出てからの進路を選択した。

省吾は「パンディオンに入る」と言った。「社会を助ける手段に関わりたい。〈大異変〉

をじっと待っているだけというのは、どうにも性に合わないんだ」

恵は「食品化学部門がある会社へ就職する」と言った。「プルームの冬の時代、どういう栄養食で人間を生活させるか研究してみたい。生産過程にエネルギーと手間がかからず、人間というシステムを効率よく働かせる食品――そういうものを生み出してみたい」

ハルトは海上社会へ帰ると言った。海と陸との、橋渡し的な存在として働くと語った。

マリエとアルビィは、具体的にどこへ就職するとも言わなかったが、共にＮＯＤＥに所属する様子だった。

そして、ユイは、目標通りＤＳＲＤへの入会を決意して、これを学校側に報告した。教師たちは驚き、第二希望以下はないのかと訊ねた。ユイは「ありません」と答えた。ユイの学力なら他にも就職先はあるのに……と惜しみながらも、教師たちは進路を変えなさいとは言わなかった。〈大異変〉直前の時代においては、自らの意志で選ぶこと以外、本当の幸いに至る道はない。誰もが、それをよく承知していた。


卒業する少し前、ユイはマリエと一緒に学内の農業区をそぞろ歩いた。これから進む道について、ふたりで話をした。

区画内では、農学科で育てているアンズやプルーンの花が咲いていた。白やピンクの花びらは、卒業を祝う紙吹雪のように咲き乱れ、受粉作業を行う昆虫ロボットたちが樹間を忙しそうに飛び回っていた。この小さなロボット群は、工学科の学生が設計して組み立てたものだった。

春先になると、農業区では実のなる果実が次々と開花する。あたりには、うっとりするような甘やかな匂いが立ちこめ、樹木の力強い命が感じられた。

マリエの姿は花々の中にあるといっそう美しく映えた。まるで、古い時代の優れた絵画でも見るかのようだった。思春期の成長の中で、まだ先があるのかと驚かされるほどにマリエの美貌は磨かれ続け、しかし、なお頂点までには隔たりがあるのだろう。ユイはマリエが成人したときを想像してみた。それだけで、心が微かにざわめいた。

「DSRDは、確かにあなたに向いていると思う」とマリエは言った。「でも苦労するわよ」

「苦労？」

「世間の大多数は彼らの行動を決して認めない。お金や技術の使いどころを間違っている、そこに注ぎ込まれる費用があれば、いま艱難に見舞われているどれほどの人間が救われるだろうかと言って」

「人間を救うのが大切だってことはわかる。でも、私には夢のない人生も耐えられない。人類が本当に滅びてしまうなら、最後に大きな夢をひとつ見るぐらいは許されるんじゃないかしら。何もしないで滅びるだけなら、私たち若い世代は、何のために生まれてきたのかわからない」

「人類は深宇宙探査の技術をずっと凍結してきた。太陽系内の開発すらしていない。なのに、いきなり系外惑星に生命の種を送り込むなんて――。いくらハビタブル・プラネットだといっても、あくまでも地球から観測して確認したに過ぎない。行ってみたら予想以上に環境が過酷で、生命なんて繁殖できないとわかるかも。そこにお金や未来を賭けることが本当に夢なのか、それが人類のまともな夢と言えるのか。そういう視点で絶対に責める」

小さなものとはいえ宇宙船を一機作り、二十五光年先まで送り出す計画である。予期せぬ出費も考慮すれば、おそらく、一兆ヴァルート単位のプロジェクトになるだろう。それだけのお金があれば可能になる経済援助は計り知れない――というのは確かに世間での考え方だろう。人類には科学も技術もある。ものすごく頑張れば、プルームの冬を乗り越えられるかもしれない。そちらの対処に知恵を絞るべきだと言われたら、ユイにも反論できない部分はある。

しかし――。

学校での勉強でもわかったが、人間社会には不確定な要素が多過ぎる。技術はあっても百年単位では装置が保たなかったり、社会不安から人間自身が危機を招いたり――未来予測から、そういう要素をどうしても排除できない。宇宙船計画をあきらめてプルームの冬への対策だけに専念しても、人類が滅びないという保証はないのだ。

世間で言われている意見は、どれも至極まともだ。まとも過ぎて反論の余地がないほどだ。にもかかわらず、ユイはＤＳＲＤへの憧れを捨てる気になれなかった。反対されればされるほど「それは違う」という想いが強まった。

人として正しい道を説いているのは世間のほうだ。けれども、今回の計画が人類最後の深宇宙進出になるならば――多少の道徳と倫理に目をつぶってでも、宇宙航行の技術力を極めてみるべきではないのか。

それが、悪魔の誘惑のような暗い喜びを秘めた呼びかけであることは、ユイもよく承知していた。自分たちは人類の血を代償に宇宙船を飛ばそうとしている。生活不安に背を向けてまで、ここに資金と資材を投入しようとしている。

けれども、ここにあるのも、また、人間の夢ではないのだろうか。豊かな生活をしたい、平和に暮らしたい、争いのない世界を作りたい――そう考える知性と同じものが、ここにも確かに息づいているのではないのか。人類がこれからも繁栄していくならば、この計画だって、もっと緩やかなスパンで立てられたのだ。経済的に無理をせず、世界全体の歩調に配慮しながら、ゆっくりと一歩ずつ進んでいけばよかったのである。そういう形で深宇宙を目指せたら、どれほど幸せだったろうか。

だが、もうだめなのだ。

人類は、自分たちの滅亡を予見してしまったのだから。

そんな未来を見てしまったいま――いつかどこかで、自分たちの人生が理不尽な形で断ち切られるとわかっている私たち若い世代が、自由な夢までもあきらめろと言われるのは、どうしても我慢できない。この世の終わりが来るからと言って、地球上のすべての人間が同じ方面を向かねばならないのか。皆等しく同じ価値観を持ち、たったひとつしかない目的に向かって、一斉に同じ行動を取らねばならないのか。種として生き残るために選択の自由と魂の自由を捨てる——それは本当に人間的な生き方と呼べるのか。

ユイの脳裏には、ミニロケットの燃焼実験を眺めていた御倉の横顔が、いまでも焼き付いていた。あのとき、ユイは御倉の笑みを悪魔的だと感じた。いまの自分は、きっと、あの御倉と同じ顔をしているのだろう。人として正しいことを言う世間に向かって、その顔で、疑義と怒りの表情を向けているのだ……。

マリエが再び訊ねた。「世間から非難されても怯まない自信はある？」

「ある」

「何を拠り所にするの？　友達は、みんな、社会へ貢献できる道を選んだ。私やアルビィも。あなただけが例外」

救援団体へ入る省吾。

栄養食の開発に生涯を捧げる恵。

海上社会へ戻り、調停役を務めると言ったハルト。

マリエやアルビィを初めとする〈救世の子〉は、NODEや政府の要職につき、プルームの冬を乗り切るための仕事に没頭するだろう。

「わかってる、それぐらい」ユイはぽつりと洩らした。「私の友達は、みんなりっぱ。でも、それと私の話とは関係ない」

ユイは五歳のときの事件を思い出していた。あのとき——ラブカに襲撃された貨物船で、自分たちを守るためにひとりの船員が死んだ。父も、娘のためなら命を捨てる覚悟を固めていた。人間が存在する意味とは、究極的にはそうであるのだろう。お互いを支え合い、お互いの命を守るために技術や知恵を使う。それはまったく正しく、まともな考え方だ。ましてや、いまのような危機的な時代においては最優先されるべきだろう。

　でも、そうやって努力しても人類が滅びてしまうとしたら？　死ぬときに後悔するよりも、それまでに好きなことをやっておきたいではないか。

　ユイが眉間に皺を寄せて考え込んでいると、マリエはアンズの枝に手を伸ばし、花をいくつか摘み取った。花梗（かこう）をユイの胸元のボタン穴に差し込み、落ちないように固定した。

　マリエは言った。「この花は、もう果実にはならない。農業科の人が見たら激怒するでしょうね。貴重な食糧の元を摘んで無駄にしたって。でも、果実にはならない代わりに、この花はあなたを美しく飾る。命のない造花ではなく、自然のひとつとしてあなたを飾っている。なんて贅沢な美なんでしょう」

　途方に暮れた表情を浮かべたユイに、マリエは優しく微笑んだ。「わかる？　ＤＳＲＤがやろうとしているのは、これと同じこと。これを肯定できるなら進みなさい。自分が信じる方向へ」

　ユイは自分の胸元に視線を落とし、指先でアンズの花に触れてみた。乱暴に扱えばあっというまに破れてしまう薄い花びら。小さな蕾（つぼみ）。うっすらと桃色に染まった花びらの中心には、濃い紅色が見えた。命あるものの美しさ。簡単に摘み取ってはならないものの美しさが、そこには息づいていた。

ユイは視線をあげてマリエを見た。「決して無駄にはしない。摘み取った以上は」

「じゃあ、がんばってね」

マリエは自分から、握手のために右手を差し出した。「卒業したあと、私たちは、しばらくバラバラになる。でも、いつかどこかで再会しましょう。五年先、十年先、二十年先でも構わない。運命が私たちを引き寄せたときに」

「それって、NODEに入ると、友人関係を絶たれるという意味？」

「あそこは職員のプライバシーにうるさい組織だから。でも、DSRDがある限り、NODEは何らかの形で関わり続けるでしょう。それを期待しておく」

「わかった。必ず再会しましょう」

「うれしいわ。私を忘れないでね、ユイ」

DSRDへ履歴書を送ると、ユイは入会試験の日を待った。筆記と実技と面接。すべて自信を持ってやり終えた。一ヶ月後には合格通知が届いた。

職場となるDSRD日本の近くには、協会が管理しているアパートがあった。独身者用の寮である。ユイはここへの入居手続きをし、必要な荷物を少しずつ運び込んだ。

DSRDへ就職することに、ユイの母ユキエは一瞬だけ目を丸くしたが、反対はしなかった。「まあ、あんたが一番好きな分野だものね。しっかりやりなさい」と言って、戸棚の中で余っていた食器や保存食や日用品を分けてくれた。

父イサオは「ん？　そうか」としか言わなかった。「まあ、御倉がいる職場なら心強いな。好きなようにがんばりなさい」

「父さんも来ない？　御倉さんと一緒に働けるよ」

「私は船舶関係で手一杯だ。船員さんたちを助けられる人は少ない。抜けるわけにはいかん」

「残念……」

「みんなが、それぞれの立場で働けばいい。ただし、行くからには途中で投げちゃいかんぞ。いまの時代、技術を持っている人間の確保は難しい。それを忘れんようにな」

ユイがＤＳＲＤで働く準備を始めた頃、公のニュースでも、ＤＳＲＤの計画が大々的に流れるようになった。

社会的に認められたのではない。

むしろ逆だった。

この時期に、なんと非常識なのかと激しい非難が巻き起こった。社会に蔓延する絶望感、やり場のない怒り――そのガス抜きをするために、マスメディアはこの話題に飛びついた。非常識な夢を見ている団体というわけで、ＤＳＲＤは格好の批判対象となった。マリエが言った通りだった。

ＤＳＲＤは、積極的に渉外部長の御倉に自分たちの業務内容を説明させた。バッシングへの対応というよりも、これを機会に、自分たちの思想をアピールしようと開き直ったのである。

寄付さえあれば宇宙船は飛びます！　というのがＤＳＲＤの売り文句だった。国家予算なんて必要ない。そのための課税の必要もない。民間人のポケットマネーを世界中から集めるだけで無人宇宙船は簡単に飛ぶ！　人工衛星を管理している我々には、それぐらいの宇宙技術があるのです、と胸を張って宣言した。二十五光年先に人類の可能性を届けたい、自分たちの科学技術の成果を見たい――そういう方は、ぜひご寄付を。

そこには、誰かに何かを強要したり、押しつけたりする思想は何もなかった。

ささやかな夢が、ひとつあるだけだった。

第二部

■書簡＃３　発信者：ズワルト／受信者：ザフィール

ザフィールへ

手紙は、ちゃんと読んでくれたんだろうな。届いていないとは言わせないぞ。一番確実なルートに乗せたから、それなりに金もかかったんだ。葉書ぐらいは寄越せ。

パンディオンの青澄理事長直々の申し出だぞ。受ける気はないのか？　まあ、私もちょっと挨拶しただけで、具体的な相談は何ひとつしちゃいないがな。ただ、本気だとは思うぞ。

早急に検討してくれ。

死にたくなければ。

少しでも生き延びたいのなら。

ズワルト

■書簡#4　発信者：ザフィール／受信者：ズワルト

ズワルトへ

手紙は読んだ。

話し合いの申し出を受ける気はない。返事が遅れたのは多少迷っていたからだが、どう考えても、パンディオンと接触するのは危ない気がする。

おれは救援団体の連中が好きじゃない。仲間を救ってもらえるのはありがたいが、それで恩を売られるのはごめんだ。まして や、支援しているのだから陸側の話も聞けというのは横暴だ。その種の空気がおれは苦手なんだ。支援がなければ、それなりにおれたちは自活する。連中から見ればただの海賊行為だろうが、生活の手段であることに代わりはない。

パンディオンの青澄理事長については、こちらでもプロフィールを調べた。なかなか複雑な経歴の持ち主のようだが、所詮、海上社会と相容れる人間ではないだろう。良家のお坊ちゃまだしな。

利用価値はあるかもしれないが、一度接触すると縁を切りにくい相手だと思う。そう考えると、いろいろと煩わしい。おれは立場上、なるべく身を軽くしておきたい。

そういうわけで、悪いが、青澄理事長には断りの手紙を送ってくれ。もう二度とおれに手紙なんぞ寄越すなと、釘を刺してくれるとありがたい。

でなきゃ、パンディオンの輸送船団を毎日襲って乗組員を皆殺しにしてやると、少々、強めに脅しをかけておいて欲しい。実際、ラブカは救援現場へ乗り込んで物資を強奪している。パンディオンや〈調和の教団(プレジェ・アコルド)〉のような大手は、今後うちだけでなく、あらゆるラブカから狙われるだろう。

サメの頭を撫でるような真似はやめておけと、厳しく伝えておいてくれ。

ザフィール

第四章　錯綜

1

西都SC全体を覆う巨大ドームは、自動制御の工作機械によって着々と組み立てられつつあった。都市の外縁部から伸びる細い骨組みは空へ向かって緩やかなカーブを描き、天の最も高い位置で交わっている。何十台もの工作機械が骨と骨の隙間にパネルを張り、接合作業を続けていた。

展望台の望遠鏡で工事の様子を眺めながら、青澄は満足げに笑みを浮かべた。五十二歳になったいまでも、新奇なものを見るたびに心が躍る。ドーム建設は未来へ向かって伸びている一筋の光だ。未来――それはいまの時代、儚い夢に過ぎない。が、どんな現実の下でも人間には夢を見る自由がある。

〈大異変〉で大陸地殻下から噴出するマグマは、世界中に大量の粉塵を撒き散らす。その総重量は大変なものになる。それを自然に滑り落ちるようにするため、ドーム表面の摩擦係数は極限まで抑えられているという。

日本群島は〈大異変〉が起きる耀星省との距離が近い。大陸の次に大きな被害を受ける場所と言ってよかった。最悪の場合、マグマは日本群島直下でも噴出するかもしれない。群島附近のプレートのひとつ——フィリピン海プレートは地下の深い部分で裂けている。そこが新たな噴き出し口になる可能性があった。群島周辺の複数のプレートは、海側と陸側で常に押し合って不安定な状態にある。活断層は陸上にも海底にも無数にある。各々のプレートを断裂させながらマグマが噴き出せば日本群島は瞬時に沈むだろう。既に島嶼となっている国である。消え去るときは一瞬だ。

日本群島が壊滅すれば、パンディオン本部も共に沈む。それでも、なお救援活動を続けるにはひとつだけ方法があった。組織をできる限り大きく成長させ、海外の随所に大規模な支部を置くのである。この態勢ならば、本部が沈んでも、パンディオンの活動自体は止まらない。

ゆっくりと、時間をかけて完璧な組織を作る——。誰がトップに立っても適切な対応ができる組織——つまり、自分が理事長職を退いた後も、滞りなく救援業務が継続する団体にしておく……。そこまでやってこそ〈大異変〉に備えたと言えるだろう。

青澄は望遠鏡の接眼部から目を離した。望遠鏡は固定式だったので、ずっと覗いていると背中と腰が痛んだ。アンチエイジング措置を受けているものの、最近は、ちょっとしたことで体に違和感を覚えるようになった。

青澄の目尻や首筋には、もう決して消えない皺が微かに刻まれていた。色素調整しなければ白さが目立つようになった髪を、青澄は、あえて白い部分が残るようにしている。若過ぎる外見では理事長としての風格がないので、ある程度までは老いを受け入れることにしたのである。

——自分は、あと、どれぐらい生きられるのだろうか。

最近、よく、そんなふうに考えるようになった。〈大異変〉に対して、自分はどこまで闘えるのか——。

青澄が望遠鏡の前から離れると、マキが脳内通信で呼びかけてきた。

《理事長。ウルカ祭司から、港へ到着したとのお知らせが入りました》

《予定通りの出発で間に合うか》

《はい》

青澄が歩き始めると、少し離れた場所で待機していたマキが歩み寄ってきた。今日は蜂蜜色のスーツを身にまとい、踵の低い靴を履いていた。透徹した真っ直ぐな視線が、彼女が人間ではないことを周囲に知らしめる。

エレベータに乗り込むと青澄はマキに言った。「晴れていると、ここはかなり遠くまで見渡せる。工事の様子がよく見えた。ありがとう」

「お役に立てて光栄です」

「この都市では、いつまで青空を見られるんだろうな。これから生まれる子供たちは、空というものを知らずに過ごす。〈空〉とは天井のことで、その向こうに巨大な空間が広がっているなどとは想像もしない――そんな世代が生まれてくるんだ……」

「新しい世代は、彼らなりに新たな美と価値を見出しますよ」とマキは言った。「ご心配は無用です」

駐車場へ降りると、ふたりは灰青色のクーペに向かって歩いた。車内で待っていた運転手は、青澄に気づくと、ニュース動画を展開させていたディスプレイを閉じた。

マキは後部座席のドアを開いて青澄を車へ乗せ、自分は助手席のほうへ回った。ドアを閉じると、運転手に告げた。「本部へ戻ります」

「了解しました」

クーペは滑らかに発進して、展望台をあとにした。サイドウインドウの外を流れていく街並みを、青澄はじっと眺めていた。暖色系で統一された西都SCは、庶民的で雑多な明るさがあり、いつ見ても心が和む。

ふいに、マキが青澄に呼びかけた。「挽(ひ)くのは紫豆(パープルビーンズ)でよろしいですか」

「何だって？」

「ウルカ祭司にお出しするコーヒーの件です。近くに専門店がありますので、違う豆をご購入なさるのであれば車を向けさせます」

店の位置がディスプレイ上に赤く表示された。青澄は少し迷った後、「いや、寄らなくていい」と答えた。「豆が変わると挽き方も淹れ方も変わる。調整が難しい」

「大きな差が出るのですか」

「人間の味覚は敏感だ。挽き方に慣れている豆を丁寧に扱い、じっくり淹れるのが一番いい」

「では、そのように致します」

「他の豆も使ってみたいのか」

「はい。挽き方を教えて頂いてから、かなり経ちます。そろそろ、新しいデータを追加したい頃です」

「では、今度、適当に見繕っておこう」

「ありがとうございます」

「マキ」

「何でしょうか」

「気を逸らしてくれてありがとう。いろいろ考えていると頭が痛くてね」

マキは微笑した。「これも仕事のうちですから」

「来月はマルガリータの最後の一基が工事を終える。時代の流れが大きく変わるだろう。外洋は騒がしくなるぞ……」

パンディオン本部へ戻ると、マキは端末機に溜まっている情報をチェックし、青澄は決裁が必要な書類に目を通しながら祭司の到着を待った。

　アニス・Ｃ・ウルカ祭司は、約束通りに執務室へやってきた。知り合ったときには二十歳だった彼女も、いまはもう三十歳だった。だが、上品な笑顔と厳しい眼差しは、日本へ赴任してからもまったく変わらない。

　青澄は手を差し伸べ、アニスと握手を交わした。「ようこそ。忙しいところを申し訳ありませんでした」

「いいえ、こちらこそ」

　マキはふたりの側から離れると、室内のバーカウンターでコーヒーの準備を始めた。

　青澄はアニスにソファを勧め、向かいに腰をおろした。

「教団支部（プレジェ）の様子は如何（いかが）ですか」

「いまでも快適です。誰もが信仰に篤く、祈禱所には人が絶えません」

「西側の動きはどうですか」

「めざましい発展はありませんね。あちらの海はもともと不毛ですし、変異生物も多くて、海洋産業の生産性がなかなか上がりません」

「赤道近くまで南下しても？」

「ＩＥＲＡの調査で、インド洋周辺は熱水噴出孔の増加が確認されています。海水の温度が上がり、成分も変化して……」

「獣舟の数は」

「益々増えるのではないかという話です。あそこにはアカシデウニが集中しているので。ウニは、マルガリータ・コリエには流れないのでしょうか」

「対策は考えています」

「どの程度まで？　アカシデウニの繁殖は、ＯＸ１０５の繁殖と連動しているんでしょう？」

マキがコーヒーを運んできた。青澄はすぐにひとくち飲み、満足げにうなずいた。マキは軽く頭を下げると、踵を返して部屋の隅へ移動していった。

青澄は話を続けた。「深海の無酸素状態を放置しておけば、ＯＸ１０５は自然に減り、同時にウニも減ります。政府はその方向で動いています」

「他の生物に影響が出ませんか」

「多少は影響するでしょうが、獣舟が増えるよりはましです。病潮はワクチンさえあれば防げるので、マルガリータで本格的なワクチン生産が始まれば、ムツメクラゲなど怖くありません。ウニやクラゲに対する天敵生物を作るか、自律式の海洋ロボットで駆除するか——。いずれにせよ、赤道上に十基も人工建造物が並んだことは、海の環境を大幅に変えるでしょう」

「なるほど……」

「インド洋は、複数の連合によって分割管理されています。ネジェス、オセアニア共同体、汎ア。あそこの外洋公館か、上級官僚に相談してみましたか」

「いいえ」

「では、こちらで少し動いてみましょう。放置していい問題ではないので」

「そうして頂けると助かります。教団（プレジェ）は、この種の問題には関われませんから」

アニスはコーヒーに口をつけると、目を丸くした。「美味しいですね」

「うちの秘書は優秀なんです」

「……実は、教団（プレジェ）の内部には、アカシデウニやＯＸ１０５を殺すことに反対しているグループがあります。人間にとって都合が悪いからという理由だけで生物を絶滅させるのは、神の教えに背く行為だと」

「ウニもＯＸも人工生物です。人間が作って人間がばらまいた。役に立たなければ人間が回収するのは義務ですよ」

「そのグループは、環境に適応している以上、地球生物の一種として認めるべきだと言うんです」

「じゃあ、ムツメクラゲも？　あれこそ有害以外の何物でもないのに」

「場合によっては殺すのも仕方がないけれど、絶滅させるのは傲慢だと――」

「私には偽善にしか聞こえませんね」

「人工生物を機械の一種として割り切ってしまったら、海上民も魚舟も獣舟も袋人も、みんな絶滅させていいとなります。それはおかしいでしょう？」

「その四つだけは例外と考えればいい」

アニスは眉根を寄せた。

青澄は穏やかに続けた。「その程度の問題で気を揉むぐらいなら、教団(プレジエ)をお辞めになっては如何(いかが)ですか」

「辞めても行く先がありません」

「では、うちへ来て下さい」

「パンディオンへ？」

「ええ。理事にしますから、うちで働いて下さい」

「冗談はおよしになって」

「本気です」

「私があなたの会社にいたら、しょっちゅう激論になってしまいます」

「そのほうが面白い」

青澄は微笑を浮かべた。「冗談は抜きにして、異質な考え方を持つ人材は積極的に欲しいんです。パンディオンは、大手とはいえ経営的には危ない橋を渡っています。状況が悪化すると考え方が偏りやすい」

「だったら、なおさら遠慮させて頂きます」

「なぜ？」

「あなたが私を〈異質なもの〉として認めて下さるのなら、私はむしろ、あなたの外部に居続けたほうがいいでしょう。いつでも外部からパンディオンを評価できますから」

「それはそうですが……」

なおも食い下がろうとした青澄を、アニスは片手をあげて遮(さえぎ)った。「本題に入りましょう。通信回線を使えないお話とは、どのようなご用件ですか」

青澄は少しだけ惜しそうな顔を見せたが、すぐにいつもの冷静さを取り戻した。「パンディオンと教団(プレジェ)が共同で担当している地区について、少しご相談があります。拡張地中海を中心とした、このあたり――。イタリア島嶼、北アフリカ沿岸、これらに属する一部の地域について」

「ああ。ここはスカンジナビア離島から南下してくる低気圧のせいで、大きな気象変化が起きている場所ですね。寒冷化で陸海問わず支援を必要としている地域です。特に冬季の状況がひどい」

「パンディオンは、ここの支援を打ち切ります。書類を送りますから受理して下さい」

アニスは眉を吊りあげた。「あそこは査定でAクラスに判定された地域です。食糧も医薬品も全然足りていないのに」

「査定結果が間違っていました。私たちは騙(だま)されたんです。あのコミュニティの規模で、いまほどの物資は必要ありません」

青澄は中空で指を振った。テーブルの上にデータファイルが描き出された。

「よくある詐欺です」青澄はファイルを次々とアニスに回した。「最初に査定に行ったスタッフが未熟だったのでしょう。やせ衰えた子供や重病人を大勢見せられて、この地域と海域全体がそうだと思い込んでしまった」

「うちに、そんな未熟なスタッフはいません」

「臨時雇いの若い方が行ったようです。ベテランは同行しなかった。そうなるように仕組まれていた。査定のときに担当者が見たのは、〈演出された環境〉です。貧しい人間を寄せ集め、とりわけひどい地域と海域があるように偽装した。我々から支援物資をぶんどるために」

「だからって放置するんですか。貧困に晒(さら)されている人間がいるのは事実です。病人がいるのも嘘じゃない」

「そんなことはわかっています」青澄は、また指をひと振りした。ファイルが瞬時に一塊になり、待機中を示す青色で輝き始めた。「査定し直して下さい。それが済むまで、うちは支援物資を送りません」

「議論している間に、子供や病人が死んでしまいます」

「気の毒だと思うなら早急に行動して下さい。パンディオンは助けないとは言わない。しかし、物資は有限です。うちは慈善事業をやってるわけじゃないので、無茶をするにも限度があります」

アニスは膝の上で両手を握りしめた。深呼吸をして気持ちを落ち着けた。「……あなたが、直接ここへ来いと仰(おっしゃ)った理由がわかりました」

「それはよかった」

「これを回線経由で盗聴されたら、西側の救援業務には確かに痛手になります――」

青澄が指を振ると、青く明滅していたファイルがアニスの眼前へ移動した。

アニスがそれを指で突くと、中身がすべて展開された。目を通していくうちに、アニスは機嫌の悪い猫のような唸り声を洩らした。やがて、ソファから勢いよく立ちあがった。「来たばかりで申し訳ありませんが失礼します。大急ぎで事務局へ戻らねばなりません」

「うちの回線を使いなさい」

「よろしいのですか？」

「査定の指示ぐらい通信回線で出したっていいでしょう。あなたには夕食まで付き合って頂きたいんです。会わせたい相手がいるので」

「どなたですか」

「シェンドゥガルドのデュレー会長です」

「海洋警備会社の？」

「そうです」

「何の用事で」

「先方からお誘いがありました。遠慮なく同席なさって下さい」

デュレー会長との待ち合わせ場所は、海沿いのホテルだった。青澄がフロントで名前を告げると、受付係はすぐに会長と連絡を取った。青澄たちの身元をタグ情報から確認した後、係の者に、十七階の客室までふたりを案内させた。

シェンドゥガルドの会長――レオン・MM・デュレーはひどく痩せた男で、ソファの上でやたらと長い両脚を持て余すように組み、ふたりの到着を待っていた。髪を丁寧に撫でつけて細身のスーツを着込んだ姿には、軍隊出身者特有の威圧感があった。両手には真っ白な手袋をはめていた。

デュレーの傍(かたわ)らには、男性型のアシスタント知性体が控えていた。マキが一礼すると、向こうも軽く会釈した。一瞬にして情報交換がなされたときの反応だった。

アニスは驚きの表情を浮かべながら、豪華な室内を見回した。青澄がよく使っているホテルのセミスイートルームが、彼の言葉通り「ささやかな息抜き」に過ぎなかったことを実感した様子だった。

デュレーはソファから立ち上がると、青澄に向かって頭を下げた。「お久しぶりです」

「こちらこそ、いつもありがとう」

「そちらが〈調和の教団(プレジェ・アコルド)〉の祭司様ですね」

青澄はうなずき、アニスを前へ押しやった。

アニスは丁寧に会釈した。「アニス・C・ウルカと申します。お招きにあずかり光栄です」

「よろしくお願いします。さあ、遠慮なくこちらへ」

皆が席につくとデュレーのアシスタントが動き、室内の冷蔵庫からオードブルを取り出した。野菜と魚介類を盛りつけた皿がローテーブルに置かれ、グラスに発泡酒が注がれた。

保温器の上で出番を待っていた料理がテーブルに置かれた。ひとくちサイズの柔らかい肉を卵とチーズであえたものだった。

「品数も量も少なくて恐縮です」とデュレーは言った。「このホテルでも物資不足は深刻なようで」

「これは懐かしい」青澄は目を輝かせた。「イタリア風だね」

「さすがに本物の羊はもう手に入りません。人工肉ですが、試食してみたら、なかなかいい感じだったので」

「うれしいね。ありがたく頂こう」

和やかに言葉を交わしながら三人は料理を食べ、酒を飲んだ。食事のときもデュレーは手袋をはめたままだった。それについて何も質問しないアニスの謙虚さを気に入ったデュレーは、幾たびも酒を勧め、瓶がからになると、アシスタントに新しいものを開けるように命じた。

「ワインは如何ですか。ハーフボトルですが本物がありますよ」

青澄がすかさず訊ねた。「赤？　白？」

「両方あります」

「では赤を。ワインなんて、もう何年も飲んでないぞ。昔はブランデーなら、いくらでも飲めたものだが――」

「理事長の元のお仕事なら、そりゃ、いくらでもお飲みになれたでしょうよ」砕けた調子でデュレーは笑った。「本物といっても、ささやかなものです。お口に合えば幸いですが」

「贅沢は言わない。飲めればそれでいい」

三人で分けるとハーフボトルはすぐにからになった。デュレーが自慢した通り、豊かな果物の香気に満ち、滑らかに喉を落ちていく愛らしい逸品だった。

アシスタントがデザート皿に苺を並べ始めると、デュレーはようやく本題に入った。「本日お越し頂いたのは他でもありません。警備の種類に新しいオプションを加えました。理事長には、ぜひ追加のご契約をお考え頂きたいのです。祭司様には、これを機会に、一番小さなプランでも試して頂ければ」

「新しいオプションとは？」

「海洋環境に特化した知性体を開発しました。自律的に動きます」

デュレーが中空で指を軽く振ると、室内のディスプレイに、ウミヘビのような形の機械が映し出された。

「モルネイド。縦長に連結させていますが、バラバラに行動することも可能です」

青澄は興味深そうに画面を見つめた。「どうやって使う？」

「主に機械船の動力部を攻撃させます。海中から接近しますので相手に気づかれにくい。音響迷彩機能を持っています」

「人間に対しては」

「殺傷能力有りです」

「どんな殺し方をするのかな。あまり気持ちのいい想像ができないデザインだが」

「斬る、刺す、銃撃する。何でもできますよ、装備次第で」

「私は、海洋警備にそこまで望んでいないんだがね」

「ラブカは年々過激になっています。単に追い払うだけでは意味がありません。積極的に潰していかなければ」

「なるほど。そのあたりを私たちと話し合いたいと」

アニスが口を開いた。「殺人まで行う機械なら、教団(プレジェ)は契約できません」

デュレーは微笑を浮かべた。「教団(プレジェ)は、これまで、どこの警備会社とも契約しておられませんね」

「ええ。警備をさせない代わりに危険な場所へは行きません。救援の手を伸ばせない地域があるのは残念ですが、我々はボランティアです。長く続けるには、それなりの智恵がいります」

青澄は画面を見つめながら言った。「積極的に殺しに出る機械というのは抵抗があるな。少なくとも、うちはこの機械との契約はできないよ」

デュレーは続けた。「最近は貨物船だけでなく警備船も狙われています。機雷を撒くのがラブカのやり方ですが、モルネイドはその駆除にも役立ちます」

「なるほど」

「人件費の問題から、警備員を雇えない船に常備するのもいいでしょう。船体に付属させる方法もあるし、甲板に置くのでもいい」

画像が動画に切り替わった。実験用のプールの中でモルネイドが泳いでいた。その名の通り、ウミヘビのように体をくねらせながら進んでいく。途中で、二体、三体と分かれて別々の動きを見せた。甲板上で動いている映像もあった。マニピュレータを持った多脚型に変形した機体や、長刃を備えた機体――。頼もしい姿ではあるが、人間の嫌な部分を刺激する要素にも満ちていた。

「これには、一体ずつ人工知性体が？」

「全体を統率する知性体がひとつ、あとはサブユニットという扱いです。単純な作業しかさせませんから、アシスタント知性体ほどの賢さは必要ありません。船員や一般労働者の個人情報をあらかじめ登録して、攻撃対象から外しておけばいいわけですから」

「まさか空まで飛ばないだろうな」

「さすがにそこまでは。でも、虫サイズの偵察機なら別にあります。併用すれば、いろんな動かし方ができますね」

「それもオプション？」

「組み合わせを自由に選べるように、なるべく細かくプランを作りました。これは蛇型ですが、組み合わせ方によっては、もっと便利な姿にも変形します」

再びアニスが口を挟んだ。「こういうものは、警備用具ではなく、兵器ではないのですか」

「それは警備の現場をどう見るかによりますね」デュレーの口調は穏やかだった。「これが殺人用の道具なのか、必要最低限の防衛機器なのか――。それは契約者が決めればいいのです。国内での製造許可は取り付けてあります。この仕様は、国際海洋警備基準の範囲内ですよ」

　眉根を寄せて沈黙したアニスの代わりに、青澄があとを引き継いだ。「護身用具と兵器とのぎりぎり境界線上――といったところか。うまく法律をクリアしたな」

「お誉めにあずかり光栄です」

「抜群の成果が得られれば、各政府は国際基準を緩める方向へ動くだろう。君が本当に狙っているのはそのあたりだな?」

　デュレーは皿から苺をつまみ、ゆっくりとヘタをむしった。「基準を変えるのは顧客の方々です。私は皆さんから使い心地を報告して頂き、改良点があれば改良して先へ進む。あくまでも国際基準の範囲内で、皆が幸せになれるものを提供します」

　手袋が苺の汁で赤く染まったが、デュレーはまったく気にしなかった。果実を口に放り込むと、満足げな表情を見せた。

　アニスは沈黙を守っていた。青澄は自分も苺を手に取って口に含んだ。「なるほど、これは美味しい」

「契約にはレンタルコースもありますので、いまなら最初の一ヶ月は無料です。メンテナンス料金もゼロ」

青澄は首を左右に振った。「うちは当面、人間による警備だけでいい」

「本当に？」

「特に困った事態が起きているわけじゃない」

「モルネイドに変えると人件費が安くなります」

「人間をきちんと雇用することも、世界経済に大きな影響を与えるだろう？　うちだけが得をしても仕方がない。富の偏りは経済の悪化を加速し、ラブカを益々増やすだろう。それでは、何のために警備をつけているのかわからない」

「モルネイドで牽制して、ラブカを減らす効果もあると思います」

「それは無理だ。ラブカはそう簡単には潰れない。過度に圧迫されれば、どこかで想像以上に激発する。モルネイドは、陸への大きな反抗心を誘発するかもしれん」

「そうでしょうか」

「人間は、人間に殺されるだけでも腹を立てる生き物だ。それが感情のない機械に殺されてみろ。なおさら黙っていないぞ」

血が染みたように薄赤く染まった指先を、デュレーはフィンガーボウルですすいだ。手袋はすぐに元の白さを取り戻した。

青澄は訊ねた。「モルネイドの設計を手がけたのは、どこのメーカーだ」

「契約して頂けないなら、お話しできませんな」

「だいたいの想像はつく。海軍に武器を納入している会社だろう。こいつは前時代の技術をベースに作られたものだ」

アニスが割り込んだ。「前時代？ リ・クリテイシャス混乱期の？」

青澄はうなずいた。「あの混乱期には多くの新兵器が作られた。悪夢のような殺戮（さつりく）兵器がね。分子サイズのものから巨大な知性体まで――。いかに効率よく人間を殺すか、それを計算し尽くした上で開発された道具だ」

デュレーが口を開いた。「これはそこまで凶悪なものではありませんよ」

「いまのところはな。だが、君は間違いなく――いや君ではなく、君とつながりのある誰かかもしれないが、確実にノウハウを手に入れた人間がいるんだろう。正直に話したまえ。これは、殺戮知性体の機能を応用した武器じゃないのかね」

アニスが息を呑んだ。「まさか、今頃になってあの技術を――」

デュレーはこともなげに笑った。「とんでもない。これはうちが独自に開発しました。目的が同じなら装置の形が似るのはよくある事例です」

「ならば、今日はそういうことにしておこう。とにかく、うちはこれとは契約できない」

「わかりました」

「通常の警備のほうは、もう少し人数を増やそう。新しく見積もりを出してくれ」

「ありがとうございます」

ホテルを出たところで、アニスは青澄に訊ねた。「私があの場に呼ばれたのは、なぜですか」

「気に入りませんでしたか」

「会長の方針は、教団（プレジェ）の方針とは相容れません」

「教団（プレジェ）には受け入れ難くても、あなた自身には考える頭があるはずだ」

「シェンドゥガルドの件は、私の手には余ります」

「そうですか？　あなたなら、デュレー会長を巧みに牽制できると思いますが」

「私にどうしろと」

「教団（プレジェ）がシェンドゥガルドと契約すれば、彼らが行き過ぎた行動を取ったとき、公式に反対意見を表明できます。これには効果がありますよ」

「そういうことは、パンディオンがおやりになれば」

「うちではだめです。ただの営利団体だから。これ以上ないほど正論を吐く団体が主張すればこそ、彼らは自重せざるを得なくなる」

「そんなことに、うちを利用しないで下さい」

「いいじゃありませんか。これぐらい」

「教団（プレジェ）は、あなたの駆け引きのための道具ではありません」

「ウルカ祭司。デュレー会長は、シェンドゥガルドを、普通の警備会社のままで置く気はないでしょう。政府とのパイプを強化して、本格的に海軍の仕事を代行するつもりです。つまり、民間で軍隊並みの装備を揃えようとしている」

「結構ではありませんか。警備会社の武力が大きくなれば、あなた方はラブカに襲われずに済みます」

「それだけで終わると思いますか。海上民は踏まれっぱなしにはならない。彼らはタフです。闘争の規模がこれ以上拡大したら、世界中の救援団体に、どれほどの負担がかかることか。〈大異変〉が来たときに支援物資がすっからかんでは、笑うに笑えないでしょう」

アニスは黙っていた。

青澄は含み笑いを浮かべた。「無理にはお願いしません。あなたにも立場があるでしょうから」

「……デュレー会長は、なぜ手袋を外さないんですか」アニスは唐突に訊ねた。「食事のときも、ずっとはめていました。何か理由が？」

「それは訊かないでやって下さい」

「あなたはご存知なんですね」

「私はああいう男を、案外、嫌いじゃないんです。あなたは違うかもしれないが」

「別に、そういうわけでは……」

「婉曲な表現をしなくても結構です。彼が穏やかな人物でないのは確かですから。でも、彼の危（あや）うさは銃やナイフと同じです。使い方さえ間違えなければ問題はない」

「教団（プレジェ）は、そもそも銃やナイフを持たないんです」

「知っています。でも、少し考えておいて下さい」

「教団（プレジエ）は独自の判断で動きます」アニスは困惑しきった表情で言った。「皆さんを助ける必要があれば、必ず、そのように行動します。だから何も頼まないで下さい。命じないで下さい。たとえあなたが、どれほど優れたプランをお持ちであっても」

2

翌日の午後、青澄は執務室へ、洲田（スダ）副理事長を呼んだ。

パンディオンの末端で働く職員は、二十代前半から三十代前半が最も多い。〈大異変〉の発生が最長予測年まで延びたとき、次世代の幹部が育っておくように、青澄は積極的に若い人材を集めていた。

青澄自身は、そのときまで生きていれば八十歳を超えている。その少し手前に異変が来ても、六十代後半から七十代。死去の可能性を考えておかねばならなかった。

そこで、次の理事長候補を早くから選出して、自分の直属として働かせていた。洲田はその命を受けた青年だった。青澄は洲田に、さらに次の理事長候補も探すようにと命じていた。洲田は、いま三十五歳。〈大異変〉の発生が遅ければ、異変の際、洲田自身も六十歳を超えている。従って、もっと下の世代を、いまから育てておかねばならなかった。

誰がトップに立っても、効率が下がらずに運営される組織——。青澄が目指したのはそのような形の組織だった。才能のある人間が長期に渡って君臨し続ける組織ではなく、誰が統率者になっても、同等の運営効率を維持し続ける——これを最大の目標として置いた。

洲田が中空で指を振ると、室内のディスプレイにグラフと文書が表示された。

「この十年の成果です」

「概ね予定通りだな」

「はい。特に、燃料藻類プラントの経営が順調で、海上経済と陸上経済が最良の形で回っています。海上民の雇用に関しては、定員を遥かに上回る数の応募が続いています」

「別の仕事口を紹介する部署を作るか」

「ダックウィードに誘導してもらおうと思っています」

「いいだろう。続けて」

「こちらは医薬品生産量の推移です。病潮ワクチンの生産が民間企業に開放された結果、流通状態が非常によくなりました。低価格、もしくは無償での提供が効いて、闇市場での販売ルートは大半が消失しました。残る問題は深海無酸素層のＯＸ１０５、アカシデウニ、ムツメクラゲの駆除です。ＯＸ１０５は運用停止となり、アンチバクテリアが投入されています。いずれ、アカシデウニの大量繁殖は止まるでしょう。その代わり、当初の目的であったムツメクラゲの駆除は振り出しに戻りますが、マルガリータ・コリエでワクチン生産が軌道に乗れば病潮は脅威とはなり得ません。さらに、マルガリータ周辺に特殊な網を展開し、浮上してくるムツメの捕獲が可能になりました。ムツメの傘を破らない網です。海水や微生物は通しますので、海洋環境には影響しません。アカシデウニも捕獲できるので、マルガリータ海域の安全性はさらに増します。捕獲したムツメやウニの処分は海洋ロボットに任せます」

「その方法で、ムツメクラゲが完全駆除されるまでにかかる時間は？」

洲田は新たなグラフを見せた。

青澄は驚きの声をあげた。「十年で半分になるのか。思っていたよりも早いな」

「これは、あくまでもメーカー側の試算です。ムツメもウニも詳しい生態は不明です。ここまで減らない可能性もあります」

「それでも、これだけ具体的に話が進んだとはたいしたものだ。環境工学士の意見は？」

「やるなら徹底的にやるべきだと。半数になった程度では、ムツメもウニもすぐに数を戻すそうです。ムツメは無酸素層を利用して天敵を効率よく退けています。人間が積極的に手を加えない限り、絶滅は難しいようです」

「ムツメを殺さず、病潮ウイルスだけを駆除する方法は」

「ウイルスそのものを標的にする分子機械があれば……。他には、ムツメを選択的に食う生物を作り出してはどうかという案もあります。嫌気性の魚類を無酸素層へ撒けば——。こういう生物なら、普通の海域へ流出しても海中の酸素で死にます。ただ、人工魚類は環境への影響が大きいので審査基準が厳しいと」

「ルーシィを作ろうという時代だぞ。そこまでやっても問題はあるまい」

「人工魚類を研究・生産するための費用、海洋に放った場合のリスク、これと病潮ワクチン生産の手間と費用とを比較した場合、人工魚類に価値があると判断すれば政府は動くでしょう」

「クラゲ以外で一番の問題は？」

「支援とラブカの件ですね。まず支援の件ですが、私は、これ以上範囲を広げるべきではないと思います」

「その理由は？」

「決算報告書から考えるに、いま、パンディオンの運営は非常に良好な状態にあります。パンディオンが支援した結果、海上コミュニティが何とか生活を立て直し、海上民が工場や海上都市に就職、定期収入を得て独立――という理想的な循環ができています。しかし、就職先である企業数には限りがあります。海の民のすべてを、陸上・海上産業に従事させるのは不可能です。就職先のない人間に支援を続けるのは政府の仕事であって、我々の手には余ります。政府との連携を強化すべきです。民間の支援だけでは限界があります」

青澄はファイルのひとつを手元に引き寄せ、世界地図を拡大した。「この広い世界に、〈大異変〉が来ても、なお平和を保てる範囲はどれぐらいあると思う？」

「さあ、見当もつきませんが……」

「おそらく小国ひとつの面積すらあるまい。とても小さな範囲が断片的に存在するだけで――合計しても、たいした広さにはならないだろう。だが、それでいい」

青澄はファイルをスライドさせて洲田の前へ届けた。「高望みをする必要はない。〈大異変〉の時期をぴたりと予測できない以上、最良の方法が取れないのは当然だ。〈大異変〉発生が十年先と四十年先では、準備にかけられる時間や資源が違う。明確な計画など立てようがない。しかし、海上民の生活環境を整えれば、海上強盗団（シガテラ）やラブカの数を減らせる」

「ゼロにはならないのですか」

「無理だな。人類は最後まで衝突を繰り返すだろう。だが、いずれは、止めに入る人間のほうが多くなるはずだ……。陸側の人口推移を見せてくれ」

洲田は新たなファイルを引き出した。「グラフから明らかなように、陸上では計画的に人口が減りつつあります。〈大異変〉の際に市民を収容できる都市が限られているので、定員数に合わせて調節が進んでいます。このあたり、いまでも調整が効いていない海上社会とは対照的です」

しかし、この件で新たに問題になるのは――と洲田は続けた。「陸上民と海上民との人口比率が大幅に変わることです。もともと海上民のほうが多いのですが、海上民が人口調整をせず、陸上民の数が適正値まで減り続けますと――いずれ、陸上民のほうがマイノリティーとなります。そのとき海上民が一斉に蜂起して海上都市を襲撃すれば、陸上民が全員放り出され、海上都市が彼らの避難場所として奪われる――という結末も有り得ます。政府側には、この件を本気で心配している人間が多く、汎アの海洋環境整備政策――つまりタグ無し民への発砲が未だに止まらないのは、この恐怖が為政者側にあるためと思われます」

「海上民をどこまで信用するか——だね」

青澄は世界地図を見つめた。

信用されたいなら、まず、こちらが相手を信用しなければならない。陸側はこの点で最初の一歩を間違えた。間違えた以上、どこかで修正しなければ、辿り着くべき道は見つからない。だが、誰も修正しようとしないのが現状だ。

そのとき、マキが青澄に呼びかけた。「理事長、受付からの連絡が入りました。公安管理省の外事局から職員が来ています。至急、理事長にお目に掛かりたいと」

「突然だな。予定にはないぞ」

「はい。事前には何も伺っておりません」

洲田が顔を曇らせた。「外事局では断りにくいですね」

「何の用だろう。この時期に」

マキは続けた。「ラブカに関する捜査に協力して欲しいと」

「なるほど」青澄は室内に展開していたファイルをすべて消した。「では、お通ししろ。その問題なら断るわけにもゆくまい」

「いいのですか」

「なぜ」

「先方は、理事長がラブカとの接触を試みていると気づいたのではないでしょうか。だとすれば、お会いになるのは慎重になったほうがよろしいかと」

合議まで達していないものの、青澄はパンディオンの交渉部門を通して、ラブカのリーダーへの接触を繰り返していた。海洋警備会社との衝突をやめ、陸との和解を行わないかという打診。武力を放棄してくれれば生活支援を強化する、という条件も出してみた。その他、暮らしに関する相談があれば何でも連絡して欲しいと伝えてある。これまで合議まで応じたリーダーはいないが、向こうは、その活動絡みで接触してきたのだろう。

青澄はマキに言った。「気づかれているなら、むしろ隠さないほうがいい。会えば、こちらも向こうの情報を摑める。先方が入ってきたら、向こうのアシスタントに接触してくれ」

「かしこまりました。くれぐれも、お気をつけて」

青澄は洲田を退室させると、そのまま外事局の職員が入ってくるのを待った。

ほどなく、執務室の扉をノックする音が響いた。青澄は「どうぞ」と返事をして、マキに扉を開けさせた。

外事局の職員は少し頭を下げてから、真っ直ぐにデスクへ向かってきた。ふたりは挨拶を交わし、青澄は相手に用件を訊ねた。

「ラブカに関する捜査にご協力をお願いしたいのです」と職員は言った。「つきましては、NODE日本支部までご足労願えないでしょうか」

久しぶりに聞かされた組織名に青澄は目を丸くした。「外事局ではなく、NODE日本支部へ？」

「はい。ラブカ対策は、司法省だけでなくNODEの仕事でもあります。御社は救援活動の一環としてラブカ対策を実施しておられますので、ぜひ、情報交換させて頂きたいと」
「誠に申し訳ないが、私は、外務省時代に特殊公館への出入りを禁じられている身だ。〈プロテウス〉に問い合わせてもらえばわかる。NODE日本支部での扱いも、それに準じているはずだ」
「その件については確認済みです。禁令は解かれました。今後は、以前のように平和的に協力をお願いしたいとの伝言を託かっております」
マキが青澄の脳内へ語りかけた。《理事長、従わないほうがよろしいかと》
《なぜ？》
《この職員のアシスタントは情報防御壁を完全に降ろしています。こちらからのコンタクトに一切応じません》
《何か投げてきたか》
《いいえ。スキャンには何も引っかかりません》
《引き続き警戒してくれ》
《かしこまりました》
青澄はマキとの対話を中断し、職員に向かって言った。
「ラブカ対策なら、うちよりも、シェンドゥガルドに訊ねたほうがいいのではないかな」
「デュレー会長とは別の日に会合の予定が入っています。本日は、青澄理事長のご都合を確認して欲しいと命じられました」

「突然言われても困るよ」

「はい。私も困惑しているのですが、なにしろＮＯＤＥからの指令なので、うちとしては断り難く……」

「私は企業の責任者なので、予定にない行動を取ってここを離れるわけにはゆかない。ＮＯＤＥには、日をあらためるように伝えて頂けないだろうか」

職員は青澄をじっと見つめていたが、やがて深々と頭を下げた。「わかりました。先方にはそのように伝えます。ただ、近々、必ずご訪問頂きたいので」

「都合が合えばね」

「理事長がご訪問なさらない場合、少し不都合が生じるかもしれません」

「どういうことだ」

「ラブカ対策の一環として、マルガリータ・コリエの運用を一時停止してはどうかという話が出ています。理事長がお越しにならないと、上の判断だけで、これが決まってしまうかもしれません」

「そんな指示が適用可能だとは聞いていないよ」

「危機管理法案のひとつとして、ネジェスの共同宣言に組み込まれているそうです。ご覧になりますか」

職員が中空で指を振ると、室内の仮想ディスプレイに該当書類が表示された。

――いつのまに、こんなものが。

　青澄は眉間に皺を寄せた。マルガリータ・コリエの建設が始まったのは、青澄が外務省を退職してからだ。ここまで来ればもう安心と手を離したのだが、その後、危機管理法案に若干の文章が追加されたらしい。

　ラブカが、マルガリータ・コリエの海上民と結託して陸側へ反抗する可能性。あるいは、同海上都市がラブカからの攻撃対象となる可能性――これらを考慮して取り決められた法律のようだった。マルガリータ・コリエの運用停止は、その取り決めに従うものとして読めた。

　職員は念を押した。「こういう次第なので、よろしくお願い致します」

「わかった。では、NODE日本支部を訪問するときには、君に連絡を入れればいいんだな」

「はい、専用車でお迎えに参りますので」

　マキが青澄の思考に割り込んできた。《いま、先方のアシスタントから連絡先を頂きました》

《それ以外の会話は》

《ありません。個性のないアシスタントです。仮想人格を持たない、非常にコンパクトな人工知性体のようです》

《会話での情報交換は無理か……》

《やるなら相手の情報防御壁をこじ開けての争奪戦になります。どうなさいますか》

《許す。やってみろ。私は、もう少し会話を引き延ばしてみる》

《ありがとうございます。ではトライします》

　青澄は職員との会話に戻った。「いくつか質問がある」

「なんでしょうか」

「アシスタント知性体の同行は許可されるのだろうか」

「それはお控え下さい。外務省の方にすら禁じていますので」

「オンラインにしておくだけなら構わないか？　情報検索に必要だからね。特殊公館（SOE）では、いつもそうしていたよ」

「そういう使い方なら問題ありません」

「副理事長や理事を同行させるのはどうだろうか。パンディオンの運営に関する話だから、他部署の責任者にも聞かせたい」

「申し訳ありませんが、理事長おひとりでお願いします。機密事項なので」

「私の直属だよ。話し合いの結果は、いずれ彼らにも伝えねばならん」

「一次情報に触れさせるわけには参りませんので」

「厳しい対応だね」

「なんといっても危機管理対策ですから。当方の事情もお察し下さい」

「では、シェンドゥガルドのデュレー会長を連れて行くのは？」

「それは構いません。しかし、デュレー会長は西側の支部へ呼び出されるでしょう。そろってお見えになるなら、どこの支部を使うのか決めねばなりません」

「私からデュレー会長に連絡を取り、日時と場所を決めておこう。後日、それを君に連絡する。これでどうかな」

「ありがとうございます。お手数をおかけしますが、よろしくお願い致します」

再び、マキが青澄の内面に割り込んできた。《だめです。何も取れません》

青澄は訊ねた。《ガードが固い？》

《いいえ。壁は突破できましたが、内部にそれらしきものが見つかりません》

《そうか。お疲れさま。情報はあきらめよう。離脱してくれ》

《お役に立てず申し訳ありません》

《気にするな》

職員が退室した後、青澄はデュレー会長との回線をつないだ。「お忙しいところを申し訳ない」

「いいえ。急ぎのご用でしょうか」

「ＮＯＤＥから面会を望むという話が来た。そちらはどんな具合だ」

「明日の午前中に予定を入れました」

「何を話せと？」

「ラブカ対策と聞いています。ＮＯＤＥはモルネイドに興味を持ってくれたので、発注と配備の相談ではないでしょうか」

「どこで会う予定だ？」

「地中海支部です」

NODEは本気で動いているらしい。青澄はデュレーに、どうせなら同じ支部へ行かないかと持ちかけた。

「そうですね……」デュレーは少し躊躇（ちゅうちょ）した。「いま私は西側に戻っているので、日本群島とは距離があります。中間地点で落ち合うにしても、少々、場所が悪いですね」

日本群島と西側の中間地点にあたる場所は、東回りと西回りで二ヶ所ある。ひとつはインド半島周辺。だが、ここは汎アの管轄領域なのでNODEの支部はない。少し外れた海域となる。

もう一ヶ所は統合アメリカ北部の海上都市である。経済的に繁栄しているので移動には便利だが、今回のように、ちょっと顔を合わせる程度で出張するには移動費用がかかり過ぎる。行くなら何か別の懸案と兼ねたほうがいいが、いまの青澄には適当な用事がなかった。

「タイミングが悪いですね」デュレーは残念そうな声を出した。「先だって日本を訪問したときならよかったのですが……」

「いや、つまらない話で連絡を入れて済まなかった。では、各々一番近い支部を訪問し、後日これについて話し合おう」

「そうですね。また、いつでもご連絡を頂ければ」

「ありがとう。よろしく頼む」

青澄が通信を終えると、マキがすぐに訊ねた。「本当にNODEを訪問なさるのですか。

過去の確執を考えると危険ではありませんか」

「マルガリータの運用を盾に取られたのでは出向く他あるまい」

「間に仲介者を入れて切り抜ければ」

「NODE相手では通用しない。来いと言うからには、よほどのことだろう。行かないほうが今後動きにくくなる」

「私は反対です。アシスタントとの通信を認めると言いましたが、通信波を遮断する部屋へ案内されたら、私は理事長をサポートできません」

「わかっているよ」

「ならば、なおさら。NODEは何をするかわかりません。理事長は、よくご存知のはずです」

「マキ。これは駆け引きだ。駆け引きである以上、彼らは私を簡単にはどうこうしない。ただ、こちらの脳機能に介入してくる可能性はあるから、私が帰還したら、すぐに副脳と中枢神経の検査を行えるように、メディカル・エンジニアを手配しておいてくれ」

「理事長、私としては……」

「これは命令だ」青澄は語気を強めた。「最優先の命令だ。反論は受けつけない」

マキは唇を閉じ、寂しげにうなだれた。「わかりました。では、手配しておきます」

3

外洋公館時代、青澄にとってＮＯＤＥは面倒な上部組織だった。業務上は公平なパートナーであるはずなのに、圧力のかけ方が半端ではなかった。事実上、外洋公館はＮＯＤＥの手足であり、主人の代わりに獲物を回収してくる猟犬という立ち位置だった。

青澄は一度だけその主人に逆らった。自身の権限から大きく外れる範囲まで踏み込み、死者まで出して己の目的を全うした。この出来事をきっかけに、青澄はＮＯＤＥのひとつである〈プロテウス〉の怒りを買い、特殊公館への出入りを禁じられた。外洋公館の公使としては致命的な処分だったが、五年後に退職を控えていた青澄にとって、それはさほどの障害にはならなかった。

ＮＯＤＥとの和解がないままに外務省を退職したので、青澄が禁令を解かれる機会はなかった。それが今頃になって突然解除されたのはなぜなのか。

公用車で案内される途上、外事局の職員は青澄に言った。「ＮＯＤＥ日本支部を訪問するのは懐かしいでしょう？」

「支部には縁が無くてね。エア・シリーズにいた頃には、特殊公館に、お世話になったものだが」

「では、こちらの支部に顔見知りの方は」

「いないよ」

「そうでしたか……。でも、NODEの職員は質が高いので、どこへ行っても公平な対応をしてくれますよ。私には、彼らがアシスタント知性体のように見えることがあります。それぐらい対応にブレがない。ちょっと不気味なほどです」

車はNODE日本支部のゲートをくぐると、敷地内をもう少し走った後、本館の前で停まった。

車を降りてから青澄が案内されたのは、ごく普通の応接室だった。ブランデールームほどの狭い部屋で、ローテーブルの上には爽やかな色彩の環境映像が投射されていた。

外事局の職員が立ち去ると、入れ替わりに、NODEの事務員がポットと茶器を運んできた。

事務員が退室すると、青澄はポットの蓋を開けて中を覗き込んだ。本物の茶葉が入っていた。まだこんなものを出せるとは、NODEは、今でも豊かな資金で運営されているらしい。

脳内通信でマキを呼んでみたが、案の定、返事はなかった。マキが心配していた通り、この部屋は通信波を遮断されているのだ。

しばらく待っていると、担当者とおぼしき職員が入ってきた。歳は三十代の前半に見えた。特殊公館(SOE)の管理官はスーツにアスコットタイという出で立ちを好んでいたが、目の前の人物は、榛(はしばみ)色の軍服のような上下を身にまとっていた。

相手は頭を少し下げ、「柴崎と申します。お忙しいところを誠に恐縮です」と言って向かいのソファに腰をおろした。

「いえ、こちらこそ」

官憲を連想させる男だなと思いながら、青澄も頭を下げ、ソファに腰をおろした。口調は丁寧だが発している空気が重苦しい。話し方を間違えると、なかなか帰してくれない相手のような気がした。

柴崎管理官は紅茶のポットに目もくれようとしなかった。放っておくと苦くなるのだが……と気にしつつも、青澄は自分から話を切り出した。「ラブカ対策の話と聞きましたが、私にどのようなご用件ですか」

「理事長は、外務省時代から海上社会と交流が深いそうですね」

「外洋公館の人間はみんなそうだ」

「数ある外洋公館の中でも、特に熱心に働いておられたと聞いています。大勢の海上民とお知り合いなのでしょうね」

「彼らの総人口数からすれば微々たるものだ」

「オクトープスという人物をご存知ですか」

仮想ディスプレイに顔写真とデータが表示された。ラブカのリーダーとしてインド洋を中心に動いている人間である。マキが交渉相手としてリストアップしてくれたデータで見知っていたが、扇動家に近いタイプの人物なので、交渉相手としては上位に置いていなかった。

「名前ぐらいは」と青澄は答えた。オクトープスの知名度を考慮すると、何も知らないと言うのも不自然だ。

「会ったことは？」

「ない」

「でも、接触は試みていますね」

「パンディオンは、海上社会のトラブル解決も請け負っている。何かの件で、間接的に、オクトープス氏に声がかかった可能性はある」

「特に、彼だけと会おうとしたのではないと？」

「私は陸上民だから、ラブカのリーダーに声をかけても応じてもらえないのが普通だ。交渉が可能になるのは、よほどの場合だけだ」

「その場合、どうなさいますか」

「状況次第だね。引き続き声をかけることもあるし、そのまま放置することもある。時期が来れば、自然に縁ができるから」

「情報伝達手段は何ですか」

「たいていは海草紙。ダックウィードを中継して届けてもらう。彼らは仲間内でしか電信を使わないから」

「あやふやな手段ですね」

「海上社会はゆるゆるでね。それを許せる度量がなければ彼らとは付き合えない」

柴崎管理官は続けて何人もの名前を挙げ、青澄が彼らと接触したかどうかを訊ねた。ディスプレイに顔写真と個人データが次々と映し出された。全員、ラブカのリーダーや幹部だった。パンディオンの情報部に命じて、交渉のために集めたデータとほぼ同じものが並んでいた。

ザフィールについて訊ねられたときには、少し返答に窮した。本人との接触には成功していないが、青澄が、一番話が通じるのではないかと予想している相手だった。従って、他の人物よりも多くのデータを集めている。その行為は、外部から見たときに、青澄が特に執着したように見えるに違いなかった。

柴崎は探るような目つきで青澄を見ていた。「あなたの行動は、我々から見ると矛盾した点が多い。支援船団をシェンドゥガルドに警護させておきながら、その一方でラブカとの接触を試みていますね。これはどういうことでしょう。どちらかが偽装というわけですか」

「どちらもラブカ対策だ。シェンドゥガルドが鞭なら、私からの呼びかけは飴だね。私の目的はラブカを解体することで、声をかけたからといって、仲よくなろうとしているわけじゃない」

「外務省時代、あなたは、マルガリータ・コリエの建設に深く関与していましたね」

「あの計画は私が立案したものだからね」

「どこまで関与しておられましたか。都市計画だけでなく、収容する人間の選定まで？」

「設計と建設計画までだ。それ以降は、外務省とNODEに任せている」

「マルガリータ・コリエを足がかりに、ラブカが、他の海上都市へ攻撃を仕掛ける可能性は考えなかったのですか」

青澄は口元を固く引き結んだ。ここへ来いと言われた理由に見当がついた。なるほど、そういうことか。「――あれは交易ステーションであると同時に、〈大異変〉が起きた場合の海上民の避難場所だ」

「マルガリータは、各海上都市との交易を目指しています。ラブカが紛れ込めば、大変な事態に陥るでしょう。他の都市とマルガリータを経済的にリンクさせるように提案したのはあなたですね。間違いありませんか」

青澄は仕方なくうなずいた。違う意味で取られそうな気がしたが、事実なので隠す必要はない。

柴崎はたたみかけた。「計画立案当時、あなたは外務省だけでなく、NODEにもそれを強く勧めましたね」

「海上都市は単独で存在しても意味がない。ネットワークを作って初めて価値を持つんだ」

「海上民に対して強いシンパシーを持ち、ラブカとの接触も企図している元外務官僚が、現役時代、マルガリータ・コリエの建設計画に携わっていた――。この事実をNODEは重く見ています」

「なるほど。それが、私をラブカの支援者だと判定した理由か」

「いまは状況証拠に過ぎませんが」

「私は救援団体の理事長だぞ」

「それもまた、何らかの形で海上社会を支援する仕事ですね」

ようか」

「パンディオンは海と陸の双方へ支援を行っている。何なら、団体創立以来の帳簿を提出し

「結構です。調査済みですから。しかし、割合から言うと海上活動のほうが大きい。全体の三分の二を超える」

「いまは、海のほうが困窮を極めているからね。君はＮＯＤＥの管理官だ。事情は知っているだろう」

「はい。しかし、だからといって海上民の抵抗まで支援してよいのですか」

「だから、それは誤解だ」

「なぜ、ザフィールと接触しようとしたのですか。支援団体のふりをして、彼らの活動を助けるためではありませんか」

「私は尋問を受けに来たのではないよ、柴崎管理官」青澄は口調を強めた。「このような会話が続くなら帰らせてもらう。私を疑っているなら、正式に、公安に逮捕状でも出させてはどうかな。もっとも、逮捕しても何も出てこないがね」

「本当のことを話して下さったら、いつでも話し合いを終えます」

「これ以上は何もない」

「そうでしょうか。私にはとても信じられません。うちにしてみれば、あなたの名前が挙がった時点で『またか』という感じなんです。ポートモレスビーの一件がありますから」

「それは、もう決着した話だ」

「ラブカとの関係性によりますね」

「私の外洋公館時代の信条を知っていれば、こんな話し合いは無駄だとわかるはずだ」

「人間は変わりますから」

「なんと人聞きの悪い……」

「では、何のためなのですか。あなたひとりで、ラブカを解体できるとは思えません」

「君たちは、海軍や警備会社に海上民を攻撃させればラブカが消えると思っている。それは間違いだ」

「消せませんか」

「暴力で打ち倒せば、彼らは暴力でやり返す。彼らの数を勘定してみたまえ。ラブカですら、海上民のごく一部に過ぎん。しかも、彼らは国境を越えて陸上民を攻撃する。この意味を、きちんと理解しているか？　安全な場所など、もはや、この地球上のどこにも存在しない。たまたま攻撃を受けていない場所や、争いが起きていない領域が点在しているだけだ」

「きりがない……ということですか」

「彼らは家族を守るために武器を手にした。だから、滅多なことではラブカをやめん。やめさせるには、我々が彼らのコミュニティを支援するしかない。生活水準が元に戻れば、彼らは自発的にラブカをやめる」

「そんなにうまく片づきますか」

「小さな集団では成功している。燃料海藻の工場や建設現場に就職させたら、あっさり普通の海上民に戻ったよ」

柴崎管理官が失笑を洩らしたので、青澄は少し語気を荒らげた。「たったそれだけのことを、陸の為政者は誰もやろうとしなかった。パンディオンを初めとする世界中の支援団体が、彼らと独自に接触して話し合い、何が問題になっているのかを洗い出してきたんだ。文字通り、銃を突きつけられるような、命懸けの場で交渉しながらね」

青澄の口調に、柴崎管理官はその内面を微かに目元に滲(にじ)ませた。自分の行為を恥じるように「なるほど」とつぶやいた。「ラブカの家族を救ってやれば、彼らは海賊行為をやめますか」

「大半はやめるだろう。彼らだって命は惜しい」

「私は、そのような措置を取ってもなお、何割かは、ラブカのままで残るのではないかと思います。純粋に、革命の徒であることを誇る者もいるでしょうから」

「そういう連中までは知らん。そちらで勝手に処理すればいい。だが、海上民のすべてをラブカだと考えるのは間違いだ」

「どこで線引きをしますか。生活が豊かになったら、そういう人たちもラブカを援助する側に回るかもしれませんよ」

青澄は少しの間、黙り込んだ。

これは、青澄自身も自覚している反論不能な問題点だった。衣食住が足りれば正しい人間性が回復されるというのは、人間の善性に基準を置いた考え方だ。生活環境が整ったからこそ、陸に対して本格的に牙を剝く——そういう選択肢も有り得る。

汎アの海洋環境整備政策を巡って、陸側に恨みを抱いている海上民は多い。救援団体の支援は、貧困下にある海上民を助けるだけでなく、闘いの意思を抱いている海上民をも援助してしまう。

柴崎管理官は、この問題がある限りNODEは立場を譲らないと言った。「NODEは、マルガリータ・コリエ在住予定の海上民、および出入りの人間すべてに、タグ付けを行うことを希望しています。海上民からの信頼が厚いあなたが提案すれば、マルガリータは受け入れるのではありませんか」

「なんだって……」

「マルガリータは、現在、タグの有無に関係なく海上民を受け入れると告知しています。これは、あなたが各政府に認めさせた方針だそうですね」

「当然の措置だ。命を救うのにタグの有無など関係ない」

「この措置はラブカの確定を困難にしています。身元不明の海上民が、マルガリータを拠点に動くのは好ましくない。だから、全員にタグ付けして行動記録を取ります。タグのない人間は、マルガリータと交易できないようにする」

「セキュリティの面から考えれば妥当な手段だが、説得は困難を極めるぞ。タグが必要となると、マルガリータには住まない海上民も出てくる」

「去る者は追わず、でよいのではありませんか」

「海上民にとってタグは拘束でしかないんだ」
「――理事長。私はときどき思うのですが、もし病潮の問題がなかったら、海上民はとっくの昔に、私たちとは違う生物になっていたのではないでしょうか」

「違う生物？」
「リ・クリティシャス以前の海と違って、いまの海洋環境は生物を急速に変異させます。水没都市から流出する大量の化学物質と、漏洩した分子機械のせいで」柴崎は遠くを見つめるような眼差しをした。「もし、海上民の変異が獣舟なみの速度で進んでいたら――。陸の民と海の民は、言葉も通じない異質な生物同士になっていたかもしれませんね。それをかろうじて引き留めたのは、ワクチンや他の薬剤の必要性です。陸の医療が、彼らを〈人間〉として社会に留めた。病潮があったからこそ、海上民は私たちとつながっていたと言えるでしょう」

青澄は言葉を失った。結局そうなってしまうのか。海の民を人間以外の存在として捉える――。これまでも、上級官僚や政治家の口から、たびたび聞かされた言葉だった。

公の場では発言されないものの、それは為政者の常識であり、政府内では圧倒的大多数の価値観なのだと、青澄はこれまでも聞かされてきた。だからこそ、汎アの海洋環境整備政策は、あっさり通ってしまったのだと。それが常識だったからこそ、世界中のどの連合も、あのとき、あの行為を見て見ぬふりをしたのだと。

柴崎は続けた。「海上民が国家を不要と考えるのは自由です。でも、ワクチンの問題がある限り、何を言っても綺麗事でしかない。人工藻礁(アートリーフ)の管理も含めて、彼らの生活は、間違いなく陸側の恩恵を受けています。タグの義務づけは、この現実に直面してもらういい機会でしょう」

「しかし、それでは陸上民が海上民を管理する形になってしまう。マルガリータ・コリエの建設意図には馴染まない」

「確かに、あなたが最初に目指したのは、闘争など起きない平和な海上都市だったでしょう。でも、現実はあなたを裏切った。現実が変わった以上、管理方法も変えねばなりません。私の理屈に、どこかおかしな点がありますか」

「建設理念は動かしたくない」

「マルガリータがどうあるべきか、それを決めるのは海上民です。あなたの仕事ではありません」

青澄は、しばらくの間、膝の上で組んだ自分の手に視線を落としていた。「タグの件を断ったらどうなる？　私は家へ帰れなくなるのかな」

「そのような措置もあるかもしれません。ただ、我々としては、効率よく話を進めたいので……」

「タグの件は保留にしてくれないか。少し考えてみたい」

「あまり時間は差しあげられませんが、即答しろとも申し上げません。海上民にとって大きな問題であるのは確かです。存分に説明を尽くして、結論を出させて下さい」

4

デュレー会長のクルーザーには、これまでも何度か乗ったことがあった。シェンドゥガルドとの契約前に一回、契約成立時に一回、その後も思い出したように数回。いずれも、青澄にとっては心地よい小旅行だった。

以前は、甲板に出て釣り糸を垂れていると魚がよく釣れた。ふたりで釣果を競い合い、釣った魚を船内で調理したものだった。

外洋公館時代、青澄は辺鄙な海域をよく巡っていたので、魚を捌く作業には慣れていた。デュレーも「海軍で船に乗っていた頃によくやったので」と言い、実際、見事な手さばきで魚を開いた。おかげでボートには、お互いのアシスタント知性体以外を乗せる必要がなかった。他人の目や耳を気にせず、密談に耽ることができた。デュレーは青澄とは正反対の発想をする男だったが、年齢が近いせいもあって、ふたりはすぐに親交を深めた。目指す方向が違うだけで、信念に生きるしか能のない人間であることを、自嘲と共に認め合った間柄だった。

デュレーは青澄を迎え入れてボートを出すと、「残念ながら釣りのほうはもうだめです」

と言った。「乱獲の結果です。警備船で外洋に出ている社員も退屈しています。あれは航海中の貴重な楽しみだったので」

「そうか……」

「まあ、海上民が飢えているのですから、趣味でやっている私たちが獲れなくても仕方ありません」

空は晴れ渡り、窓から差し込む陽光は刺すように強烈だった。ガラスの色が自動的に遮光カラーに切り替わった。紫外線と放射熱を遮断するが光度は下げないので、キャビンは明るいままだった。

青澄が「ＮＯＤＥとは、いい話し合いができたか」と訊ねると、デュレーは楽しそうに微笑した。「モルネイドを大変気に入ってもらえました。いずれ大量発注がかかるでしょう」

「なるほど」

「手応えとしては、それ以上のものを感じています。モルネイドは、バリエーションを増やせば、高地の民や普通の海上民が強盗から身を守るためにも使えます。一般警備機器として引っ張りだこになるでしょう。この流れはもう止まりませんよ」

口をつぐんだままの青澄に、デュレーは穏やかに話しかけた。「マルガリータ・コリエは、あなたの夢でしょう。自分の手で守らなくてどうするんですか」

「私の夢じゃない。十年ほど前に海上民のオサと約束した。それを言葉通りに実現しただけだ」

「あなたらしい言い方だ。でも、計画に関わった以上、ご自身の仕事として誇りに思ってもいいのではありませんか」

「マルガリータは海上民のものだ」

「あそこがラブカの巣になっても、彼らに任せるべきですか」

「海上民は賢明だ。きっと仲間の暴走を食い止めるだろう」

「とても信じられません」

「陸側が信じなければ闘争は止まない」

「シェンドゥガルドは、あなたに忠誠を誓った番犬です」とデュレーは続けた。「心から平和を望まれるなら、どうぞ我々をご自由にお使い下さい。これほど使い勝手のいい〈武器〉は滅多にないのですから」

「武器を使う前に、もう一段階あるだろう」

「そんな時期は何年も前に終わりました」

「終わった？　誰がそんなことを決めた。かつて陸側に、海上強盗団（シガテラ）やラブカの実情を本気で調査し、報告書をまとめた人間がいるか。彼らに対して別の生き方を提示し、まっとうな仕事や財産を分配しようとした人間が、いったいどこにいたというんだ」

「あなたは、もう充分に努力なさったでしょう。彼らを燃料藻類の工場に就職させ、アートリーフやマルガリータの建設工事要員として雇い、給与も権利も与えてきたではありませんか。いま暴れているのは、その恩を仇で返している連中です。あれだけの援助をしたのに、彼らは陸上民を憎み続けているのですよ」

「汎アの政策を思い出せば、いまでも、海上民が我々に不信の目を向けてくるのは仕方がない」

「だからといって、私たちが一方的に頭を下げ続ける必要もないはずです」

「私は頭など下げていないよ。合理的に解決できる部分を合理的に解決したいだけだ」

「タグ付けの件は、どうするんですか」

「……そうだな」青澄は皮肉っぽく言った。「君が手袋をはめるのをやめたら、私も真剣に考えてみようかな」

デュレーは引きつった笑みを口の端に浮かべた。「そういう言い方をなさいますか」

「君にやれないことがあるように、私にもやれないことがある。お互い、無茶を言うのはやめないか」

デュレーはしばらくの間じっと青澄を見つめていたが、やがて手袋の指先を前歯で噛み、パンでも食いちぎるかのように斜めに引っぱった。青白い指が露(あら)わになった。デュレーは剝き出しになった両手を広げると、微笑を浮かべつつ、掌(てのひら)と手の甲をじっくりと青澄に見せた。

青澄は虚を衝かれ、啞然とした表情で訊ねた。「治っていたのか。いつ？」

「表面だけなら、もう、かなり前から」

「だったら、なぜ手袋をはめ続けている」

「ストレスが溜まると、ふいに発作が出るのです。反応が露わになると見苦しいので、いつも手袋を欠かせません」

デュレーは手袋をはめ直しながら言った。「いまでも痛みます。神経が蝕(むしば)まれているわけですから……」

「——すまない。私の言い方がまずかった」

「いいえ……。ボートを陸へ戻しましょうか。それとも、今夜は、ここにお泊まりになりますか」

「夕方になったら港へ戻してくれ。明日は、拡張地中海を見て回ろうと思っているから」

「では、もう少し話せますね」デュレーは、自分のアシスタントに飲み物を持ってくるように指示した。「NODEの件を詳しく話します。そのうえで、マルガリータの扱いと警備計画について再検討なさって下さい」

ホテルで簡単な夕食を摂った後、青澄はバルコニーのサンチェアーに横たわった。月のない夜で、灯はフットライトしかなかった。

降るような星が広がっていた。

馴染みのある星座の形が見える。

天の川は恐ろしいばかりに長く伸び、水平線の向こうへ流れ落ちていた。闇夜に燃える幻影のように、ときどき流れ星が走って行く。

デュレーの手袋の一件を、青澄は後悔していた。お互い、古傷に触れるのはやめようじゃないか――そう牽制したつもりだったが、デュレーがあそこまで積極的に出るとは思わなかった。

心の傷すら武器にしてしまえる人間性が羨ましかった。自分はどうか。傷を塞ぐことには成功したが、かえって、気弱になってしまったのではないか。

憎悪はデュレーの心の友であり、彼の力の源だ。外敵や障害が増えれば増えるほど、彼は激しく燃えあがる。相手を叩き潰すために全力を注ぐ。

その熱さは、青澄が自分自身に対しては良しとしなかったものだった。我が事のように理解できるがゆえに、積極的に退けてきた感情だった。デュレーはいまにも鎖を引きちぎって飛び出しそうな番犬で、飼い主が一旦手を離せば、恐ろしい勢いで敵と定めた相手を食い殺すだろう。その手綱を自分が握っている事実に、青澄はあらためて想いを馳せた。ツェン・リーから、君はもはや権力者と同じなのだと告げられた言葉が、重荷となってのしかかった。

「失礼致します」マキが声をかけてバルコニーへ出てきた。青澄が身を起こそうとすると、「そのままで。お気づかいなく」と続け、水が入ったグラスをサイドテーブルに置いた。「デュレー会長のアシスタントから伝言を託かりました。『先ほどは申し訳なかった』と会長が仰っていると」

「とんでもない。謝るのは私のほうだ。こちらこそ失礼をしたと、お詫びの言葉を伝えてくれ。パンディオンは、これからもシェンドゥガルドと良好な関係を続ける、よろしく頼むと」

「かしこまりました」

マキが立ち去ると、青澄は再び夜空を見あげた。

デュレーは長い間ラブカと闘い、戦場で深い傷を負って海軍から退いた男だ。彼の両手の障害と損なわれた精神が、ラブカを殺さなくても治癒するなら、そのほうがずっといいに決まっている。だが、そんな幸せは絶対に訪れないだろう。誰もデュレーの魂を救えない。それは青澄自身の魂が、決して救われないのと同じである。

追い立てられるように仕事に没頭し、過去を忘れ去る――。それだけが、我が身を憎悪で焼き尽くさずに済む唯一の手段なのだ。そして、適当な時期が来れば、自分たちは燃え尽きるように命を失い、闇の底で休むことを許される。いま、その瞬間が訪れてくれたら――とすら青澄は思った。これから自分が負うべき責務について考えると、重苦しい頭痛と胃痛があるだけだった。

5

翌日、青澄はマキを連れて、北アフリカＭＥＺの片隅にある安宿へ立ち寄った。表からは入らず、専用のＩＤで裏口から入り、地下室へ降りていった。ここには地下に二十もの個室があるが、それを知っている人間は少ない。常連客はもっと僅かである。

待ち合わせの部屋番号を確認して扉を叩くと、中から男の声が応じた。

電子錠を解除して室内へ入ると、ダックウィードのズワルトが厚い敷物の上にあぐらをかき、湯気の立つ茶を飲んでいた。微細な模様で飾られた通信波遮断壁紙が、部屋中に貼り巡らされている。天井から吊るされた紫色の布は、照明器具の後方で綺麗なドレープを描き出していた。室内には熟したリンゴのような強い香りが漂っていた。何種類もの花を混ぜた茶葉の匂いである。丈の長い衣を着込んだズワルトは、袖を茶器に引っかけないように指先で押さえながら、ポットからカップへ二杯目の茶を注いだ。

青澄は扉を閉めて鍵をかけ、ズワルトに近づいていった。

床から立ちあがったズワルトは、自分から手を差し出して青澄と握手を交わした。「ようこそ。久しぶりですな」

「こちらこそ、たびたび申し訳ないね」

「いや、頼まれれば仕事をするのが商人だから。もっとも、頂いた依頼は、かなりの難題だがね」

青澄が彼の前に座ると、ズワルトも再び腰をおろして、青澄のために新しいカップに茶を注いだ。

「あんたは、ラブカを高く買い過ぎているんだよ」とズワルトは切り出した。「大半のラブカは生活を支えることしか考えていない。飢えるのが怖くて海賊をやっているだけだ。それを多少頭の切れる連中が舌先三寸で丸め込み、闘争だの革命だのといった麗々しい言葉で飾り立て、自分たちの捨て駒にしているだけだ。未来を見据えての話し合いなんて、想像すらできない阿呆ばかりだ」

「私がリストアップしたのは、賢明な想像力を持つ者たちだと思う。返事がないのは様子を見ているからだろう。一度や二度の呼びかけで反応してもらえるとは、こちらも考えていない」

「では、これからも同じ呼びかけを繰り返せと?」

青澄がうなずくと、ズワルトはうんざりしたように目を閉じた。「百万回呼びかけたって、獣舟が人間の言葉で『やあ!』と返すことはない。ラブカとの対話はそれと同じだ。なのに、あんたはそれを信じようとしている」

「理由は何でもいい。極めて利己的な事情でも、損得勘定の結果でも、論理的帰結によるものでも——。私は、そのチャンスを待っているんだ。たとえばこの人物は」青澄は室内のディスプレイにファイルを表示させた。「他のラブカとは少し毛色が違うね。陸で高度な教育を受けた経歴を持っている。こういう人物なら、いろいろと、考えるところがあるのではないかな」

「ザフィールか。彼なら、あきらめたほうがいい」

「なぜ?」

「あんたをとても嫌っている。詳しい事情はよくわからないが」

　青澄は眉をひそめ、ファイルをじっと見つめた。脳内通信でマキに話しかけた。《マキ。私はこの人物と過去に会っているか。覚えがないんだが》

《私のファイルには記録がありません》

《では、なぜ嫌われるのだろう》

《ごく単純に、世評を元に理事長を嫌っているのではないでしょうか。パンディオンの活動は、あちこちで宣伝されていますから》

　マキとの会話を切ると、青澄はズワルトに向かって続けた。「この人物が私を嫌っていようがいまいが関係ない。ようは、ラブカと我々との橋渡しになってくれればいいんだ」

「彼はそういう話には興味を持たない。偽善だと言って一蹴する」

「まだ何も話さないうちから……」

「あんたが言う通り、ザフィールは知性豊かな人物だ。それゆえ、救援団体の中にある偽善性を嫌い、徹底的に退けている。この微妙な感覚がわかるか？　わからなければ会わないほうがいい」

「では、彼自身に対してではなく、周辺人物へ接触できないだろうか」

「周辺人物ねえ」ズワルトは少しだけ考え込み、やがて口を開いた。「彼の父親に会ったことは？」

「いいや。父親もラブカなのか」

「違う。医者だ。南洋でアカシデウニを相手に闘っている」

「なるほど……」

「だから、父親を経由して――という方法も有りかもしれん。他のリーダーに関しては、正直なところ実に微妙な印象だ。知能や知性の問題じゃないんだ。これは価値観の問題だ。ラブカの大半は、ラブカにしかなれないからラブカをやっている。この意味を理解できるか」

「食い詰めているという意味か」

「それは海上強盗団（シガテラ）の話だろう？　ラブカは違うよ。貧しいのは同じだが、なんというのかな、海上強盗団（シガテラ）とは別の意味で、暴れたい、荒れ狂いたいと思っている連中がラブカになる」

「だったら、なおさら話し合いが有効に思えるが」

「違う違う、違うんだ。なまじ屁理屈をこね回している分、ラブカのほうがタチが悪い。海上強盗団（シガテラ）は純粋に金のためだけに動くだろう？　あいつらは本当にただの食い詰めだから。金さえあればさっさと武器を捨てちまう。だが、ラブカは金だけでは動かん。自尊心だの信条だの、わけのわからん屁理屈が本人たちの欲求をねじ曲げ、心の底で分かち難く結びついている。名誉のために飢えたり死んだりするのがラブカだ」

ズワルトは青澄をじっと見つめた。「あんたのような育ちのいい人間には絶対に理解できない。そういう捻（ねじ）れ方をしているんだよ、ザフィールも他の連中も」

パンディオン本部へ戻ると、青澄はマキにザフィールの父親に関する調査を命じた。経歴と居場所を確認すると、いまは休暇を取り、近くの海上都市へあがっているとわかった。健康診断を受けるためだという。長年の過酷な仕事で体調が悪く、最近は頻繁に病院へ通っているとの話だった。

ちょうどいい機会だった。青澄は飛行機を手配すると、赤道近くに展開されているオセアニア共同体の海上都市へ飛んだ。行き慣れた都市なので渡航手続きは簡単だった。

病院の受付で自分の名前を告げ、アントン・ヨーワ氏の検査はもう終わっているかと事務員に訊ねると、彼女は端末を操作し、時間通りに終了していますと答えた。「こちらへ来られたら、お名前をお呼びします。しばらくお待ち下さい」

青澄は待合室の一番端の席に座り、マキを脇に立たせた状態で、ヨーワが姿を現すのを待った。

受付周辺は、ドック用の検査服を着た患者が行き来していた。マキは彼らを見かけるたびに視線で追ったが、どれもヨーワではなかった。

やがて、マキは青澄の脳内に囁き（ささや）かけた。《お見えになりました。芥子色（からしいろ）のシャツを着ておられる方です》

青澄は立ち上がり、ヨーワに近づいていった。顔はあらかじめ写真で確認しているので、間違えずに相手に声をかけた。「アントン・ヨーワ先生でいらっしゃいますね」

ヨーワは事前の調査で六十四歳とわかっていたが、会ってみると、歳よりもずっと老けて見えた。南洋での激務は、この老医師を極度に疲弊させたらしい。肌の色は褐色を通り越して黒く、皺だらけだった。目元の皮膚はたるみ、手には血管が浮き、爪は消毒薬で染まったように赤茶けた色をしていた。

だが、両眼には、年齢を感じさせない強い輝きがあった。青澄から声をかけられると、ヨーワは不審げに眉をひそめた。「失礼だが、どなた様ですかな」

「初めてお目にかかります」青澄は自分のプロフィール・データをヨーワに送信した。ヨーワは、それをリスト端末で確認すると目を丸くした。「パンディオンの理事長？　これはこれは……。私が所属する医師会も、あなたの団体から支援を受けたことがあります。その節は大変お世話になった。今日はどんなご用件ですか。私は陸上民を診る医者ではないのだが」

「ご心配なく。私自身は健康です。先生は如何でしたか」

「今年も異状なしです。根っから頑丈にできているようでね。医者の不養生になってはいかんので毎年来るんだが、今年も何も引っかからなかった」

「それはよかった」

「ただ、このあとカウンセリングがある。用件があるなら、もうしばらくお待ち頂けるとありがたい」

「その予定は不要です。私がドックの医師に頼んで、あけてもらった時間帯ですから」

「何だって？」

「先生の健康状態に異状があれば即入院ですが、異状なしなら、カウンセリングに使うお時間を分けて頂けるように、あらかじめ頼んでおりました。先生は忙しい。お話を伺うなら、今日しかないとわかっていましたので」

「もし入院になっていたら？」

青澄は微笑を浮かべた。「入院先まで押しかけるつもりでした」

「何を聞きたいのかね」

「ご子息の話を」

「私に息子はおらんよ」

「ザフィールという人物をご存知ですね。彼の生い立ちについて知りたいのです」

「何のために」

「彼に、ラブカとしての行動をやめさせたい。このままいけば、いずれ、彼は海軍や警備会社と正面衝突するでしょう。そうなったら勝ち目はありません」

「なぜ、あなたが彼を心配する？」

「ラブカの中には、陸との和平交渉に応じてくれそうな人物が何人かいます。彼もそのひとりだと信じたい」

ヨーワは周囲を見回してつぶやいた。「ここでは話せない」

「近くのホテルに部屋を取ってあります。セミスイートなので防音は完璧です」

「わかった。じゃあ、お邪魔させて頂こうか」

セミスイートルームへ足を踏み入れると、ヨーワは目を細めて室内を見回した。「たいしたもんだ」と皮肉っぽく言った。「さすがはコンツェルンの御曹司様だね。世の中がこんな状態なのに、あなたには、まだこんなところに泊まれる余裕がある」

「先生をお招きしないなら、こんな贅沢な部屋は取っていません」

「そうかね？」

「外洋公館時代は、しょっちゅう、ひどい環境で寝泊まりしたものです。私は現地民との交渉が主幹業務だったので、小舟の中に毛布を敷いて寝たり、水上居住地帯で、一晩中、毒虫に悩まされたりしたものです。南洋へ出張した際には心底ウニが怖かったですね」

「あなたは直接知っているのか、あの惨状を」

「ええ。先生のお仕事についても、よく存じ上げています。尊敬の念も抱いております。そのような方のご子息であるならば、ザフィールが取っている行動には、極めて理性的な動機があるはずです。私はそれを知りたいのです。彼と共に、心の底から話し合うために」

ヨーワはローテーブルの傍らの椅子に座った。テーブルの上に置かれたボウルにはフルーツが盛られ、甘酸っぱい匂いを発散していた。

「……ザフィールという呼び方は通り名だ。本名じゃない」

「本名はヴィクトル・ヨーワ、現在四十二歳。これに間違いはありませんか」

「そこまで調べているなら話は早い。あの子の目は綺麗な青色だろう。髪は黒いのに、虹彩は海の色のように青い」

「ええ」

「蒼玉（サファイア）のような目だと、あの子の母親がよく誉めていたものだ。外国の言葉でサフィール、ザフィロとも呼ぶな。ラブカに入ったとき、誰かが音をごっちゃにして呼んだのかもしれない。それでザフィールと」

「なるほど」

「母親が病気で亡くなった後も、息子はよく頑張った。むしろ、母親を救えなかったのが医者になった動機だ」

「難病だったのですか」

「ウニ毒にやられた。あれはリ・クリティシャス時代の負の遺産だ。生き残った分子機械が未だに悪さをする」

「熱意に満ちた、真っ直ぐな性格なんですね……」

「あれは美点というよりも欠点だ。真っ直ぐ過ぎて融通がきかん。己の正義に従い、それに殉ずることに喜びを覚える大人になってしまった」

「医学生時代の話を伺えますか」

「たいしたエピソードはないよ。ごく平凡な学生だった。成績は昔からよかったが」

「では、医師になってからは」

「少し負担がかかり過ぎたのかもしれん。医大を卒業したあと、すぐに私の仕事を手伝ってくれたんだが……」

「南洋の？」

「ああ。ウニ毒にやられた患者を診る仕事だ。あれには決定的な治療法がない。終末期医療みたいなものだ。本人が『どうしても』というので連れていったんだが」

「……お母さんのことを思い出して、つらくなったんでしょうか」

「わざと似た環境に入って、過去のつらさを克服したがっているように見えた。私はそれを息子の強さだと勘違いした。だが、息子は医療の現場で絶望の本質を見てしまった。病気の中に絶望があったんじゃない。ウニ毒の場合、その原因の中に絶望があった。分子機械は、人類が他民族を滅ぼすために作り出したものだ。そして、時代が経過しても、誰も当時の責任を取ろうとしていない。それが物を作り出す立場、政策を決定する立場にいる人間の本心だと知って息子は絶望した」

「そのあたりを、もう少し伺えますか」

「知ってどうする」

「ラブカが暴れる理由はよくわかります。どこの国も、陸上民・海上民を問わず、民を蔑ろにしています。それが、このままでいいはずがない。ラブカは政府と衝突して死ねれば本望でしょうが、私は少しでも闘争を減らしたい。命が無駄に散るのを見たくないし、第一、海が荒れていると救援活動にも差し障ります」

「なるほど。警備にかかる金も半端じゃないしな」

「実は、ご子息には、以前から何度も接触を試みているのです。しかし、うまくいきません」

「息子は、あなたのような人間は苦手だからな」

「なぜ？」

「あなたが信念の人だからだ。暴力による脅しが利かない。あなたは、どれほど他人から殴られても、自分の意志を曲げないタイプだろう？　そういう人間は、息子にとってやっかいな存在だ。あなたに会おうとしないのは、たぶんそれが理由だよ」

「それはつまり――」

「あなたに負けたくなければ、息子はあなたを殺すしかない。だが、そうしたくないんだろう。もっとも、これは、あなたへの敬意からじゃないよ。どのような理由であれ、パンディオンは海上民の一部を救っている。息子は打算的な発想から、いまは、あなたを殺さないほうがいいと踏んでいるんだろう」

　青澄が微かに笑うと、ヨーワも皮肉っぽい笑みを浮かべ、テーブルの果実に手を伸ばした。

「ひとつ頂いてもよろしいかな」

「どうぞ」

「役に立つかどうかは知らんが、息子の遍歴についてなら少しだけお話しできる。私が知っている範囲内だけだが」

「それで構いません」

「ひとつ忠告しておくが、息子の心を動かすには、あなたひとりの力では無理だろう。おそらく、ダックウィードを間に挟んで話を進めておられるのだろうが、その方法で話が進まないなら脈なしと考えたほうがいい。あなたは粘り強い方のようだが、それゆえ方向転換の時期を間違えたのではないかな。あの子は、最初の直観で人間関係を決めてしまうところがあるから」

「最初の直観？」

ヨーワはナイフを手に取り、赤褐色の果実の皮を剥き始めた。果実の芳香が強まった。部屋中に甘酸っぱい匂いが充満する。「もし、あなたがいまでも外洋公館の官吏で、身の危険も顧（かえり）みず直接あの子を訪ねていたら――些少（さしょう）なりとも、息子は訴えに耳を傾けたかもしれない。だが、あなたは、いまでは組織のトップに立つ方だ。危険な現場へ出向いたりはしない。あなた自身にその気があっても、周囲が止めて許さないだろう。実際、そのあたりで揉めた経緯があるのではないかな」

「確かに、自分で出て行く方法も考えました。しかし、副理事長以下に止められて……」

「それは仕方のない話だ。むしろ、大きな組織を率いる者は、そうでなければならん。ましてや、パンディオンは事業型の救援団体だ。事業であるなら、従業員に対して、安定した給料を払い続ける義務がある。理事長が好き勝手をしていたんじゃ、会社はあっというまに潰れてしまう」

皮を剥き終えると、リンゴのような薄黄色の実が現れた。ヨーワは果実を皿の上で櫛形に割り、ひときれつまみあげた。

「あなたの判断は社会人としては正しい。何も間違っていない。だが、息子は、そういう社会常識が通用しない場所で闘ってきたんだ。そういう人間は、ときとして社会の常識が孕(はら)んでいる無神経さを見抜き、極度に嫌う――」

ヨーワは、しばらくの間、果実を嚙み締めていた。つらそうに視線を自分の膝に落とした。

「そうだな。やはり、私の妻が死んだときの話から始めようか。たぶん、あれがすべての発端だったんだ……」

第五章　ヴィクトル／ザフィール

1

ヴィクトル・ヨーワ——後にザフィールと呼ばれることになる男は、十五歳で母イライザを亡くした。

知らせを受けたときには、もう病室へ入れなかった。親族でも立ち入り禁止だと言われた。亡くなる二週間前の話である。

当時、ヴィクトルは海上民のコミュニティにおり、親戚の舟で暮らしていた。父アントンは陸で医学を修めた人物で、新しい医療知識によって仲間を診ている医師だった。南洋へ出張して、アカシデウニの被害を調査することもあった。

インド洋では、国際医療チームがウニ毒被害への対策に翻弄（ほんろう）されていた。母イライザは看護師で、アントンに同行して仕事をする中、ウニ毒が体内へ入ってしまったらしい。

人間を内側から蝕む毒素は、イライザの肉体を変形させ、禍々しく破壊していった。
妻の病気に関して、アントンは海上都市の大病院を手配した以外、治療に関与しなかった。家族が病に倒れた場合、医師は、意図的に他の医師に治療を任せることが多い。身近な人間が重症に陥ると、医師といえども冷静な判断力を失いやすいので、それを避けるため、信用できる先へ一任するのである。アントンも同じ選択をした。その代わり、これまで一度も休まなかった診療を若手に任せ、自分は病院へ泊まり込んで妻の介護にあたった。
やがてアントンは、イライザの声だけを保存したデータプレートを、息子のために持ち帰った。ヴィクトルは久しぶりに母の声を耳にした。湿り気を帯びた洞を虚ろな風が吹き抜けていくような声だった。淡々とした調子でイライザは言葉を紡いだ。
《いつまでも元気でね、ヴィクトル》
《お父さんの力になってあげてね》
《寂しかったら誰でもいいから頼りなさい。おまえは強い子だから、いつもひとりで頑張ってしまう。でも、それはとても危険なことなのよ》
《他人を信じて、心の底から愛して、自分だけでなく、他人を救うことも忘れないで。人間にとって最も尊いことは何か、いつも、それを問い続けておくのよ……》
撮影するのが躊躇われるほど、母の姿は崩れていると聞かされた。しかし、どれほど醜く変わっても、その体には未だに生命の灯が残り、息子の行く手を懸命に照らそうとしていた。
ヴィクトルは一度だけ録音を聴き、その後は二度と再生しなかった。

母の葬儀を終えた翌日、データプレートを握りしめて海へ潜った。

眼下にはアートリーフが広がっていた。いつもと変わらぬ生命の楽園が展開されていた。多様な生物が食ったり食われたりを繰り返している、代わり映えのしない日常――。

ヴィクトルの〈朋〉――ガルと名付けられた魚舟は、心配そうに彼のあとを追って潜ってきた。ガルの体長は十メートル近くあり、アートリーフの側を通ると、小魚が驚いて身を翻(ひるがえ)した。ヴィクトルはガルの体を数回叩き、「ついて来るなら大人しく泳ぐように」と伝えた。ガルはすぐに意味を察し、鰭を回す勢いを落とした。

リーフの中に手頃な隙間を見つけると、ヴィクトルはデータプレートを押し込んだ。子供が思い出の貝殻や石ころを秘密の場所に隠すように。海水に浸した時点で、データは破損して二度と再生できないはずだった。

ヴィクトルはガルと共に海面を目指した。空から降り注ぐ陽光は、ヴィクトルの先を行くガルの外皮を眩(まぶ)しいほどに輝かせていた。ガルの全身は柘榴石(ガーネット)のように赤く、ところどころに放射状に伸びる筋模様があった。差し込む光は、ガルを本物の宝石のように見せていた。こんなときでも、美しいものはやはり美しく見える。その名の由来となったスターガーネットのように、ガルは大海原の中で燃える一粒の宝石だった。

イライザの言葉は感動的だったが、それゆえ一度聴けば充分だった。その言葉はヴィクトルにとって呪いも同然だった。己の行動を縛る呪い、言いつけられたことに決して疑問を覚えてはならないという呪いである。

思春期の只中にあったヴィクトルは、自分が母の言う通りには生きられないことを既に自覚していた。だが、死の淵から声を振り絞って語りかけた母の言葉を、息子である自分が、いま無駄にできようか。


——他人を信じて、心の底から愛して。

——自分だけでなく、他人を救うことも忘れないで。

——人間にとって最も尊いことは何か、いつも、それを問い続けて。


重い。重過ぎる。

おれは、こんな課題を背負えるほど、りっぱな人間じゃない。

数ヶ月ばかり苦しんだ後、ヴィクトルは医大へ進む道を選んだ。学問に対する興味は以前からあった。父親が持ち帰る書物を易々と読解してしまうヴィクトルを見て、コミュニティの仲間は、アントンの後継者になるのは彼だろうと予想していた。親子二代で医師を務めてくれれば、コミュニティにとって、これほどありがたい話はない。

アントンはヴィクトルの決意の底にあるものを見抜いて心配した。

「私の真似なんぞしなくていい。おまえには、もっと他に得意なことがあるだろう」

「他に何が？」

「料理が上手だ。物語の本を読むのが好きだ。丁寧に猫の世話をする」

「それは学問じゃないだろう、父さん」

「だから何だ？　美味い料理は大勢の人間を喜ばせる。物語を読む人間は、どんなときでも機知と笑いを忘れない。生き物を大切にできる人間は情が深い」

「どれも呑気過ぎるよ」ヴィクトルは苦笑を洩らした。「医者は人の役に立つだろう。興味があるよ。それとも、うちには大学へ行くためのお金がないのかい」

「そんなことはないが……」

「自分で働いて、お金を貯めて大学へ行くのでもいい。心配しなくていい。おれはもう一人前だ。好きな道を進ませてくれ」

「ガルはどうするんだ。おまえが面倒を見なければ、〈朋〉は船団から離れて獣舟になるぞ」

「医大は海上都市にある。おれが週末ごとに海へ戻ればいい。ガルには沖合まで来てもらうさ」

　息子の熱意にアントンは押し切られた。この子は、母親を殺した病気と闘うつもりなのだろうと考えた。ウニ毒の治療法を突きとめ、母の死を克服したいのだろう。それで心の傷が癒えるなら自分は止めるべきではない——と結論した。

　ヴィクトルは、陸の大学で医学の勉強に没頭した。在籍を許された三年間で、可能な限り多くの知識を得ようとした。教科書に載っていない病気も積極的に調べた。山のようにデータを閲覧した。

母を殺した病気の症例も見た。

人間とは思えない姿に変形して死んでいく患者たちの姿――。母も、こんなふうだったのかと衝撃を受けた。煮崩れた魚のように、どろどろに溶けながら死んでいく患者たち。重い罪を犯したわけでもないのに、なぜ、こんな運命を背負わねばならないのか。

父との約束通り、ヴィクトルは週末ごとに海へ戻った。船団の一部に海上都市の近くまで寄ってもらい、ガルと会うようにした。

一週間に二度、ときには一度しか会えなくなったことを、ガルは明らかに不満に感じている様子だった。ヴィクトルが長く長く歌ってやらなければ機嫌を直さなかった。海上都市へ戻ろうとすると、ボートのあとをいつまでもついてきた。

海上都市の沖合、ブイが浮いている場所まで戻ると、ヴィクトルは絶対にそれ以上はガルを近寄らせなかった。出港直後の外洋航行船と衝突させないためである。厳しい声で歌うとガルはよく聞き分けた。機械船の騒音は魚舟の聴覚器官を刺激するので、名残惜しそうにしつつも、ガル自身も近寄りたくなさそうに身をよじった。

週末の待ち合わせに慣れて一年が過ぎた頃、ヴィクトルが住む海域で大型台風が発生した。週の終わりに海上都市附近を通過するという。船団は安全な場所へ移動するのでガルも一緒だろう――と思い、ヴィクトルはその日、海へ出なかった。暴風雨は大学の寮内にいても不安になるほど都市を揺さぶった。海上都市全体が船にでもなったかのようだった。設計上沈むはずはないのだが、外壁が破損して都市全体が水没していく幻影がヴィクトルの脳裏に浮かんだ。それは恐怖よりも、むしろ非日常的な高揚感を彼に与えた。

再び週末が訪れたとき、船団へ戻ったヴィクトルは、ガルが行方不明だと聞かされた。嵐の日以来、姿を見ないという。

まさか、台風の日にも海上都市を目指したのでは——。

ヴィクトルは丸二日間、周辺海域をボートで巡った。何度も大声で歌い、ガルを呼び続けた。だが、波間から、柘榴石のようなあの輝きが放たれることは二度となかった。陽が昇り、陽が沈み、探索が不可能になっても、ヴィクトルはあきらめなかった。週末ごとに海へ出てガルを探した。喉が嗄れるまで歌い続けた。腕が痛くなるまで音曲棒を叩き続けた。しかし、どうしても再会できなかった。

魚舟は潜水するので、台風と遭遇しても簡単には死なない。方角を見誤ることもない。だから、姿を消した理由として考えられるのはひとつだけ。どこかで、サメやシャチや獣舟に襲われてしまった——ということだ。

攻撃的な大型海洋生物は、単独で行動する魚舟を、しばしば餌として認識する。どうしても獲物が見つからずに飢えていると、積極的に狙うのだ。

積乱雲が湧きあがる水平線へ、ヴィクトルは、いつまでも視線を彷徨わせた。ガルの帰還を待ち続けた。

——外敵に襲われて醜い姿になっていてもいい。戻ってきてくれ、ガル。おれは医者の卵だから、おまえの怪我だって、きっと綺麗に治せるよ……。

死んだとは思いたくなかった。死ぬぐらいなら、そのまま獣舟になってくれたほうがましだ。負傷の部位によっては方向感覚を失い、船団に戻れなくなる可能性もある。そういう状況下では、ガルは間違いなく獣舟となるだろう。もう二度とヴィクトルの歌を聴くこともなく、共に暮らさず、歌を交わさず、人間を見ても餌として狙ってくるだけだろう。それでも、生きているならそのほうがいい。魚舟も獣舟も、海上民にとっては同じく〈朋〉なのだ。荒れ狂う獣と化しても、ガルは柘榴石のような美麗さと、星の輝きを失っていないだろう。だとすれば、間近でその姿を見てみたい。牙を剝かれ、襲いかかられたとしても、おまえは永遠におれの〈朋〉、おれの半身だ。

聞こえるか。いまでもおまえを呼び続けているおれの声が。おまえのために打ち鳴らされる楽器の音が。スターガーネット――紺碧の海原に沈む赤い宝石よ。

ヴィクトルが通学していた医大には、学内に大きな藤棚があった。四月の終わりから五月の初めになると、藤棚は呆れるほどたくさんの花をつけ、紫色の滝が流れ落ちているように見えた。

ガルと会えなくなったヴィクトルは、藤棚の下でベンチに腰をおろして、寂しさを紛らわすために本を読むようになった。読書は瞑想と同じだった。静かで穏やかで孤独な――際限なく閉じていく世界は、波間を漂うようにどこまでも心地よかった。

藤の木は、かなり老いていた。幹は傷んでボロボロになり、大きな醜い瘤がいくつも盛りあがっていた。いまにも裂けそうな箇所もあり、冬になって葉が落ちると、もう来年は咲かないのではないかと思えるほど、悄然とした有様になるのが常だった。

だが、ヴィクトルが大学にいた三年間、藤の花は毎年豪華に咲き続けた。

これほどまでに傷だらけの木が、なぜこんなにも強いのか、不思議でならなかった。ふと、人間も似たようなものではないかと思った。人間の成長とは、〈美しく完成された姿〉へ向かって伸びていくことではなく、歳月の経過と共に傷だらけになっていくこの身に、最後まで花を咲かせ続けること——そこに本質があるのではないか。

自分にとっての〈花〉とは何か、ヴィクトルにはわからなかった。豪華な花など望まなかった。身の丈に合ったささやかな——しかし、美しい小花があれば充分だと思った。

医者としての人生を送れば、それを見つけられるだろうか？　母の言葉を乗り越えた先に、それは待っているだろうか？

妻の死後、ヴィクトルの父・アントンは、故郷の海上コミュニティから離れる日が増えた。若い医師が育ってきたので、彼らに仲間の診療を任せ、自分は新しい生き方を模索していた。以前にもまして、国際医療チームの仕事に没頭するようになっていた。

暑い海域は海上民のコミュニティが多く、ノトゥン・フルのような大型海上都市も展開されている。人々は活動的だったが、その分、病気や係争も絶えなかった。医大を卒業したヴィクトルは、父と共に働くためにインド洋へ渡った。

ヴィクトルは父から「気分が悪くなったら、すぐに都市へ帰っていいからな」と何度も忠告された。「あそこは戦場と同じだ。やわな精神じゃ保たんぞ」

父の言葉が比喩ではなかったことを、ヴィクトルはすぐに思い知らされた。大学の実習では多くの臨床例を見たし、ウニ毒の被害については自分でも調べてきた。それでも現場の空気はヴィクトルを圧倒した。

患者がいる居住殻には、独特の匂いが充満していた。体液の匂い、消毒薬の匂い、患者や家族の精神を安定させるために焚かれる香の匂い。それらが生活の臭気と混じり合って、胸をむかつかせる匂いを醸し出していた。

医師としての仕事は、苦しむ患者に鎮痛剤を飲ませ、病気の進行を抑える可能性のある分子標的薬を打ち、家族の相談に乗るだけだった。相談内容にはメンタルなものと経済的なものがあった。医師の立場では解決できない事柄も多かったが、家族は内心を打ち明けるだけで安らぐので、アントンはこれを延々と繰り返していた。

移動に使っている機械船へ戻ると、ヴィクトルはベッドに倒れ込んだ。アントンは息子に声をかけた。「きつかったか。これでも半分程度なんだが」

「半分？　いつもは、もっと診るのか……」

「つらいなら明日は休め。おまえまで倒れては困る」

「……父さん。なぜ、おれたちは、ここまで見捨てられているんだ。ここにいるのは普通の海上民だ。タグも持っている。海上強盗団(シガテラ)でもない。国際医療チームは、政府からもっと援助を受けてもいいはずだ。おかしいじゃないか」

「陸上民は海上民を気持ち悪がるんだ。魚を産むから」

「でも、父さんもおれも、海上都市の大学に入れたぞ」

「男はな、成績がよくて特技があれば多少は扱いが変わる。でも、陸上民は嫌悪感自体を手放すわけじゃない。おまえは大学で差別されなかったか」

ヴィクトルは一呼吸置いた後、「全然」とつぶやいた。

息子が咄嗟についた嘘を、アントンは少しも咎めなかった。「そうか。おまえはいい人たちと巡り合ったんだな。父さんは何度もつらい目に遭ったよ。いつも孤立していた。まあ、その分勉強に熱中できたがな。でも、成績が上がると、今度は、それ自体が嫌がらせのネタになったものだ」

アントンはヴィクトルの肩を軽く叩いた。「おまえはいい時代に生まれたな。あとはどこまで踏ん張れるか――だ」

あえて沈黙を守ったが、大学時代、ヴィクトルも父と同じ目に遭っていた。海上民出身であることを好奇の目で見られ、遠巻きにされ、ときには笑いものになった。

「なあ、海の女について教えてくれよ」と、同期生から、なれなれしく声をかけられたことがある。「おれたちとは体の構造が違うんだろう？　陸の男がやっても気持ちいいかい？」

ヴィクトルは穏やかに応じた。「君には体験できないと思うよ」

「どうして？」

「海の女は誇り高い。心が貧しい人間とは口もきかない」

「ふん。人間のふりをした魚がよく言うぜ」

「海の民は魚じゃない」

「魚を産むじゃないか！　そういう連中は人間じゃないよ」

ヴィクトルは有無を言わさず相手をぶん殴った。倒れたところを思い切り蹴飛ばして、踏みつけておいた。

相手は全治三週間の怪我を負った。小猿のようにぴぃぴぃと泣きながら、あんな奴は退学だ、退学にしてしまえっ、と喚(わめ)き散らしていたが、そうならなかったのは、学長が多少はものの道理のわかる人間だったからである。

だが、ヴィクトルは二ヶ月の停学処分を言い渡された。

長い休みをもらったなと思いつつ、ヴィクトルは二ヶ月の間、毎朝普通に起き、家を出て、データ閲覧室で勉強した。美術館に入り浸り、古い時代の芸術や映像の鑑賞に耽溺した。

この一件で、ヴィクトルは学内で完全に孤立した。しかし、勉学に支障が出たわけではなかった。停学処分の間も怠けなかったので、成績は下がらなかったし、彼自身にも後悔はなかった。

正しい行為で孤立するなら、自ら進んでそれを受け入れよう。それが彼の出した結論だった。心の強い人間にありがちな到達点だった。もし、このときヴィクトルが対人関係の難しさを実感し、嫌な人間、積極的に差別してくる人間とも折り合いをつける術(すべ)を学んでいたら、後年、彼はラブカにならなかったかもしれない。だが、己の魂の囁きを押し殺し、陸の社会に溶け込む選択を彼はよしとしなかった。そして、孤立していたがゆえに、それを諫(いさ)めたり止めたりしてくれる者も、彼の周囲には皆無だったのである。

北の海で育ったヴィクトルに、南洋の気候は負担が大きかった。医大があった海上都市も暑かったが、赤道直下の暑さは桁外れだった。喉が渇いたと感じる暇もなく、いつのまにか脱水症状に陥っていた。日焼けで何度も皮が剝けるうちに、皮膚はなめした革のように厚くなり、柔らかさを失った。医師というよりも、野外で働く労働者のような風貌に近づいていった。

アントンは、治らない病気を持つ患者の苦痛を和らげ、最期まで付き添った。患者が死の恐怖に押し潰されないように、専門家として側に居続けた。治療法がない病気を医師が患者と共にどう受け入れるのか――。明確な答えはどこにもなかった。誰かが答えを教えてくれるわけでもなかった。

父は強い人だ、というのがヴィクトルの印象だった。時々は精神が折れ、愚痴を吐き、怒鳴り散らす日もあったが、患者の前では決して醜態を曝(さら)さなかった。それだけでも尊敬に値した。

海上社会は、もともと死と隣り合わせだ。海には凶暴な生物や毒を持つ生物がたくさんいる。うっかり触れると簡単に命を失う。アカシデウニがいなくても、海は危険な場所なのだ。

人間は唐突に死に、理不尽に死に、それを免れても時期が来れば老衰によって死ぬ。どの終わり方が来るかは選べないし、選べない以上、その運命を受け入れるしかない。海上民は、それをよく承知しているはずだった。

だからヴィクトルは、すべての海上民が人生について達観しているのだと思い込んでいた。患者とその家族が、粛々と現実を受け入れているように思っていた。その考えは、ある日、唐突に突き崩された。

その日、ヴィクトルの耳に飛び込んできたのは怒号に似た叫びだった。最初は喧嘩でも始まったのだろうと思った。船団の中では日常茶飯事である。些細な衝突が、怒鳴り合いから殴り合いまで発展するが、仲直りするのも早いのが海の民である。しかし、あとに続いた悲鳴と泣き声が、いつもとは違う異様な響きを含んでいた。何かがおかしい――と感じられる不吉さを孕んでいた。

診察の手を止め、乗っていた魚舟の上甲板へ出た。波間には大勢の魚舟が浮かんでおり、黒い平原が広がっているように見えていた。音だけを頼りに、泣き声が響いてくる方向を探す。見当をつけてから、移動用のボートに飛び乗った。ボートを進めていく途中で見た光景は、いつもの、のんびりとしたものだった。乾燥装置に魚が吊るされ、昼餉のために豆が煮られ、誰かが打ち鳴らす楽器の音が恋を語る歌と共に流れていた。

騒ぎが起きたとおぼしき場所で、魚舟たちは不愉快そうに歯を鳴らしていた。ヴィクトルのボートが近づくと、威嚇するように鋭い鳴き声を発した。

ヴィクトルは警笛を短く鳴らした。敵意がないことを魚舟に教える音信号だった。それでも、魚舟が嫌がって激しく身をよじったので大波が巻き起こった。ボートは木の葉のように波に押し戻され、もみくちゃにされた。

ふいに、よく伸びる太い歌声が、あたりに響き渡った。魚舟を鎮める〈操船の唄〉だった。穏やかに続く音の連なりに、魚舟は海中で振り回していた鰭と尾を、ようやくゆっくりと落ち着かせた。ガラスを引っかくような鳴き声を止め、クルクルと甘えるような声を出し始めた。〈操船の唄〉が終わる頃には、すっかり大人しくなっていた。

ヴィクトルはボートを近づけ、魚舟の傍らでエンジンを止めた。上甲板に向かって声を張りあげた。

「何が起きた？　急病人や怪我人がいるのか？」

上甲板の縁に中年男が姿を現した。男は放心した様子で海面を見おろした。ヴィクトルは、なぜか彼がこのまま身投げをするのではないかと感じて、思わず全身を硬直させた。

ヴィクトルは再び声をあげた。「あがっていいか。そこへ」

男は黙ってうなずいた。ヴィクトルは、ボートを魚舟の外皮にかけられた梯子（はしご）に係留して、上甲板まで登っていった。

上甲板には淀んだ空気が漂っていた。ひとりの女が倒れ、体を痙攣（けいれん）させていた。人々は何をするでもなく、黙って彼女を見おろしているだけだった。

ヴィクトルはすぐに駆け寄り、そして、彼女が病気で倒れたのではなく、泣いていることに気づいた。この広い世界に、もはや自分しか存在していないかのように、身をよじりながら泣き喚いていた。

「何があったんですか」ヴィクトルは家族に向かって厳しい声を出した。「誰か怪我でも？あるいは事故？」

「投げ込んでしもうたんだよ」小さな声で老婆が告げた。

「何を」

「病気の息子を、海へ」

「何だって？」

「ウニに刺された。まだ五歳だったのに」

「なぜ私たちに知らせなかったんです。医者は大勢いるのに」

「知らせても助からん。あの病気は一目でわかる。わかった瞬間、母親は覚悟を決めたようじゃ」

「まさか息があるうちに海へ……？」

老婆は沈黙を守っていた。そこまでは言葉にするまいと頑なに決めたように。

ヴィクトルは船縁へ駆け寄り、海を見おろした。魚舟が暴れていたせいで、海は激しく波立っていた。さっきまでボードが近づけないほど渦巻いていたのだ。五歳児など、すぐに海の底へ引き摺り込まれただろう。ウニ毒で体の変形が始まっていたなら、いくら海上民といえども泳げない。

なんという残酷なことを――という言葉を、ヴィクトルは喉の奥で堪えた。

自分たちが特効薬を持っていれば。

百パーセントではなくても、何らかの手段を備えていれば。

こんな悲しい現実を生み出さずに済んだのだ――。


その夜、ヴィクトルはなかなか寝つけなかった。昼間の仕事でくたくたになっているはずなのに、思考だけが、ぎらぎらと冴えていた。

人の死など、医大に行く前から何度も見てきた。医師になってからは、普通の人間なら目を背けるような現実も頻繁に体験してきた。今日見た家族が特別ではないのだろう。自分が知らなかっただけで、実は、ああいう家族は多いのではないか。

海へ投げ込まれているのは子供だけではあるまい。若い者、老いた者、家族にとってかけがえのない者、皆から邪険にされてきた者、愛された者、嫌われた者、皆、平等に排除されていったのだろう。

夥しい数の人間が重しをつけられ、次々と海の底へ沈んでいく――。その様子をヴィクトルは生々しく想像した。彼らはそのとき声をあげただろうか。塩水の中でもがきつつ、自分が生まれてきたことを呪っただろうか。家族を恨んだろうか。この海を激しく憎んだろうか。

医学は治す手段があるときしか役に立たない。治療法のない病気にはお手上げだ。治療が失敗した場合の家族の嘆きを、医師はどうにもできない。

ウニ毒に対する医師の手段は限られている。最初から診せない、頼りもしないという状況が当たり前になったら、自分たちは、これまで何のために働いてきたのかわからない。身を粉にして働き、医師自身も傷ついてきた結果が、この結末だというのか？

ヴィクトルは翌日からも同じように働いたが、これまでとは違う重苦しい疲労が、体の底に沈殿していくのを感じていた。

医師という職業に疑問を抱いたわけではない。

何も知らない人間よりも、医師は多くの命を救える。

だが、ここに居続けるのはつらかった。他の場所で働きたかった。治療が成功して人々が喜ぶような場所で。

感謝されたかった。喜ばれたかった。「ありがとう」という言葉をかけてくれる、患者の笑顔を見たかった。

患者の苦しみをすべて引き受け、共に進もうとしている父はりっぱだ。けれども自分にはできない。もう限界だ。耐えられない。

一ヶ月ほど逡巡した後、ヴィクトルは、いまの仕事を辞めたいと父に告げた。ここへ至るまでの心情をぽつぽつと語っているうちに涙が溢れてきた。拭っても拭っても、涙は止まらなかった。なぜ、こんなふうになってしまうのか自分でもわからなかった。わからないなりにも、自分がいつのまにか壊れてしまっていることに気づいた。

父は驚かなかった。引き留めもしなかった。「よく続けてきたな。りっぱだったぞ」と息子を誉め、力強く抱きしめた。「辞めたあとはどうする」

「あちこちを放浪してみたい。医療用具は持ち歩くよ。自分が医者だということを、おれはまだ忘れたくない」

「無理をするなよ。まずは、ゆっくりと体を休めるんだ」

「ああ。少しずつ調子を取り戻していくよ……」

2

外洋を移動するには機械船を使うしかないが、自分で船を操りながら世界中を回るのは大変だ。小型船は嵐に遭遇すれば簡単に沈んでしまう。救助される機会は少ない。備品が貧弱だと、人間は、あっというまに死んでしまう。

ヴィクトルは、最も費用がかからないルートを海図に赤線で描き加えた。客船だけでなく、貨物船や他人の魚舟も利用しながら、世界中の海を巡る計画を立てた。診察によって金を稼ぎ、宿や食事を得る旅である。儲けた金で医薬品を購入して、質素な旅を続けていく。ヴィクトルのタグには医師免許のデータが入っている。どこへ行っても、タグを読み取らせれば医薬品の購入は簡単だ。

海上世界を渡り歩くフリーの職業人は多い。エンジニア、魚舟専門の医師、金属・石材・大型生物の骨の加工士、居住殻内を磨く掃除屋、居住殻の破損を直す修理屋、等々。海上生活での要求に応えるため、定住先を持たず、回遊魚のように各海域を巡っている。

ヴィクトルは海上市に立ち寄ると、食堂や飲み屋で、こうした人々と顔を合わせるようになった。旅を始めた頃は疲労と飢えから食事をがっつくばかりだったが、少し余裕が出てくると、皆の様子を観察して、会話の端々から情報を拾えるようになった。

〈大異変〉の告知は旅の途中で知った。

世界中を駆け巡った情報は、嘘とも本当ともわからないレベルまで誇張されていた。地球惑星科学はヴィクトルの専門外である。真偽を見抜くのは難しかった。

そもそも、心に、ずしんとくる実感が湧かなかった。

不安が胸中で渦巻いたのは確かだ。しかし、壮大過ぎる異変に想像力が追いつかなかった。ホットプルームの上昇によるマグマ形成など、人類はまだ一度も経験していない。キンバーライトマグマの噴出すら、人類は有史以来見ていないのだ。

これらによって人類が滅びるなど、夢のような話に思えた。

ほとんどの人間にとって、遠くにある〈大異変〉よりも、眼前の飢えと死のほうが深刻だった。ヴィクトル自身も同様に、明日の食事や患者の生死のほうが切実な問題だった。

ヴィクトルの素性がよく知られるようになると、食堂で会う人々は積極的に情報交換を望み、時には忠告をくれるようになった。

「ラブカに気をつけなよ。あいつらは医師を見つけると攫っていくから」

「なぜ？」

「自分たちの専属にするためさ。海賊行為は生死に関わるから、現場に医者がいると助かるんだな」

——ラブカか。

腹の底で、ざわりと不安が蠢いた。

旅先での危険はいろいろあるが、ラブカに拉致され、彼らの闘争に引き摺り込まれる可能性までは考えていなかった。

どう対処すればいい？　と訊ねると、相手は銃を持てと教えてくれた。

「ここらで買えるのか」

「まっとうな店が一軒ある。そこへ行ってみな。他はだめだぞ」

店の名前と道順が書かれた海草紙をもらって、それを頼りにヴィクトルは街を歩いた。露天商がひしめく狭い通りを進んでいくと、薄汚れた看板を吊るした店が見えた。扉を開いて中を覗いた瞬間、圧倒された。

カウンターの奥の棚に、ナイフと銃がずらりと陳列されていた。自分のような素人が入っても大丈夫だろうか、と躊躇するほどに物々しい雰囲気だった。が、より広い海域を渡るには、銃を持たないままに旅を再開するのは確かに危険なのだ。

扉を押して足を踏み入れた。

店長が明るい調子で「いらっしゃいませ」と声をかけてきた。

棚には小銃から拳銃までなんでも揃っていた。弾薬の箱も豊富だった。海には凶暴な大型生物が多いので、サメ撃ち用の銃や弾を常備している海上民は多い。とはいえ、銃は買うのもメンテナンスも金がかかる。備品として持てない船団も多い。そういう集団が海上強盗団(シガテラ)から狙われやすい。

店主は愛想よく微笑み、ヴィクトルに向かって声をかけた。「お客さん、うちは初めて？」

「食堂で聞いてきた。ここがいいって」

「撃った経験は」

「ない」

「普段の仕事は」

「医者だ。護身用に一丁欲しい」

「だったら軽いのがいいね」

店主がカウンターに載せた銃を見て、ヴィクトルは拍子抜けした。「こんなに小さくて大丈夫？」

「お客さんの体格なら、最初はこれから始めたほうがいい。小さくてもオートマだ。十発も連射できる」

「このサイズでも人を殺せるのか」

「当たる場所によるね」

「死なないこともあるわけか」

「殺すつもりがないなら、銃を持つのはやめたほうがいい。見せるときは撃つときだ。一瞬の迷いで自分が死ぬ」

「なるほど」

「練習していくか」

「ありがとう」

狭い店だと思っていたが、階段を降りると地下射撃場に出た。標的から少し離れた場所に銃を置く台があり、古びた防弾チョッキと耳あてが載っている。

定位置から見た標的は小さく、頼りなかった。

ヴィクトルが防弾チョッキを装着し終えてから、店主は弾込めを手ほどきした。スライドを引いて初弾を薬室へ送り込む。「最初の十発はサービスだ」

「いいのかい」

「気にするな」

銃の持ち方と狙い方を教えてもらい、ゆっくりトリガーを絞っていくと、ある時点で突然衝撃が来てヴィクトルの両腕と体を揺さぶった。発射音は、耳に来るというよりも直接頭蓋骨に響いてきた。自分で撃ったというよりも、機械の仕組みによって勝手に撃たされた感覚に近かった。

的には当たらなかったが、銃から生み出された力強い反応に心が震えた。体の底に潜んでいた何かに火がついたような気分だった。ヴィクトルの船団では銃を使う人間は限られており、ましてや子供が触る機会はなかった。危ないから触らせなかったというよりも、あれは、子供が銃に魅入られないようにするための配慮だったのではないか——とヴィクトルは初めて思い至った。「どうやったら当たるんだ」

「よく狙え」

「だから、どうやって」

「ひたすら練習するんだ」

室内の換気が悪いせいで、連射していると全身に汗が滲んできた。十発では物足りなかったので、もう少し弾を買い足した。撃ち終えた頃には、シャツの襟も背中も気持ち悪いぐらい濡れていた。スライドを引いた状態で銃を台に戻し、ポケットから柔布を出して顔の汗を拭う。「何発当たったのかな」

「四発。一番点数が低い場所に」

「おれは才能がないいな」

「そのうち慣れるよ」

そのとき、長ズボンに袖無しのシャツというラフな格好の男が階段を降りてきた。赤銅色の肌は油を塗ったように艶やかで、精悍な雰囲気を放っていた。太い眉の下で目が鋭く光っていたが、口を開くと軽やかで優しい声が放たれた。「珍しいな。初心者に教えてるのか」

「触ったことがないらしいから」

男は床に降り立つと、台の上に横たわる銃を一瞥(いちべつ)した。それから的を見やって「なるほど。本当に初心者だ」とつぶやいた。ヴィクトルのそばに近づくと、微かに鼻を鳴らした。「あんた、お医者さんか」

「なぜわかる」

「消毒薬と血の匂いが残ってる。香油を使うぐらいじゃ消えないぜ。歳のわりには熱心に働いてきた様子だな」

「南洋にいたんだ。アカシデウニに刺された患者を診ていた」

「そりゃすごい。よくあんな惨状に耐えられたもんだ」

「見たことがあるのか」

「ああ。思い出すのも恐ろしい」

男は自分の腰から大きな拳銃を抜いた。回転式の弾倉を持つ銃だった。耳当てをしながら言った。「手本を見せてやるよ。銃というのは、こうやって撃つんだ」

ヴィクトルと店主は壁際へ寄り、男が撃つ瞬間に備えた。

片手撃ちで六発。派手な銃声が連続した。上手な撃ち方とはこういうものかと、ヴィクトルは感心しながら眺めていた。銃身はほとんど跳ね上がらず、弾は、的の中心にびしびしと当たっていく。

男は全弾を撃ち終えると、排莢(はいきょう)し、ポケットから新しい弾を出して弾倉へ込めた。ヴィクトルを振り返り、にやりと笑った。「どうかな」

「すごい」

「先生、このあとの予定は」

「予定？」

「仕事の予定だ。誰かに雇われているのか」

「いや、フリーだ。ひとりで世界中を回っている」

「旅行中なのか」

「放浪しているんだ。なるべく、たくさんの病気を診たくて」

「じゃあ、おれの船に来ないか。長期航行船なんだが、常勤の医師がいなくて困ってるんだ」

　まさかラブカではないだろうなと思いつつ、ヴィクトルは訊ねた。「貨物船？」

「警備船だ。シェンドゥガルドという警備会社を知っているか」

「聞いた覚えはある」

「海軍の代わりに、海上強盗団（シガテラ）やラブカから商船を守るのが仕事だ。おれたちはそこの下請けだ」

「民間企業なのに、そこまでやっていいのかい」

「海上強盗団（シガテラ）やラブカだと確認が取れれば、いくら撃っても構わんのさ」

「そのときに怪我人が出たら診ればいいんだな」

「いや、普段の撃ち合いではほとんど被害は出ない。こちらの火力のほうが勝っているから。それよりも、航海中の急病や、日常生活での怪我のほうが困る。海洋生物の毒にやられたときも」

「仕事の危険度は」

「戦闘になったら、先生は医務室に引き籠もっていればいい。実質、被害はゼロだね」

「報酬はどこから?」

「シェンドゥガルドに人件費として請求する。雇うのが医師なら書類も通りやすい」

男は銃を腰に挿し直すと、右手の甲を前へ差し出した。皮下デバイスが、アラベスク模様のような社員証を浮かびあがらせた。ヴィクトルはリスト端末で相手の情報を読み取った。甲高い音が鳴り、社員証が正式なものであることを確認した。ヴィクトルも同じように、自分のタグを相手に読み取らせた。

確認作業が終わると、男は握手のために右手を差し出した。「よろしく、ヴィクトル・ヨーワ」

「こちらこそよろしく、ジョン・アレナス」

「生粋の海上民か?」

「そうだ。北半球から来た。〈朋〉はいない」

「おれにも〈朋〉はいない。この仕事を始めるまで、赤道を越えたことすらなかった」

「警備船の船長はどんな人間だ?」

「おれが船長だよ」

売り場へ戻ると、店主は弾が入った箱をテーブルに載せ、装弾していくかと訊いた。ヴィクトルはうなずき、カウンターの上で自分の拳銃に弾を込めた。

ジョンはカウンターに肘をつき、「おれも弾が欲しい。一箱くれ」と言った。「最近、でかい獲物は来ているか」

店主は棚から箱を降ろしながら言った。「一目で海上強盗団(シーガーテーラ)やラブカだとわかる奴はしょっちゅう来る。海軍が武器の販売ルートを潰しているから、こういう場所へ来るしかないんだ。通報したほうがいいかね」

「いや、泳がせておいてくれ。いずれ、ここにも厳しい手入れが入るだろう。そのときに密告したほうが金になるぞ」

「確かにな。それまでは連中から稼がせてもらおう」

「そういうことだ」

船着き場で見あげた警備船は、商船とは違って角張った外観だった。大型クルーザーに似ているが、ブリッジ以外に窓がひとつもない。

舷梯(げんてい)を登って船内へ入り、狭い廊下を歩いていくと、その先に医務室があった。診察場の奥にはベッドの入った小部屋があった。医者は医務室で寝泊まりするらしい。

「食事の時間になったら呼びに来る。いまは、皆、街へ散ってるんでね」

「シャワーは使えるのか」

「廊下を出た突き当たりにある。海水真水変換装置を経由しているが、フィルターが高価であまり交換できない。節水を心がけてくれ」

「ありがとう」

ヴィクトルはひとりになると薬品棚の中を調べた。医薬品と道具はよく揃っていた。簡単な手術ぐらいはできそうだ。在庫に荒れた気配はなく、前任者が辞めてから日が浅いのか、あるいは、大切なものは専門家以外には触らせないように教育が行き届いているのかもしれない。居心地のよさそうな船だった。

夕方、ジョンは船長服姿でヴィクトルを迎えに来た。昼間のラフな格好からは想像もつかない堅苦しい姿だった。半袖の制服は肩章や襟章で飾られ、輝くように白い布地は、ジョンの逞しさをいっそう目立たせていた。

食堂には、ジョンと同じように白い制服の男たちが揃っていた。ジョンがヴィクトルと共に入室すると、彼らは一斉に姿勢を正した。

ジョンは皆の前へ立つと、よく響く声で告げた。「本日より、我がルフコン号に新しい医師が着任する。ヴィクトル・ヨーワ先生だ。我々と同じく海上民で、ベンガル湾の海上都市・アクティニー04付属医大卒。専攻は総合診療科なので、どんな病気でも診て下さる。なんでも遠慮なく相談するように」

早速、明るい声で質問が飛んだ。「なんでも、なんでも診てもらえるんですかっ」

ヴィクトルは神妙な面持ちで答えた。「はい、なんでも診ます」

「記録が残ると困る場合には――」

「秘密は厳守します」

「でも、カルテが残るんでしょう？」

「その場合、カルテは私の頭の中だけに。いくら皆さんの奥様や恋人でも、ここまでは覗けないでしょう」

　食堂いっぱいに笑い声が響いた。一通りの挨拶が済んだ後、ヴィクトルが簡易食を載せたトレイを持って席につくと、船員たちが次々と質問を浴びせてきた。

「先生、歳はいくつ？」

「二十八」

「えっ。もっと年上だと思ってたよ」

「昔から、よく老けて見られるんだ」

「家族は」

「自分では持っていない」

「N？」

「あれは陸の社交記号だろう。おれには関係ないよ」

「でも、陸上民に混じって、大学で勉強したんだろう？」

「おれは海の仲間を助けたくて医者になったんだ。陸の社会なんてどうでもいい」

「じゃあ、どうしてこの船に？」

「船長に声をかけられてね。面白そうだからついてきた。あ、面白いという言い方は、まずいのかな」

「気にしないでくれ。おれたちも面白がってるんだから」

「どうやって、海上強盗団（シーガンテラ）やラブカを退治するんだ？」

「魚舟に追跡用のタグを撃ち込むのさ。こちらは魚雷を持っているから、居場所さえわかれば一撃必殺だ」

「海上強盗団（シーガンテラ）とラブカの区別はつくのか」

「そのあたりは難しくてね」

「じゃあ十把一絡（じっぱひとから）げに攻撃か」

「本音を言うと、英雄視されているようなラブカには手を出したくない。おれたちだって海上民だ。応援したい連中はいるんだ」

「単なる海賊と革命の徒は分けたいと？」

「そういうこと。陸が、さっさと和平交渉を進めてくれるのが一番いいんだ。海上闘争なんて迷惑なだけだ。だが、ラブカは自力では止まれない。海の民としての意地と誇りがあるからな。おれたちが止めてやるしかないんだ」

　戦闘はさほど頻繁には起きなかった。開始前には必ず船内で警報が鳴ったので、耳を聾（ろう）するような音が響き始めると、ヴィクトルは医務室に閉じこもった。

銃撃音や機雷の爆発音は室内まで生々しく響いてきた。

ルフコン号では戦闘による負傷者はいつもゼロだった。あるとき、ヴィクトルは自分から甲板へ出てみた。ひと仕事終えた警備員たちが談笑しながら船室へ戻るところだった。警備員たちはヴィクトルに気づくと「先生の出番はないぜ」と笑い、彼の背中を次々に叩いてすれ違っていった。

ヴィクトルは船縁から海を見おろした。

沈みきっていない魚舟の巨体が波間に浮かんでいた。腹を上にして波に洗われ、なぜ自分がこんな目に遭うのかわからない――とでも言いたげに、切れ切れに低い鳴き声を洩らしていた。周囲に流れ出した血の量を見れば、さほど保たないのは明らかだった。

波間に人の姿はなかった。海賊たちは機銃や機雷で粉砕され、魚に食われている最中なのだろう。

――魚舟まで攻撃してしまうのか。

当然の対処とはいえ、現実の光景として見せつけられると口の中が苦くなった。嫌な汗が背中に滲んだ。自分の〈朋〉が殺されたような気分になった。

――海の安全を守るためには、ここまでやってしまうのか……。

仕方がないのだと警備員たちは言うだろう。海上強盗団（シガテラ）は放っておけば力の弱いコミュニティを襲う。ラブカは陸上民の貨物船を襲う。食い詰めた連中に怖いものはない。奪わなければ自分たちが餓死するだけだから、突撃して死んでも本望なのだ。そして、死ねば、確かに苦しみからは解放される。癒えることなく病み続けるこの社会から、速やかに、フェイドアウトできるのだから。

3

ある満月の夜だった。

銃の発射音を聞いたような気がして、ヴィクトルは目を覚ました。

これまで、夜中に交戦したことはない。鳴り止まない銃声に、胸の奥がじわじわと冷えてきた。異様な雰囲気を感じ取り、ヴィクトルは抽斗（ひきだし）から拳銃を取り出した。素早く服を着替えた。そうするべきだと直観が命じていた。

銃を手にしたまま、室内でじっと佇んだ。

すると、銃声が止んだ直後、突然、目の前のドアが蹴破られた。灰色の装甲を身につけた者たちが室内へなだれ込んできた。装甲は頭部まで覆い尽くし、銀色のプレートが目元を保護していた。ひとりだけ、カニのような朱色の装甲をまとっている者がいた。

ヴィクトルは「動くな」と怒鳴って男たちに銃口を向けた。

医者が武器を持っているとは想像していなかったのか、カニ男たちは驚いたように立ち止まった。ヴィクトルは、まだトリガーを引かなかった。銃があっても不利であることは一瞬でわかった。先方の筒先はすべて自分に向いている。相手が撃ってこないのは「銃を捨てろ」という無言の圧力であり、それを無視してトリガーを引いた瞬間、ヴィクトルは蜂の巣になるに違いなかった。

朱色の装甲をつけた男が訊ねた。「ヴィクトル・ヨーワ先生？」

「おまえに教える必要はない」

「殺さないで連れてこいと言われた。銃を下ろしてくれれば、おれたちも撃たない」

ヴィクトルはしばらく躊躇った後、銃口を下ろした。血路を開くよりも、船内の状況を知りたいという欲求のほうが強かった。

朱色の男が銃を渡せという仕草をしたので、仕方なく相手の掌に乗せた。直後、手を後方で縛られた。

廊下からブリッジへ移動していく途中で、いくつもの死体と遭遇した。昨日まで親しくじゃれ合っていた警備員たちが、冗談のように血だまりの中に突っ伏していた。

皆、銃を手にしていた。現場には激しく撃ち合った痕跡があった。闘わなかったのではない。ただ、勝てなかったのだ。

死んでもなお、皆は、痛みを訴えるような顔をしていた。無念に満ちた感情が皮膚に貼りついていた。痛い、苦しい、と訴える幻聴がヴィクトルのこめかみを締めつけた。激しい吐き気と眩暈（めまい）が起きて足元が危うくなった。死が自分の中にも押し入って来るのを感じた。無数の冷たい手が肩や足を摑んで、ヴィクトルの歩みを滞らせた。

　ブリッジには灰緑色の装甲をつけた男たちが集まっていた。朱色の男が進んでいくと、灰緑色の男は「例の医者か」と訊ねた。

「そうだ。銃は取りあげた」

　室内にも死体が散乱していた。操船用の計器が被弾している様子から、船を奪うのが目的ではないとわかった。最初から警備員を皆殺しにするつもりで乗り込んできたのだ。弾薬や備品を奪うだけなら、船そのものを破壊するような真似はしない。

「先生……」

　微かな声を耳にして、ヴィクトルは、ジョンがまだ生きていることに気づいた。血まみれになって倒れていたが、声を出せるなら助かる見込みはある。ヴィクトルはジョンに駆け寄り、傍らに両膝をついた。

「大丈夫か。どこを撃たれた」

「腹を……」

　この部位ならすぐに処置すれば助かるはずだ。臓器や動脈を外れて、どこかで弾が止まっているなら。

　だが、男たちは、ヴィクトルを強引に後方へ引き摺った。ヴィクトルは身をよじって抵抗した。「手当てをさせてくれ。あのままだと死んでしまう」

　誰も訴えを聞かなかった。朱色の男はジョンに近づくと、銃口をあげて頭に狙いを定めた。

ヴィクトルは声を限りに叫んだ。「そいつを殺したら、おれは自殺するぞ！」

朱色の男は手を止め、ヴィクトルを振り返った。「では、こいつを助けたら、先生はおれたちの船に乗るか。仕事をしてくれるか」

「何の仕事だ」

「おれたちの船医になって欲しい」

「なんだって……」

「おれたちはラブカだ。世界中の陸上政府に抗議し、海上コミュニティを助けるために闘っている。行動を共にしてくれる優秀な医師が欲しい」

「一般人を殺しまくって、何が〈政府と闘っている〉だ。くだらん！」

「では、こいつを殺してもいいのか」

自分の無力さに眩暈を覚えた。怒りのあまり体が震えてくる。「本当に助けてくれるんだな」

「約束する」

ジョンが弱々しく声をあげた。「だめだ、先生……。こいつらが何をやったか見ただろう……。約束なんて守るはずがない……」

朱色の男は、ジョンが何を言っても無視して、大人しくヴィクトルの返答を待っていた。

自分たちは粗暴なだけの海上強盗団とは違う、と無言のうちに威圧しているかのようだった。

まずは言葉で解決しようじゃないか、と。

「わかった。あんた方の専属になろう」

「ありがとう」

「縄をほどいてくれ。まず、船長の手当てをしたい。手術が終わったら、おれは船長を連れて、あんた方の船へ移動しよう。医療用具を医務室から持ってきてくれ。ボックスにまとめてあるから、すぐにわかるはずだ。手術服はロッカーにある。洗濯が済んでいるものを出してくれ。必要なものが増えれば追加で指示を出す」

　ラブカたちはすぐに動き出し、指示通りに物品を揃えて戻ってきた。

　ヴィクトルはジョンを仰向けにすると、鋏で服を切り裂いた。傷口を露わにして、柔布で血を拭い取りながら銃創の様子を確認する。

　周囲から覗きこんでいる男たちに向かって告げた。「あんた方は出て行ってくれ。気が散るし、不衛生だ」

「それは困る」

　メスを手に取ると、ヴィクトルは刃先を自分の頸動脈に向けた。「おれはいつでも死ぬつもりだからな。指示を聞けないなら、さっきの約束は反故だと思え」

「仕方がないな。手早く済ませてくれ」

「言われなくても急ぐさ」

　ラブカが全員退室すると、ヴィクトルは手術を始めた。局所麻酔だけでジョンの腹部を切り開き、弾を探した。ジョンは痛がって何度も叫び声をあげたが、痛みと出血のせいで途中から気を失った。呼吸が止まっていないことを確認しながら、ヴィクトルは処置を続けた。弾は腹直筋で止まっていた。慎重に引き抜き、細胞形成促進剤を注入した。溶融型のクリップで固定し、治療シートで覆う。あとは、本人の体力が回復への坂道を登らせるはずだった。その場から立ちあがると、気が抜けたせいか立ちくらみがした。半ばよろけながら廊下へ出た。

外では、ラブカたちが退屈そうに待っていた。

「終わったよ」と声をかけて医務室へ戻ろうとしたヴィクトルの腕を、灰色の男が摑んだ。

「待て。どこへ行く」

「この格好で、あんたらの船に乗れるかね」

ヴィクトルは血まみれになった手術服を相手に見せつけた。「着替えぐらいさせてくれ。持ち出したい荷物もある」

「では、おれたちもついていく。隠し武器を持ち出されちゃたまらん」

警備船から離れる前、死んだ警備員たちを一ヶ所に集め、布をかけた上でお別れをさせて欲しいと頼んだが、聞き入れてもらえなかった。ヴィクトルは再び後ろ手に縛られ、上甲板へ急き立てられた。

満月に照らされる中、積み荷の持ち出しが行われていた。二隻の救命ボートが既に荷物でいっぱいになっていた。

ジョンは担架でボートへ運び込まれ、ヴィクトルも同じ船に乗せられた。怪我人を運ぶラブカの仕草は丁寧で静かだった。あれほど残虐なことをした男たちと、同一の人間とは思えなかった。

救命ボートが海面まで降ろされると、ヴィクトルは目を凝らして暗い海の彼方を見つめた。小さな灯が漁り火のように燃えていた。

おそらく、その方向に母船がいるのだろう。

到着先の母船は、さほど大きな機械船ではなかった。よくこんなもので警備船を襲う気になれたものだと呆れるほどだった。

ボートから母船へ移るとき、海面下に何かが潜んでいる気配を感じた。小型潜水艇か、魚舟か。暗いので正体はわからないが、波の動きから、かなりの数がいるとわかる。機械船自体は小さくても、襲撃に充分な人材は揃えているようだ。

舷梯を登って船内へ入ると、廊下で厳めしい、ごつい体つきの男たちと何度もすれ違った。そのたびに睨めつけるような視線を浴びた。荒々しく饐えた匂いを発散している男たちは、目の色や髪の色はまちまちだった。出身海域の異なる海上民が大勢同居しているらしい。女の姿はなかった。いたとしても、これでは碌な扱いを受けないだろう。

案内された先は船長室だった。壁はすべて戸棚で埋まり、部屋の中央には大きなテーブルが床に固定されていた。壁際には簡素なベッドがひとつ置かれ、そばに戸棚があった。

部屋の隅で、背の高い男が、とまり木で羽を休めているオウムの背をなでていた。南国で採れる黄緑色の果実のような鳥だった。五十センチほどの大きさがあった。頭部に真っ赤な冠羽が立ち、湾曲した鋭い嘴は黒曜石の如く輝いていた。

　男の服装は荒布で作った貫頭衣を太いベルトで絞るスタイルだった。丈の長い臙脂色の上衣は潮焼けで色褪せており、薄汚れた袖や裾は擦り切れていた。オウムをなでている手の爪は灼けた肌の色とは裏腹に薄いピンク色を呈し、体つきは平均的な海上民の男を悠々と上回るほどに逞しい。後ろで括った長い髪は脱色したように赤茶け、顔に刻まれた複数の引き攣れた傷跡は、年を経た巨木の姿を連想させた。ヴィクトルは、なぜか突然、医大のキャンパスに生えていた藤の木を思い出した。ボロボロになりながらも、毎年、豪奢に藤色の花をつけていた大樹の姿を。

「チェーフォ、予想通り、常勤の船医がいました」

　朱色の男はヴィクトルの背を押して、チェーフォと呼ばれた男の前へ進ませた。チェーフォとは人名なのだろうか、それとも地位を示す言葉なのだろうか――と思いながらヴィクトルは歩いた。普通の海上コミュニティでは使わない単語だ。ラブカだけが使う言葉なのだろうか。

　朱色の男は続けた。「若いわりには性根が据わっています。銃で脅しても泣きません、命乞いもしません」

　チェーフォと呼ばれた男は、潰れたような声を喉の奥から洩らした。「世間知らずなだけじゃないのか」

「銃創の処置をひとりでこなしました。腕は立ちます」

「手術はできても患者が死んだら意味がねぇ」

相手がオウムのいる場所から動こうとしないので、ヴィクトルはさらに前へ進まねばならなかった。ある程度まで距離を縮めると、オウムが突然「ギャアッ！」と、ものすごい声で鳴いた。

ヴィクトルは思わず飛びあがり、立ちすくんだ。

男は嘲るような笑い声をあげた。「ほら見ろ、ホークの声だけで肝を潰しやがった」

朱色の男は困惑したように言った。「ホークの声を聞いてびっくりしない奴なんていませんん」

恥ずかしさに頰を上気させながら、ヴィクトルは強い口調で告げた。「おれは、この赤い奴に船に乗ってくれと頼まれたからここへ来た。だが、あんたが気に入らないなら、いる理由も必要もないな。すぐに下船させてもらう」

「誰が降りていいと言った」

男はオウムの側から離れると、ヴィクトルに近づき、いきなり胸倉を摑んだ。息がかかるほど顔を近づけられたヴィクトルは、思わず顔をしかめた。発酵した魚に蜜酒が混じったような臭気が押し寄せてきて、むせそうになった。

男は言った。「おまえが降りる時期を決めるのはおれだ。おまえに決める権利はない」

「そうですか」目だけは相手に向けたまま、ヴィクトルは言った。心の中で毒づいた。歯ぐらい磨け、この乞食野郎。

「早速だが患者が待っている。診てやってくれ」

「どんな症状？」

「腕が腐ってきた。切り落として欲しい」

「いつから放っていた」

「おれたちの暮らしは、常勤医を乗せられるほど贅沢じゃねぇんだ」

「冗談じゃない。さっさと陸へあげればよかったんだ。自分の部下だろう。可愛くないのか」

「陸へ上がったら、おれたちは縛り首だ」

「それは自業自得だ」

「うるさいな。先生、あんたも患者にしてやろうか」

「おれが患者になったら、いまベッドの上でのたうち回っている奴は助からんぞ。それでも構わないならやってみろ」

男はヴィクトルから手を離すと、ふいに深々と頭を下げた。「……もう痛み止めも効かんのだ。呻き声を聞くだけで、神経をやられそうになる者もいる。なんとかしてやってくれ」

ヴィクトルは苦々しい表情で、朱色の男のほうへ振り返った。「医務室へ案内してくれ。すぐに診るから」

一日に二度も命にかかわる手術をするとは、勤務医なみのスケジュールだ。ヴィクトルは、うんざりしながら、医務室で患者の傷を確認した。

患部が壊疽を起こしていた。撃たれたあと抗菌剤が足りなかったのだろう。戦闘に明け暮れているラブカには、よくあることに違いない。

問診しても患者からの反応は芳しくなかった。うわごとのように「痛い痛い」と繰り返すばかりだった。飢餓状態の人間のように目が落ち窪み、頬がげっそりとこけていた。

ラブカたちの手を借りて、患者を手術台へ移動させた。医務室の奥に別室があったのは幸いだった。帆船時代ではあるまいし、不衛生な場所で腕を切り落とすなど、ぞっとしない。

全身麻酔を施してから、薄汚れた包帯をほどき、二の腕を露出した。肩関節からの切断を覚悟していたが、上腕骨切断で済みそうな雰囲気だった。これなら義手をあてがいやすい。電子式の高価なものなどいらない。シンプルなもので充分だ。きちんとした義手は海上市へ寄らねば買えないが、それまでは棒きれで代用させればいい。

汗だくになりながら、骨鋸で上腕骨を切り落とした。切断面に化学処理を施して、人工細胞と人工皮膚で傷口を包み込む。でこぼこができないように丁寧に形成する。ここをうまく作っておかないと、義手をつけるときに接合面が合わず使いづらい。

人工血液と修復用分子機械に助けられているとはいえ、こんな状況下では、手早く終えねば患者への負担は大きい。急いで処置したつもりだったが、結局、トータルで一時間十五分もかかってしまった。海上都市の最先端技術を使えば二十分で終わる術式が、ここではこの有様だ。

　血染めの手術服を脱いで丸め、脱衣籠に放り込んだ。手術道具を洗い、煮沸消毒用の容器に納める。

　一段落つくと、どっと疲労が押し寄せてきた。激しい睡魔に襲われ、目が回った。医務室の空きベッドに倒れ込みたかったが、ジョンも診なければならないので、気力を振り絞って廊下へ出た。

　驚いたことに、例のチェーフォがひとりで待っていた。手術の間、ずっと待っていた様子だった。さっきのオウムが右肩に乗っていた。よほど、オウムを手放したくないと見える。

「済んだよ」と声をかけると、男はオウムを左腕に乗せ直して、右手をヴィクトルに差し出した。「ありがとう、先生」

「仕事だからね」

「バハリキースと呼んでくれ。おれの名だ」

「おれはヴィクトル・ヨーワ。陸の医学を知っているが、海上民だ」

「腕はどれぐらい切った？」

「上腕部を少し残した。切断面にはケミカル処理を施したから、幻肢痛に悩まされることはない。ただ、鎮痛剤が充分にないから、薬が切れたら痛がるだろうな」

「酒を飲ませても大丈夫かね」

「無茶を言うな。傷口が塞がらんぞ」

「酒を飲むと痛みを忘れるような連中なんだ」

「そんなやり方で我慢させるから悪化したんだ。アルコールは免疫機能をダウンさせる。死なせたくなかったら、おれの言う通りにするんだ」

「じゃあ、今日はそういうことにしておくよ」

「他に患者は？」

「なんだと？」

「どうせ他にもゴロゴロいるんだろうが。粗末な手当てだけで我慢させるなんて、あんたは統率者として最低の野郎だ」

バハリキースは呆れたようにヴィクトルを見ていたが、やがて、腹を抱えてゲラゲラと笑い出した。

不機嫌になったのはヴィクトルのほうだった。「怪我人、病人、全部医務室まで連れてきてくれ。こんな物のない環境で手足を切り落とすなんてもうごめんだ。悪化しないうちに全部診る」

幸い、手術をした男ほど状態の悪い乗組員はいなかった。だが、予想通り、全員が何らかのトラブルを抱えていた。骨折や捻挫を放置し、変形が固定してしまっている者もいた。指を失ったあとを焼いてしのいだと思われる者もいた。傷の様子から察するに、例の装甲は結構頼りないものであるらしい。防刃・防弾というよりも、移動中に火器を湿気から守るために使っているのだろう。

　古傷の中には、戦闘で受けたというよりも、仲間や対立勢力、あるいは政府当局から受けた拷問の痕跡ではないかと想像できるものもあった。

　ババリキース自身は、ヴィクトルの診察を断った。「おれは風邪ひとつひいたことがねぇんだ」と言ったが、顔の傷の凄まじさから察するに体中傷だらけなのは間違いない。だが、それに触れるのは、彼の内面に触れることにもなるのだろう。ヴィクトルは大人しく引き下がった。命を粗末にしたいなら、勝手にすればいいのだ。

　ジョンは普通の船室に放り込まれていたので、ヴィクトルは「彼も医務室へ運びたい」とババリキースに訴えた。「治療は一ヶ所でしたい。そのほうが効率がいいから」

「逃げる相談も一ヶ所でするほうがいいな」

「この怪我で動かせるもんか。逃げたくても逃げられんよ」

「だが、こいつが動けるようになる時期を見分けられるのは先生だけだ」

「機械を修理しているんじゃないんだ。人間の体は、そう簡単には回復しない。頼むから、おれを信用してくれ。おれはあんたの部下を助けたんだぞ」

　ヴィクトルは苦労の果てにババリキースを説き伏せ、ジョンを医務室へ移動させた。

　腕を失った男は、一日の大半を眠り続けていた。

　医務室のベッドの上で、ジョンはゆっくりと目を開け、かすれた声でつぶやいた。「すまない、先生。医務室に先生がいると教えてしまったのはおれだ。隠し通したかったが、腹の傷を痛めつけられて耐えきれなくなった……」

「いいんだ。船長が黙っていても、おれはいずれ見つかっただろう。あいつらは徹底しているから」

「おれ以外の警備員は？」

「たぶん、全員……」

「そうか――」ジョンはつらそうに首を傾けた。「おれの責任だ。あいつらに夜襲を成功させるなんて」

「監視装置もあったのに、なぜ防げなかったんだろう」

「連中の船は電子的に迷彩できるようだ。海上民が、あんな高性能の機械船を持っているなんて……。これまでとは違う連中が台頭しているのかもしれん」

「警備員の中には、ラブカに敬意を抱いている者だっていたのにな」

「仕方ないさ。連中から見れば、おれたちは陸側の犬みたいなもんだ」

「あんたの回復を待ってから脱走するぞ。いいな」

「ああ。それで失敗して死ぬなら本望だ」

「リーダーのバハリキースは、多少は頭が回る人間のようだ。おれたちが脱走の機会をうかがっていることに気づいている」

「どこまで騙せるかな」

「何としてでも生き延びよう。こんな船で連中と共倒れになるのはごめんだぜ」

腕を失った男は、ケミカル処置のおかげで幻肢痛は出なかったが、痛み止めが切れるとうるさく喚き始めた。熱も出した。抗生物質と消炎剤を飲ませながら様子を見るしかなかった。ジョンも同じ症状を呈し、気を紛らわせるために酒を欲しがったが、ヴィクトルは厳しく禁じた。

医者として渡り歩く旅の中で、ヴィクトルは、いつも無理のない範囲でしか患者を診てこなかった。手に負えないとわかると、海上都市や陸の医療機関へ移送させた。自分の腕と医薬品の在庫量が釣り合う場合だけ仕事をした。

在庫不足の状態で遣り繰りするのは、南洋にいた頃の診療に近い。ラブカは民間療法で使う材料も備えていたが、薬効成分が微量で効きが悪かった。長期間処方し続けて、やっと効くか効かないかという代物である。これでは薬とは呼び難い。

痛みは人間の精神を荒(すさ)ませる。それを側で見守るヴィクトルも影響を受け、神経がささくれだった。怪我人に当たるわけにはゆかないので、健康な連中に八つ当たりする結果になった。

あるとき、簡易食糧の配分や水浴びの順番で揉め、ヴィクトルはラブカたちと殴り合いになった。喧嘩慣れしている連中に、へなちょこな医師でしかないヴィクトルが勝てるはずはなかった。壁の前でへたり込んだヴィクトルを、ラブカたちは足蹴にして倒し、背中から踏んづけた。「面倒を起こすなよ、先生。次は殴られるだけじゃ済まないぜ」

顔にどす黒い痣(あざ)を作り、口の端に血を滲ませた状態で医務室へ戻ると、ジョンがベッドの上で心配そうに顔をしかめた。「どうした。拷問でも受けたのか」

「ただの喧嘩だ」ヴィクトルは椅子に身を投げ、処置台の上からガーゼと消毒薬を取った。血を拭き、痣に消炎シートを貼りつけた。治療を終えると、ぐったりと椅子の背にもたれかかった。

――疲れた。こんな船は、もう出て行きたい……。

ベッドの上から、片腕の男が声をかけてきた。「先生、無茶をしちゃいけねえ。普通なら殺されているよ」

「殺されたほうがましだ。なんでおれがラブカの世話なんかせにゃならんのだ」

「先生がいなきゃおれは死んでいたよ」

「……腕の具合はどうだ」

「幻肢痛がないのは助かるな。チェーフォから『腕を落とせ』って言われたとき、おれ泣いちまったんだ。いろいろ怖いものを見てきたから……」

「傷口の信号遮断は陸では普通の処置だ。ラブカの連中は知らないのか」

「それ用の薬剤が、こっちでは手に入りにくいんだよ。神経に介入する薬だから販売規制が強くて」

「ああ、そうか」

「病潮ワクチンよりも手に入りにくいんだぜ。流通量が少ないから。海にいるとサメに手足を食われるから、一番欲しい薬なんだけどな」

「……そうだな――」

「先生は、ラブカを海上強盗団と同じだと思ってるだろ」

「まあな」

「おれたち、ちゃんと仲間や家族がいるんだよ。そこが海上強盗団とは違うところさ。盗ったものは皆で平等に分ける。そっちの船長さんも海上民なんだろう？　戻ったらぜひお礼をさせてくれ。コミュニティにいるのは普通の連中だから、戻ったらぜひお礼をさせてくれ」

「……ああ」とジョンは、ぶっきらぼうに返事をした。

「歓迎するよ。同じ海の仲間だもんな。仲よくしようぜ」

ジョンの部下を皆殺しにしておいて〈仲よくしようぜ〉もないものだが、片腕の男は本心から言っている様子だった。頭が弱いわけではなく、たぶん、これがラブカのメンタリティなのだろう。ジョンを救命ボートに運び込んだときの手際のよさを、ヴィクトルは思い出していた。こいつらは気のいい連中であると同時に、凄まじく残酷な連中でもあるのだ。本人の中で、それは矛盾することなく同居しているのだろう。

船はその後、一度も強盗を働かず、海上民のコミュニティへ辿り着いた。

その頃には、ジョンも片腕の男も、ベッドから降りられるようになっていた。

ヴィクトルはジョンを連れ、甲板で船の行き先を眺めた。見慣れた風景が広がりつつあった。魚舟の群れが波間を漂い、上甲板で洗濯や食事の準備をしている人々の姿が目に飛び込んできた。打楽器による演奏が響いてくる。どこにでもある、のどかなコミュニティの暮らしだ。懐かしさを覚えるほどだった。

船を進めていくと、周囲から歓声があがり始めた。戦争に勝った兵士を迎えるときのように、歓喜の反応が湧き起こった。

バハリキース！　バハリキース！　と何度も船長の名がコールされた。ふと気づくと、バハリキースは甲板に出ていた。ヴィクトルたちなど一顧だにせず、船首まで歩いていくと、手に持った小銃を高々と頭上へ掲げた。

歓声がひときわ高まり、怒濤のような叫び声が響いた。バハリキースは満面の笑みを浮かべ、周囲を見回しながら、何度も小銃と拳を天に向かって突きあげた。

ヴィクトルは複雑な想いで、人々の叫びを聞いていた。皆の恍惚とした表情を、冷ややかに見つめながら。

貧しい人々のために物資と金銭を持ち帰るバハリキースは、確かにここでは英雄だろう。だが、そのために、警備船の乗組員は皆殺しにされた。同じ海上民同士が殺し合ったのだ。物資流通の滞りは陸上民の強欲から生まれた結果なのに、現場で殺し合っているのは海の民同士だ。それを誰も真剣に考えようとしないのか。

――いや、と思い直した。彼らはそもそも、海洋警備員を海上民だとは考えていないのではないか。彼らを雇っているのは陸の会社だ。そこから派遣されている以上、ラブカにとって彼らは海の民ではないのだ。警備員も海に家族があり、コミュニティがあり、そのために働いていることなど――。考え始めると殺せなくなるから、きっぱりと線を引いてしまうのだ。自分たちが生き残るために、相手を「もはや海の仲間ではない」と切り捨てる。

それは警備員も同じはずだ。彼らは海上強盗団（シガテラ）やラブカを殺すだけでなく、魚舟も攻撃していた。彼らを海の仲間だと思うなら、できるはずがない。敬意を抱きつつも銃を向けるしかないのだ。家族のため、コミュニティに富をもたらすため、警備員たちもまた、「彼らはもう海の仲間ではない」と、海上強盗団（シガテラ）やラブカを切り捨てた。生きるためには仕方がなかったのだ。その結果が、いまの海上闘争の現状だ。

一番滑稽で醜いのは、それが見えてしまう自分ではないのかとヴィクトルは思った。双方の立場が見えるということは、自分がどちらの立場にもいないということだ。正しい、間違っている――それがわかるからといって、いったい何だというのだ。自分は頭がよいのでも物事を深く理解しているのでもなく、ただ、飢えずに済んでいるというだけだ。

嵐のように押し寄せる歓声を全身で受け止めながら、ヴィクトルは、それを自分に向けられた非難のように感じていた。

4

コミュニティのオサは、ババハリキースだけでなく、ヴィクトルとジョンも礼儀正しく受け入れた。「ようこそ先生。そして、ご友人の方」

「オサ、こちらは船長なんだ」ヴィクトルは自分からジョンの経歴を紹介した。「海の暮らしでは、おれよりもずっと偉い人間だ。おれのほうが彼の友人だ」

「これは失礼致しました。では、船長、先生とお呼びしましょう」

ジョンが訊ねた。「この船団では全員がラブカなのですか」

「外から見れば、私たちは十把一絡げでしょうな」

「闘いを望んでいない者もいると？」

「望む望まない以前に、バハリキースが運んでくる物資がなければ私たちは暮らせません。海洋資源は、全部、陸上民が持っていく。〈大異変〉に備えるためだと言って、根こそぎ奪っていくんですわ。それを買い戻したければ金がいる。だが、私たちは海上交易で使う程度の財しか持ち合わせておりません」

「必要悪だと仰りたいのですね」

「いまの時代、悪を為さずに生きられる人間などおるでしょうか」

バハリキースが割り込んだ。「オサ、今日はこのふたりを交えて飲みたい。よろしいか」

「いいな。私も海の様子を知りたい。時間を気にせず、夜明けまで語り合おう」

夕刻から、オサの魚舟は人払いがなされた。家族は親戚の魚舟へ移り、居住殻の中は、オサとバハリキース、ヴィクトルとジョンの四人だけになった。

出された食事は魚と貝の干物、煮豆、海草。量は少なかった。苦茶と酒はたっぷりと用意されていたが、バハリキースは「こんなに出すもんじゃないぜ」と、酒壺の半分を脇へよけた。「上等な酒だ。こいつらにはもったいない」

「せっかくのお客人なのに」

「客じゃねえ。こいつらは部下だ」

ジョンがぴしりと言い返した。「おまえの部下になった覚えはない」

「だったら、ここで殺す」

「やれるもんならやってみろ」

次の瞬間、ふたりは床を蹴って立ちあがっていた。ジョンは負傷しているとは思えないほど素早く動いた。拳と腕がぶつかり、肉と骨が打ち合う音が響いた。組み合ったまま動きが止まる。

バハリキースは、毛を逆立てた獣のように凶暴な笑みを浮かべた。「面白い。おれと素手でやり合う気か」

ジョンは腕をほどき、後方へ跳んだ。いつのまにか服の胸元が開いていた。ボタンが飛んだのかとヴィクトルは思ったが、すぐに、そうではないと気づいて戦慄した。

バハリキースは、いつのまにか、ダツのように細長いナイフを手にしていた。警備隊長のジョンが、武器の存在に気づかなかったはずはない。いち早く見切って身を退いたにもかかわらず、シャツを切り裂かれたのだ。

ジョンは、軽蔑の眼差しを相手に投げかけた。「怪我人相手に武器がないと闘えないのか。

情けない奴だな」

バハリキースも嘲笑を浮かべた。「実戦では勝ちゃあいいんだよ。格好をつけてたら、いくら命があっても足りねぇ」

ヴィクトルは声を張りあげた。「やめろ、ふたりとも。オサも止めて下さい」

「私は、若いもんが闘うのを見るのが好きでなぁ」とオサはのんびりと言い、ふたりに向かって囃(はや)し立てた。「いいぞ、いいぞ、もっとやれ。どちらかが死ぬまでやれ。そのほうが面白い」

バハリキースが気色ばんだ。「オサは、おれが負けると思っているのか」

「勝負は時の運だ。そういうこともあろう」

「随分と信用をなくしたもんだ」

「私は運命というものを知っているだけだよ」

不満そうに鼻を鳴らすと、バハリキースは手の中でくるりとナイフを回し、床へ向かって投げつけた。ナイフが音を立てて敷物に突き刺さった。バハリキースは、その傍らに腰をおろして、あぐらをかいた。ナイフは片づけなかった。いつでも手が届くぞという意味らしい。

ジョンも構えを解き、静かに床に座った。

オサが訊ねた。「バハリキース。おまえが何の考えもなしに、この方々を立ち会わせたとは思えん。その意図から聞かせてもらおうか」

「次の航海も、こいつらを連れていこうと思っている。先生の約束は取り付けてあるが、船長のほうはどうだ？　船の責任者としての立場を忘れ、おれの部下として働けるか」

「断る」ジョンは即座に返事を叩きつけた。「おまえはおれの部下を殺した。そんな奴の下では働けない」

「もっともな話だ。じゃあ、あんたは、ここに残ってくれ。コミュニティの仲間は親切だ。誰も、あんたを苛(いじ)めたりはしない。先生だけを連れていく」

　すぐさま反論しかけたジョンを、ヴィクトルは手で制した。「いいんだ、船長。おれは自分の考えで乗るだけだから」

「先生が乗るならおれも乗ろう。ラブカは先生の味方をしないだろうから、おれは先生を警護するために船に乗る」

「船長、そこまでしなくても……」

「おれを先生の護衛として雇って欲しい。給与は金銭じゃなくていい。現物支給として毎日の食事を分配してもらえるなら――」

　ヴィクトルは迷った。確かに共に脱走しようと約束したし、ならば、チャンスを逃さないためにもそばにいたほうがいい。だが、ジョンには、もう少し休養してもらいたかった。部下を全員失った船長には精神的な休息が必要だ。ここが、その場になるなら――。

　バハリキースが言った。「先生の警護として乗っても、おれたちに協力する気がないなら何が起きても知らんぞ。誰もおまえを信用しないし、助けもしない」

「それぐらいの覚悟はできている」

「よかろう。では、あとは先生の判断次第だ」

ヴィクトルはうつむき、床をじっと見つめた。まったく、どいつもこいつも、なぜ、ここまで面倒くさい奴らばかりなのか。

「……わかった。船長をおれの護衛として雇う。給与についてはあとで相談しよう。いくらなんでも現物支給はあんまりだ。雇うからには、きちんと支払いたい」

場が丸く収まったので、バハリキースは話を先へ進めた。「オサ。皆も気づいているだろうが、おれたちが運べる物資は減りつつある。いつかは運べなくなる。おれたちが死ぬのが先かもしれん。わかっているだろう。こんな仕事、いつまでも続くはずがないんだ。おれたちはいずれ、海軍か警備会社に殺される」

「巡視が厳しくなっているのか」

「ああ。この船長さんの船を襲わせてもらったのは、海上市じゃ手に入らない武器を手に入れるためだ。巡視船の構造も知りたかったし」

「失敗したら全滅していたぞ」

「自信はあった。情報があったし。こんな馬鹿なことをやったラブカは、おれたちが初めてだろう。だが、二度目はごめんだ。もう同じ手は効かんだろうし、こいつは一度だけの仇討ちさ。警備会社に殺された仲間の恨みを晴らすためのな」

ヴィクトルは訊ねた。「じゃあ、これからは、いつも通りの貨物船襲撃に戻るのか」

「そうだ」

「そして、ある日、海軍か警備会社に撃沈されておしまいか。巻き添えになるおれたちは、たまったもんじゃないな」

「仕方がない。おれたちの仲間になるってのは、そういうことだ」

オサはつぶやいた。「おまえさんが死んだら、すぐにでも若い者が後を継ぐと言い出すだろう。いいのかね、それで」

「やりたい奴は同じようにやればいい。だが、違う道もある。今日は、それについて話し合いたい。国際的な救援団体が、世界中の海域で活動しているのは知っているな？」

「噂は、いろいろと聞いている」

「海の民を生き残らせるために、海洋環境を整えようとしている連中がいる。政府が『予算が足りない』という理由で切り捨てた層を、自分たちで救済しようという集団だ。たいていはボランティアだ。救える人数にも限りがある。しかし、中には救済事業そのものを、経済活動とリンクしている団体もある。事業型救援団体ってやつだ。有名どころはパンディオンだ。燃料藻類、病潮ワクチン、備蓄食糧の生産工場、こういうところが海上民を雇ってくれる。〈大異変〉に備えるには、大量の燃料の備蓄が必要だ。赤道附近は燃料藻類の生産に向いているから、ここにプラントを作って海上民を働かせている。きちんと賃金を手渡して、海上社会の生活水準を引き上げる作戦だ。おれたちは様々な物品に事欠く有様だが、根こそぎ持っていかれた海洋資源も金さえあれば買い戻せる。しかも、戻ってくるのは、生魚や掘り出したばかりの鉱石じゃない。何年も備蓄の利く保存食や、必要なものに加工された工業製品として取り返せるわけだ」

「ちょっと待ってくれ」ヴィクトルは割り込んだ。「理屈のうえではそうだが、それは海の文化を捨てろというのと同じだ。好きなものを好きなだけ獲って、好きな形に加工する。それをあきらめて工場で働き、金で買った合成食品を食えというのか」

「まあ、そうなるな」

「そんな味気ない生活ができるかよ。命を延ばしても、それじゃ海に住んでいる意味がない」

「海産物の収獲量がガタ落ちしている以上、背に腹は替えられねぇ。陸上民に海洋資源を獲るなと言っても無駄だ。あいつらは〈大異変〉の前で冷静さを失っている」

「おれは反対だ。陸がやっているのは支援じゃない。陸上民の経済活動に、海上民をていよく組み込んでいるだけだ」

「しかし、まっとうな方法で金が手に入るんだぜ。行きたい奴は行けばいいじゃねぇか」

「だったら、ラブカなんかやめて、おまえも工場へ行けばいい」

「おれがまともな職場で働いている間に、ここでは人がコロコロと死ぬ。食い物がない、綺麗な水がない、薬がない、たったそれだけの理由でな。だから、おれ自身は掠奪をやめるわけにはいかん。だが、若い世代は別だろう」

オサが訊ねた。「その工場、おまえは自分の目で見てきたのか」

「ああ。人をやって見学もさせた。信用できる部下だから、報告内容もある程度は保証できる。企業側の言葉に誇張はないようだ。悪意で海上民を引っかけようとしているんじゃない。少人数でもいいから就職させて、ちょっと様子を見ちゃどうかね」

バハリキースは杯を干すと、手酌で新たに注ぎ足した。「まともな手段で金や物が手に入るなら、それに越したことはない。おれたちは襲撃の回数を減らせるし、その分、政治的な闘争に身を投じられる」

「本格的に陸と闘うつもりなのか。イワシがクジラに刃向かうようなものだぞ」

「陸の政治が変わらない限り、おれたちはいつまでも不幸だ。どこかで決着をつける必要がある」

「陸の政治なんぞ〈大異変〉が来ればあっというまに吹っ飛ぶ。彼らの天下はもう長くない」

「それでも、まだ何十年かは続くだろう。おれは自分の子供に、絶望しか残っていない社会なんぞ引き継がせたくないんだ」

「政府と闘えば、ラブカなんてすぐに全滅だ」

「正面衝突するような馬鹿はしないさ。まあ、できるのは嫌がらせ程度だが、人権擁護機関と交流していれば、陸の暴挙を告発することだってできる。おれたちができるのは、せいぜいそこまでさ」

酒宴は深夜まで続いた。ジョンは途中から疲れて、ちょっと横になって休むと言い、居住殻の隅へ移動した。オサは古びた掛け布を持ってくると、ジョンの体にかけた。ジョンは礼を言った後、すぐに眠りに落ちた。

ヴィクトルは、ちびちびと杯を舐めていたが、オサとバハリキースが懐かしそうに昔話を始めたあたりから退屈になってきて、激しい睡魔に襲われた。

ふたりに酒のお礼を言って立ち上がり、ジョンがいる場所までふらふらと歩いた。横たわると一瞬で眠りに落ちた。そのまま朝まで目覚めなかった。

覚醒は、居住殻の中へ差し込んできた朝の光と、新鮮な潮の匂いと共に訪れた。気がつけば居住殻への入り口が開放されており、爽やかな空気は、そこから流れ込んでいるのだった。がらんと広い室内には、オサやバハリキースの姿はなかった。

仕切り板の向こうに、オサの家族たちが戻っている気配もなかった。

ジョンはまだ熟睡中だった。顔色はよくないが呼吸は安定していた。額に触れて熱がないことを確認した後、ヴィクトルはひとりで上甲板へ続く階段を昇っていった。

外へ出ると濡れた布地の匂いが流れてきた。オサの家族が洗濯物を干していた。朝餉の粥を煮る鍋から白い蒸気が立ちのぼり、中で躍っているであろう魚肉の匂いを運んでくる。白身魚の匂いだった。カワハギかスズキだろうか。最近は滅多に獲れなくなっているので、干し魚を水で戻したものかもしれない。

甲板の片隅で、半裸のバハリキースが濡れた魚網を片づけていた。あまりいい顔をしていない。収穫が乏しかったのだろう。近づいて挨拶すると、「手伝ってくれ」と言われた。ヴィクトルはうなずき、海水で重くなった網を丁寧に折り畳んでいった。古びた網は朝日に照らされ、潮の臭気を発し始めていた。

片づけを手伝いながら、ヴィクトルはバハリキースの体をちらちらと見た。背中に無数の傷跡があった。肉が筋状になって盛りあがっている。胸から腹にかけても同じ傷があった。どこで受けた傷だとは訊きづらかった。ここまで打ち据えるようなやり方は、リンチか拷問以外に考えられない。腹の底に重い塊を感じながら、ヴィクトルは黙々と網をたたんだ。

ふいに波間から「父ちゃん」と子供の叫び声があがった。「どこ？」

バハリキースは手を止め、背を伸ばすと、海へ向かって声を張りあげた。「ここだ。あがってこい」

ヴィクトルは網から離れて海を見おろした。小舟に十歳ぐらいの少年がふたり乗っていた。ひとりが拳を振り回しながら言った。「イカ。母ちゃんが持っていけって。でかいよ」

「おう、ありがとよ」

小舟は、魚舟の外皮に設置された梯子の下でぴたりと止まった。歳のわりにはしっかりした操船技術だ。船を梯子の最下段に係留すると、少年たちは獲物を詰めた網袋を背負い、素早く上まで駆けのぼってきた。

ヴィクトルは、バハリキースを振り返って訊ねた。「あんたの子か」

「そうだ」

「驚きだ」

「子供ぐらい、おまえにだって簡単に作れるぞ」

少年が運んできたイカは、オサへのお礼として差し出された。オサは少年たちに、ついでに朝食を食べていきなさいと勧めた。上甲板の床には食器や鍋が並びつつあった。ふたりは大喜びで食事の輪に入り、ヴィクトルたちもそこへ加わった。バハリキースは忌まわしい過去を覆い隠すように、衣服を身にまとった。

少年たちはヴィクトルの隣に座ると、「おっちゃん、誰？」と興味深そうに訊ねた。

「医者だ」

「ここにいてくれるの？」

「いや、君たちのお父さんの船に乗る」

「へぇっ。じゃあ、ラブカの新しい仲間だね」

そうじゃないんだが……と言いたかったが口ごもってしまった。少年たちが発する〈ラブカ〉という言葉には、英雄を讃える響きがこもっていた。父親がリーダーなのだから、なお素晴らしい存在に違いない。その気持ちを安易に踏みにじりたくなかった。気にくわない事については、航海に出てからバハリキース本人とやり合えばいい。子供たちを相手に話すべきではない。

少年たちは粥をすすりながら訊ねた。「先生は、汎アやアフリカ連合と闘ったことがあるの？」

「いいや。医者は人の命を助けるのが仕事だから」

「じゃあ、銃を撃ったりとかしないんだ」

「まあな」

「父ちゃんは何度も危ない場所で闘ったんだぜ。でも絶対に死なないんだ。必ず帰ってくるんだ」

「すごいな。おじさんなら一発でくたばりそうだ」

「父ちゃんの船にいれば大丈夫さ。先生が怪我をしても、きっと治してくれるよ」

「それじゃ、あべこべだろう」

「まあ、それぐらい安心できるってことさ。あんまり心配しないほうがいいよ。禿(は)げるから」

「禿げるのは嫌だな……」

「気楽でいるのが一番だって」

少年たちは右側の袖を肩までめくりあげた。「これ見て。面白いだろう。〈半緑子(ハーフジェイド)〉っていうんだ。全身じゃなくて、ここだけに緑模様が出るんだよ」

子供たちの二の腕には、入れ墨のように緑色の模様が浮き出ていた。ヴィクトルは目を見張った。〈半緑子〉自体は知っていたが、兄弟の模様は完全に相似形で、目玉のような丸い形を作り出していた。不毛の海で芸術品に巡り合ったような感興(かんきょう)を覚えた。

「兄弟で同じ模様が出るのは珍しいんだって。先生、よそで見たことある？」

「いや、ないな。これは珍しい。写真を撮ってもいいかい」

「いいけど何に使うの」
「〈緑子(ジェイド)〉の模様は、病気の耐性を調べるときに役立つんだ。模様の種類によって、だいた
いの遺伝子配列が予想できるんだよ」
バハリキースは、朝食を終えるとヴィクトルに向かって言った。「機械船は戻しておいて
くれ。操縦法ぐらい、わかるだろう?」
そして、子供たちが乗ってきた小舟に飛び降り、息子たちと一緒に魚舟の群れを目指した。
こちらが逃げる可能性を考えていないのだろうか……とヴィクトルは奇妙に感じた。息子
とじゃれあっているバハリキースを見ていると、何となく毒気を抜かれたような気分になっ
てしまい、仕方なく、命令通りに機械船を動かした。
ジョンはブリッジの計器類を眺めつつ言った。「なるほど。これじゃ安心しておれたちに
任せるはずだ」
「どうした?」
「燃料がほとんどない。一海里も行かないうちに止まってしまう」
「なんだ。そうなのか……」
「外洋では逃げ出す機会を見つけるのが難しい。海上市に寄ったときがチャンスだが、市は
狭いからな。隠れる場所もないし、かくまってくれる者も少ないだろう」
「だが、いまはそれぐらいしか方法がない。海のど真ん中で脱走しても、自力で海上市まで
辿り着くのは難しい」

「ダックウィードの船とすれ違う機会があれば、あるいは……」

「連中、ダックウィードは襲わないのか」

「襲わない。盗品をさばいてもらう相手だから大切にしている。仲違いすると、ダックウィードは陸へ情報を流すからな。ラブカが逆らえない唯一の相手なんだ」

「じゃあ、まだ当分は航海に付き合うわけか」

「おれとしては、隙を見て、あいつの喉を掻き切ってやりたい気分だがね」

「やめておけ。あんたも死ぬぞ」

「このまま会社へ戻っても、どうせ責任を取らされてクビになるだけだ。仕事を無くしたんじゃ家へ帰れない。ラブカのリーダーを道連れにするのも、ひとつの方法だよ。そうすれば、あんたはいつか、おれが英雄だったと家族に伝えてくれるだろう？」

「おれがあんたの家族だったら、どれほど情けなくても、父親には帰ってきて欲しいけれどな」

「おれの心はもう死んでいるよ……。家族の顔を思い出そうとしても、死んだ仲間の恨めしげな表情ばかり浮かんでくるんだ――」

　ジョンの内面を蝕んでいる闇は、言葉になることでヴィクトルにまで感染した。背筋がひんやりと冷えてきた。

　警備員たちの亡骸が脳裏に甦るのは、ヴィクトルも同じだった。平和なコミュニティの雰囲気によって忘れかけていたものが、血を滴らせながら、背後からのしかかってくるようだった。

「おれを〈船長〉って呼ぶのも、もうやめてくれ。部下がいないのに船長もないもんだ」

「じゃあ、アレナス？　それとも、ジョンと？」

「ジョンでいい」

「わかった。では、おれのこともヴィクトルと呼んでくれ。いまのあんたに先生と呼ばれると、どうも落ち着かん」

「そうするよ」

5

医療品はコミュニティにも置いていくので、医務室の在庫はほとんど増やせなかった。ヴィクトルがそれについて不満を洩らすと、バハリキースは、ものがなくても何とかするのが医者の役目だと無茶な理屈を口にした。

コミュニティに、なるべく薬を残していきたいという気持ちは理解できた。だが、物がなければラブカのメンバーだって死ぬのだ。それを正直に告げると、バハリキースはとてつもなく不機嫌になった。息子に見せていた笑顔など嘘だったのではないかと思える勢いで狂犬のように喚き散らした。「おれの仲間をひとりでも死なせてみろ。船中の男がおまえを切り刻むぞ」

「あんたたちが勝手に闘って、勝手に怪我をしてくるだけなのに？　そんなことでおれを殺すなよ。阿呆らしい」

「屁理屈を言うな」

「だったら、掠奪のときに医療品もぶんどってきてくれ。物がないと医者はお手上げなんだ。海賊をやっているなら、それぐらいの機転は利かせてくれ」

「おれたちは海賊じゃねえ。ラブカだ」

「おれには同じに見えるぞ」

扉を蹴飛ばしてバハリキースが出て行くと、ヴィクトルは脱力して肩を落とした。

医大まで出て、人の命を救う仕事をしてきたのに辿り着いた先はここか。阿呆は自分も同じだ。明確な目的を得ていない分、自分はバハリキースよりも阿呆かもしれない。

医務室の整理をしていると、エンジン音が強くなった。船が速度を上げたらしい。予想外に振動するので、棚に入れた医療器具や薬箱の位置を変えた。重いもので支え、崩れ落ちないようにする。

しばらくすると、甲高い魚舟の鳴き声が聞こえてきた。最大速度で進めという合図だった。ラブカは戦闘に機械船を使うが、移動には自分たちの魚舟を必ず同行させる。機械船が壊れたときの保険でもあるし、魚舟は何百メートルも潜水できるので逃走に便利なのだ。

コミュニティを出発すると、船はもうどこへも寄らず、ひたすら波間を進み続けた。向かう先は教えてもらえなかったが、星と月の位置から、だいたいの場所がわかった。北半球の高緯度海域、大西洋中央附近を移動していた。このあたりでは複数の航路が交錯している。陸上民の貨物船を待ち伏せするのだろう。

ある日、甲板で散歩していると、今日の午後はずっと医務室にいろ、外へは絶対に出るなと命じられた。ヴィクトルは言われた通りに医務室へ引っ込み、いつ誰が運び込まれてもいいように準備しておいた。

だが、何も起きなかった。

特に大きな物音が聞こえるわけでもなく、爆発音がしたわけでもなく、怪我人も運び込まれなかった。

やがて運ばれてきたのは、乱雑に箱に詰め込まれた数々の医療用品だった。「これでいいかい、先生」と問われ、ヴィクトルはぎこちなくうなずいた。

「どこで手に入れた？」

「遠征した仲間が持ち帰った。詳しいことは知らん」

「……これを取ってくるために何人殺した？」

男たちは笑った。「何をいまさら。これまで使っていた薬が、まともな方法で手に入ったものだとでも？」

「――悪かった。気にしないでくれ」

医薬品が足りないから取ってこいと言ったのはヴィクトル自身だ。ラブカはその言葉通り行動したに過ぎない。ヴィクトルは医務室に居たまま、他船に対して暴力を振るったに等しかった。

ラブカたちは襲撃のたびに怪我をして医務室へ来た。良心の呵責を覚えながらも、生々しい傷口を見せられると、ヴィクトルは「治さない」とは言えなかった。

自分は本当に医者なのか。

もう、人殺しと同じではないのか。

ヴィクトルは手にした薬箱をじっと見た。わかっていても自分はこれを捨てられない。他人の怪我と病気を見れば、体が自然に動いてしまう——それもまた、ラブカの〈闘争〉のひとつであるという事実を、ヴィクトルは実感しつつあった。


伝声管を通して、甲高い呼び子笛の音が響いた。管の蓋を開くと、「先生、ちょっと上がってきてくれないか」と言われた。「どうすればいいのかわからない患者がいる。診察用具を持って、甲板まで上がってくれ」

「怪我の様子は」

「見た目は異状ない。だが、呼びかけても意識が戻らない」

頭を打ったか内臓を傷めているのか。診察用具を鞄に詰めると、ヴィクトルはジョンを連れて医務室を出て、甲板へ続く階段を駆けのぼった。

甲板では、バハリキースを中心に、男たちが輪になってしゃがみ込んでいた。ヴィクトルが歩み寄ると、男たちは輪を崩した。横たわる者の姿が露わになった。

ヴィクトルは思わず息を呑んだ。

十四、五歳ぐらいの少女が三人、背を丸めて横になっていた。体つきも顔立ちも似ている。姉妹か、あるいは従姉妹なのか。薄布のチュニックを身につけているだけで裸足だった。髪はそれぞれに色が違う。黒髪、金髪、赤毛。背は高い。海の民ならば、普通、二十歳ぐらいにならないと、これほどの身長には達しない。

ヴィクトルはしゃがみ込み、少女の体に触れた。まだ温かい。しかし、仰向けに寝かせようとしても、全身が硬直したままほどけなかった。これでは皆が心配するはずだ。

ヴィクトルはバハリキースに訊ねた。「どこで、この子たちを？」

「貨物船の船倉だ。野菜みたいに箱詰めされていた」

「それで、この格好のまま硬直——か」

ジョンがヴィクトルの耳元で囁いた。「人身売買かな」

「まさか。普通の貨物船だろう」

「民間のまっとうな船でも、子供や若い女を運ぶことがあるよ。どこでも労働力や夜伽(よとぎ)の相手は欲しいからな。薬で仮死状態にしてあるんじゃないかな。逃げ出さないように」

脈拍や呼吸を確認するために触れようとした途端、少女が身じろぎを始めた。目を開き、周囲の状況を飲み込んだ瞬間、少女たちは小さな悲鳴をあげた。

ヴィクトルは海上共通語と英語の両方で話しかけた。「大丈夫。私は医者だ。落ち着いて」

「ここ、どこですか」少女たちは海上語で喋った。

「船の上だ」

「この船員さんたちは知らない」

「別の船へ移動したんだ。どこか痛まないか？ 気分が悪くないか？」

少女たちは首を左右に振った。

「喉は渇いていない？ お腹はどう？」

「何も欲しくない……」

少女たちは身を寄せ合うと、静かに泣き始めた。これまで体験した出来事を一気に思い出したのだろうか。ババリキースたちは困惑したように少女を見おろしていた。皆、ラブカではなく、平凡な海上民の顔になっていた。

「とにかく、まず医務室へ」

「私たちの船はどうなったの？ 沈んだの？」

「ああ」ヴィクトルは、とりあえずそう答えておいた。

自分で歩けると言って、少女たちはよろよろと立ちあがった。足元が危なかったが、少女たちの緊張した顔つきを見ていると、無闇に体に触れるのも憚られた。ヴィクトルは、ゆっくり歩いて三人を誘導した。好奇心を抑えられない他の男たちも、医務室までついてきた。

ベッドに座らせてみると、目のやり場に困るほどに艶やかな長い手足が、いっそう目についた。人体を物質として見ることに慣れているヴィクトルですら、思わず頬が熱くなってくるほどだった。ラブカたちが我慢できるはずがない。舐めるように熱い視線を送り、落ち着かない様子を見せていた。ヴィクトルは彼らを戸口まで押してゆき、持ち場へ戻れと告げた。

「先生、役得だなあ」男たちは揶揄を含んだ調子で言った。「どこまで診るんだ」「中まで？」「まだ、いれちゃだめだぞぉ」「いれるときにはおれたちも呼んでくれよぉ」

ヴィクトルは「うるさい、黙れ！」と一喝した。

男たちを閉め出すと、ヴィクトルはベッドのそばへ戻った。ジョンが浄水器からコップに水を注ぎ始めたので、ヴィクトルは背後から声をかけた。「水はまだ飲ませるな」

「どうして？」

「内臓の様子がわからない。点滴のほうがいい」

少女たちが残念そうに溜め息をついた。「お水、飲めないの？」

「しばらく我慢してくれ。怪我も病気もないとわかったら、好きなだけ飲んでいい」

ジョンが口を挟んだ。「お嬢ちゃんたち、あの男たちの誘いに乗っちゃだめだぞ。あいつらは海賊だから」

「……先生たちも？」

「いや、おれたちは違う。この船で君たちの味方になれるのは、おれとこの先生だけだ。他の連中はみんな人殺しだ。絶対に言うことをきいちゃいかんぞ」

「ジョン、よけいなことを喋るな」

「どうして。身を守るためだぞ」

「いまは休ませるんだ」

　点滴のパックをベッドサイドに吊るすと、ヴィクトルは赤毛の少女の左腕を手に取った。指先を這わせて血管を探す。「少しチクッとするが我慢してくれ」

　すると少女は、ヴィクトルの手の甲にそっと掌を重ねた。「いいのよ、先生。構わないで」

「どうして」

「血管なんて見つからないから。私にはそんなものはないから」

　意味がわからなかった。いま触れている指には、確かに、温かさと脈拍が伝わってくる。

　薔薇の蕾（つぼみ）が開くように、少女は顔を綻（ほころ）ばせた。「脈拍だけなら、あるように見せかけるのは簡単よ。モーターの振動で偽装できるから」

「これは……義手？」

「いいえ。私たちの体はすべてが機械なの」

　赤毛の少女は立ちあがり、黒髪と金髪の少女を振り返った。「いまタグを読み取ったわ。この方は、間違いなく免許を持ったお医者さん。もうひとりは、行方不明になっていた警備船の船長さん。捜索データと一致したわ」

　金髪の少女がジョンの腕を優しく摑んだ。「探しましたよ、ジョン・アレナスさん。会社の皆さんやご家族の方が、みんな心配してらっしゃるんですよ」

「なんだ君たちは……」得体の知れない反応にジョンは身を強ばらせた。「人間じゃないのか？　アシスタント知性体？」

「いいえ、私たちは」と黒髪の少女が告げた。「アシスタント知性体ではなく、前時代の技術によって復活した——殺戮知性体です」

「なんだって……」

「個人情報の確認と同時に、あなた方をターゲットの設定から外しました。私たちは、あなた方だけは殺しません。ここで待っていれば、すぐに何もかも終わります。危ないから絶対に外へ出ないように。でなければ、あなた方の身の安全も保証できません」

少女たちは身を翻すと、疾風のように医務室から飛び出していった。

ヴィクトルとジョンはあとを追ったが、少女たちの姿は既に視界から消えていた。船内の構造は、あらかじめ電子頭脳に書き込まれているのだろう。

「ラブカを殺すつもりだ。ひとり残らず」ジョンは歓喜の声をあげた。「やったぞ、これでおれたちは逃げられる」

ヴィクトルは言った。「武器を探そう。船倉のどこかにあるはずだ」

「何を言ってるんだ。あの子らはおれたちの味方だぞ」

「ただの機械だ。ラブカと撃ち合って故障したら、おれたちもターゲットとして狙われるぞ」

「……そうなのか？」

「古い文献にそういう例が載っている。学生時代に、歴史の勉強に熱中して調べたことがあるんだ。前時代の技術は完璧じゃない。いつも、最悪の場面で最悪の故障を起こす」

ふたりは倉庫へ走った。部屋には鍵がかかっていた。ハンマーでノブを叩き、錠を壊して中へ入った。雑貨や食糧の箱に混じって、予備の銃と弾薬があった。ジョンの警備船から奪ったものだ。

「ありがたい。これだけあれば」

ヴィクトルは散弾銃を摑むと、ジョンに訊ねた。「教えてくれ。この銃はどうやって使うんだ？」

「おい、おまえ……」

「すまない。おれは、こういうタイプの道具に本当に疎いんだ」

「じゃあ、慣れている銃を使ってくれ。そのほうが当たりやすい」

「いや、殺戮知性体に拳銃が効くとは思えない。せめて、これぐらいのものは」

「やれやれ……。じゃあ仕方がない。これを覚えてくれ」

ジョンは散弾銃を受け取ると、装弾の方法をヴィクトルに教えた。言われた通りに装弾してレバーを引くと、金属音が響いて一発目が薬室へ送り込まれた。

「ありがとう。なんとかなりそうだ」

「無事に生き残れたら、もう一度お礼を言ってもらいたいね」

「殺戮知性体は戦闘状態に移行すると変形する。どこが弱点かよくわからないから、面で攻撃できる散弾銃がいいんだ。動きを止めるには関節部を狙う。全体の機能を管理するコアユニットが頭部にあるとは限らないから、動きの自由を奪ってから、とどめを刺そう」

「あの子らが、おれたちを攻撃しなくても撃つのかい」

「やられる前にやらないと。一瞬の迷いが命取りになる」

「しかし、発砲したら、おれたちも敵認定されないかな」

「それを確かめるためにも撃つ必要があるんだ。まともな機械なら、こちらの発砲を誤認の判断で済ませるだろう。それができないなら壊れているのさ」

廊下を進んでいく途中で、ふたりは早くも、人体のパーツと血の海に遭遇する羽目に陥った。

ラブカが警備船を襲ったときとは比べものにならない破壊力だった。死体の損壊状態のひどさに、ジョンは病人のように青褪め、震え始めた。

ヴィクトルは言った。「殺戮知性体は人間を殺すだけじゃなくて食うんだ。エネルギー源として利用するために」

「神をも畏れぬ技術だな。人類は、なんというものを作り出したんだ……」

遠くから銃を連射する音が響いてきた。ヴィクトルは深呼吸を繰り返し、跳ね回る心臓を何とか鎮めようとした。擦(かす)れた声でつぶやいた。

「行こう」

ブリッジの扉は開け放たれたままで、中から派手な銃声が轟いていた。扉の陰から様子をうかがうと、血まみれの室内で、バハリキースと数人の仲間がまだ闘っていた。彼ら自身も全身赤黒く染まっていた。

部屋の中に立つ者の姿を見て、ヴィクトルは息を呑んだ。翼を開いた鳥のようなものが部屋の右端にいて、銃を持った男たちと向き合っていた。怪鳥は少女だった頃の三倍ほども背丈があった。折り畳まれていた身体を展開すると、ここまで伸張するらしい。黒い頭部には赤い光が三つ灯り、黒光りする長刃と化した二本の腕は脂でぎらつき、先端から血を滴らせていた。廊下にいても異様な臭気が感じられた。

機械鳥の足の先端は、前二本、後ろ二本に分岐して、開いた羽の一枚一枚が、ざわざわと蠢（うごめ）いていた。全身のあちこちに、パズルのピースを分解したように少女の体のパーツが残っている。鳥の後頭部には半分に割れてひっくり返った顔面があった。翼の軸には、ほっそりとした両腕があった。髪の色から、この怪鳥が元は赤毛の少女だったとわかる。たぶん背面には、体軀と両脚だった部分があるはずだ。あの愛くるしい少女の体が、ぱっくりと割れて反転し、中からグロテスクな怪物が出現した瞬間の驚愕を想像すると、ラブカたちに隙が生じたのも当然と思えた。

バハリキースたちの銃撃は、機械鳥にほとんど効果を与えていないように見えた。鳥はじりじりと前進を続け、弾切れになった男に飛びかかり一瞬で首を刎（は）ねた。噴水のように血（ち）

飛沫(しぶき)があがり、首無しの体が痙攣しながら倒れ込んだ。

軋(きし)むような音をたてながら鋼鉄の鳥は身をよじった。倒れはしないが、度重なる銃撃で多少はダメージを受けているらしい。それでも基本的な動きには支障がないのか、奇妙な鳴き声をあげながら床を蹴り、別の男を突き刺した。翼で殴りつけられたもう一人の男は、一瞬で潰れて襤褸(ぼろ)布のようになった。

ヴィクトルは吸いつけられるように室内の光景に見入っていた。助けに行かねばという勇気は完全に萎え、凍りついたようにその場に立ち尽くしていた。

弾切れになったバハリキースは、咆哮(ほうこう)をあげながら突進し、散弾銃の銃床で機械鳥の胸部を殴りつけた。固いもの同士が衝突して砕ける音が響いた。銃床は粉々になり、鳥の胸はへこんで火花を発した。焦げ臭い匂いが立ち込めた。バハリキースは銃を両手で持つと、同じ場所を何度も殴りつけた。銃身が折れて吹っ飛ぶと、腰から大刀を抜いて斬りかかった。斬るというよりも殴るような勢いで大刀を振りおろす。呆れるほどの闘志で叩きつけられた大刀は、甲高い音を響かせて鳥を打ち据えた。しかし、硬度で相手が負けるはずがない。正面から突き出された黒い刃は、バハリキースの腹を貫いて背中まで飛び出した。

曲がった大刀を手にしたまま、バハリキースはもがいていた。血を吐きながら罵り声をあげ、大刀を振りあげた。

機械鳥は、バハリキースを刃で縫い止めたまま、もう一本の長刀で、彼の右腕を肩口からさっくりと切り落とした。大刀を握りしめたままの腕が床に落ちた。腹から刃を引き抜かれると、バハリキースは前のめりに倒れ込んだが、残った左腕だけでかろうじて体を支えた。傷口から血を噴き出しながらも、ゆっくりと顔をあげた。

赤黒く汚れた唇の端には、なぜか晴ればれとした笑みが浮かんでいた。

「まだまだ……」と挑発するように機械鳥に向かって呼びかけた。「おれは生きてるぞ。さっさと続けやがれ」

機械鳥は再び長刀を振りあげた。バハリキースは相手の太刀先を避けるように身をよじって、懐から短刀を抜き放った。以前、ジョンを相手に立ち回ったときの素早さで刃を突き出す。その刃の硬度は、とても長刀に耐えられるものではないはずだった。それでも刃を合わさずにはいられないという激しい狂気が、バハリキースに一撃を繰り出させた。

短刀は一瞬で砕かれた。

機械鳥の長刀は、バハリキースの胸元から腹を一気に切り裂いた。

バハリキースが横様に倒れ込むと同時に、ヴィクトルは室内へ突進していった。一瞬の間を許さず機械鳥に散弾を撃ち込む。鋭い鳴き声があがった。合成音じみた少女の声が響いた。

《先生、アレナス船長。大切なお話があります。少しお待ちになって》

「何が〈待て〉だ」ヴィクトルは怒鳴りつけた。こんな光景を見せつけられて何を信じろというのか。

《私たちには先生を攻撃するコマンドは入っていません。それはいまでも変わりません》と機械鳥は言った。《でも、ラブカと撃ち合ったせいで制御装置が壊れています。先生のお姿

は認識していますが、殺戮コマンドを止められません。このままだと、そちらへ向かって先生たちも攻撃します》

予想通りだった。分子機械といい、殺戮知性体といい、旧時代の人間は、よく、こんな中途半端なものを野に放とうと考えたものだ。

怒りを抑えながらヴィクトルは訊ねた。「じゃあ、どこを撃てばいい」

《顔の部分がわかりますか》

「灯がともっているところか」

《その少し下に制御ユニットがあります》

ババリキースが何度も攻撃したせいで、その部分は大きくへこみ、脆くなっているように見えた。

「散弾銃でいけるか」

《連続して撃ち込めば効果があります。私も可能な限り自分の回路に割り込み続けます。怖いでしょうが、どうかよろしく……》

ヴィクトルはジョンに訊ねた。「撃つ勇気はあるか」

「撃たなきゃ死ぬんだろう」

「たぶん」

「とことんついてねぇな、おれたちは」

ヴィクトルとジョンは一斉に機械鳥を撃ち始めた。被弾した瞬間、鳥は翼を激しく打ち振るって床を蹴り、高く飛びあがった。両腕の長刃が突然倍の長さに伸びて空気を切り裂いた。ジョンは身を翻し、ほんの僅かの差で刃をよけた。

刃が床を抉った深さにヴィクトルは驚愕した。冗談じゃない。これで回路に割り込んでくれているなら、何もしなければ、おれたちはあっというまに人肉ミンチじゃないか。

機械鳥はヴィクトルに顔を向け、長刃を体の前で組んだ。刃の隙間を通った散弾が当たっても相手に変化はなかった。ヴィクトルは弾倉がからになるまで撃ちまくった。ジョンも横合いから加勢し続けた。

奇声をあげながら機械鳥は何度も長刃を振り回した。刃は常にヴィクトルたちの寸前で空を切った。知性体自身の攻撃回路への介入は、かなり効いているようだった。でなければ素人のヴィクトルが、これほど刃を避け続けられるわけがない。

豪雨のように降り注ぐ銃弾に機械鳥はやがて押され始めた。顎があがり膝が折れる。胸元の装甲が剝がれ落ち内部の機械が剝き出しになった。散弾が電子機器を穴だらけにして、焦げたオイルの匂いが室内に充満した。

やがて鳥はうつ伏せに倒れた。センサーの灯が消えると、ヴィクトルは遠くから呼びかけた。「これで大丈夫なのか」

《ありがとうございます》ざらざらと割れた音声で返事があった。《思考回路はまだ動いていますが、戦闘能力はゼロになりました》

「信じていいんだろうな」

《はい。あなた方への認識は残っています。ご安心下さい》

ヴィクトルは室内を見回した。切り刻まれた遺体の間をぬって、バハリキースの元へ近づいた。

室内のどこに隠れていたのか、オウムのホークが、いつのまにかバハリキースの頭の近くで飛び跳ねていた。主人の顔を覗き込むように身を屈め、ギャアッ、ギャアッと神経に触る鳴き声をあげていた。

バハリキースの衣服は元の色がわからないぐらい赤く染まり、腹部からは内臓がはみ出ていた。

信じ難いことに、バハリキースにはまだ息があった。

ヴィクトルは彼の耳元へそっと声をかけた。「何か言い残したいか」

「……おれは助かるのか」

ヴィクトルは呆れ果てた。まだ生き延びる気なのか。なんという執念だ。

「手遅れだ」とヴィクトルが告げると、

「医者のくせに、あっさり見放しやがって……」と、バハリキースは、この期に及んでも悪態をついた。「……頼みがある」

「なんだ」

「仲間を助けてやってくれ……」

「わかっている。医者として責任を持って皆を診る。だから安心しろ」

バハリキースはうれしそうに微笑んだ。小声で何かをつぶやいたが、ヴィクトルには聴き取れなかった。

突然、オウムがそれに応えるように口真似を始めた。《トウチャン、ゲンキデ。ハヤクカエッテキテネ》《ゲンキ、ゲンキ、ゲンキガイチバン》《ノンビリヒルネ、キラクガイイヨ》《トウチャン、アリガトウ》《アイシテルワ、バハリキース》《ミンナマッテル、ハヤクイッショニカエリマショウ！》

胸を抉(えぐ)るような痛みがヴィクトルの体を貫いた。声のひとつひとつが、バハリキースの家族や友人のものであることは容易に察しがついた。いつもオウムを手放さなかったのはこのせいか。こいつは、どんな想いでこれを聞きながら、外洋で人を殺し続けてきたのだろうか。家族と仲間には優しい顔を向けつつ、敵と定めた相手には容赦なく残酷になれる——それは善悪を超えたところにある人間の本質だが、こういう形で見せつけられると、あまりにも滑稽過ぎて悲しい。

バハリキースの唇が動きを止めた。目蓋(まぶた)が半分だけ降りていた。ヴィクトルは掌で、それを完全に閉じてやった。

その場から立ちあがると、再び、殺戮知性体の元へ戻った。「仲間はどうしている。通信機能でわかるだろう」

《二体とも、だいぶ前に通信が途絶えています。人間たちと相討ちになったようです》

「殺戮知性体って、そんなに脆いのか」

《私たちは試作機ですから。試験航海として投入されたのです。完成品は、もっと手に負えません》

「これで試作機ねぇ……。完全体が襲ってきたら人間に勝ち目はないな」

《そのお考えで正解かと》

「おまえの中枢機能はどこにある」

《それは申し上げられません》

「そうか」

ヴィクトルはジョンを手招きした。「手伝ってくれ」

「どうするんだ」

「こいつを海へ投げ込む。弾を無駄遣いしたくないから」

「なんとまあ……」

「自己修復機能が働き始めるとやっかいだ。他の二体も捨てるぞ」

《助けて下さいませんの？》少女の声が悲しそうに訴えた。《私たちは先生の敵ではないのに》

「だが、人間の敵だ」

《悲しいことを言わないで下さい》

「おれは人間なんだよ、お嬢ちゃん」ヴィクトルはジョンに鳥の脚を持たせ、自分は脇の下へ両手を入れて持ちあげた。「人間っていうのは非情なものだ。ま、あきらめてくれや」

《ひどいわ、先生》

　鳥は羽をざわざわと動かした。ジョンの顔から血の気がひいた。いまにも手を離して逃げ出しそうになった。

「大丈夫だ」とヴィクトルは促した。「早く運ぼう」

　甲板へ運び出すまでの間、少女の声はふたりを悩ませ続けた。あの手この手で人間の心に揺さぶりをかける話術に、ヴィクトルは背筋を寒くした。最初に殺された連中は、少女たちの巧みな会話に籠絡(ろうらく)され、気を許した瞬間に襲われたのだろう。それからあとは、想像するのもおぞましい惨劇が進行したに違いない。

《私を見捨てるんですか》少女は最後まで喋り続けた。《一生恨みますよ、呪いをかけますよ》

「いいとも、いくらでも恨んでくれ。人工知性体に呪われたって、どうってことはない。仲間や友達が復讐に来るわけじゃないからな。仲間や友達がいるのは人間だけだ」

《助けて先生、お願い……》

「どんなに滑らかに喋ってもおまえは機械だ。機械に人間は愛せない。さよなら」

　ふたりは赤毛の鳥を海へ放り投げた。海面に大きな水柱が立った。機械鳥は浮かんでこなかった。金属の破片さえも。

　船倉へ降りたふたりは、各所で、また血の海に遭遇した。最初に少女たちが連れ込まれたと思われる部屋では、複数の男がベッドや床で倒れていた。

いや、倒れているというよりは散らばっていた。

長刀の試し切りでもなされたように、切り刻まれた肉体が転がっていた。縦割りになった頭部が脳味噌の断面を上にして床に落ちていた。非現実的な光景に黒い笑いが込みあげてきた。血の気を失った人体のパーツは人形の手足のように見えた。ベッドの上には、人間の胴体だけがうつ伏せの格好で残っていた。少女たちに何をしようとしたのか、あるいはしていた最中だったのか——想像するのはたやすかった。

突然、ジョンが部屋の隅へ走って行って吐き始めた。ヴィクトルも反対側へ移動して嘔吐した。部屋には、血の匂いだけでなく、破裂した内臓と腸内から洩れたものの匂いが充満していた。修羅場をくぐってきた身とはいえ、緊張と疲労が蓄積した体に耐えられるものではなかった。

臭気に追われるように、ふたりは廊下へ出た。幽鬼のようにふらふらと歩いた。迷路に迷い込んだような気分だった。あちこちの船室で同じ光景を見た。

廊下の片隅で、半分少女の姿に戻った殺戮知性体が壁にもたれかかっていた。黒髪の少女のボディは返り血に染まり、センサーは消えていた。胸のあたりで、もぞもぞと何かが動いているのが見えた。修復機能が働き始めているらしい。蟲のように蠢く部分へ、ヴィクトルは何発も散弾を撃ち込んだ。再び知性体を甲板まで運び上げ、海へ投げ込んだ。

もう一体を見つけ出すまでには少し時間がかかった。金髪の知性体がいたのは機関部だった。そこには生存者が三名残っていた。傷を負い、壁にもたれて休んでいたが、ヴィクトルたちが声をかけるとすぐに反応した。

　知性体のボディはほとんど傷んでいなかった。変形も少なく、少女の姿のままで両腕から複数の長刃が生えていた。一糸まとわぬ姿で両眼を見開いたまま倒れている知性体は、人間の遺体と区別がつかないほどだった。

「どうやって倒した？」とジョンが訊くと、男たちは機械類を指さした。「感電させた」

　機関部には、海水真水変換装置や電気分解装置などを動かすための電源がある。電気コードを切断して知性体をおびき寄せたうえで、接触させたという話だった。

「でも、まだ動く」男は傷口を押さえながら、つらそうに言った。「完全には死んでいないかも」

「じゃあ、こいつは、このままにして、おれたちのほうが船から逃げ出そう」ヴィクトルは怪我人を担ぎあげた。「どうせ、この船はもう使い物にならない。救命ボートで海へ降りる。コミュニティがある方向はわかるか」

「しょっちゅう移動しているが、魚舟があれば正確な方向が……」

「〈朋〉が死んでいても動かせるのか」

「おれたちが大勢で歌えば何か反応があるかもしれん。途中で魚舟たちが離れても、あとは天測で進めるよ」

「よし。じゃあ、それで行こう」

　五人は足早に甲板まで移動した。ジョンが救命ボートを降ろしている間、ヴィクトルは医務室へ戻って、可能な限り医療用具と医薬品を袋に詰め込んだ。保存食と水はボートの内部に常備してあるはずだが、医薬品は救急セットぐらいしかない。できれば、もう少し食糧と水も増やしたかった。

廊下へ飛び出したとき、どこかで金属が軋むような音を聞いたような気がした。

恐怖に駆られて周囲を見回した。

——動き出したか、あいつが。

なるべく多くの荷物を担ぎたかったので、散弾銃は甲板へ置いてきた。いま持っているのは腰に挿した拳銃だけだ。たぶん、これでは殺戮知性体の装甲は撃ち抜けない。それに金髪少女は、三人の中で最も破損が少ないのだ。

見えない影に背を押されるように、ヴィクトルは走った。息を切らして甲板まで駆けあがり、船縁の位置まで降りていた救命ボートに医療品を放り込む。

「早く乗れ」早口で促した。「さっきの知性体に追いつかれる」

五人がボートに乗り込むと、ジョンはボート側の制御装置を動かした。苛々(いらいら)するほどゆっくりとボートが下降し始める。海面に着水すると、ジョンはワイヤーのフックをひとつずつ外し始めた。

そのとき、船縁に人影が見えた。

背中に冷たいものが走った。

金髪少女が、微笑を浮かべてこちらを見おろしていた。

追いつかれる——。

そう思った直後、ふいに黄緑色の塊が飛んできて少女の頭部に激突した。少女は金属音じみた咆哮をあげ、自分の周囲を飛翔し続ける生き物を、懸命に払いのけようとした。

少女に襲いかかったのは、バハリキースが飼っていたオウムだった。けたたましい声をあげながら、少女への体当たりを繰り返した。足の爪で金髪を掻きむしり、引きちぎり、少女の目玉を嘴で潰そうとした。

少女は苦戦していたが、やがて素早く腕を伸ばすとオウムを片手で鷲摑みにした。首を強く握り、高々と持ちあげた。

オウムは激しく身をよじった。羽を打ち振るい、無茶苦茶に暴れた。しかし、鋼の腕に摑まれて逃げ出せるはずがない。

「邪魔をするんじゃないよ、おまえ」少女は猛獣のように歯を剝き出して冷笑した。「小賢しい生き物……死ぬがいい」

少女はオウムの首を握り潰した。頸椎が音をたてて砕け、嘴の端から血泡が噴き出した。ぐったりとなったオウムの体を、少女はまだ許さないと言わんばかりに船縁に叩きつけた。

湿った嫌な音をたててオウムは潰れ、肉塊から鮮血が噴き出した。船縁に残ったオウムの残骸に、少女は笑いながら拳を叩きつけた。生物とは呼べなくなった肉体が、さらに無残にすり潰された。

その瞬間、ヴィクトルは悪夢から覚めたように叫び声をあげ、少女に向かって発砲した。

弾は何度も少女に衝撃を与えたが、彼女はものともせずにボートのワイヤーを片手で掴み、船縁から身を躍らせた。

　掌の素材が焼き切れるのも構わず、少女はワイヤーを伝って滑走してきた。あっというまにボートの間近まで迫った。焦げ臭い匂いがヴィクトルの鼻を突いた。冷たい微笑が鮮明に見えるほど、少女はヴィクトルの目の前まで近づいた。

　刹那、ジョンが最後のフックを離脱させ、ボートのエンジンを始動させた。ワイヤーが振り子のように大きく揺れた。少女は船へ向かって引っぱられ、背中から船腹に叩きつけられた。衝撃で手を離したのか、一瞬、少女の体が海中に没した。

　急速に母船から離れていくボートの船尾から、ヴィクトルは少女の姿を海面上に探した。泳いでついてくるだろうか、それとも——。

　やがて、ワイヤーを手繰って昇り始めた少女の姿が、小さくなっていく母船の船腹に見えた。遠距離を泳ぐ能力はないらしい。もう表情もよく見えないほど離れていたが、再び金属的な叫び声が聞こえてきた。

　救命ボートの底で、ラブカたちが甲高い声で歌い始めた。船の周囲で待機している魚舟が身じろぎをしたのが、海面に立つ白波の具合でわかった。だが、操舵者の声ではないせいか、あとを追ってこようとはしない。ラブカたちは長く歌い続けたが、魚舟から反応がないのでついにあきらめた。

　ヴィクトルは、そのまま海を見つめていた。

涙をこらえながらオウムのために祈った。

どうか、あの勇敢な鳥が、バハリキースと共に常世(とこよ)の門をくぐれますように——と。

6

バハリキースのコミュニティへ戻るという選択に、ジョンは反対した。ラブカたちが眠ったのを見計らってから、「こいつらを海へ投げ込んで、おれたちだけで海上市を目指そう」と言い出した。

「バハリキースが死んだと知ったら、コミュニティの連中はおれたちを許さないだろう。こいつらの物言い次第で、こちらの運命も決まってしまう」

「でも、治療すれば助かるんだ」

「こいつらは海賊だぞ。おれの部下を皆殺しにしたんだ」

「それとこれとは話が別じゃないのか」

「君がやらないなら、おれがひとりでやる。君は何も知らなかったことにすればいい」

「馬鹿を言うな。ここまで打ち明けられて、知らん顔ができるか」

「邪魔をするなら君も殺すぞ」

「それが本音か」ヴィクトルはジョンを睨みつけた。「状況をよく考えろ。おれたちは、このだだっ広い海原を漂流しているだけだ。協力し合わなければ生き残れん。殺し合っている暇なんかない」

「おれはこんな連中に協力するのはごめんだ」

「バハリキースから頼まれただろう。助けてやってくれと。約束を破る気か」

「まっとうする義理はない」

「おれは医者として約束した。人間として約束した。だから破れない」

「おれには関係ない」

「頼む、ジョン。仲間だと思う必要はない。ここにいるのはただの怪我人だと——そう考えられないのか」

ジョンはヴィクトルを見つめたまま黙り込んだ。ヴィクトルは動悸を押し殺しつつ祈っていた。撃たないでくれ、ジョン。撃ったら最後、おれたちは元の関係には戻れない。

やがてジョンは口を開いた。「——こいつらを生かしたまま、海上市へ向かうという選択肢は」

「それなら悪くない」

「食糧や医薬品の調達で市へ寄ると言えば、こいつらも納得するだろう。それで手を打とう」

「ありがとう」

「礼なんて言わないでくれ」ジョンは毛布にくるまって横たわり、目を閉じた。ヴィクトルに背を向け、二度と話しかけなかった。

ラブカたちの様子を見ながら、ヴィクトルは慎重に水や食糧の消費量を決めた。ラブカたちにヴィクトルを襲う気配はなかった。備品の量を考えれば、彼らのほうがヴィクトルとジョンを殺し、三人だけでコミュニティに戻るという手段もあったはずだ。傷の手当ては済んでおり、あとは定期的に抗菌剤や消炎剤を飲むだけだった。ヴィクトルの存在は保険でしかなかった。

だが、ラブカたちはそうしなかった。

バハリキースの下で働いていた頃の荒っぽさは、いまの三人にはなかった。虚飾を剝ぎ取ったあとに残ったのは、貧相な海の民の姿だった。

動くと体力を消耗するので、彼らは一日中横たわっていた。時々、思い出したようにヴィクトルに話しかけた。三人はバハリキースの最期を詳しく知りたがったが、ヴィクトルはごく簡単に説明するに留めた。最後まで勇敢に闘って死んだと、多少の誇張を交えて話した。それ以外には何も言えなかった。

ボートは潮に乗り、いい速度を出していた。途中、ツノイトマキエイの群れに遭遇した。海流を利用して繁殖地へ向かうエイたちは、海面すれすれまで浮上し、海を茶褐色に染めていた。

ヴィクトルはエイと衝突しないようにボートを操った。群れに巻き込まれたら、この大きさの船では転覆してしまう。速度をあげてエイの群れから離れた。休憩しながら進むエイたちが、このボートに追いつくのは何日後だろう？　ヴィクトルは大雑把に計算して、結果をボートの壁に書き込んでおいた。夜中に追いつかれて群れと合流してしまうと、そこから脱出するのが面倒なのだ。無数のエイが起こす荒波に巻き込まれたら、救命ボートなど瞬く間に沈んでしまう。

航海を続けて五日目、波間に大きな魚影が現れた。クジラやイルカではない。独特のシルエットから魚舟だとすぐにわかった。群れが通過していくと、ボートは転覆しそうなほど激しく揺さぶられた。ジョンは舵を切り、群れの進路から逃れた。魚舟たちはすぐに通り過ぎていった。何かに追われているような泳ぎ方だった。

「なんだあれは」とジョンはつぶやいた。「普通じゃないな」

「海軍が近くにいるのかもしれん。どうする。このまま進むか」

「海軍なら助かるが、この連中をどうする。こいつらは捕まったら縛り首だぜ」

ジョンはラブカたちを振り返った。「どうする？　少しでも早く大きな船に移って安心したいか？　その先に尋問と処刑しかなくても」

「逮捕されるのはごめんだ」と、ひとりが言った。「海軍に捕まるぐらいなら、ボートの中で飢え死にしたほうがいい」

「まあ、そうだろうな」

一時間後、ボートは再び魚舟の集団と遭遇した。遠くからでも、波間にたくさんの魚舟が浮かんでいるのが確認できた。今度の集団は休憩を取っているように見えた。歯ぎしりするような魚舟の鳴き声が聞こえてくる。落ち着きのない鳴き方だと感じたヴィクトルは、双眼鏡で群れを観察した。

「……様子がおかしい。あれは遭難者だ」

「遭難者？」

「やっぱり近くに海軍がいるんだ。砲撃されたんだろう。みんな血まみれだ」

簡単な手当てしか受けていない怪我人が、より重症の者を救うために甲板を駆け回っていた。声は届かずとも、表情や口の動きから、かなり深刻な状況であるとわかる。こちらのボートには気づいていない様子だった。ヴィクトルはジョンにも双眼鏡を渡し、様子を見てもらった。

ジョンはしばらく集団を観察していたが、厳しい表情で双眼鏡を降ろすと、即座にボートのエンジンを切った。

ヴィクトルは声を荒らげた。「なぜ止める」

「あそこは、たぶん検分中だ」

「フリゲートもコルベットも見当たらないぞ」

「潜水艦で来ているのかもしれない。それに、あの状態で君が近づけば、また診療を求められる」

「だったら、なおさら行かなければ」

「ボートの物資は量が知れている。使い切ったら、こちらの怪我人を助けられん」

するとラブカたちが「双眼鏡を貸してくれ」と言い出した。「魚舟の鳴き声に聞き覚えがある」

「なんだって？」

「分散させているコミュニティのひとつかもしれない。頼む。確認させてくれ」

双眼鏡を覗き込んだ男は、すぐに悲しげな声をあげた。「間違いない。おれたちの仲間だ」

「じゃあ、さっき、すごい勢いで逃げていったのは……」

「海軍の攻撃から逃れた連中かもしれん」

「先生、助けにいってやってくれ」ひとりがヴィクトルにすがりついた。「おれたちはもう大丈夫だから、ここの薬を皆に分けてやってくれ」

「馬鹿を言うな。決められた分量を飲みきらなきゃ、いつまでたっても治らんぞ」

「おれたちは自業自得だ。でも、あそこには女や子供がいる。後生だ、先生」

ヴィクトルはしばらく黙っていたが、やがて無言でボートのエンジンを始動させた。

ジョンが目を剝いた。「いい加減にしてくれ。おれは巻き添えになるのはごめんだぞ」

「君は下請けとはいえ警備会社の人間だ。タグで身分を証明できるから、海軍に捕縛されてもひどい目には遭わないだろう。悪いが、このまま進めさせてもらう」

「なんだって……」

「もしあそこに海軍がいるなら、おれたちはあそこで別れよう。君は陸側に助けてもらえ。おれは海上民の側に立って、いろいろと交渉してみる。おれには前科がないから、医者としての立場を盾に、しばらくは連中と渡り合えるだろう。一番いい落としどころを探して、皆を安心させてやりたい。コミュニティ全体がラブカじゃないんだ。何とか話し合って、ひどいことはやめてもらおう」

「甘過ぎるぞ、ヴィクトル。外洋のど真ん中では何が起きても証拠は残らない。下手をすると君も殺されるぞ」

「別にそれでも構わない。おれは、もうこれ以上死体を見るのはごめんだ。殺戮を自分の手で止められるなら全力で止める。ジョン、短い間だったがありがとう。いろいろ世話になったし、いろんなことを教えてもらった。でも、ここでお別れだ。おれは海に残る。君は陸へ戻れ」

「おれだって海上民の端くれだぞ」

「家族が待っているんじゃないのか？　たとえ今回の不始末で会社をクビになっても、家族が待ってる限り、君は戻らねばならん」

ジョンは悪態をつき、船底を踏み鳴らした。「ちくしょう。わかったよ。おれも交渉に付き合おう。おれ程度の身分でも、海軍の下っ端ぐらいとなら話し合えるだろう」

魚舟船団まで辿り着くと、ラブカたちはボートから立ちあがった。上甲板で慌ただしく走り回っている人々に、ヴィクトルは大声で呼びかけた。「どうした。何があった」

人々はヴィクトルのボートを一瞥したが、悲しそうな顔をして首を左右に振り、目の前の作業に戻るだけだった。発言を禁じられているような様子だった。

ジョンがヴィクトルの腕を摑み、強く引っぱった。「見ろ。やはり潜水艦が来ている」

船団に混じって、生き物とは違う黒っぽい塊が見えた。海上に出た艦橋と甲板の形から、だいたいの大きさが予測できた。

「海軍か」

「……いや、違う。シェンドゥガルドだ。社章が見えた」

機械船のエンジン音が近づいてきた。小船が白波を蹴立てて迫っていた。船上には制服姿の男たちの姿が見えた。間違いなく、シェンドゥガルドの警備員だった。

ジョンは表情を輝かせた。「よかった。これなら多少は話が通じるだろう」

「大丈夫なのか」

「海軍の将校を相手に交渉するよりは楽さ」

ジョンはボートの上で両手を大きく振った。敵意がないと知らせるジェスチャーだった。先方のボートが光信号を明滅させた。《停船してくれ。君たちの身元を確認する》

二艘の船はエンジンを止め、渡し板で行き来できる距離まで接近した。

スピーカーを手にしたシェンドゥガルドの警備員が、ヴィクトルたちに、こちらの船へ移るようにと指示を出した。

ヴィクトルは大声で応えた。「こちらには怪我人がいる。まず、この人たちを仲間のいる舟へ帰したい」

「だめだ。事情聴取があるから、全員こちらへ運んでくれ」

「君たちは警察じゃない。警備員だろう。尋問の権利はないはずだ」

「記録を取るだけだ。とにかく上げてくれ」

相手が頑として聞かないので、ヴィクトルはやむを得ず、ラブカたちを相手の船へ移した。

警備員は、ヴィクトルとジョンのタグを読み取ると目を丸くした。

「遭難したんですか。どこで」

「あとで詳しく話すよ」

警備員は同情に満ちた表情を浮かべたが、ラブカたちの手を調べてタグがないと知った途端に、表情を険しくした。

「タグ無しなら、おまえたちは海上強盗団（シガテラ）かラブカだな」警備員の口調には鋭い棘（とげ）があった。

「じゃあ、こちらへ来てもらおうか」

手錠を取り出した警備員をヴィクトルは遮った。「怪我人なんだ。それは勘弁してやってくれ」

「先生、自分のことも顧みちゃどうかな。尋問次第では、あんたらも拘束するよ」

「なんだと……」

「おれたちは準海軍の資格を持っている。ただの下請けじゃない」

見下すような口調にジョンがむっとした。「いつのまにそんなふうに？」

「ま、本社に勤めてなきゃ知らんだろうな」

するると、ラブカのひとりが口を開いた。「先生、おれたちのことは気にするな。みんな覚悟はできているから。先生は自分の身の振り方だけを考えろ」

「しかし——」

「これまでありがとな。いつぞやは殴って済まなかった。もう会えないだろうから、いまのうちに謝っとくわ」

ラブカたちはヴィクトルに向かって少しだけ頭を下げた。「そろそろ、チェーフォや死んだ仲間のところへ行ってやらにゃ。先生は息災で」

飛び出しかけたヴィクトルを、ジョンが後ろから羽交い締めにした。ヴィクトルはジョンを怒鳴りつけた。「離せ」

「やめろ。あいつらにはあいつらの人生がある。綺麗に終わらせてやったほうがいい」

「何が綺麗な終わり方だ。最後まで足掻くのが人間だろうが！」

別々に話を聞くからと言われて、ヴィクトルとジョンは違う部屋へ分けられた。

ヴィクトルが案内された部屋には警備員がふたりいた。勧められたソファに腰をおろしてクッションに背をあずけると、安堵と共に重い疲労感が押し寄せてきた。

警備員は棚からボトルを取り、ヴィクトルに「どうぞ」と差し出した。

ヴィクトルは、ぼんやりとそれを眺めていた。

綺麗な水。飲めるかどうかを心配しなくていい水。世の中に、まだそんなものがあることが不思議に思えた。

手を伸ばして受け取った。封を切り、少しだけボトルを傾けた。真水ではなく輸液に近い成分の清涼飲料水だった。一気に半分ほど飲むと、いかに自分が干上がっていたか実感した。

警備員が言った。「ひどい環境におられたようですね。もっと飲みますか」

「……いや。急にたくさん飲むと負担になるから」

「漂流していたのは何日ですか」

「五日だ。エンジン付きのボートだから漂流というわけではないが」

「沈没事故ですか」

「もっと複雑な事情だ……」

ヴィクトルは、ジョンの警備船に医師として乗り込んだ日の出来事から話し始めた。

では、あの三人は間違いなくラブカなんですね？　という問いに、ヴィクトルは黙ってうなずいた。嘘をついてもすぐにばれる。ばれれば、なぜ嘘をついたのかと追及される。ラブカたちの様子は心配だし怪我も診てやりたかったが、必要以上の誤解や面倒はごめんだった。

「わかりました。先生はラブカではない。これは確かなようですな」警備員は大きくうなずいた。「ご友人もラブカではない。タグの情報からも、彼が元船長であることは判明しています。しかし、なぜ彼は、シェンドゥガルドに、すぐに救助信号を送らなかったのでしょうか」

「発信装置が壊されていたんじゃないかな。それに彼は重傷を負っていた。動けるようになったのはごく最近だ。何もできなかったことを責めないでやって欲しい」

「わかりました」

「コミュニティの人たちの処分は。彼らは普通の海上民だろう」

「バハリキースを匿っていた集団ですからね。このままでは済まんでしょう」

「陸へ連行するにしても、これほどの大人数を移動させるには無理がある」

「ええ、全員を逮捕するのは不可能です。こういう場合、現場にいる我々に処分方法が任されています」

「皆殺しにするんじゃなかろうな」

「場合によってはそうなります。我々は、それだけの武器を備えていますので」

「馬鹿を言うな」ヴィクトルはボトルを握り潰しそうになった。「彼らは一般人だ」

「でも武器を持っています」

「海上強盗団対策だ。獣舟を追い払うときにも銃は必要だ」

「ラブカの行動を支援するための弾薬にも見えます」

「ならば、それはそれとして、きちんと調査して、裁判にかけて結論を出すべきだ」

「海事関係の裁判所は、もうこの種の問題に対応できません。類似の事件が多く、正式な方法では裁けないのです」

「陸が法律を変えたと？」

「そういうことですね」

ヴィクトルはソファから立ちあがった。

「どこへ？」と警備員が止めた。

「話は終わりだ。皆のところへ行く」

「外へ出てはいけません」

「なぜだ」

「出たら先生も巻き添えになります」

「構わん」

「ご自身を、ラブカだと認めるわけですか」

からになったボトルを逆手に持つと、ヴィクトルは相手の肩を軽く叩いた。「おれは、ただの海上民で現役の医者だ。そして、外には怪我人が大勢いる。だから助けに行くだけだ」

「死にますよ」

「水をくれたことにはお礼を言う。ありがとう。これは輸液の代わりにも使えるやつだろう？」

「ええ」

「こういうものを普通に出せるとは、なんと贅沢な船だ。海上社会では清潔な真水を貯めるだけでも大変だ。海水真水変換装置が壊れれば、真水に海水を混ぜて飲んだりもする。雨水は管理が悪いとすぐに腐る。安心して飲める綺麗な水がいつも手元にあるなんて——たったそれだけのことが贅沢極まりない地域や海域が、世の中には呆れるほどたくさんあるんだ。君たちは、そこへ向かって発砲すると言ってるんだぞ」

「我々は、上から命じられた通りにするだけです」

「だったら、おれは自分の頭が命じる通りにするだけだ。ジョン・アレナスと会わせてくれ。少し話したい」

警備員は廊下へ出ると、隣の扉を拳で叩いた。中から担当者が顔をのぞかせると、小声で何か話し合い、それからヴィクトルを振り返って手招きした。

ジョンは室内で寛いでいた。警備員との衝突もなく、打ち解けて話していた様子だった。ヴィクトルの不機嫌さに気づくと、ジョンは少し怯んだような表情を見せ、弁解するような口調で言った。「悪いな。こちらは積もる話があって」

「陸へ帰るのか」

「ああ、手配してもらった」

「じゃあ、ここでお別れだな」

ヴィクトルは自分から手を差し出した。

ジョンは眉根を寄せた。「君は残るのか」

「ああ」

「君はラブカじゃない。連中に何の恩も義理もないはずだ」

「いま、ここで彼らを見捨てるわけにはいかん」

「共倒れになる気か」

「上と交渉する。逮捕された連中を釈放しろとは言わん。連中が海賊をやっていたのは本当だ。あの三人についてはあきらめる。だが、コミュニティには手出しさせん」

「おれたちに、それを決める権限はないんだ」

「いま彼らを攻撃すれば、他のコミュニティの連中だって黙っていないぞ。君たちは世界中の海上民から憎まれるだろう。バハリキースが君の警備船を襲ったように——同じ悲劇を繰り返したいのか」

「無理だ、ヴィクトル。無茶を言うな」

「何が無茶だ。一般人を助けてくれと言っているだけだ」

「彼らは一般人じゃない。ラブカだ」

「違う。陸側が何もしなければ海上民はラブカになったりしない」

「死んでしまうぞ」

「死ぬ？　馬鹿を言うな。おれはどこまでも生き延びてやる。絶対に生き延びてやるぞ」

ジョンは頭を左右に振り、迷惑そうな表情を見せた。ヴィクトルはジョンが迷っていることに気づいた。本当に嫌なら、ここまで話を聞いたりはしないだろう。

ヴィクトルは、さらにたたみかけた。「艦長に会わせてくれるだけでいい。あとはおれがひとりで進める。君に迷惑はかけん」

「……わかったよ」ジョンは顔をしかめた。「艦長にかけあってみよう。少し時間をくれ」

三十分ほど待たされた後、戻ってきたジョンのあとに従って、ヴィクトルは艦長室へ出向いた。

室内には艦長と副官が待っていた。ドアを閉めさせると、艦長はヴィクトルを厳しい眼差しで見つめた。「攻撃をやめろと言っているのは君か。詳しく話を聞こう」

ヴィクトルは丁寧な口調で切り出した。「ラブカのリーダーは、他の仲間と共に死にました。生き残った三人は、こちらの警備船にお渡ししました。これ以上、闘う必要はないはずです。コミュニティにいるのは、ごく普通の海上民です。どうぞ、ご寛容をお願いします」

「彼らはラブカから恩恵を受け、ラブカを匿っていた。放置しておけば、あのコミュニティから新たなラブカが生まれるだろう」

「新しく生まれたラブカを叩くのは、確かに皆さんのお仕事です。しかし、元となるコミュニティを潰すというのは意味合いが違います。誰が犯罪者になるのか——それを事前に予測するのは不可能です。もし、あのコミュニティから新しいラブカが生まれたとしても、それはあくまでも結果論であって、いまの時点で決めつけるのは不適切です」

「人間は病原菌と同じなんだよ、先生」艦長は穏やかに切り返した。「特定の環境に置いてやれば特定の菌が繁殖するように、いまの海上社会は、どこでもラブカが生まれやすい状態になっている」

「その環境を作り出したのは誰ですか。陸の民ではありませんか。海の民だけを責めて済む問題ではありません」

「ここで社会学の議論をしても始まらないよ、先生」

「わかっています。ですから、私は別のお話をするために来ました。お金で時間を買いたいと思います」

「時間を買う？」

「はい。一時間だけ、攻撃を停止して頂けませんか」

「その間に逃げるわけか」

「そちらは魚雷をお持ちでしょう。一時間程度なら軽く追いついて、遠距離から攻撃できるはずです。我々は一時間のうちに警備船から逃げ切れなければ、その運命を受け入れます」

「分散して逃げる気だな。いくら長距離攻撃の手段があっても、バラバラに逃げられたらこちらは追いきれない」

「そちらは何隻で来ていますか。潜水艦一隻だけではないのでしょう。我々が分散して逃げても追いきれるはずです」

「なぜ、何隻もいると断言できる？」

「魚舟の反応から。しきりに鳴いているのは、海中に潜むものの位置と形を、反響定位で把握しようとしているせいでしょう」

艦長は口の端を微かに吊りあげた。「一時間というのは長いな。三十分ではどうだ」

「傷ついた船団です。出発の準備に手間取りますから、一時間は必要です」

「わかった。それに対していくら出す？」

「一万ヴァルート」

「五万だな」

そのとき、ジョンが割り込んだ。「では、私が二万足します」艦長に手の甲を向けた。

「タグから即座に振り込めます。合わせて三万。如何ですか」

「……よろしい」艦長は掌を打ち鳴らした。「それだけあれば、隊員の飲み代ぐらいにはなるだろう」

副官が読み取り機を持ってきて、ヴィクトルとジョンの手にかざした。ふたりは個人認証を終えると支払金額を打ち込み、送金処理をさせた。

ヴィクトルの胸中には、いいことをしたという爽快感はなかった。むしろ、親の借金を子供が肩代わりしたときのような重苦しさと脱力感が、どっと押し寄せてきた。

入金額を確認すると艦長は言った。「では急ぎたまえ。一時間は短いぞ」

「ありがとうございます」

艦長室を出ると、ヴィクトルとジョンは別れの握手をした。

ジョンは言った。「あの二万は純粋に君のために払った金だ。ラブカなんぞどうでもいい。君が助かればそれでいい」ふいに泣き崩れそうな顔になった。「元気でな。楽しかったよ」

ヴィクトルは微かに笑った。「陸へ戻ったら家族を大事にしろよ」

「ああ。気持ちが落ち着いたら、必ず家へ帰る」

「また会う機会があったら、そのときにはよろしくな」

「殺し合いをせずに済む場で再会したいな。さようなら、ヴィクトル。いつまでも君を忘れないよ」


警備員たちから見れば、ヴィクトルは自ら死地に赴く愚か者だった。だが、その嘲笑に対して憤り、落ち込んでいる暇はなかった。

魚舟船団には、ほとんど医療品が残されていないだろう。逃げ切れたとしても、ここから先は地獄だ。自分は再び、医療の無力さを思い知らされるだろう。結局、あの南洋と似た場所へ戻ってきただけだと——。

いや違う。

あの頃、自分は患者を患者としか見ていなかった。自分の仲間として考えたことはなかった。だが、いまこそ、はっきりとわかった。

踏みにじられ、切り捨てられる海の民は自分自身でもあるのだ。だからこそ、その仕打ちに怒りを覚え、助けに行かずにはいられない。

魚舟へ移ったヴィクトルは、上甲板から潜水艦を振り返った。

甲板にジョンが出ていた。こちらへ向かって敬礼していた。ヴィクトルは敬礼ではなく、普通に手を振って応えた。

ソエオサをひとり捉まえると、ヴィクトルはオサの居場所を訊ねた。彼はつらそうに首を左右に振った。「オサは亡くなりました。真っ先に警備員の前へ出て話し合おうとしたのに、あいつらは何も聞かずにオサを撃ち殺した」

　ババハリキースを交えて酒宴をした日の光景が脳裏に浮かんだ。軽やかで豪快なオサの笑い声が耳の奥で響き、すぐに消えていった。ヴィクトルは唇を噛み締めた。みんな死んでしまう。いなくなってしまう。陸と海との闘争の中で――。だが、故人を悼んでいる余裕はなかった。

「船団をいますぐ動かして下さい」ヴィクトルは厳しい調子でソエオサに告げた。「警備船の艦長から、お金で時間を買いました。一時間だけ彼らは追跡も攻撃もしません。その間に逃げるんです。この船団に無線装置はありますか」

「いくつかある」

「では、すぐに他の舟とも連絡を取って。逃走中に長距離ソナーの音を捕捉したら、魚舟を六十メートル以深に潜らせて下さい。海水温度差を利用すれば、センサーを攪乱して魚雷を避けられる率が高くなります」

　ヴィクトルが予想した通り、船団が態勢を整えて出発するまでには三十分近くの時間を要した。ソエオサの魚舟に残ったまま、ヴィクトルは指示を出し続けていた。「最初のうちは、まとまって逃げても大丈夫です。約束の時間の直前まで様子を見ましょう」

「早いうちに船団を散開させたほうがいいのでは？」

「いいえ、最初はまとまっているほうがいいんです。運がよければ海がおれたちに味方します。

それに賭けましょう」

「なんと？」

「失敗したら沈むだけです。覚悟しておいて下さい」

船団は魚舟たちを全速力で泳がせた。傷ついた魚舟の速度では、必死に鰭を回し続けても たいした距離は稼げない。音響孔にいる操舵者は、警備船が発するソナーの音を聴かされ続 けて、発狂寸前になっているだろう。

――もう、そろそろか。

ヴィクトルは口元を引き締めた。

約束の時間が過ぎた。一分、二分……。だが魚雷は到達しなかった。砲撃もなかった。

ソエオサが不審げに眉をひそめた。「なぜ撃ってこない？　たいした距離ではないのに」

「撃ちたくても撃てないんですよ」ヴィクトルは、にやりと笑った。「あいつらが――間に 合ってくれたようです」


潜水艦の発令所で、艦長は部下たちの慌てふためく様子を冷ややかに眺めていた。

――やられたな。あの男が一時間くれと言った理由はこれか……。

ディスプレイに表示された音響画像は、警備隊と魚舟船団の間をびっしりと埋め尽くす無 数の輝点を映し出していた。回遊する巨大魚の群れだ。音響情報は、それが海流に乗って移 動する魚――ツノイトマキエイの大群であることを示していた。

ツノイトマキエイは群れを作るエイだが、繁殖期には、さらに大集団を作って海を行く。何万匹ものエイが太い奔流となって一斉に北上を始めるのだ。あの男は少し手前の海域でエイを見つけ、その到達時刻を今日の一時間後と読んだのだろう。

勿論、海洋生物の行動だから、予測通りになるとは限らない。

運を天に任せたのだ。

これ以外、こちらに対して優位に立てる方法がなかったから——。

この状態で長距離から狙えば、魚雷は魚舟船団に到達する前にエイの群れと衝突する。それだけでなく、海中にばらまかれるエイの血と肉の匂いは、大量の獣舟をおびき寄せる。獣舟が血に狂乱し始めれば、潜水艦といえども安全は保証されない。そんな危険を冒してまで、あの船団を攻撃すべきとは思えなかった。

あの男の話では、殺戮知性体はラブカのリーダーを確かに仕留めたという。ならば、ここで退くのもいいだろう。

「攻撃は中止だ」艦長は重々しく告げた。「陸へ戻る。進路を修正しろ」

艦長は口元に微笑を浮かべた。

船団の惨状を考えれば、攻撃を受けずともそう長くは保つまい。いずれ野垂れ死にする連中を、これ以上、追跡する必要はない。

念のために魚舟を深く潜らせていたが、ヴィクトルは落ち着かなかった。最初の攻撃は確かにかわした。だが、何らかの方法で、警備船が執拗に追ってこないとも限らない。そうなったら、もう自分は何もできない。この舟と共に沈むだけだ。

生まれて初めて、自分の死を生々しく想像した。患者の死ではなく自己の死。それが、ひたひたと背後に迫っていた。薄い膜を一枚隔てて、何かが自分の後ろからついてくる――。

突然、背後から闇が絡みついたような感触を覚えた。目の前が真っ暗になった。全身の血が冷えた。悲鳴をあげそうになったが必死にこらえた。これは恐怖が生み出す幻覚だ、本当は何もいないはずだ――と、懸命に自分自身に言い聞かせた。

背中に取り憑いたものは、ヴィクトルが息を殺して身を硬直させていると、現れたときと同様にふいに気配を消した。

ソエオサの声が、それと入れ替わるように響いた。「もう大丈夫ではないでしょうか、先生」

ヴィクトルは自信なさげに、「そうかな」と口にした。

「散開した仲間が被弾した音も聞こえません。エイの群れは、見事に盾として働いてくれたようです」

「それならいいんだが」

ソエオサはヴィクトルの手を握り、強く振った。「お気を緩めて。たぶん彼らはもう追ってきません」

ヴィクトルはうなずき、ソエオサの手を握り返した。次の瞬間、両脚からふいに力が抜けた。

ソエオサが慌てて体を支えなければ、床で頭を打っていたところだった。ヴィクトルは片手で口元を覆い、体を震わせた。喉の奥から、押し殺した泣き声が洩れてきた。

「大丈夫ですか」

「すまない……ちょっと緊張し過ぎて……」

「無理もありません。先生は私たちを助けるために、ひとりで闘って下さったんです。本当にありがとうございます」

そうじゃない、単に怖かっただけだ、死の恐怖に耐えられなかったんだ——そう叫びたかったが言葉にならなかった。

ここしばらくの経験が一気に甦り、脳裏で、めまぐるしく再生された。人間同士の激しい闘いと夥（おびただ）しい死。こんな調子では、人類は〈大異変〉が来る前に滅びてしまうのではないか。世界規模で殺し合って、死に絶えてしまうのではないか——。

7

それから数日間、ヴィクトルは皆の手当てに追われた。

過日のきっかけは、警備船からの攻撃に、一部の海上民が銃を取り、反撃に出たせいだという。勝ち目がないと判断したオサが止めに入るまで、激しい銃撃戦が交わされた。このときに大量の負傷者が出たという。警備隊との交渉に出たオサが相手に撃ち殺されたのは、このさなかだった。魚舟も巻き添えとなり、かなり傷ついた。ヴィクトルは医学知識を持っている人間を助手に、患者を診てまわった。

予想通り、医薬品はすぐに尽きた。

あとは、怪我人自身の気力と体力に頼るしかなかった。

――何人死ぬだろうか……。

たったひとりで絶望に立ち向かうのは、暗闇で立ち尽くすことに似ていた。助けてくれる者は誰もいない。物資もない。こんなとき父ならどうしただろうか。優れた医者ならどうすべきだろうか。たとえ治せなくても、患者に希望を与えることは可能か。その場合の希望とは、いったい、どのようなものなのか。

ヴィクトルは、一旦、休憩することにした。何かあったらすぐに起こしてくれと言い置き、床に直接寝転がって、気を失うように眠りに落ちた。

しばらくたった頃、誰かに頭をつつかれて目が覚めた。「悪い……もう少し休ませてくれ……」と嘆願しながら寝返りをうった。「午後四時になったらまた診るから……。いまは勘弁してくれ……」

子供の声が耳元で響いた。「先生、大丈夫？　水を持ってきたんだけれど」

聞き覚えのある声だった。ヴィクトルは跳ね起きた。

バハリキースの息子たちが枕元に座っていた。きちんと背を伸ばし、両手で飲料水を入れた器を支えていた。それを、ゆっくりと差し出した。

ヴィクトルは礼を言って器を受け取った。疲労で渇いた喉には、ほんの僅かな水でもありがたかった。

「父ちゃんがどうなったのか教えて欲しい」と少年たちは言った。「皆が、先生なら知っているだろうって」

「おれに訊けばわかると？」

ふたりはうなずいた。ヴィクトルは自分も姿勢を正し、子供たちの顔をじっと見つめた。

「お父さんは、海の底にある常世（とこよ）へ行った。常世ってわかるか」

「現世（うつしょ）の反対。死んだら行くところ」

「そう」

「父ちゃん、死んだのか」

「ああ……」隠しても仕方がない。ヴィクトル自身も十代で母親を亡くしている。

少年たちは訊ねた。「格好いい死に方だった？」

「ああ。お父さんは最後まで君たちやお母さんを愛していた。それは人間として、とても格好いいことなんだ」

「……そうか。最後に、もういっぺん顔を見たかったなあ」少年たちはうつむき、肩を落とした。「いまでも、頭ん中で父ちゃんの声が響くんだ。まだ生きてるみたいに」「おれたちの名前を呼ぶんだ。その声が消えてくれない……」

ヴィクトルは両腕を伸ばすと、ふたりを抱きしめた。すすり泣きを始めたのは、ヴィクトルのほうだった。いままで耐えてきた何かが壊れたように、彼は子供たちを抱いたまま泣いた。

「先生、泣いちゃだめだ」「格好悪いだろ」

そう言われても自分を制御できなかった。声をあげて泣き続けた。

子供たちはヴィクトルが泣きやむまでじっとしていた。彼がようやく体を離すと、

「ああ窮屈だった」と笑い、ヴィクトルに向かって丁寧に頭を下げた。

「教えてくれてありがとう。先生、おれたち、大人になったらラブカになるよ」

「なんだって？」

「父ちゃんがやり残したことを、おれたちがやり遂げる」

「だめだ」ヴィクトルは激しく首を振った。「君たちは普通に生きるべきだ。このまま静かに、お母さんと暮らすんだ。君たちまでいなくなったら、お母さんはものすごく悲しむぞ」

「でも」

「心配するな。ラブカの仕事は大人が引き継ぐから」

「大丈夫？」

「大人は頑張れば大抵のことはできる。君たちは〈大異変〉の日まで普通に暮らすんだ。それが君たちにとって、一番格好いい生き方なんだぞ」

診察を一段落つけると、ヴィクトルはソエオサに告げた。「これからの進み方について相談したいので、今夜、皆と話せる場所を作って下さい。全員が集まる必要はありません。何名か代表として」

ソエオサの舟に集まってきたのは男だけではなかった。若い女も混じっていた。ラブカとして活動していた男の連れ合いや家族だった。

ヴィクトルは皆を見回して話を切り出した。

「バハリキースは死にました。仲間たちも含めてすべて。生き残った三人はシェンドゥガルドに捕縛されました。二度と、ここへは戻りません。皆さん、あらためて生き方を考えて下さい。陸側との衝突を避けたいなら、貧しくても、このまま大人しく生きていくのが一番いい。ただ、長生きはできないでしょう。いまの時点でも薬は足りないから、相当な数の仲間が死にます。そして、これを乗り切っても海には病潮があります。バハリキースが運んでいたワクチンはもうない。ムツメクラゲと遭遇すれば、この船団は全滅します。いまは、船団の立て直しを優先したほうがいい」

「でも、おれたちは、もう全員がラブカだと思われているんだ」ひとりが吐き捨てるように言った。「警備船はまた攻撃してくるだろう。バハリキースがいなくても」

「その可能性は否定できませんね」

「ならば、残ってる連中でバハリキースの後を継ぐしかない」

「継げば闘争を続けるだけです。警備会社や海軍と衝突し続ける」

「先生はおれたちの暮らしを知らないから、まっとうに生きろなどと言うんだ。バハリキースが物資を運んでくれなければ、うちみたいな船団はやっていけない。海で好きなだけ魚が獲れる時代は終わった。魚は、みんな陸上民が獲っていく。〈大異変〉に備えるためだと言って」

「じゃあ強盗団でも結成しますか。それはラブカじゃありません。ただの海上強盗団（シガテラ）だ。バハリキースは、誇りを持って自分をラブカだと名乗っていました。彼が強盗稼業以外に何を考えていたのか、あなた方は知っていますか」

　ヴィクトルは皆の顔を見つめた。

「バハリキースは、船団の新しい生活手段を探していました。あなた方を燃料海藻の生産プラントに就職させる道を――。新しい生き方を始めるなら、いましかありません」

　ヴィクトルは、赤道附近で陸の企業が展開している事業について話した。以前、バハリキースがオサに話した一件である。何人かが興味深そうに目を輝かせた。闘わないで豊かになる方法があるなら、そのほうがずっといいのは確かなのだ。

　だが、不満げな表情を見せた者もいた。ヴィクトルは話を先へ続けた。「仇討ちだとか正義のためだとか、そういうくだらない発想は捨ててもらいたい。おれが遭遇した殺戮知性体は試作機でしたが、いまは、あれ以上のものが作られているはずです。ラブカや海上強盗団（シガテラ）を一掃するための武器が――海洋環境に特化した殺戮知性体が、今後、どんどん投入されるに違いありません。いまからラブカになろうという人間は、それを覚悟しておく必要がある。量産型の殺戮知性体が襲ってきたら、海上民は絶対に勝てません。嘘だと思ったら、どこかの海上市で、リ・クリティシャス混乱期の震えあがるような歴史記録を閲覧して下さい」

「でも、このまま何もしないで逃げるなんて……」

「まともな生活をすることを逃げるとは言わない。この状態でラブカを再結成するなんて無茶苦茶だ。一部の過激な行動で、船団そのものが滅びるんですよ。子供たちの将来がどうなってもいいんですか。年端もゆかない子供に銃を持たせてまで闘うというなら――それは正義じゃない、ただの狂気だ。大人の都合に子供たちを巻き込むなと、おれは言いたい」

「この船団はおれたちのものだ。先生のものじゃない」

「わかっています。おれは自分の仕事を終えたら、すぐにここを出て行く。あとは自分たちで決めて下さい。おれは、バハリキースの遺言を伝えたかっただけだ」


皆をそれぞれの舟に帰すと、ヴィクトルは甲板へ涼みに出た。しばらくするとソエオサがやってきて、酒壺を床に置いた。

お気づかいなく、と言うと、ソエオサは微かに笑って、「いや、これは、バハリキースのために取っておいたものなので」

「そうですか……」

「手向(たむ)けの水のつもりで」

「わかりました。では頂きましょう」

　ふたりはお互いの杯に蜜酒を注ぎ合った。

　ヴィクトルは言った。「バハリキースが、なぜラブカになったのかよくわかります。あなた方は極めて善良な集団だ。まとも過ぎると言ってもいい。海上強盗団（シガテラ）なんかには、絶対にならない方々だ。そうなる前に飢えて死んでしまう。バハリキースは、それを見過ごせなかったのでしょう。彼が、どうやって他のラブカと知り合ったのか知らないが、きっと貨物船を襲うための情報も、そこからもらっていたに違いありません」

「先生は、我々がラブカになることに反対なのですか」

「子供が不幸になるのを見るのはごめんです。おれは十代で母親を亡くしました。よその子が同じように悲しむ未来は退けてやりたい……。燃料生産はいい事業かもしれません。おれはあまり賛成ではなかったんですが、食いっぱぐれがないのは確かです。それでも一社で雇える数には限度があるから、なるべく早く就職したほうがいい」

「あなたは」

「おれはまた放浪しますよ。一ヶ所には留まれない性格でね」

「先生がうちの船団にいてくれたら、とても助かるんですが」

「どこでもそう言われるんです」ヴィクトルは苦笑を浮かべた。「不公平になるので、これまで専属になったことはありません」

「残念です」

「若者を陸で勉強させるといいですよ。いまの時代には少し難しいかもしれないが、陸の医学はものすごく発達しています。役に立つ部分は、どんどん利用すべきです。船団が生産プラントへ到着したら、おれはそこで降りましょう。そこから機械船で海上市へ運んでもらえるはずだから」

ヴィクトルは生産プラントの近くで皆と別れると、再び海上市を拠点に外洋を巡る旅に出た。食堂で情報を拾い、行く先を決める人生——。以前と同じように繰り返した。

ジョンと出会ったのが、とても遠い過去に思えた。だが、実際には一年にも満たない旅だった。

やがて、赤道海域の生産プラントで揉め事が起きたというニュースが、海上市にも伝わってきた。労働者と工場長との間で、勤務条件に関する揉め事が起きたらしい。働ける環境があっても、なかなか、すっきりと問題が解決しないようだ。

ヴィクトルは顔を曇らせた。ほんのささやかな幸せすら許されない、この時代は、いったいどうなっているんだ。

翌日には、騒乱が発砲事件にまで発展し、死者が出ているという噂が伝わってきた。海上市の食堂でディスプレイを通して現場中継を目にした瞬間、ヴィクトルの中で怒りが爆発した。画面には、自分が、バハリキースの船団に勧めたプラントの様子が映っていた。

流れ出した燃料が海面で燃えていた。物々しい装備の警備員がボートで巡回して、船が消火剤を海へ撒く。それを遠巻きにするように、魚舟たちが行き来していた。上甲板には大勢の海上民が集まり、工場へ向かって罵声を浴びせていた。工場側からも警備員が拡声器越しに何かを叫ぶ。両者の叫び声が混じり合った騒音は、歪んで、奇妙な具合に響いていた。

　ヴィクトルは奥歯を嚙み締めた。

——陸の連中は、どこまで海の民を追い詰めれば気が済むのか。

　ニュースを見ているうちに、黒い感情がヴィクトルの内面を蝕み始めた。闘わずに陸の企業へ就職しろ——そう勧めたのは自分だ。それが最悪の形になって返ってきている。

——おまえは間抜けだ。

　耳元で、自分自身の声に嘲笑されたように感じた。

——海と陸に折り合える接点などない。ましてや彼らはラブカの仲間だったのだ。自分たちでは襲撃せずとも、知っていて盗品を消費した時点で盗っ人と同じなのだ。そんな連中が、まともに幸せになれると思ったのか？　おまえは最悪の選択をさせたのだ。その結果がこれだ。

　だったらどうすればいい？　ヴィクトルは心の中で叫んだ。どうすればおれたちは——海の民は本当の意味で幸せになれるんだ。

　声は答えた。——おまえはもう知っているはずだ。知っているくせに知らん顔をし続けていただけだ。ラブカの船で医者をやっていたときから、おまえはもう人殺しだった。人殺しを助ける人殺しだった。バハリキースから強要されたんじゃない。自分で望んで、そう選んだのだ。だったら、手に取るべきものを手に取って行くべきところへ行け。そこには、おまえが長い間探してきた居場所がある。最高の住み処、血まみれの聖地が。

食堂を出て船着き場へ行くと、ヴィクトルは燃料藻類の生産プラントへ向から船を探した。船長を捉まえて、同乗させてくれと頼んだ。

船長は「いま行くと危ないぜ」と渋ったが、ヴィクトルが見せた碧真珠貝(アオ)の大きさに目を見張ると、「まあ、あそこで働いている奴に運ぶものもあるし……」とつぶやいて出港準備を始めた。

ヴィクトルは、ありったけの医薬品と水と保存食を市で買い集めた。大量の武器を値切りまくって買い込み、プラント行きの船に積み込ませた。

ウォータージェット推進船の足は速かった。それでも、もっと速度は出ないのかとヴィクトルは苛立った。が、怒り狂っても船足が速まるわけではない。ヴィクトルは、このタイプの船が予備推進力として帆を使えることを思い出して船長に訊ねてみた。船長は「あるよ」と答えた。

ブリッジのディスプレイに電子マニュアルを表示させ、検索項目から操帆方法を探し出す。船長が言った通り、自動で風向きを追尾する操帆システムが搭載されていた。これならブリッジに居ながらにして帆の操作が可能だ。

航海長に頼んで装置を弄(いじ)ってもらった。甲板からポールが伸び上がり、折り畳み式のプレート状の帆が何枚も開いた。破れやすい布ではなく、潮風にも腐食されない強化合成樹脂製の帆である。速度計を見ていると、みるまに速度が上がっていくのがわかった。

——潮に乗れば、もっと早いんだが……。

ブリッジの航行システムは、ある程度までは自動で海洋環境を読んでくれる。目的地の緯度と経度を打ち込んでおけば、最短・最速の経路を進んでいく。本当は手動で微調整したほうが早く着くのだが、それには潮や風を読む技術が必要だ。ヴィクトルは充分な知識を持っていなかった。あとは船長と航海士に任せるしかなかった。

——また、山のように怪我人と死人を見るのか……。

医師の務めとはいえ——それ以上に、自分の中にある強迫観念じみた信条のせいとはいえ——取り返しのつかない道を進み始めているのが実感できた。

際限なく転がり落ちていく——その破滅の予感が、なぜか心地よかった。

生産プラント周辺は、ただならぬ雰囲気に包まれていた。海面はどす黒く染まり、燃え切っていない油や魚舟の血が混じっているのか、尋常ならざる色の波がフロートの周囲でうねっていた。

あたりには大勢の魚舟がおり、円を描いて泳ぎながら威嚇の声をあげていた。対抗するようにプラント側から音響銃が鳴り響く。不定期間隔でやかましく鳴らすのは、魚舟が鳴き声によって位相の違う音波をぶつけ、効果を減衰させるのを防ぐためだった。

とわかる。

　工場側も海上民も発砲は止まっていた。工場は作業を中断している様子で、防波壁の上に警備員の姿が見えた。常駐警備員ではない。装備から、海洋警備会社から派遣された人員だとわかる。

　ヴィクトルはプラントには寄らず、遊泳中の魚舟に近づいていった。ブリッジの窓ガラスが、びりびりと揺れるほどの凄まじい鳴き声が響き渡った。落ち着かせるために警笛で信号を送り続ける。やがて、一頭の魚舟が自分から近づいてきた。海水が盛りあがり、上甲板が波間から姿を現した。

　魚舟の真横に船を停止させると、ヴィクトルはブリッジから外へ駆け出した。甲板に出ると大声で訊ねた。「おれは医者だ。医薬品を持ってきた。怪我人はいないか。いるならそちらへ移動する！」

　魚舟の上にいた男が驚いたように目を見開いた。「わざわざ個人で来てくれたのか。救援団体すら到着していないのに」

「騒乱の一件はニュースで聞いた。いま、どうなっている？」

「ほとんど解散している状態だが、腹の虫がおさまらない連中が、こうやってプラントを取り囲んでいる」

「ここは、もう離れたほうがいい。先方は海洋警備会社から人を雇ったようだ。次に衝突したら、あんたたちは間違いなく全滅だ」

「おれもそう思うが、皆、頭に血が昇っていて」

「あんたの言葉を聞く者だけでいい。この海域から離れるように言ってくれ。おれは船を沖へ出して待っている。そこまで来て欲しい」

「わかった。なんとか説得してみよう」

「食糧と水もあると伝えてくれ。落ち着かないのは腹が減っているせいもあるだろう。まず何かを食わせたほうがいい」


ヴィクトルが食糧と医薬品を持ってきたと知れ渡ると、プラントを取り巻いていた大半の漁舟は移動し始めた。迷っていた残りの舟も、離れていく仲間を見て不安になったのか、ほどなくあとを追った。

プラントから充分に離れた場所で、ヴィクトルは彼らに手伝わせて、漁舟へ物資を移動させた。漁舟をひとつひとつ回り、怪我人をひとりで診た。深刻な症状に陥っている者はいなかった。そういう人間は、ヴィクトルが到着する前に死んでいたからだ。

「動く元気のある者は、夜、おれの船まで来てくれ」と、ヴィクトルは言って回った。「これからの生活について、真剣に考えたい者を集めて欲しい」

太陽が水平線の向こうに落ちた頃、ヴィクトルはようやく自分の船へ戻り、水と保存食で簡単に夕食を済ませた。

船長と船員は、ブリッジに集まって寛いでいた。ヴィクトルは「しばらく船倉を借ります」と断りを入れ、船の周囲に集まってきた海上民を、順々にヴィクトルの船へ迎え入れた。

集まったのは全部で二十三名だった。

「船の規模を考慮して、ここまで数を絞りました」と、ひとりの海上民が言った。「本当は、もっと多くの人間が、先生にお礼を言いたいと詰めかけたのですが」

「そんなことはどうでもいいから船倉へ降りてくれ。甲板では話ができない」

船倉に足を踏み入れた人々は、中を見るなり、はっと息を呑んだ。壁際に銃身の長い銃と弾薬の箱がずらりと並んでいた。拳銃もいくつかあった。戦争でも始めるのかという物々しさに眉をひそめた者もいたが、ヴィクトルは気にせず話を切り出した。「この中で、以前、おれと会っている者は？」

半分ぐらいが手を挙げた。ババリキースのコミュニティだけでなく、別のコミュニティから来ていた者も今回の騒動に巻き込まれたようだった。話を聞いてみると、船団全体では、むしろ、そちらの数のほうが多いとわかった。

ババリキースの家族はどうなった、特に子供たちは？　と訊ねてみると、わからないという返事が戻ってきた。あの少年たちも含めて、仲間たちは死んだり離散したり逮捕されたりしたらしい。船団は、もはやバラバラになっているという話だった。

ヴィクトルは顔を曇らせ、教えてくれた者たちに向かって深々と頭を下げた。

「まず、おれのことを知っている者に対して謝らせてくれ。すまなかった。生産プラントが、こんな不安定な経営状態にあるとは思わなかったんだ……」

「先生が謝るこっちゃねぇ」男たちが次々と声をあげた。「こんなの現場に来るまでわかんねぇよ。悪いのは工場長だ。もっといい人だったら、おれたち就職できたんだ」「そうだよ。あいつが、たまたま強欲だったんだ」

「ありがとう。だが、この工場に勤めるのはもう無理だ。こういう話は伝わるのが早いから、別の工場に就職するのも難しいだろう」

「それじゃ飢え死にしちまう。海には、いま本当に物資がないんだ」

「では、どうする」

「こうなったら、もう海上強盗団（シガテラ）にでもなるしかねぇや……」

ヴィクトルは足元に置いていた小銃を摑むと、垂直に持ち、ストックで床を叩いた。「この中に、バハリキースの後を継ぎたい奴はいるか」

一瞬、息を呑むような沈黙がその場を支配した。

ヴィクトルは続けた。「彼のように同胞や社会について想い、何十年も先を見ながら闘う意志のある奴はいるか。いたら手を挙げてくれ」

たちまち全員が手を挙げた。バハリキースの仲間ではない船団員も大勢いるのに、場の雰囲気に呑まれたように、頬を紅潮させて同調していた。

ヴィクトルは、壁際の武器を手に取るように皆に命じた。

すべての武器が人々の手に渡った。

ざわめきがおさまると、ヴィクトルは再び口を開いた。「おれが、あんたたちにしてやれるのはここまでだ。あとは新しいリーダーを決めて船団を導いてくれ。よろしく頼む」

ひとりがヴィクトルの前へ進み出た。深々と頭を下げて言った。「ありがとう、先生。ここまでしてもらっておきながら、もうひとつ頼みたいことがある。聞いてもらえないか」

「おれはもう無一文だ。備品と武器を揃えたら、口座がからになってしまった」

「あなたにリーダーになってもらいたい。バハリキースの後継として」

男は皆のほうへ振り返って、大声で呼びかけた。「いいな、みんな！」

賛成の声が轟いた。有無を言わせぬ力に満ちた叫びだった。

ヴィクトルは冷ややかに苦笑を浮かべた。ここへ来るまでに、ある程度予測していた成り行きではあった。ただ、自分はこの船団の生まれではない。彼らが仲間内からリーダーを選ぶのが筋だと考えていた。物資だけ提供して自分は立ち去る、そして、また医師としての放浪生活に戻る。それで何も問題はないはずだった。

けれども――。

「おれをリーダーにすると、皆、早死にするぞ」

「ここまで来たら、もう、それほど長く生きようとは思わん」

「馬鹿を言うな。あんたはよくても子供たちはどうだ」

「どうせ、じきに〈大異変〉が訪れる。都市のドームで守られる陸上民と違って、我々は海で生き、海で死ぬしかないんだ」

相手をしばらく見つめた後、ヴィクトルは自分から手を差し出した。男はその手を強く握りしめた。ヴィクトルは告げた。「リーダーとしての最初の命令だ。おまえがサブリーダーになれ」

「光栄だ。他に必要なメンバーは？」

「おまえが選抜してくれればいい。ただし、あまり数を増やすな。コミュニティの大半には、これまで通りの生活をさせてやってくれ。ラブカの活動に巻き込むな」

ヴィクトルは厳しい口調で言い渡した。「おれと一緒に来るのは、地獄へ落ちると決めた者だけでいい」

■書簡#5　発信者：ヴィクトル・ヨーワ／受信者：アントン・ヨーワ

父さんへ

長い間、連絡できなくてごめん。ようやく落ち着き先が決まった。碌(ろく)な生活はしていないが、胸に誇りは抱いている。この生き方が正しいとは思えないが、間違っているわけでもないはずだ。詳しい話は、これから少しずつ伝えていく。とても一回の手紙では書ききれないから何回も分けて送るよ。全部読んでくれたら、おれがこの道を選んだ理由がわかるはずだ。

母さんの遺言は、いまでもよく覚えている。

『人間にとって最も尊いことは何か、いつも、それを問い続けておくのよ』

おれはこの言葉の意味を、ずっと量りかねてきた。どこに答えがあるのだろう、何をすればこれを達成できるのだろうと。最初は全然わからなかった。だから、とりあえず医者になってみた。これは間違いじゃなかったが、最短の道であったというだけで最良の道ではなかったようだ。

いろいろあった末、おれはいま医者としての立場以外で人を助けている。内容についてはあまり詳しく書けない。だが、食うもののない人間に食糧を与え、病人や怪我人に医薬品を与えている。時間があるときには、いまでも診察している。

一時しのぎだとしても、物資を届けた瞬間の皆の笑顔を忘れられない。じきに元の苦しい生活に戻るだけだとしても、同じ海の仲間が手を差し伸べたという事実だけは、皆、決して忘れないだろう。それが死の直前における彼らの灯となってくれることを、おれたちは願ってやまない。

おれたちのやり方を気にくわない人間は大勢いる。特に陸側に多い。おれはさほど遠くない将来に、いまやっている諸々の行動を糾弾され、強い武力や暴力によって命を奪われるだろう。だが、それ自体は気にしていない。父さんも気にしないでくれ。親に向かってなんたる言い草だと父さんは怒るだろうが、その日が来たとき、おれは結構満足して死ねるような気がしているんだ。

安易に決めたわけじゃない。この選択をするまでには長い間迷った。痩せても枯れてもおれは医者だ。命を救う仕事をしていた人間が、仲間を救うためとはいえ、別の人間から命を奪う行為に手を染めてもいいのかと。

最近、ようやく、この気持ちに折り合いがついたような気がする。

おれは、仲間を救えるなら、そのための方法は何だっていいと思っている。おれが救いたいのは〈他人〉ではなくて〈仲間〉だ。救うに値する〈仲間〉がいれば、その〈仲間〉だけは全力で守り、一心不乱に闘い続けられる。おれが南洋で折れてしまったのは、自分が救っている相手を〈仲間〉だと実感できなかったからだろう。勿論、広い意味で見れば彼らだって〈仲間〉だ。同じ海上民なんだから。けれどもおれは、もっと狭い意味での〈仲間〉が欲しかった。心と体で、それを実感できる相手を。

いま、おれの周囲にいるのはそういう連中ばかりだ。阿呆で、陽気で、気が荒くて、そのくせ妙に涙もろくて、いつも愛情に飢えている。常に苦しみや悲しみを抱え、追い立てられるような形で暴走せずにはいられない。けれども、おれはその姿が愛おしくてたまらない。それはおれ自身の姿でもあるからだ。頭のいい陸上民から見れば、醜くて愚かな存在でしかないだろう。だが、おれは連中が可愛くて仕方がない。おれ自身も彼らに負けないぐらい、阿呆で、醜くて、愚かな存在だからだ。でも、それのどこが悪い？

彼らを手助けすれば、それが回り回って、別の誰かを救うかもしれない。いずれは海上社会全体を救うかもしれない。誰かを助けるという行為は、世界地図を高みから見おろして冷静に何かを配分するのではなく、現場で血まみれになりながら、ひたすら日常を生きていくことであるべきだ。たとえ自分の行動がひどく限定的なものだったとしても、それによって誰かを救えたら……。そう考えなければ人間でいる意味がない。

一回目の手紙は、これで終わりにする。

　二回目からは、医師としての放浪生活で見聞きした事柄について書き送るつもりだ。こちらの医療事情の報告にもなるので、父さんの仕事に役立つんじゃないかな。いまのおれには、これぐらいしか親孝行できない。

　いまでも父さんを愛しているし、母さんを忘れた日はない。

　でも、おれは新しい人間として生まれ変わった。名前も変わった。いまは、ザフィールと呼ばれている。いずれ父さんは、この名をどこかで耳にするだろう。いい意味で聞くか、悪い意味で聞くかは知らない。だが、息子の新しい名前として受け入れて欲しい。

ヴィクトル・ヨーワ

■書簡#6　発信者：アントン・ヨーワ／受信者：ヴィクトル・ヨーワ

ヴィクトルへ

手紙をありがとう。これからずっと送り続けてくれるだけで、父さんはうれしいよ。おまえの手紙は残しておいてもいいのか？　読んだあと、焼却したほうがいいんじゃないのかね？　そのあたりを次の手紙で教えてくれ。

おまえが何をしようが、母さんの言葉を実現するために選んだのなら、私は文句を言わない。いまはこういう時代だ。おまえが信じる道を生きるのが一番いい。そのかわり、人として間違った道へ踏み込んだと気づいたら、そのときには潔く裁かれなさい。どれほどつらくても、決して逃げずに己の罪を引き受けなさい。罪科は、必ず誰かが見ているものだからね。

どんな生き方をしても、おまえはいつまでも父さんと母さんの息子だ。
それを忘れないでくれ。

アントン・ヨーワ

第三部

第六章　マルガリータ

1

海上都市マルガリータの内部は、海中に没しているとは思えないほど明るかった。光ファイバーを通して外部から採られる光は、天井を本物の空のように輝かせている。滑り止めのタイルで舗装された歩道を、青澄はマキを連れてゆっくりと歩いた。

マルガリータ・コリエは、赤道上空から眺めると、白い円盤が点々と浮いているように見える。都市の周辺には、燃料藻類の生産プラントや、食糧となる海産物を育てるアートリーフが衛星のように点在し、海中では潮流発電機関が働いている。

陸上民の海上都市と違って、マルガリータ・コリエの構造の大半は海中にある。波間から顔を出しているのは、都市を覆うドームの部分だけだ。海没式都市と呼ばれる形態である。

居住区を海中に置く設計は、海上民の性質を考慮して導入された。魚舟の居住殻に慣れている海上民にとって、この構造は心理的な圧迫感を与えず、さらに、居住殻よりも広いので住みやすいという利点があった。都市の外壁が損壊しても、海上民は潜水能力が並外れているので、浸水によって溺れることはない。安全対策は独自の形を採用できる。

それでも、電気系統の破損を防ぐため、居住区は三重の隔壁で守られていた。万が一、海水が流入しても、空隙で食い止め、ポンプで排水させる仕組みである。

ここへ来る途中、青澄は機上からマルガリータ・コリエの全貌を眺めた。何百頭もの魚舟が集まり、新たなコミュニティを形成している様子が観察できた。海軍や警備会社からの誤射を嫌がり、避難してきた海上民たちである。都市生活を送る仲間を邪魔しないように、少し離れた海域で船団を展開していた。

海洋で索敵に使うソナー音は、魚舟の聴覚を刺激する。ラブカ対策として世界中の海域で使用頻度が上がっているので、魚舟たちは神経を逆撫でされ、苛立(いらだ)っていた。海上民は魚舟たちを静めるために、より騒音の少ない海域を求めた。マルガリータはその条件にぴったりだった。アカシデウニと獣舟への対策がなされているのも魅力的だった。住み心地のよさは口コミで広がり、多くの海上民が移動してきた。

人が大勢集まると、食糧確保の問題が生じる。マルガリータだけでは魚介類の養殖が追いつかず、臨時措置として、コミュニティにも合成食を配るという手段が取られた。これを嫌がる海上民は、静かさや安全と天秤にかけつつも、マルガリータ海域に住むことを拒んだ。

外縁部に魚舟船団が集合したおかげで、マルガリータ・コリエは、より広い生活区域となった。〈大異変〉さえ来なければ、これが新しい海洋社会の一形態となり、さらなる発展を遂げていただろう。

海の民が一ヶ所に集中していると、陸は支援を行いやすい。

いまは「わしらを構うな」「放っておいてくれ」と顔をしかめる海上民が、〈大異変〉直後、生活困難によってマルガリータに助けを求める可能性は否定できない。人間の心は変わりやすい。それは非難されることではないし、助けを求める者を眼前で無視するわけにもいかないのだ。

だが、マルガリータの倉庫には限界がある。これ以上は援助できないと市長たちが告げたとき、周辺海域の海上民は、潔く、あきらめてくれるだろうか？

無節操に都市を開放すれば共倒れの道しか待っていない。マルガリータを生き延びさせ、同胞は外で死んでいく——そんな選択に、果たして両者が耐えられるのか。それは海上民の問題であり、青澄がどうこうできる事柄ではなかった。けれども、とにかく一ヶ所に集まっていてくれれば、何がしかの手助けはできるはずなのだ。


落成式会場の控え室には、マルガリータの市長や管理職員が揃っていた。皆、海上民なので、アシスタント知性体は持っていない。青澄は普通に挨拶して、お祝いの言葉を述べた。

落成式は十基同時に行われる。世界中に中継され、新しい時代の幕開けが宣言される。いまこそ世界中が団結し、〈大異変〉という大きな危機を乗り越えよう——。そんなスピーチが行われ、海と陸との垣根が、公の場で取り払われるはずだった。

勿論、それは形式上の話だ。この式典を終えても陸と海との間に齟齬は残り続け、市井レベルから政府レベルまで、人間同士の角突き合いは絶えないだろう。だが、マルガリータ・コリエの運用は、時代を確実に一歩前へ進めるに違いなかった。

進行担当者が皆を呼びに来た。青澄はマキと共に控え室から出て、式典会場に入って、一般参加者の座席へ腰をおろした。

落成式が始まった。

今日は、工期が延びていた十基目のマルガリータが、ようやく完成して本格的な運用が始まった日。青澄が外務省を退職してから十一年目にあたっていた。

来賓席には、政府や連合の代表、工事に関わった企業の重役、外洋公館の大使・公使など、管理責任者の立場にある者が、ずらりと並んでいる。

そこに青澄の席はなかった。

青澄は計画の立案者ではあったが、この十一年間、具体的な建設にはまったく関与していない。既に部外者であり、労をねぎらわれる立場にはなかった。いままでは、彼が係っていた過去すら知らない者のほうが多かった。

各都市の市長だけが、青澄と交流し続けていた。ＮＯＤＥから命じられた、タグ付けの問題があったからである。青澄は市長たちにＮＯＤＥの本心を包み隠さず伝え、危機管理対策としてこれを容認できるかどうか、彼らに選択を求めていた。

話を打ち明けられると、十人の市長は衝撃を受けた。が、この条件を受け入れない場合、マルガリータの運用が中止されるかもしれないと聞かされると、それだけは避けるべきだと主張した。住民全員にすぐにタグを付けるのは無理だが、段階的に導入する形ではどうかと青澄に訊ねた。青澄はうなずき、それで進めてみましょうと言った。ＮＯＤＥに対して、〈積極的に逆らうわけではない〉という態度をちらつかせておくのは悪くない。住民の自由度を残したいという点で、市長たちと青澄の意見は一致していた。

この条件でＮＯＤＥを納得させるのは骨が折れた。十人の市長たちは「タグを導入しないとは言っていない」と管理官に対して熱心に主張し、定期的にタグの導入率を報告するという条件付きで、マルガリータ・コリエのタグ付けの問題を決着させた。

青澄は市長たちの尽力に満足し、これですべてから手を離せると確信して、静かに現場から退いた。

後日、青澄の元へは、ＮＯＤＥ日本支部の柴崎管理官から連絡が入った。専用回線でつないできた柴崎は、裏方として働いた青澄の苦労に感謝し、今後ともよろしくお願いしますと慇懃（いんぎん）に礼を言った。

「マルガリータ・コリエは海上民のものだ、それを忘れるな」と青澄は念を押しておいた。柴崎は微かに笑いながら、わかりましたと答えた。

一般客席で市長のスピーチに耳を傾けながら、青澄は、十六年近くに及んだ己の苦労に想いを馳せた。ヘンリー・ＭＵＰ・ウォレスがツキソメに託した人類の未来――。それが、いまようやく本当の姿を現した。滅亡の前に置かれた、ささやかな灯。これには必ず意味があるはずだ。いや、いまさら意味など求める必要はない。ここには、既に安らぎを得ている人々が大勢いるのだから。

落成式は恙なく終わり、別室で祝賀会が始まる旨がアナウンスされた。設立関係者が集まる華やかなパーティーだが、青澄はそちらへは足を向けず、マキを連れて会場の外へ出た。

居住区の広場には臨時で屋台が立ち並び、海上民が飲み騒いでいた。換気設備は完璧なはずなのに料理の匂いがすごかった。まるで海上市のようだ。

海上民はほどよく酔っぱらい、打楽器を軽快に鳴らしていた。あちこちから陽気な歌が流れてくる。青澄は悠然とお祭り騒ぎの中へ身を投じた。すれ違う人々と挨拶をし、顔なじみの者と肩を叩き合い、魅力的な女性を見つけたときには、その場で相手の手を取って踊った。

マキが脳内通信で呼びかけてきた。「本当に、パーティー会場へ行かなくてもよろしいのですか」

「いいんだ」青澄は手をひらひらと振りながら答えた。「あっちより、こちらのほうが面白いだろう?」

青澄は近くの店で蜜酒と貝柱を買い、中央公園のベンチに腰をおろした。とろりとした甘口の酒は、外洋公館で働いていた頃を懐かしく思い出させた。

「こんな粗末なものを召し上がらなくても」とマキが咎めた。

「粗末? 何を言うんだ。こんな美味いものはないぞ」

「陸の流通許可を得ていない食品です」

「昔は、おまえも食べたり飲んだりしていたぞ」

「本当ですか？」

「アルコールは分解しやすいから問題ない。貝柱は、いまのボディでは少し難しいかな」

そのとき、広場を横切って、アニス・Ｃ・ウルカ祭司が近づいてくるのが見えた。青澄は目を丸くした。

アニスは白い長衣を着て、両肩から紫色の帯を垂らしていた。胸元に輝くのは、金糸で刺繡を施(ほどこ)された教団(プレジェ)のシンボルマーク。初めて見る衣装だった。特別な機会だけに着るのだろう。

「失礼します、青澄理事長」

「なぜここへ」

「これも仕事のうちなので。こちらの住民にも、教団(プレジェ)の信者がいるのです」

「そうでしたか……」

「パーティーには出席なさらないんですね」

「私は関係者ではないので」

「一番の功労者なのに」

「ここの主は海上民です。本当は、この広場にいる人たちこそが、パーティー会場へ招かれるべきなんです」

　青澄は屋台の集まりに目をやった。「陸上民がやることは、いつもズレている。でも、都市が本格的に稼働し始めれば、陸側が入り込む余地はないでしょう。利権絡みで嫌な話も出るでしょうが、市長たちは、よくやってくれるはずです。あなたこそ、パーティーで楽しんでいればいいものを」

「ああいう雰囲気は苦手です。不躾な方も多いので」

「実は私も苦手でね」

「元外交官なら、政財界の魑魅魍魎には慣れていらっしゃるのでは？」

「私は元来、内に籠もる性格でね。案外、無愛想なんです」

　アニスは小声で笑った。「今日のご予定は？　もしよろしければ、このあと、ご一緒させて頂けませんか」

「申し訳ありません。今日は、これから人に会う約束があって」

「そうですか。では、また日をあらためて」

　ふたりはベンチから立ちあがった。

　青澄は訊ねた。「祭司から見ても、ここはいい都市でしょうか」

「ええ。素晴らしいと感じました」

「ありがとうございます」

「今日はあなたにとっても記念日です。大切に楽しんで下さい」

2

広場でアニスと別れると、青澄は居住区へ足を向けた。

華やかな祝宴に興味がない人々は、いま、それぞれの居住区で、平凡な日常生活を始めているはずだった。

青澄が訪れたのは、都市の管理者が住む特殊な一角だった。他よりもセキュリティが厳しく、一般市民は入り込めない。許可証がなければ、ブロックにすら立ち入れない場所である。ゲートの前で、手の甲のタグを機械にかざした。データが読み取られ、区画の入り口が自動的に開いた。

受付で、ひとり乗りのコミュータを借りた。

行き先を入力すると、青澄が運転しなくてもコミュータは自走し始めた。

辿り着いた先には、薄緑色の居住棟が立ち並んでいた。青澄は一軒の前に立ち、戸口の装置で自分の手の甲をスキャンさせた。

「どうぞお入り下さい」

合成音声と共に扉が開く。「応接室は、つきあたりの右側にございます」

青澄は玄関をくぐり、部屋の奥へ向かって歩いた。新造家屋の匂いが鼻をくすぐった。陸上民である自分には慣れた匂いだが、海上民にはどうだろう？　香を焚いて消そうとするのではないか。密閉空間で海上民が好き勝手に香を焚き始めたら、空調システムは悲鳴をあげるかもしれない。あとで管理部に確認を入れておこう。

応接室の扉は開け放たれていた。室内に足を踏み入れると、ツェン・リーがひとりで待っていた。前にリーと会ったのは十年前。陸での仕事を完全に終えたので、ここへ隠居すると少し前に聞かされていた。

海へ戻ってきたのは政治に倦んだからではあるまい――と青澄は見越していた。おそらく、これからは海上社会へ積極的に関与するつもりなのだ。一度権力を握った人間は、そう簡単に引退できないものだ。ましてやリーの性格を考えれば、暗殺でもされない限り現場から退くつもりはないだろう。

ディスプレイには都市内のにぎわいを映す画像が流れていた。

「如何ですか、住み心地は」と青澄が訊ねると、「まあまあだね」リーは大した感慨もなさそうに言った。「急いで作ったわりには安普請でもない。かけたまえ」

「お邪魔致します」

リーの経歴を考えると、地味過ぎる住居だった。本人はともかく、家族はどう思っているのだろうと気になった。あるいは最新型の都市デザインは、リーにも安心感を与えているのだろうか。

青澄は口を開いた。「生命維持システムを重視して設計すると、結構いい作りになりました。宇宙ステーションや惑星開発に関するデータが残っていたので、それを使うとこのような形に」

「あとは寒冷化にどれぐらい耐えられるか——だな。赤道は全球凍結に備えるには有利な場所だが、ここまで凍らないという保証はないんだろう？」

「ええ」

「マルガリータ・コリエは完成した。都市に住まない人間も、周辺海域で大いに喜んでいる。誰もが安心して働き、生活できる理想の環境が作られた。さて、君の次の目標は何だ」

「ラブカの掠奪行為をやめさせます」

「難しいぞ」

「方策さえあれば可能なはずです。ただ、彼らを交渉の場へ引っぱり出すのが難しくて……。ダックウィード経由で複数のリーダーに声をかけましたが、未だに誰も応じません」

「当然だろうな。すべての海上民の生活を助ける方法などない。救済措置から洩れる人間がいる限り、彼らは掠奪をやめんよ」

「しかし、誰かが呼びかけねば、彼らは武器を捨てられないでしょう」

「武器を捨てる時期は、海上民自身に任せてはどうかね」

「それでは時間がかかり過ぎます。陸にも海にも、いま、この瞬間に死にゆく者たちが大勢いるのですから……」

リーは懐（ふところ）からデータプレートを出して、ローテーブルに置いた。「いいものをあげよう。私のために、この一区画をあけてくれたお礼だ」

「何ですか」

「前に話したものだ」

「例の〈毒〉ですか」

「君にとって大きな権力の源になるか、あるいは災いの種となるか……。すぐには開封しないほうがいい。いまの仕事を進めるうちに、問題の全体像が見えてきたら開けなさい。いい切り札になるよ」

「ロックは？」

「掛けてある。君が安易に手をつけないように」

「お気づかい、ありがとうございます」

「専門家に頼めば一週間ぐらいで開くだろう。開いたら戻れない――それは覚悟しておいてくれ」

「はい」

「渡さないほうがいいのでは……とも思ったが」リーは含み笑いを洩らした。「私は君に対して、少々、複雑な感情があってね。手助けしたいという想いと同時に、破滅させてやりたいような気持ちもある」

　青澄は沈黙を守った。リーと似た想いは青澄の中にもあった。リーに対して覚えるのは、憎しみとも愛着ともつかぬ感情である。ツェン・タイフォンが生きていれば――という想いは、いまでも青澄の中で燻（くすぶ）っていた。リーは優秀な人間だ。しかし、その優秀さには刃物の危うさがある。タイフォンは世渡り下手だったが、世の中を変えるときに居て欲しい人間だった。

データプレートを自分の懐に収めると、青澄はおもむろに口を開いた。「……私はもう五十三歳です。そろそろ、人生の収穫期について考えねばなりません。利益や実りを得るだけが収穫ではないでしょう。自分自身の破滅も収獲のひとつです。それによって何かが成し遂げられるのであれば」

リーは表情を変えなかった。冷ややかに続けた。「その〈毒〉が与える破滅は、君に直接ふりかかるとは限らない。君の周囲にいる人間が、君の代わりに引き受ける形になるかもしれないよ。そうなったら、君は身の置き所がないほど傷つくのではないかな。元来、そういうことには耐えられない性格だろう」

青澄は一瞬顔を曇らせたが、すぐに答えた。「私の意地にかけても、そのような流れにはさせません」

「結構なことだ。――ところで、〈大異変〉の時期は、まだ確定できないのかね」

「観測データは集まっていますが、ＩＥＲＡの技術では確定は不可能です」

「最初の告知から十年以上過ぎた。残りは三十五、六年と見ても大丈夫か？」

「準備期間を考えると、もう少し厳しく見て――二十五年前後でしょう。人間の生活期間としては長く、しかし、多数の巨大構造物への設備投資期間としては短い。微妙な年月です」

「ＤＳＲＤの面々は？」

「ロケットと宇宙船の製造に心血を注いでいます。さすがに一般市民も抗議を始めたようですね。ロケットを作る余裕があったら避難施設を作れと」

「道理だな」

「政府が公に支援しているわけでもないのに、随分と強い風当たりです」

「では、そちらも助けてやってはどうかね」

「何もしないと決めております」

「DSRDを手助けすれば、エネルギー問題の解決につながる。ここだって燃料藻類だけでは保つまい」

「当初の予定だけで走りきれないなら、途中で手助けしても無駄でしょう」

「ふむ」

「ここの市長には、お会いになりましたか」

「会ったよ」

「アドバイザーの話は」

「まとまっている」

「公的に？」

「勿論」

「粘りましたね」

「タダ働きはごめんだからな」

　リーは室内をぐるりと見回した。「私はもう歳だ。ここで暮らせるのも、あと十年か二十年か。ここは、いずれ私の家族や親戚のものになる――。ところで例の警備の話だが」

「はい」

「シェンドゥガルドのモルネイドを使う予定だ」

　青澄は眉をひそめた。「市長も納得のうえですか」

「当然だ」

「あれは殺人兵器です」

「そのままでは使わん。改良する。ちょっと、この画像を見てくれないか」

　ディスプレイに表示された改良型モルネイドは、青澄が以前見たものとは、かなり形が違っていた。禍々しく攻撃的なデザインは鳴りを潜め、曲線的で滑らかな姿はウミガメを連想させた。初見では武器の形態がまったくわからない。

「これをどう使うのですか」

「音波機器として使う」

「忌避装置ですか」

「海には獣舟を殺す文化はない。これが、ぎりぎりの線だよ。音で逃げないなら忌避剤でも撒くしかないね」

「こういうものは、頻繁に使うと魚舟にも影響するのでは」

「当然これだけでは防ぎきれない。どうしようもない場合には、警備員に射殺させる流れになる。モルネイドは二十四時間態勢で海中を監視できるから、ラブカ対策にもなる」

「ラブカの魚舟を、どうやって認識させるんですか」

「マルガリータでは魚舟にもタグを付ける。戸籍と連動するタグではなく、マルガリータ海域の一員であると証明するタグだ。モルネイドは、そのタグを持たない舟だけを攻撃すればいい」

「なるほど。攻撃能力はどの程度まで？」

「軽微なものだよ」

リーが言う〈軽微〉がどの程度なのか、青澄には想像もつかなかった。リーには、人間よりも獣舟を大切にする価値観がある。その考え方を優先して、陸上民の犯罪者を皆殺しにした過去があるほどだ。本来なら獣舟には極力触れたくないのだろう。モルネイドは苦渋の選択だ。

「モルネイドの改良には、君の故郷である日本群島が大いに貢献している。あそこには優秀な技術者が多いからね。DSRDのアキーリ計画も、あの技術力が背景にあればこそだ」

「そうですか……」

「日本群島は、いずれ、モルネイドの生産・開発の最重要拠点となるだろう。君も工場や研究所を見学しておきたまえ。実戦で投入されるものは洒落にならん兵器だぞ。詳細を知っておいたほうがいい」

「わかりました。今度覗いておきます」

「マルガリータ・コリエは、如何なるときにも完全中立を保つ。私は、この気風を絶対に守らせるつもりだ」とリーは言った。「ラブカへの協力など断固として許さん。市長たちにも厳しく言い渡しておくよ」

3

マルガリータ・コリエの運用が華やかな落成式と共に始まった日、ある海上市の酒場に目的を同じくする男たちが集まった。

入り口には休業日の札が吊るされ、中は貸し切り状態になっていた。五十名近くの男たちがテーブルにつき、人工酒をあおりながら時間を潰していた。その中にはザフィールの姿もあった。

店内のディスプレイは落成式の進行を生中継していた。真面目で地味な式であったが、一般席に座る海上民たちの服装は、海の民とは思えないほど洒落たものだった。衣服は海上都市での生活に適した機能的なもので、最初の支給分はすべて無料だったとアナウンサーが賞賛した。

酒場でたむろする男たちは、番組をすがめで追っていた。映像の中でにこやかに笑っている海上民を、同胞であるにもかかわらず、異分子でも眺めるような目つきで見ていた。自分たちとは違う異質な生活を始める仲間——。その現実は男たちの胸に暗い翳を落としていた。

カウンターの奥では、店主が、きびきびと客への応対をこなしていた。高齢ながらも芯の通ったその態度は、たとえ荒くれ者であっても自分の店で無礼な真似をすることは許さんと、無言のうちに威圧していた。その店主もまた、客たちと同様に、冷ややかな目つきを中継映像へ向けていた。


落成式が終わって祝賀会が始まると、スツールに腰を降ろしていた禿頭の巨漢が椅子から立ちあがった。店の中へ向き直り、大声で呼びかけた。「みんな、聞いてくれ」

オクトープスという名のその男は、店内を睨め回した後、よく通る声で言った。「今日は、リ・クリティシャス以降初めて、海の民が海上都市を手にした日だ。おめでとうと言おう。だが、圧倒的大多数の民の暮らしは何も変わらない。これからも困窮して飢え続けるだけだ。おれたちの社会は、陸の民による資源強奪によって壊滅の危機にある」

男たちは一斉にテーブルを拳で叩いた。強く同意したときの意思表示。オクトープスは続けた。「マルガリータ01には、なんとツェン・リーが移住してきたそうだ。故ツェン・タイフォン上尉の実兄、リーだ」

「いまさら遅過ぎる」男たちは口々に怒鳴った。「あいつがもっとしゃんとしていれば、上尉は死なずに済んだのに」「リーは政府の仕事を優先して弟を見捨てたんだ」「今度はマルガリータを私物化するつもりだ」「海の民を押しのけ、陸の民を移住させるに決まっている」

「待て待て、みんな落ち着け」オクトープスは両手で皆の勢いを抑えた。「それは誤解だ。タイフォン上尉が殺されたとき、リーも政府に逮捕されていた。ひどい尋問を受けていたんだ。そのせいでしばらく政務に戻れなかったほどだ」

「そんなものは、ただの言い訳だ！」

「当時のニュースを調べればわかる。彼を責めるのはやめよう。それより、もっと大きな問題について話したい。リーが海へ戻ってきたのは、陸と海を対等な関係で結ぶためだろう。そのために、ラブカを普通の海上民から引き剝がして孤立させるだろう。海にもまともな人間がいるとアピールしなければ、陸との対等な付き合いができない。おれたちに対しては、きっと〈大人しくしておいてくれ〉と頼み込んでくるはずだ」

再び店内に怒号が渦巻いた。「リーの言うことなんぞ聞く必要はない」「陸上民を殺せ」「あいつらは、おれたちの仲間を殺し続けているじゃないか」

オクトープスは続けた。「いいからみんな聞け！　争いを好まない者にとって、陸との友好関係はありがたいものだ。女子供や他の仲間をマルガリータで保護してもらうのは悪くない。だが、だからといって、おれたちが陸に恩義を感じる必要はない。ラブカの活動は別のものとして考えるべきだ」

部屋の隅から、ひときわ大きな声が挙がった。「その通りだ」「あんたに全部任せるから好きにやってくれ」「おれたちは全員ついて行くぞ」

「ありがとう！　今日集まってもらったのは他でもない。ラブカを、あらためて、ひとつの組織として強化したいからだ。これまで以上に皆との連絡を密にして構成員を増やし、大人数で陸側に対して反政府運動を仕掛けたい。積極的に声明文を発表し、陸側の搾取や虐殺行為の停止を働きかけよう。そのためなら大規模な戦闘も厭わない。おれはラブカを、そういう強い集団として成長させていきたい！」

室内のすべてを揺さぶるような歓声があがった。男たちはオクトープスを讃え、ラブカを讃え、〈陸上民に死を！〉と叫んだ。

オクトープスは片手を挙げ、笑顔で客席のあちこちに視線を送った。

ザフィールは皆の騒ぎに少しも興味を示さず、白けた表情でうつむき、酒を飲み続けていた。時々、不愉快そうに小声で何事かをつぶやいた。

オクトープスは、マルガリータ・コリエの社会構造について滔々と語った。十基の都市には警備会社が常駐すること——それは、巡回警備船が、補給目的でマルガリータに立ち寄るという意味である。マルガリータ・コリエは外洋の監視塔でもあり、ラブカの足枷としても働くのである。

「じゃあ、どうすればいい？」と、ひとりの男が訊ねた。「潜水艇がもっとあればいいが、あれは簡単に買えるもんじゃねえ」

オクトープスは続けた。「潜水艇については入手先を確保した。もっと増やせるぞ」

男たちは息を呑んだ。「本当か？」「そいつは凄ぇ……」

「本格的に闘争するなら、魚舟や小型機械船だけでは足りん。もっと武器が必要だ。おれはそれを整えつつある。加えて、マルガリータをラブカ側につける手段も考えたい。警備船の備品を横流しさせ、陸側の情報を流してもらう。マルガリータ・コリエは陸上民の海上都市とも連動する。行き来が盛んになれば、海上民が陸の大都市に入り込むのも容易だ。そのルートを利用して都市を内部から破壊できる」

場の空気が張り詰めた。「陸上民の都市を直接……」

オクトープスは微笑を浮かべた。「貨物船から物資を掠奪して魚舟船団へ分け与える――それだけで満足する時代は終わった。いまのままでは、ラブカは警備会社から駆逐される海の強盗団に過ぎない。思い出してくれ。我々の目的は、もっと崇高なものだったはずだ。陸側によって蹂躙（じゅうりん）された海上民の権利と生命を守り、民族の誇りを取り戻す――そのためには大規模な示威行動が必要だ」

「具体的には何を」

「陸上民は都市がなければ生きられない。重要施設の爆破、物流網の遮断・破壊、海水真水変換設備や食糧生産工場を破壊するだけでも相当なダメージを与えられる。彼らは激怒するだろうが、その怒りを萎えさせるほどの恐怖を我々は彼らに与え続けよう。我々が受けてきた痛みと苦しみを彼らにも！　彼らがそれを実感したとき、真の平和が求められる社会が海にも陸にも訪れるだろう――」

突然、ザフィールは椅子を引いて立ちあがると、テーブルの端に小銭を置いた。皆の視線が自分に集中する中、平然と店の出入り口へ向かって歩いた。

オクトープスが低い声で告げた。「まだ途中だぞ、ザフィール」

ザフィールは振り返ると、オクトープスに笑顔を向けた。「酔いが回り過ぎた。外の風に当たって頭を冷やしたい。あとでまた来る」

「本当だろうな」

「本当だ」

扉を押して外へ出ると、ザフィールは市場へ足を向けた。果物屋がある界隈をぶらぶらと歩き回った。途中、パラミツを売っている店を見つけて驚嘆した。なんでこんなものがあるんだ。合成果実か？

熟し切った香りは、それが偽物でも構わないと思わせるほどの魅力を放っていた。一切れ買い、口に含んだ。あくの強いパイナップルのような甘味と酸味が、油っぽさと混じり合ってほどよいバランスを保っていた。無心に食べた後、ベタベタになった手を共同水飲み場で洗い、口をすすいだ。その後もしばらく逍遙し、もうそろそろかなと思った頃に酒場へ戻った。

集まっていた男たちは解散していた。オクトープスと彼の側近だけが、店の一番奥で何か話し合っていた。

ザフィールが近づいていくと、オクトープスは朗らかに笑い、手招きをした。ザフィールがテーブルにつこうとすると、それを止め「上で話そう」と促した。

カウンターの隣に扉があり、そこを押すと薄暗い廊下と階段が見えた。ザフィールは臆することなく、オクトープスのあとについていった。

階段を昇った先に、廊下を挟んで、ベッドと丸テーブルがあるだけの狭い部屋があった。テーブルには酒壺と杯が用意されていた。部下を外へ出すと、室内は、ザフィールとオクトープスのふたりだけになった。

「楽にしてくれ。ここでの話は絶対に洩れない。酒はこれでいいか」

「さっき呑んだから、もういい」

「つれないねえ」

「あんな馬鹿騒ぎを見せられたんじゃ、熱意も冷めようというもんだ。ズワルトからは、もう少しましな連中が集まると聞いていたぞ」

「あれじゃだめかね」

「話にならん。おれは、陸上民の都市を破壊してまで、海上民の権利を主張しようとは思わん。海のイメージを悪化させるだけだ。マルガリータ・コリエなんて放っておけばいい。自ら檻に入ると決めた人間を説得する術はない」

「あれは檻じゃない。海上民が自ら手にした新しい土地だ」

「作ったのは陸上民だろうが。見たか、連中の格好を」ザフィールは吐き捨てるように言った。「荒布の服を捨てた海上民なんて海上民じゃない。ただの〈海に住んでいる人間〉だ」

「だが、あそこは魚舟だって置けるんだ」

「だから何だというんだ。むしろ、そうやって、いかにも環境が変わらないように思い込まされて、骨抜きにされていくんだ。そのうち、あそこでも人工子宮で子供を作るようになるぞ。その方法なら魚舟を産まずに済むからな。陸上民にとっては、このうえなく好都合な生殖管理方法だ」

オクトープスは自分が呑む酒を杯に注いだ。「マルガリータが味方についてくれたら、補給の苦労が減る」

「馬鹿を言え。警備会社は常駐しているし、陸上民だってしょっちゅう出入りするんだ。そう巧くいくもんか」

「大きなことを成し遂げるには無茶も必要だ」

「それがくだらないと言ってるんだ。何が大きなことだ。おまえらはただの阿呆だ」

杯を弄びながら、オクトープスは訊ねた。「では、おまえはどうすればいいと思っている？　日々厳しさを増す海の暮らしを、変革なしに支えきれると言うのか」

「変える必要なんぞない。これまで通り貨物船から掠奪して、やばいと感じたら辺境へ引っ込めばいい。闘争を激化させて泥沼化するよりも、辺境で飢え死にするほうがマシだ。革命や闘争をやりたい人間は勝手にやればいい。だが、おれまで巻き込むな」

「──おまえは身の丈のことしか考えない堅実な奴だ。でも、もう少し広い目で海上社会を見てもいいんじゃないか。おまえの目に映るものだけが、世界のすべてじゃないんだぜ」

「ラブカを大きくするのは危険だ。攻撃する側から見れば、大集団が一ヶ所に群れているのは好都合だ。大量の武器で一気に殲滅できるからな」

「皆で集合するんじゃない。お互いの連携を密にしたいだけだ」

「同じことだ。ネットワークの詳細が洩れれば、そこから主要集団が手繰られる」

「仲間として連携してくれないと、おれはおまえを守れないんだ」

「同胞だからなんだ。気に入らない奴は弾けばいいし、殺せばいい。だが、あんたたちがそのつもりなら、こちらもあんたたちを同じ目に遭わせるぞ。わかってるだろうな」

「――おまえはラブカとしては、まだまだひよっこだ。その程度じゃ恫喝になっとらんぞ。まあ、もうちょっと話を聞いてくれないか」

オクトープスは杯をあおり、楽しそうに微笑んだ。「聞き終えたら好きにすればいい。だが、おれたち海上民が、とてつもない陰謀の中に置かれていることは知っておくべきだ。ここから逃げ出す手段はない。カードは配り終えられた。あとは手持ちのカードで勝負するしかない。おれは大人しくやられるつもりはないぜ。とことんまで抵抗して、一発逆転を狙う。だが、それには、おれだけでは力が足りないんだ」

杯の中の白い海を見つめつつ、オクトープスは自分の体験を語り始めた。

4

……おれはラブカになって十五年以上経つ。まずまず楽しくやっている。家族やコミュニティも何とか食わせている。最近じゃ病潮ワクチンも手に入りやすくなったし、まあまあ、いい人生だ。

二年ほど前まで海賊稼業は順調だった。警備会社や海軍からの締めつけは厳しかったが、何とか逃げ切っていたもんだ。

ところが一度だけ失敗した。

海上市で休憩していたときに密告された。食堂ごと包囲されたんじゃ逃げられんわな。おれをしょっ引いたのはアフリカ海洋連合の司法機関だが、最終的に連行された先がどこの組織かは知らん。まともな尋問じゃなかったからな。ありゃ政府の下請け業者なのかな。えげつない真似をされたぜ。見るかい。ほら。これ全部火傷の跡だ。あいつらは電気ごてを使って拷問するんだ。『おまえたちは魚だ、人間じゃない』『魚だから焼いてやる！』ってな。ま、陸上民から見たら、確かに、おれたちは人間じゃあるまい。悪知恵を備えた魚、半漁人って感じかね。

連中はラブカの情報を欲しがっていたが、おれにだって意地がある。死ぬつもりで黙っていた。我慢していたんじゃなくて、本当にもう死にかけていたからな。

ところがある日、見知らぬ男が目の前に現れて、自分と取り引きしないかと持ちかけた。『君はこのまま死んでいい人間じゃない』とか何とか、猫撫で声で話しかけやがってよ。自分の計画に参加するなら、おれを助けてくれると言うんだ。それだけじゃなくて、家族やコミュニティも支援してくれると言う。

正直なところ、おれだけの問題なら、あのまま死んだってよかった。だが、支援を申し出るってことは、そいつはおれのコミュニティを突きとめ、船団がどの海域にいるのか把握しているわけだ。その情報が警備会社や海軍に流れたらどうなるか――。勿論、家族には常々覚悟しておけと伝えていた。それはコミュニティでも同じだろう。

　それでも――だ。

　取り引きすればコミュニティは見て見ぬふりをしてやると――そう言われれば心が動くよ。心身ともに参っているときにはな。

　男は自分も海上民だと言った。海上民だが陸の組織に顔が利くんだと誇るその姿は、陸上民が着るようなぱりっとしたスーツに包まれていて、しかも、それがひどく似合うんだ。いったいおまえは陸とどういう関係なんだ、さっぱりわからん、説明しろと追及すると、男は教えてくれた。

『君は革命の徒として闘っているつもりかもしれないが、海上民は既に檻の中にいるも同然だ。環境に拘束され、政府に拘束され、いずれ訪れる〈大異変〉によって、全人類の中で最も早く滅びる運命にある。この檻は破れない。外に出られたとしても何もない。君たちには逃げ場など存在しない。ならば檻の中で優位を保つ――という方向で闘争すべきではないかな？　私は海の仲間としてそれを手助けしたい。極めて合理的な方法で』

　名前を教えろとおれが言うと、男はスクイードと名乗った。偽名か通り名だろう。イカ（スクイード）がタコ（オクトープス）に会いに来たなんて、笑い話以外の何物でもないからな。だが、この頃には、おれはイカ野郎の話をだいぶ聞く気になっていた。なんと言えばいいのかな。スクイードには、おれをその気にさせる魅力みたいなものがあったんだ。善人じゃないのは一目でわかった。だが、悪党とも言い切れん。暗い、という言い方が一番しっくりくるかな。スクイードは己の暗さを隠さず、おれと向き合っていた。それが、おれの心にピンと来たのかもしれんな。

それで、まあ、おれは彼の話に乗って、そのあとはもうトントン拍子に話が進んだよ。スクイードはおれをすぐに釈放させ、医者に手当てをさせ、新しい服を買ってくれた。しばらくの間、海上コテージに匿(かくま)ってくれた。そして、ある日詳しい話を切り出した。特上の蜜酒を振る舞いながら。

「海にはダックウィード以外にも商人がいる。食糧や生活用品ではなく、もっと大きな品物を扱う商人だ。そういう中にも海上民の商人がいる。私はそのひとりだ」

「何を扱っているんだ」

「武器と弾薬」

「なるほど」

「〈大異変〉が告知される前までは、ちまちまと地道にやっていた。まあ、海上強盗団(シガテラ)対策に武器を売っていただけだから」

「いまは違うのか」

「生産工場を持った。武器を扱うダックウィードと手を結んだ。陸で生産される武器を、以前よりも簡単に海へ流せるようになった」

「ダックウィードは、警備会社と取り引きしたほうが儲かるんじゃないかな。あいつらは合法的に撃てるんだぜ」

「世の中そう単純なものでもないよ。警備会社や海軍は海上強盗団（シガテラ）やラブカを殲滅できるだろうか？　たぶん無理だ。数の上では海上民は陸上民を遙かにしのぐ。陸側が厳しい制裁を加えれば加えるほど、君たちは反抗し続けるだろう。世界の終わりが来るその日まで、君たちは家族を飢えさせないために、陸側から収奪せざるを得ない――。このサイクルはもう断ち切れん。ということは、ここに、ひとつの市場が成立しているわけだ。終わりのない闘争の中で、武器や物資が消費され、金が巡る。つまり、双方が致命傷を負わない程度に闘い続けてくれれば、私たちは生産と流通で利益を得られる」

「人の不幸を利用して金儲けってわけか」

「身も蓋もない言い方をすれば、そうだね」

　スクイードは表情も変えずに淡々と話した。こいつにも、こういう仕事に手を染めるようになった事情はあるんだろうなと思ったが、あまり聞きたくはなかったね。

「私の仕事は、この〈市場〉を利用して、最大限の利益を引き出すことだ。引き出した利益は〈大異変〉への備えに使う。その利益の一部を君にも配分する」

「おれは何をすればいいんだ？」

「ラブカと陸側との闘争を、なるべく長引かせて欲しい。市場を保たせてくれという意味だ。どのみち、君たち海上民にはガス抜きの場が必要だろう。陸側は、すべての海上民の面倒まで見られない。これからもどんどん無茶を言い、資源確保のために海を荒らす。君たちは、それに対する不満をどこで爆発させる？　爆発させなければ生きていけないはずだ。陸側だって、それぐらいはよくわかっている。少なくとも、ダックウィードは、このあたりの事情をよく理解している。だから、この〈市場〉に引き寄せられてくる。ここには莫大な――汚れた金の匂いがある」

「ようするにあれか。あんたはおれに〈革命ごっこ〉をやれと言いたいんだな」

「いかにも」

「おれたちが『陸は海の民の権利と生活を認めろ』とか何とか言いながら、適当に騒ぎを起こしていれば、それだけでひとつの経済市場が成立し、金が生み出されると。その手間賃として、おれに幾ばくかの金を恵んでくれるわけだ」

「恵むというのは不適切だな。これは慈善事業じゃない。ビジネスだから」

「汚いやり方だが、定期収入を得られるってのは悪くない。ただ、あんたが望むレベルで闘争するには相当の軍資金が必要だぞ。それを差し引いても利益が出るのかい」

「君たちが騒げば、海軍や警備会社は嫌でも装備を増やさねばならん。いくらでも武器を買ってくれる。私たちがそちらで得る収益の一部が、君たちの軍資金として、うちから流れていく仕組みだ」

「とんだ茶番劇だな……」

「何度も言うが、私は海上民だ」スクイードは妙に力を込めて言った。「海軍や警備会社がラブカに翻弄されるのを見るのは、むしろ快感でね。あいつらに武器を売りつつ、その売り上げの一部を君らの資金として提供する行為は、私の中にある暗い喜びを掻き立ててくれる」

「美味そうな話だが、たかだか一商人の行動で、そこまで海上闘争がコントロールできるのかい。正直に言いなよ。あんた、この件に、どれだけの人間を巻き込んでいるんだ？」

　スクイードは狂犬のように歯を見せて笑った。「〈見えない十人〉という組織を知っているか」

「知らんな」

「私と似たような連中が集まっている組織で、大きな力を持っている。陸の政府ともつるんでいる」

「なんだって？」

「この〈市場〉から上がる利益を、自分の懐へ入れている陸側の政府高官がいるわけだ。そういう連中が、この件に一枚嚙ませろと言ってきた。〈見えない十人〉はそれを受け入れた。政府は海軍の動向をコントロールできるし、民間企業である警備会社にも、法律を盾に強く出られるからな」

「なんだそりゃ、えげつない……。自分たちの利益のために、海軍や警備会社を捨て駒にしてるのかよ」

「何しろ〈大異変〉の前だ。財産、資源、物品、安心できるまで揃えたいという連中が大勢いる。政府の仕事だけでは充分な収入にならんだろう。いま、莫大な利益を得ているのは、備蓄用の物品を生産する産業、代替エネルギー産業、そして、海上闘争関連の産業もそのひとつだ。海上民には逃げ場がない、という言葉の意味がわかったかな？　君たちは、その存在自体が既に海洋資源と同じだ。陸側は、君たちの行動そのものを〈金〉と〈経済〉に換算する。だったらそれを、横からぶんどってやろうという気にならないか？」

　スクイードの口調はあくまでも冷静で、おれを煽（あお）ろうとするものではなかった。それが、かえって凄味を感じさせた。おれをそこまで買ってくれたのは驚きだったが、おそらく彼は、ラブカのリーダーに片っ端から接触して、この話をしていたんじゃないかな。そして、少しでも躊躇（ちゅうちょ）する者がいれば、その場で殺していたんだろう。海上コテージに匿ってくれたのは、親交を深めるためじゃなくて、おれを処分しやすいからだろう。殺して床下へ落とせば、サメが処分してくれるんだからな。

　闘争をビジネスとして割り切る、家族とコミュニティを養うための収入源と考える――。おれには至極結構な話だったよ。

　おれはスクイードの提案を受け入れ、この真っ黒なプロジェクトに乗っかった。利益をかすめ取ってやると誓ったさ。スクイードは闘争の方法や規模は任せると言った。陸側と海側の力関係を平衡させるためなら、人権擁護機関の連中も利用するとまで口にした。空恐ろしい話だよ。海上民が負けそうになったら、そっちに梃入（てこい）れさせるんだとさ。逆に、警備会社や海軍が負けそうになったら、陸の世論を好戦的な方向へ誘導するそうだ。弱者の権利を守れと叫んでいる善良な連中を、〈市場〉のバランスのために利用しちまうんだからおっかない話さ。

5

「ま、こういう事情で、おれはこの二年間を何とか乗り切ってきた。スクイードは、そろそろ大きな海上闘争が欲しいと言っている。おれは、それに乗ってくれそうなラブカを探しているわけだ。血の気が多くて鬱憤を溜め込んでいる奴は勿論、おまえのように冷静に戦局を見ている奴も欲しい。集団の規模が大きくなるとコントロールが難しいからな。致命的な打撃を受ける前に、さっと身を引く分別のある奴が必要なのさ」

ザフィールは口の中に苦いものが広がっていくのを感じた。「なんてことに足を突っ込んでるんだ、おまえらは――」

「ショックだったか？　ま、ラブカなんて所詮こんなもんだ。夢を壊して悪かったな。バハリキースは純粋な男だったが、だからこそ、あっさり殺られちまった。もっとも、いまの時代、死は必ずしも不幸じゃない。死ぬなら〈大異変〉前のほうがいいという考え方もある」

「馬鹿ばかしい」

「その通りさ。だがな。よく考えてくれ。おまえが使っている小型潜水艇。あれが維持できるのはなぜだと思う？　メンテナンス用品、燃料電池、整備してくれる技師——金はかかるが必ず手配できるのはなぜだね？　そういうルートが保たれているからさ。機械船の部品や燃料だってそうだ。いまの時代、海上民と普通のダックウィードだけでは、これほどスムーズに経済を回せない。スクイードたちの強力な市場介入があってこそ、いまの状態なんだ」

「檻っていうのは、そういう意味も含めてか」

「そうだ」

「気に入らねえ」

「だが、これが現実だ」

ふたりは、しばらくの間沈黙を守っていた。

ザフィールの頭に浮かんだのはケダム号のメンテナンスの問題だった。オクトープスの話に乗ればそれが可能になる。少々無理を言っても、オクトープスは最高の状態で改修を施してくれるだろう。だが、その先にある代償は——本物の地獄への道だ。スクイードの言う通りにしても、自分やオクトープスが楽しくラブカの闘争を続けられるはずがない。末端にいる自分たちは、いつか詰め腹を切らされる。

それでも——いま、ケダム号を修繕できなければ、遅かれ早かれ、自分は仲間ごと沈むのだ。

先に口を開いたのはオクトープスだった。「返事を聞かせてくれ」

「……仕方がない。おまえと手を組もう」

「そうか！　ありがたい！」

「ケダム号のメンテナンスをスムーズに進めたい。そのためには、おまえに付いていったほうが得策だ」

「ああ、その程度の理由で構わんのだ。おれは、おまえの行動を縛るつもりはないから」

「嫌になったら逃げていいんだな」

「当然だ。おれだって、いざとなったら、スクイードなんぞ蹴飛ばして逃げるぜ」

オクトープスは、ローテーブルの端に置いていたベルを手に取り、軽く振った。扉を叩く音がした。オクトープスが「入れ」と言うと若い男がひとり入ってきた。妙に刺々しい雰囲気を発散している人物だった。

「シングと呼んでやってくれ。こいつを覚えているかい」

「いいや……」

「バハリキースの息子だ。弟のほう。燃料藻類工場の騒ぎで、一時、行方不明になっていただろう。警察に捕まっていたのを、おれが解放してやった。以後、おれの船団で、よく働いてくれている」

ザフィールは、まじまじと相手を見つめた。「本当に？」

シングと呼ばれた男は、右腕のシャツを二の腕までめくりあげた。〈半緑子（ハーフジェイド）〉の証（あかし）である緑色の目玉模様が現れた。写真を撮らせてもらったことをザフィールは思い出した。「なるほど。これは見覚えがある」

「ここへ来れば先生に会えると聞いて。懐かしい……先生」

「おれはおまえたちに、ラブカになるなと言ったのに」

「すまない。どうしても父さんの生き方を忘れられなかった。いや——忘れられなかったのは死に方のほうかな」

「あのちっこいガキが、りっぱになったもんだ」

「先生こそ、りっぱなラブカの闘士になったじゃないか。びっくりしたよ」

「よしてくれ。おれはただのしけた海賊だ」

「医者の仕事は」

「仲間の怪我ぐらいなら、いまでも診ている」

「おれにとって先生はいまでも英雄だ。オクトープスを通して先生と再会できるなんて……これは運命だな」

「兄貴のほうはどうした」

「死んだ」

「例の工場の騒ぎで？」

「ああ」

　シングの目に涙はなかった。荒々しい火が言葉の奥で燃えていた。ザフィールはシングの刺々しさの源流に気づいた。バハリキースも、よくこんな空気を発散していた。悲しみを通り越した、狂気に近い怒りだ。

シングは続けた。「おれたちは底辺だ。いつも踏みつけられる側だ。でも、一生このままでは終わらない。一度ぐらいは殴り返してやる」

「バハリキースの息子でも優遇はしないぞ。へまをやったら切り捨てる」

「わかってる。それで構わない。おれは機械船を三隻、魚舟は五頭、仲間は二十名いる。弾薬、銃、医療品、食糧の入手ルートも確保している」

「貨物船からの掠奪はどれぐらいの頻度で？」

「月二回。警備費用を捻出できない小さな船を襲っている。強奪品は貧しい船団に分けている」

「なるほど。うちと似たようなやり方だな」

「積極的に攻撃するには、おれたちの船は小さ過ぎる。襲撃のときだけ、仲間をそっちへ移動させるよ」

「オクトープスは大きな闘争を始めると言っている。それについて来られるのか」

「話はもう聞いている。問題ないよ。むしろ、そういうのを待っていたんだ」

　マルガリータ・コリエの落成式からほどなく、各政府連合が派遣する海軍および契約先の警備会社は、積極的に外洋の監視を強め始めた。これまでは商船の警護のみであった戦闘艦が、巡回目的で洋上を行き来し始めた。多くの官民が連携した警備態勢は、海の安全維持のために採られたものだった。

マルガリータ・コリエに属していないタグ無し船団は、汎アが海洋環境整備政策に乗り出した頃を思い出して、強い不安に襲われた。地球上のすべての海域で、タグ無し船団狩りが行われるのではないかと想像し、船影を見るだけで魚舟を潜水させるコミュニティも増えた。

巡回警備の船は、当初、ラブカとまったく遭遇しなかった。もともと、ラブカの出没場所は貨物船の航路に限定されている。そこから離れた海域では見つけにくかった。従って、海上闘争はいきなり大規模な撃ち合いから始まったのではなく、比較的穏やかな雰囲気のまま進んでいった。リ・クリテイシャス以降、局所的な紛争はあっても、世界中の海洋が警戒態勢に置かれるのは初めてだった。本来ならば、もっと緊迫した空気があっても不思議ではなかったが、このような経緯から、派遣された人員はのんびりと構えていた。

「向こうは貨物船を襲撃する程度の船だろう。楽勝だ」

「小火器と水圧砲。潜水艇といっても小さなものだ。甲板に上がって来ても、こちらの火力は桁違いだ。充分に制圧できる」

予想が覆されたのは一ヶ月後、北大西洋で警備船がラブカと遭遇したときだった。

霧の濃い日だった。警備船は周辺状況を警戒しつつも自信に満ちていた。甲板には誰も出さず、船内へ通じる扉の裏側では、監視装置と人員による警戒態勢が敷かれていた。

やがて警備船のソナーは、海中に移動式小型機雷を感知した。移動式の機雷は海上強盗団（シガテラ）やラブカがよく使う。海上社会ではありふれた武器である。

結構な数が警備船を目指していたが、遠隔操作の装置で処理できると判断した警備船長は、掃海用のＡＵＶを出して対処。警備船に影響を与えさせない位置で、次々と機雷を爆破していった。

ラブカは機雷以外の海中兵器を持っていない――その予断が判断を誤らせた。掃海作業中、数本の魚雷が走ってきたことに気づいたときには遅かった。船腹に被弾した警備船は火災を起こしながら沈没。救命ボートで船から脱出した警備員たちは、アイスブルーの波間から次々と浮上してきた魚舟船団の数に圧倒された。

海は救命ボートを飲み込まんばかりに逆巻いた。流されたボートは魚舟と衝突して、激しい振動が警備員を船底に叩きつけた。冷たい飛沫が氷雨のように頭上から降り注いだ。びりびりと大気を震わせる魚舟の咆哮が、濃い霧の中、警備員の鼓膜を破らんばかりに響き渡った。大きな胸鰭と尾鰭が海原を掻き回した。沸騰したように水面が白濁し、盛りあがる。

警備員は防弾板の陰に隠れ、魚舟の上甲板から降り注ぐ弾を防いだ。透明なシールドの向こうには、魚舟の上甲板にずらりと並んだラブカの姿が見えていた。

魚舟の上甲板の位置は救命ボートよりも高い。ボートを狙うには有利だった。しかし、ボートは魚舟よりも小回りが利く。警備員は巧みな操舵によって弾から逃れ、霧に身を隠しながら反撃を繰り返した。

その行く手を阻んだのはラブカの潜水艇だった。急速浮上した潜水艇は、水圧砲の狙いをボートに定めた。

異物が混入された高圧水がボートの進路を歪めた。船腹に圧力を受け、ボートは転覆しかけた。防弾板の陰から体がはみ出た警備員を、水圧砲が吐き出す海水が直撃した。湿った音と共に警備員の体の半分が吹き飛ばされた。散弾を浴びた大魚のように血を噴き出しながら、人体の残骸が海面へ落ちていった。冷たく澄んだ海が瞬く間に深紅に染まる。

血に濡れたボートの上で、警備員は果敢に攻撃を続けた。銃弾や水圧砲で仲間が倒れてゆく中で、銃を捨てる者は誰もいなかった。降伏を申し出る者もいなかった。狂おしいばかりの高揚感の中、お互いを叩き潰すことのみに専念する時間が過ぎていった。そして、最後の警備員が撃ち倒されると、ラブカのメンバーは雄叫びをあげた。轟くような歓声が湧き起こり、魚舟の鳴き声と共鳴した。その片隅で、ほっとして上甲板に座り込んだ者がいた。泣き出した者もいた。血まみれになって息絶えた仲間の姿に震え、血の匂いに酔って嘔吐する少年たちがいた。

浮上してきた潜水艇の船橋から、船団のリーダーが姿を現した。スピーカーから大きな声で呼びかけた。「みんな、よくやった。獣舟やサメが来ないうちに引き揚げるぞ。警備隊の船や備品には触れるな。何か仕掛けがあってドカンといくかもしれん。そのまま沈めちまえ」

巡回中の警備船が雷撃され、乗組員が全員殺害されたという知らせは、警備会社の幹部に衝撃を与えた。なぜ、ラブカの装備をもっと詳しく調査しておかなかったのかと叱責した社長に、副社長以下の部下は青褪め、ひたすら頭を下げるばかりだった。

「申し訳ありません。ラブカが潜水艇を持っている事実は熟知しておりましたが、これまでの調査では魚雷を搭載していないという報告しかありませんでした。今回の事故でようやくわかりました」

「事故だと？」社長は微かに片頬を歪めた。「おまえたちは、これを事故だと思っているのか。これは戦争と同じだ。生ぬるいことを言っているとこちらが死ぬんだ。おまえたちは部下の遺族に、どういう事情で亡くなったと報告するつもりだ」

「それは……」

「遺族に説明できないような形でスタッフを死なせるな！　この馬鹿者が！」


警備船への攻撃から始まった〈海〉と〈陸〉との本格的な闘争は、ほどなく世界中の海域で類似例が出始めた。

これまでラブカは、警備船を見れば逃げるのが普通だった。襲う先は貨物船だけだった。襲撃の成果を他人に自慢することもなかった。淡々と収奪物を金品に替え、物資不足に喘ぐ海上コミュニティを救うだけだった。

だが、いまや、その様相は一変した。

ラブカは襲撃のたびに声明文を出した。繰り返される言葉は《陸は海から奪うな。海上社会に干渉するな》という、何度も海側が訴え続けてきたお馴染みのスローガンだった。シンプルでわかりやすい主張は、何度も繰り返されることで印象を強めていった。同胞から迷惑がられながらも、ラブカは海上民にとって密かな賞賛の対象であり続けた。

ラブカは外洋だけでなく、積極的に沿岸部の倉庫も襲撃するようになった。これは、ラブカが内陸部でも闘争を行うという宣言だった。爆弾を投げ込み、機関銃で弾をばらまき、警備員を皆殺しにした。港湾関係者は震えあがった。獣舟が上陸し始めた時代に匹敵するほどの恐怖が、沿岸部では燎原（りょうげん）の火のように広がっていった。

この状況は、陸上民が予想もしなかった形で進行した。海上民だから海側からしか来ないだろうという予測が完全に覆されたのである。ラブカは突然内陸側に出現し、沿岸へ向かって進撃した。警備会社や沿岸警察は、この事態をまったく予想していなかった。ラブカは魚舟を沿岸部のどこかに沈め、夜陰に紛れて上陸してくると思い込んでいたからである。

背後を突かれた陸上民の部隊が全滅するという、信じ難い事態が発生した。

陸の人々は驚愕した。ラブカは、いったいどこから陸へ上がっているのか？

潜水艇で大河を遡行して、陸側に戦略拠点を展開しているのではないかという指摘が出た。リ・クリテイシャスによって海没した沿岸部には、内陸部へ続く水路が生まれた場所が多かった。陸側に手引きする者がいれば、それを利用して潜水艇を進められる。〈大異変〉対策で陸の技術を学びに来ている海上民は多い。その中にラブカのシンパがいても不思議ではない。

「海上民に陸の学問や技術を教えるのをやめろ！」

と叫ぶ陸上民が現れた。

「海洋文化に干渉するなと訴えるなら、こちらの文化から学ぶのもやめてもらおうじゃないか」

「マルガリータ・コリエを閉鎖しろ。海側に科学技術を持たせるな」

「病潮ワクチンの配布を禁止しろ。海上民はムツメクラゲで滅びればいい！」

排斥の声をあげたのは、ごく普通の一般市民だった。若い世代から熟年世代まで、あらゆる立場の人間が、激烈な言葉で海上民を非難し始めた。

とりわけ熱を込めて運動を展開したのは、十代から二十代前半にかけての若い世代――〈大異変〉によって自分たちの未来が損なわれることを知っている世代だった。

残り少ない自分たちの人生と社会の豊かさ――それをラブカに奪われた怒りは大きかった。自然災害によって未来が失われるのは仕方がない。回避できない現象である以上、悲しいがあきらめるしかない。だが、人間が起こす闘争は人間が自重すれば済む話だ。それをしないラブカと彼らのコミュニティを、陸の若者は激しく憎んだ。

警備会社へ就職する若者の数が激増した。おかげで警備会社は、新たな人材を次々と前線へ投入できるようになった。派遣される側も大喜びで闘いに挑んだ。己の中にくすぶる暴力を解放するために――それは必ずしも海上社会に対する憎しみと根源を同じくするものではなかったが――ラブカを相手に闘う行動はわかりやすく、社会からも支持されるものだったので誰も躊躇しなかった。

どこから攻撃が来るのかわからないので、陸は全方向への警備態勢を敷くしかなかった。

陸で闘争するラブカは、武器や車輛について、陸上強盗団と変わらぬ知識を持っていた。末端レベルでは双方の武力に差はなかった。外洋でのんびりと漁をしている人々――という海上民のイメージは完全に覆った。彼らは厳しい海洋環境で体を鍛えてきたがゆえに、闘い方さえ覚えれば優秀な戦士であり、自動化が進んだ武器は、本気で学ぶ者に対しては常に公平な利益を与えた。

警備会社は陸軍にも協力を要請したが、どこも出足は鈍かった。あらゆる政府が、自国の負担を減らすために警備会社へ業務を丸投げしているのである。正規の軍隊は動かしたがらなかった。とりわけ、ラブカが陸でも抗争を始めてからはその対応に追われていた。

そもそも、海でラブカを潰しておけば、陸へ上がられるという事態は発生しなかったのだ――という理屈から、まず海上闘争を決着させるべきだという言説が、どこの警備会社に対してもなされた。

シェンドゥガルドのデュレー会長は、政府からの通達に目を通した後、自ら各政府へ返信した。《現行の警備会社の権限では、まともな対応の継続はもはや不可能です。成果を求めるのであれば、当方の武器使用範囲に関して再度ご検討をお願い申し上げます。警備会社が使用する火器・潜水艇・機雷・魚雷の保持数および使用制限の撤廃、スタッフの労働時間延長に関する規制の緩和、殺戮知性体の再開発と実験および現場投入に関する許可、以上に関する諸々の事案を認めて頂きますよう、よろしくお願い致します》

手紙を出すだけでなく、デュレーは積極的に各政府の要人との交渉を繰り返した。

警備会社に強い武力を与えるのは、政府にとっては両刃の剣である。ラブカとの抗争が収束した後、警備会社が政府にとっての新たな脅威となってはならない。デュレーは、そのような事態は決して起こさないと断言し続け、もし起きれば、国家反逆罪で自分をしょっ引いてもいいとまで言い切った。

デュレーの熱意に押し切られる形で、政府は諸々の懸案に許可を出した。殺戮知性体の再開発については保留とした。デュレーは、これだけで満足した。もともと、殺戮知性体の再開発については期待していなかった。代行実験をしていたものの、かさむ出費と管理の難しさに頭を抱えていたからだ。モルネイドの研究だけは、一部、許可を取り付けた。法的に搭載が許される機能と許されない機能を政府の委員会に線引きさせ、シェンドゥガルドの開発部に改良計画を立てさせた。

オクトープスの計画に加わった後、ザフィールは数々のコミュニティを巡り、協力してくれるラブカを集めた。その中には例の酒場での集会に参加していた者もおり、そういう者は威勢よく仲間入りを表明した。

「陸側にひと泡吹かせてやりたい」と息巻く男たちと話すとき、ザフィールは慎重に立ち回り、特別な班に配属させた。死を恐れない者は、ときとして計画全体の足枷となる。勇猛果敢な者ほど、自分の近くには置かないようにした。その代わり、自由に暴れさせておき、成果をあげたときには惜しみなく賞賛を与えた。コミュニティ内へ、そのニュースを積極的に流した。実際、そのようなタイプの人材は、港湾倉庫からの掠奪などには目を見張る働きをした。この面だけでも充分に評価されるべきだった。

ザフィール自身は警備船の撃沈に専念していた。シェンドゥガルドは中型潜水艇の保持数を増やしつつあった。海軍の潜水艦ほどの大きさはないが、ケダム号よりは大きい。遭遇して魚雷戦になれば、よくても相討ち、悪ければこちらだけが撃沈される可能性が高い。

潜水艇同士の闘いは極力避けたかったので、通常の警備船だけを狙った。それを減らすだけで、シェンドゥガルドには打撃となる。武器を持っているといっても民間の会社だ。船舶会社から得る警備料金を回収できなければ、ラブカ対策の費用も出ない。政府から支払われる金額はしれている。長い目で見た場合、警備船の損壊は会社全体の経営を圧迫するはずだった。

警備船を叩くには、魚雷による先制攻撃しかない。雷撃して、さっと逃げる。だが、警備船が黙って撃沈されるわけはない。

ケダム号は見事に修繕されて戻ってきた。からだった発射管には、きちんと魚雷が装備されていた。ザフィールは、それまでケダム号に魚雷を搭載していなかった。金銭上の理由からではない。単に入手方法がなかったのである。

「魚雷はスクイードからのプレゼントだ」とオクトープスは自慢げに言った。「必要になったらそのつど知らせてくれ。これからは、いくらでも手に入る」

「本気で戦争しろってわけか……」

「魚雷もなしに、どうやって陸側と闘争するんだ。これまで、からっぽで走らせていたことのほうが驚きだ。何のために潜水艇を使っていたんだよ。水圧砲だけ？　そりゃ宝の持ち腐れだ」

「もらいものなんだ、この艇は」

「ほう？」

「元の持ち主は、寄せ集めの海軍から脱走した海上民だ。過酷な条件で働かされるのが嫌で、潜水艇を盗んで逃げ出したんだとさ。海を放浪しているうちに艇長が重い病気になって、治せる医者を探していた。おれは人づてに呼ばれて……まあ、手遅れだったんで、ケダム号とメンテナンス要員を引き受けたわけだ」

「冗談みたいな話だな」

「おれに人望があったからだと言ってくれ」

「じゃあ、撃った経験はあるんだな」

「専門家がいるからな。スクイードは本当に魚雷を供給し続けてくれるのか」

「いつでも連絡をくれ。必ず補充する」

「どうやって？」

「スクイード経由で補給船を出す方法があるし、海上市やコミュニティも利用できる。陸側が想像しているよりも早くて確実だ」

オクトープスが帰ると、ザフィールは発令所で機器の確認をしていたイーヴに訊ねた。

「改修後の調子はどうだ？」

「最高だ」皮肉屋のイーヴが珍しく満面に笑みを湛えていた。「せこい修理で騙しながら使うのかと思っていたら素晴らしい改修だ。いいスポンサーを見つけたな、ザフィール」

「気乗りがしないが、この仕事を続けるには致し方ない。代償は高くつくぞ」

　ザフィールの仲間たちは、改修が済んだケダム号を見ると歓声をあげた。船内は磨きあげられ、ベッドの毛布も入れ替えられ、こびりついた生活臭が少しましになっていた。機械油の甘い匂いが強く感じられる。戦闘隊長のボルダーは「ケダム号の性能が上がると、敵船に乗り込むおれたちも安心して闘える」と喜んだ。

　シングが訊ねた。「チェーフォ。おれは魚雷室で働いてみたい。魚雷の使い方を覚えたいんだ」

「イーヴに教えてもらえ。おまえはバハリキースの息子だ。いずれは潜水艇の一隻ぐらい持ってもいい男だ。購入についてはオクトープスと相談するといい」

「本当に？　おれが自分の潜水艇を持ってもいいのか」

「戦略的にも複数の潜水艇が欲しいところだ。ケダム号だけじゃ、いずれ手が回らなくなる。おれからもオクトープスに頼んでおこう」

「ありがとう！　頑張るよ！」

　ファリフが横から口を挟んだ。「敵の潜水艇と撃ち合いになったら、どうなるんですか」

「どうにもならん。強いほうが勝つだけだ」

「双方が音響迷彩を使っていたら、普通は相手を発見できませんよね」

「警備会社は別の船を囮(おとり)に使うだろう。こちらが警備船を撃てば、魚雷の発射音と走行経路から位置を確定される」

「じゃあ、どうすればいいんですか」

「ま、そのときの運次第だな」ザフィールは自嘲的に笑った。「こんな仕事を続けて長生きできるわけがない。あのタコ野郎(オクトープス)と組んだ以上、覚悟を決めておくべきだぞ」

ザフィールはファリフの背を軽く叩き、持ち場につかせた。

一番不安を抱えているのは、ザフィール自身だった。だが、それをおくびにも出さなかった。

どんどん後戻りできなくなっている——という実感があった。

馬鹿げた祭りに駆り出され、皆で踊っているだけだ。

数日後、ザフィールはケダム号を単独で出撃させた。機械船と魚舟はコミュニティに残した。失敗した場合、他の仲間を巻き込まないで済むように。

貨物船の出港場所と入港場所のデータから、目標と定めた警備船は、数日後に陸上民の海上都市へ入るとわかっていた。いつもの襲撃では航路に沿ってケダム号を進めるが、ザフィールはケダム号を入港先の海上都市へ向けさせた。

海上都市は、長距離用および短距離用探索ソナーで都市周辺を監視している。ケダム号は音響迷彩装置を働かせながら、ゆっくりと進んでいった。

海上都市から放たれる探索用ソナーは、ケダム号が発信する偽装反射波を受信するはずだった。管理棟のモニターには偽情報が表示される。有りもしない魚影を映し、その他には何もないものと誤認識させるのだ。

優秀な音響迷彩装置に守られながら、ケダム号は静かに都市に近づいていった。オクトープスが改修で加えてくれた機器だが、実戦で使うのは初めてだ。分解能の高い近距離用探索ソナーが放たれると、乗組員たちはさすがに身を強ばらせた。

音響迷彩が正しく働いているかどうか、ケダム号の側からは確認できない。迷彩機能に穴があれば、たちまち狙い撃ちにされる。死人のような静けさを保ちながら、ケダム号は海上都市の下部へ潜り込んでいった。

海上都市の基底部は、水没都市の高層建築物や高台にワイヤーで係留されている。藻や海草が繁殖するので、隠れ家にするために小魚が集まり、その小魚を狙って中型の魚が寄ってくる。アートリーフに似たその環境へ向かって、近距離探索用ソナーは放たれていた。都市の管理棟には、音響情報を立体視覚映像に変換する装置がある。魚群を自動的にデータ上から消して、不審船の接近を監視しているはずだった。

ケダム号を海上都市の真下で停止させると、ザフィールは待ち伏せの態勢に入った。予定時間まで待てば、貨物船を警備する船舶や潜水艇が商船と共に入港してくる。その様子は、海上都市が放つソナーの反射波を受信すれば、ケダム号側でも容易に把握できる。

「見えるか」とザフィールが訊ねると、ソナー担当は答えた。「よく見えています」

「護衛は何隻だ」

「潜水艇が一隻です」

「距離は」

「あと十分で射程範囲内に入ります」

「限界まで引きつけろ。近づいたらカウントを始めてくれ」

海上都市の管理棟に気づかれ、視認用の海洋ロボットを送り込まれたら最後だ。この都市が、そういう最先端の機能を備えているかどうかは、都市の機密事項なので探りきれていない。事前情報では「ないだろう」という話だったが、警備会社がレンタルさせている可能性は否定できない。

ソナー担当が告げた。「射程範囲内到達まであと一分。これよりカウントに入ります」

《魚雷発射準備完了》通信機越しに、階下の発射室からシングの声が響いた。声に興奮が滲んでいた。完全に舞いあがっている様子だった。《いつでも指示をどうぞ》

「発射管注水開始。扉開け」

「十五、十四、十三……」

発令所の空気が張り詰める。

貨物船と護衛船は、何も知らずに都市へ近づきつつあった。この場所を戦場にすることは、陸上民に、とてつもない恐怖を与えるだろう。ラブカは忌み嫌われるだけでなく、心底、恐れられる存在に変わる。

ザフィールは、医学生時代に同期の陸上民から投げられた、蔑むような視線や卑しい言葉を思い出していた。あれは差別というよりも、海上民が怖かっただけなのかもしれない。恐ろしいと感じる相手を退けるには、下位の者と認識して馬鹿にするのが一番だから。

だが、そのような態度を取り続ければ、いずれ、その相手は本気で反撃に出ることもある。この道は一方通行だ。決して元の場所へは戻れない。


被弾の瞬間を目撃したのは、海上都市で港湾業務に就いていた者たちだった。着岸中の船からクレーンでコンテナを降ろし、非ヒト型知性体に物品を運ばせていたとき、突然その爆発は起きた。港内で盛大な水柱があがり、荒波に巻き込まれた商船が木の葉のように翻弄された。作業員は手を止めて呆然となった。

爆発は二度三度と続き、津波が打ち寄せたように港を揺さぶった。機雷との接触かと思われた出来事が、被害を受けた船からの通信で魚雷攻撃だとわかった瞬間、都市の管理棟と警備部のスタッフは慌てふためいた。相手がどこに潜んでいたのか、魚雷が来た方向から計算結果を出したスタッフは仰天した。海上都市の真下に潜み、そこから、入港してくる警備船を撃ったとしか思えなかったからである。

ラブカが海上都市の真下まで達し、警備会社の船を待ち伏せしていた——それは万が一にもあってはならない事態だった。

海洋ロボットが投入され、視認による都市下部の調査が始まった。が、そのときにはケダム号は、とうの昔に逃げ去っていた。

その頃、陸上政府では、その驚きをさらに上回る報告が次々と届いていた。ワールドネットで共有されたその情報は、世界中の政治家の心胆を寒からしめる内容に満ちていた。

報告書は告げていた。ほぼ同時刻、世界中の海上都市で、同じタイプの待ち伏せ作戦が行われた――と。マルガリータ・コリエを除く海上都市十数ヶ所で、同様の被害が発生して人々が対応に翻弄されていた。

そのうち、ラブカ側の失敗で終わったのは一ヶ所のみ。警備会社側が魚雷で応戦したので、ラブカ側の潜水艇は撃沈され、乗組員を拾いあげての尋問は叶わなかった。

バラバラに行動していると思われたラブカが、実は、世界規模のネットワークでつながっていると陸上民が気づいた事件だった。

もっとも、つながっていたのは、オクトープスを連絡係とする一部のラブカだけだった。大半のラブカは依然として独自の判断だけで襲撃を繰り返しており、この計画も何ひとつ知らなかった。

しかし、オクトープスたちの派手な行動は、それ以外のラブカにとっても有利に働いた。自分たちの行動を、実力以上に見せられたからである。恐怖を武器とする彼らにとって、これほどありがたい事件はなかった。中には、これを機会にオクトープスと連携したいと申し出た集団もあったほどだった。

オクトープスは来る者は拒まなかった。礼を尽くして歓迎し、さらなる共闘を海上社会に向かって呼びかけた。

6

事件の速報を、青澄は執務室で休憩していたときにマキから聞かされた。

ワールドニュースと警備会社の記者会見を確認しながら、

「もう少し詳報が欲しいな」とつぶやいた。「こんな一発芸みたいな攻撃が頻繁に続くとは思えない。これは別の何かを誘導するための作戦だろう。そのあたりを分析している人間はいないのか」

「追加情報は何も。コーヒーを淹れながら待ちましょう」

「そうしてくれ」

マキが豆を挽いていると、着信のアラームが鳴った。ディスプレイが新たなファイルを展開させた。青澄は都市の構造図に見入った。

「船舶だけでなく、港湾施設の一部を損傷している都市が多い。流出した燃料で養殖場が汚染されている。だが、対策チームはすぐに動いているな……。実行犯のリストは入手できたか」

「まだです」

「声明文は」

「出ていますね。いつもと同じく単純なものですが」

青澄は指を振り、ファイルを次々と先へ送った。波間を漂う金属片と真っ黒な油、爆発のあおりを食らって沈没しかけている貨物船から脱出中の乗組員。海面に広がった油を回収中の作業員とロボットの姿、汚染によって使い物にならなくなった海藻類や、貝類や小エビの養殖場——。

ふと、思いついてマキに訊ねた。「海上都市の修復にあたる業者名を調べてくれ」

「かしこまりました」

マキがリストアップした企業名は、海上都市建設の大手として有名な会社ばかりだった。これだけの被害が出れば、臨時の日雇い人員をかなり投入してくるだろう。

「狙いはこれか。労働者を装ったラブカが、海上都市に侵入したら——」

「陸上民だけ雇用すれば問題ないのでは。そのあたりは都市から警告が出るでしょう」

「下請けまでは制限できまい。次の被害が都市内で起きるとやっかいだな」

「市長か警察に連絡しますか」

「いや、向こうでも既に予測を立てているだろう。それよりも、無関係な海上民への圧迫が始まらないといいんだが……」

海上都市への攻撃で、海と陸との境界線は激しく荒れた。

経済格差や小競り合いがあったとはいえ、陸と海は交易を続けてきた間柄だ。ラブカの攻撃は、この信頼関係を破壊するものだった。

各国政府や連合統括部は、様子を見守るだけでほとんど動こうとしなかった。既に警備会社は充分な武力を備えており、準海軍と呼んでもよいほどになっている。警備会社がラブカに負けるという事例があっても、勝負はこれからだという楽観的な見方が強かった。

警備会社は面目を保つため、海上民に対して厳しい対処を始めた。少しでも怪しいと見れば撃った。ラブカのコミュニティだとわかれば、戦闘員がいなくても砲撃して全滅させた。

マルガリータ・コリエに居住していない海上民は、当然、これらの巻き添えを食らった。ラブカではないのに攻撃されたという訴えが、世界中の外洋公館に殺到した。陸への非難と、早急な対応を求める声が巻き起こった。

意外にも、彼らの中には、タグ持ちの海上民が数多く含まれていた。タグを持っているものの「陸地や海上都市の近くには住みたくない」「住み慣れた海域に留まりたい」と望んでいる者は、陸上民の予想を超えて多かった。そして、警備会社や海軍が、彼らをラブカだと誤認する例があとをたたなかった。海上民は陸側の手落ちを激しく責め立てた。武力闘争に身を投じない者でも、陸に対する長年の恨みは溜まっている。

政府は海上社会へ向けて広報を繰り返した。誤射から逃れるには、マルガリータ・コリエ周辺の海域へ集まるのが最良。コミュニティ拡大にも役立つので、〈大異変〉対策として、ぜひ実行して欲しいと。

世界中の救援団体に、誤射された船団からのSOSが入り始めた。

パンディオンは、ダックウィードによる輸送ルートを利用して支援物資の輸送を始めると同時に、本部の運用部に消費量を計算させ、在庫の補充計画を立てた。

まともに対応していたら、現在の備蓄は五年で尽きるという計算結果が出た。もっと大規模な衝突が起きた場合、この態勢ではすぐにだめになる。

生産部門をフル稼働させ、在庫を足し続ければ救援活動自体は可能である。しかし、それでは、〈大異変〉のときに充分な対応ができない。

「救援の範囲を絞るしかない」と青澄はパンディオンの会議で発言した。

テーブルの上に地図を表示させる。

被害の程度別に、各海域が色分けされていた。現場からの報告を受けて、洲田副理事長がまとめたものである。

「緑、オレンジの海域は見送っていい」青澄は手元のパネルに指先で触れていった。それに連動して、地図から次々と色が消えていく。「対処するのは赤だけでいい。大西洋方面に関しては、うちが関与しなくても他がやる」

一番の若手である森村理事が反論した。「消した海域から撤収しろと仰るのですか。被害は少なくても、怪我人がいるのは事実です」

「すべてに対処していたら、うちは数年で倒れるぞ。一番大きな目標は〈大異変〉への対応だ。それまでは、団体としての体力を温存しなければならん」

「そのような考え方は、パンディオンの設立理念に反するのではありませんか」

森村の口調は、いつになく厳しかった。

青澄は穏やかに訊ねた。「では君の意見を聞こう。救援物資にも人員にも限りがある。これ以上は増やせない。この状況下で、救援の範囲を縮小する以外に、合理的な手段があるならば聞かせてくれ」

「他の救援ネットワークと協力して……」

「他も似たような状況にある。無理は言えない」

「政府にも援助要請を入れます。人権擁護機関を間に挟んで」

「誰が交渉するんだ」

「――私が」

「君の話など誰も聞かんよ。有力なチャンネルもないのだろう」

「大切な事柄なら通るはずです」

「もういい、話にならん」

青澄は対話を打ち切り、洲田副理事長に確認した。「教団（プレジェ）はどう動いている？」

「各支部から病院船を出していますが、大きな支援ではありません。物資を輸送するよりも、被害を受けた者を、最寄りの海上都市や陸へ移送する作業に専念しています」

「賢明なやり方だ」青澄は会議室に居並ぶ理事たちを見回した。「諸君、くれぐれも言っておくが、背負えない諸々には決して手を出すな。我々は万能ではない。そして、援助とは施しではない。海上民が自力で何かをしようとしていたら、その気持ちを踏みにじるような真似は絶対にするな。物資を持っているからといって、こちらの判断を押しつけるのもだめだ。目前の対処も大切だが、相手の将来に対する想像力も持つように。以上だ」

会議が終わると、青澄は森村理事を呼び寄せた。不安な顔つきで歩み寄った森村に、青澄は命じた。

「支援を断らざるを得ない地域には、君が出向いて説明してきてくれ。誰かを助手にしてもいい。だが、君が責任者として、現場の担当者に話を通すんだ」

森村は一瞬で青褪めた。正面から理事長の意見に反対した――その報復として重責を負わされたと感じたようだった。青澄はそこまで読み取ったうえで、言葉を続けた。「これは大変な業務だ。支援を断られた現場は、どこも激怒して君に突っかかってくるだろう。それを宥めて説得するんだ。『いまは我慢して欲しい、現場の裁量で切り抜けてくれ』と」

「できません」森村は声を震わせた。「無理です。ベテランを派遣して下さい」

「いや、君が行け。行って、現場での交渉術を学んでおいで」

「しかし」

「失敗しても構わんから気にするな。殴りかかってくる奴がいたら、大人しく殴られておけ。ただし、引き際には敏感に。絶対に殺されるな。うまく逃げろ。加えて、パンディオンへの信頼も失わせてはならん」

「無茶です。そんなこと」

「頼めるのは君だけだ。君のような気丈な男でなければ、この仕事はとうてい務まるまい」

森村は迷っていた。迷っていたが——時間がないことも充分に理解している様子だった。

「わかりました」と腹を括ったようにうなずいた。「ただ、どうしてもうまくいかない場合、理事長のお名前を出してもよろしいでしょうか。私の言葉では聞かない人もいると思いますので」

「私の名前で役に立つなら、いくらでも使ってくれていい。だが、心から他人を動かしたいとき、一番役に立つのは君自身の名前だよ。それを忘れるな」

「はい。では、行って参ります」

足早に去った森村の背中を眺めつつ、マキが心配そうにつぶやいた。「大丈夫でしょうか。いくらなんでも、彼には、この任務は重過ぎませんか」

「自分で交渉の場へ出ると申し出た男だ。ならば、経験を積ませてやるのが私の務めだ。洲田副理事長」

「はい」

「森村理事に、ベテランをひとり同行させてくれ。うるさく指導しない人間がいい。報告は、あくまでも森村理事から上げさせるように」

「承知致しました」

「危機的状況に陥ったら、何がなんでも救出しろ。絶対に彼を死なせるな。急げ」

　森村理事は定期的に交渉の記録を送信してきた。現場の生々しい声は、森村の若い肉体と感性を通すと、より切実な報告となって伝わってきた。

　青澄はすべてのファイルを丁寧に読み、地図を睨む毎日を送った。

『万単位で負傷者が集まっている場所があります。食糧、飲料水、何もかも足りません。衛生状態は極めて悪く、このままでは感染症が広がる恐れがあります』

『パンディオンは事業型の組織です。こういうときこそ、銀行からの借り入れで、支援物資と人材の投入にあてるべきではないでしょうか』

『せめて、子供たちだけでも脱出させる手段を下さい。大人にかかる費用の半分以下で輸送できるはずです』

「支援できない海上民は、マルガリータ・コリエへ移動させるように」と青澄は森村に指示した。「何もない場所に留まらせてはだめだ。全滅するぞ」

「そうは言っても、動いてもらうのは大変です」刺々しい口調から、端末の向こうにいる森村の苛立ちが伝わってきた。「怪我と空腹で打ちのめされている人間は、簡単に腰をあげられません。彼らはもう限界なんです」

「いまは海流が変わる季節だ。それを利用して移動する回遊魚がいる。うまくいけば食糧として確保できる」

「怪我人に漁をしろと仰るのですか」

「怪我をしていない人間を集めて指揮を取れ。腹が膨れれば考え方も変わる」

「水はどうするんですか。海水真水変換装置は、とっくの昔にフィルター切れです」

「気圧配置を読むんだ。天気図を見れば、雨が降る位置と時間帯を予測できる。わからなければＩＥＲＡに問い合わせろ。何のために、貴重な通信装置を持たせていると思ってるんだ」

　森村の仕事ぶりを外部から評価した報告は、洲田副理事長経由で上がってきた。「交渉業務については、実に、よくやってくれています。派遣して正解でしたね」と洲田は報告した。

「しかし、それよりも、少しお耳に入れたいことが」

「何だ」

「救援範囲の縮小と森村理事の一件を誤解したスタッフがいるようです。パンディオンでは充分な支援ができないと失望して、新たな救援団体を作ろうとしています。ベテランが若手を巻き込む形で、離反組を集めているようです」

「人数は」

「いまは三十名ほどです。内外へ向けて賛同者を募っています」

「結構な話じゃないか。自分たちだけで何とかできるなら、いくらでも好きにすればいい。ただし、救援物資を持ち逃げされないように注意してくれ。現場が口裏を合わせたら、こちらではチェックしきれない。そういうやり方で救援をスタートさせても、絶対に後が続かない。彼らのためにも、そこは厳しくあたってくれ」

「わかりました。救援物資の在庫については監査を入れます」

「退職金は、きちんと支払うように。私への挨拶はいらんが、現場の長には礼儀を尽くすように指導しておいてくれ」

「はい。そのように致します」

「よろしく頼む」

洲田は珍しく、溜め息じみたものを洩らした。

「……若いスタッフの中には、うちがコンツェルンの系列であることを誤解している者もいるのでしょう。バックにコンツェルンがいれば、いくらでも救援資金を調達できるはずだと――。それゆえ、先日の理事長のご判断は、一部の者にはショックだったに違いありません」

「パンディオンは慈善団体じゃないんだがね。入るときに教えていないのか」

「都合のいいことしか耳に残らない者はおります。何にしても、辞めていく者は、うちのことを外から批判するでしょうね」

「批判で人が救えたらたいしたものだ。辞めていく者のことはとやかく言うまい。彼らが、ひとりでも多くの人間を救えるように祈ろう」

救援現場での混乱や職員の離反を気にしつつも、青澄は、ラブカの動きを分析し続けた。

ラブカは一ヶ所に集まることを避けていた。闘争を世界中に散らし、警備会社や海軍の戦力を分散しようとしていた。もともと、ゲリラ的に行動している者たちである。これは自然な闘い方だった。過日の同時多発攻撃に関しては、青澄が予測した通り、同じ作戦は実施されていなかった。港湾部の修復に雇われた人員は、厳しいタグ・チェックを受けていたが、この網をすり抜けている者は必ずいるはずだ。もしかしたら、都市攻撃よりも、都市からの物資の横流しを狙っているのではないか——と青澄はふと思った。ラブカ自体がそれを使うというよりも、コミュニティへ流すための食糧や医薬品が欲しいのではないか。

それにしても、これだけ長期間に渡って広範囲で行動できるとは、よほど潤沢に武器や弾薬があるに違いない。どこで手に入れているのだろう。海上市からの購入や、都市部からの流入で揃えられるとは思えない。

——支援者を得たのか？

警備会社の支出と収益の情報は、交戦の規模を教えてくれる。ラブカは闇雲に陸へ闘いを挑んだのではないということが、数字の形ではっきりと見て取れた。ラブカが立ちあがった動機を考えると、これは無視できない動きだった。

7

省吾は、パンディオン入社直後から、病院船で海上民の援助を行う任務についていた。統合科学科卒で工学と医学の両方に目配りが利いたので、現場の誰もが省吾を歓迎した。とにかく人手が足りないからである。

　海上民の生活が困窮しているとは、どういう状態を指すのか。現地を訪れるまで、省吾には実感がなかった。勿論、物資が足りないことはわかっていた。生活環境のデータは、毎日、本部に詳報があがってくる。資料としては、様々な事柄を知っていた。だが、言いようのない違和感も覚えていた。

　援助物資を投入しても、なかなか成果が上がらないのはなぜか。どこに原因があるのか。救援活動が金食い虫であることは知っている。ましてや、パンディオンは一企業であり、国家予算級の支出が可能な団体ではない。限界はあるだろう。だが、成果が上がらないとは具体的にどういう事態を指すのか。

　海上コミュニティに到着して病院船へ海上民を運び込んだとき、省吾は自分の価値観が急速に書き換わっていくのを感じた。

　食糧や水がないという、たったそれだけのことで、人間の生活は、ここまで破壊されてしまうのか……と。

　何も知らずにここへ来たわけではなかった。この仕事を選んだ日から、充分に資料に目を通し、映像にも慣れ、体験者が語る講座も受けてきた。何が問題になるのか、それもわかっていた。飢餓、衛生問題、感染症、治療薬がない病人の看護、これらが引き起こす精神不安と人間同士の衝突――。知識だけは充分にあった。だから冷静に対処できると考えていた。

　初日から打ちのめされた。病人や怪我人を助けようとしても、適切に使える物も薬も水も不足しており、どんどん人が死んでいくのを目の当たりにしても淡々と記録を取っていくしかないのだ。

海上民から投げかけられる言葉は、感謝とは無縁の刺々しいものばかりだった。「なぜ、もっと楽にしてくれないのか」「支援に来るなら中途半端なことをしないで欲しい」「命を救えないなら最初から放っておいてくれ」「あんたらは陸へ帰れば充分に食べられる。気楽なもんだよな」

多少は体力の残っている海上民たちから、仮借(かしゃく)のない言葉を浴びせられた。

愚痴と嫌味と非難の嵐――。省吾は反論しなかった。絶対に言い返すなと、先輩たちから厳しく言い渡されていたからである。ああいう言い方しかできない背景が彼らにあることを、ここで働くなら常に意識していろと命じられた。

胸がむかついて、頭がくらくらした。助けたいと思っていた人々の姿は、手で触れるとそれだけで折れそうなほど衰弱し、心も弱く、憐れみよりも恐怖を感じさせた。この場で生きていくことの意味を、ようやく実感した。

――〈大異変〉も来ないうちからこの有様では、実際に来てしまったらどうなるのか。救援物資はもっと減る。手助けできる人間も減る。地球全体の環境が悪化する。そのとき自分たちは、もう誰も助けられないのか――。

現場では、どれほど忙しくても必ず決められた休息を取るようにと、主任や先輩職員から繰り返し教え込まれた。正義感だけで走り続け、途中で燃え尽きてしまう人間が多いからである。〈大異変〉の後まで人々を助けられるスタッフになること——それが若い世代に課せられた義務だった。

最初の衝撃が薄れると、省吾は作業を黙々とこなすことで、自分の精神を保てるようになった。とりあえず、目の前の課題を少しずつ片づけていくしかなかった。魚舟に設置されている海水真水変換装置のフィルターを交換し、故障を直し、細菌汚染されている居住殻内を洗浄した。自身が感染症に罹らないように、暑苦しい防護服を着て作業した。海上民を〈救助する相手〉と考えるのではなく、〈外洋で生きている仲間〉と見るようになると精神的な負担は少し減った。仲間としてコミュニティに何ができるのか……と考えると、少々の不便には目をつぶったり、無理な相談を持ちかけられたら冷静に断ったり、聞くべきタイミングを外さずに話を聞けるようになった。仕事としてではなく、純粋な愛おしさから子供たちの遊び相手になった。それは案外、省吾の性格に馴染んだ。

支援が必要なコミュニティを訪問すると、しばしば、ラブカのメンバーではないかと思える怪我人とも遭遇した。銃創、刃物による負傷、船舶火災が原因と思える火傷、自分からは決してラブカだとは名乗らないが、治療を求めて声をかけてくる。

——国際的な犯罪集団に、医薬品を渡してもいいのだろうか？

省吾はそのつど躊躇し、だが、目の前の怪我人を放置もできず、必要な品々を手渡した。相手は当然のように受け取り、碌(ろく)に礼も言わずに去って行った。探るような目つきでパンディオンのスタッフをうかがう様子は、ひどく卑屈に見えた。こちらを馬鹿にしているようでもあり、落ち着かなかった。

明らかにラブカとわかる相手を、経済的に援助していいのだろうか……と、省吾は現場主任に相談してみた。

主任は言った。「証拠があるなら報告を上げてくれ。通報の義務があるんだ」

なるほど。方策は、きちんと立てられているのだ。

ただ、証明するのは難しい――と主任は続けた。「国際指名手配を受けているような相手でない限り、自分から闘争に参加したのか、巻き込まれて負傷しただけなのか、ほとんど区別がつかないんだ」

「本部の理事長や理事は、どう考えているんでしょうね」

「見て見ぬふりをしているんじゃないかな。広い意味で考えれば、海上民全体がラブカ予備軍だろう？　そこを支援するのは、本来、とても難しい問題だ。でも、じゃあ陸上民だけを助けていればいいのかというと、これも本当に正しいのかどうかわからん。高地の民の問題は知ってるよな」

「ええ。汎アの最南端では、いろいろと揉めた経緯があると聞きました」

「誰に対してもそうだが、『反政府勢力のメンバーになるかもしれないから助けるな』というのは暴論だろう。おれたちは、目の前で人間が死んでいくことに耐えられないからここへ来た。それだけでいいんじゃないかな」

「確かに、助ける側に、人の命を選ぶ権利なんてありませんからね……」

病院船がインドネシア洋上を移動していたとき、省吾はヒラギ・ハルトと再会した。

お互い、顔を見た瞬間、おーっと声をあげた。予想もしなかった場所での再会に、思わず背中や肩を叩き合った。

「元気だったか！」

「ああ！　おまえは少し恰幅がよくなったな！」

ハルトは海上社会の世話役になっていた。救援団体と連絡を取り合い、物資の輸送を誘導する役目だ。途中で海上強盗団やラブカに物資を奪い取られないように、警備態勢を管理してコミュニティへ誘導する。

深夜、時間をとって、ゆっくりと話し合った。省吾が自分の仕事で抱いている疑問を口にすると、ハルトは「すまんな」と自分のことのように謝った。「ラブカは、本当にやっかいなんだ。ワールドニュースで流れているのは、組織化された派手なパフォーマンスだけでね。大半のラブカは、いまでも個人で強盗をやっているだけだ。コミュニティに充分な食糧と物資が行き渡れば、掠奪行為からは足を洗うだろう」

「そんなに簡単に考えていいんだろうか」

「いいんだよ。もし、おまえがラブカで、ひどい怪我をして飢えていたとする。そのとき、陸の救援団体から分け隔てなく親切にされたらどう感じる？　得をした、うまく騙してやったと嗤う奴もいるだろうが、真面目に闘っている者ほど、自分の行為を、むしろ恥じるんじゃないかな。救援活動には、そう思わせるだけの力がある。パンディオンの理事長は、そのあたりの心情を、よくわかっているんだろう。だから、少々ラブカが混じっていても、援助をやめろと言わないんだ」

「なるほどね……」

省吾はハルトの考え方に感心すると同時に、もし青澄理事長がその通りに考えているなら、パンディオンは、かなりの苦労を背負い込むのではないかと考えた。

ハルトは海上民なので、ラブカの人間性を否定したくないのだろう。だが、彼らが、そこまでよくできた人間とは思えなかった。必ず、陸側の親切心につけ込んでいる集団がいるはずだ。自分は救援団体の一員として、それを厳しく見分ける目も必要ではないか。そこまでやって初めて、青澄理事長の意思に沿えるのではないか。

ハルトが誘導してきた集団の支援を続けて一週間たった頃、新たに、大量の怪我人を含む船団が合流してきた。

調査に出したスタッフの話から、省吾のところへも、「今回は本物のラブカが居るらしい」という話が流れてきた。

通報するんですかと訊ねると、現場主任は「リーダー格の男だけを引き渡す」と返事をした。「警備会社はコミュニティごと攻撃したらしい。ラブカの船が逃げ込んだという理由で」

「ああ、匿ったと思ったんですね」

「そういう場合は現場の裁量で撃ってしまうから。彼らの話によると、仲間の数は、五分の一ぐらいになってしまったそうだ」

リーダー格の男は、鍵のかかる個室に入れられていた。事情を訊くためにハルトが入るので、省吾は、それに付き添わせてもらった。

部屋の入り口で開閉装置に番号を打ち込むと、扉のロックが外れ、点灯表示が赤から緑に変わった。ハルトは先に病室へ入り、男の様子を確認した後、省吾を部屋に招き入れた。省吾は医療用具を手に、ベッドサイドへ歩み寄った。怪我の治療をしつつ、話を聞くという手順である。

胸の高鳴りを抑えながら省吾はベッドの傍らに立ち、横たわる男を見おろした。リーダー格と聞いたが、ワールドニュースで見かける指名手配犯ではなかった。逞しい体つきをした、ごく普通の海上民に見えた。全身のいたるところに傷跡がある。外洋に棲む大型魚が、年を経るごとに外皮に傷跡が増えていくように、人間も海で暮らせば似た状態になるのだ。

男は目を閉じたまま少しも動かなかった。額と頬に貼られた細胞再生促進シートは、かなり大きなサイズだった。病衣からのぞいている両腕もシートだらけだ。赤銅色の皮膚の下には、高カロリー輸液を導入するための針が差し込まれている。

荒っぽく切り揃えた長めの黒髪も、荒んだ生活で伸びきった髭も、彼をいい加減な男に見せるのではなく、むしろ精悍で木訥な人物に見せていた。身なりに気をつかう暇もなく、仲間のために駆けずり回っていたのだろう。情熱を注ぎ込む人生を送っているという意味では、おそらく、省吾自身とさほど差異はない。もし、自分とこの男との間に何らかの理解が得られるとすれば、その一点に賭けたときではないかと省吾は考えた。

　省吾の気配を感じ取ったのか、男はうっすらと目を開けた。ゆっくりと顔を傾け、省吾とハルトを代わる代わる眺めた。「誰だ。あんたらは……」

　ハルトが口を開いた。「私は海と陸との調停係で、君と同じく海上民だ。こちらは君の手当てをしてくれる人。安心していいよ」

「そっちは陸上民か」

「救援団体の方だ。君だけでなく、コミュニティ全体を助けている」

「おれも皆のいる場所へ連れていってくれ……」

「君は重症だから個室へ移した。物のない状況でとても大切に扱われていることを、まず理解してくれ」

　男は眩しそうに目を細めた。鎖骨に手をやって呻いた。「これを抜いてくれ。痛くてたまらない」

「輸液の針だから、まだ抜いてはだめだ」

「もういい、元気になったから……」

　省吾はハルトと顔を見合わせると、部屋の隅へ移動した。通信端末で患者の状態を連絡し、処置について確認する。

　ベッドサイドに戻ると、省吾は男に告げた。「あと十五分もすれば終わるそうだから、もう少し我慢してくれ」

「すまない。痛み止めが、あんまりないんだ……」省吾は謝りながら、男に注射を施した。細胞修復用の薬剤を投入したのだが、男は鎮痛剤だと思ってくれたのか、ほっとした表情を見せた。

「でも、痛いんだ」

ハルトが口を開いた。「できるだけ詳しく、これまでの状況を聞かせてくれないか。そうすれば、一番いい形で、君と仲間を助けられる」

男は苦しげに顔を歪めると、ベッドから上半身を起こそうとした。ハルトは「まだ起きないほうがいい」と言い、脇から男の体を支えた。

男は低い声で訊ねた。「……あんたは本当に海上民か。おれたちの仲間なのか」

「そうだ。安心してくれ」

ハルトが心配そうに覗き込むと、突然、男は勢いよく体を捻り、反動を利用してハルトに向かって拳を打ち出した。ハルトは咄嗟に左腕を前へ出してガードした。衝撃の重さに少し後ろへよろけ、腕の痺れに顔をしかめた。

省吾は慌ててふたりの間に割って入った。点滴の針が抜けなかったのが不思議なぐらいに激しい動きだった。

男は肩で息をしながら声を荒らげた。「嘘をつくな。おまえは、おれが誰なのか全部知ってるんだろう」

「それとこれとは関係がない」いきなり殴られたというのに、ハルトは穏やかだった。「陸上民も海上民も、まともな人間は、いまの社会をとても憂えている」

「底辺の人間を食糧と医薬品で釣って、心まで救ってやったつもりか。経済活動の中に組み込めば、おれたちを救えると？　馬鹿にするな。陸は、海上社会から、労働力を買い取っているに過ぎん」

省吾は思わず口を挟んだ。

「なんとでも言ってくれ。おれたちは人間が無意味に死ぬことに耐えられないだけだ。それが陸の民であろうと海の民であろうと、同じように助けるんだ」

「貴様は偽善者だ」

「結構。おれは自分を善人だと思ったことなど一度もないね。ただの偽善者、いや、悪人で構わない。金と物で解決がつくなら、いくらでもばらまいてやる。ほんの一瞬でも、そこにまともな世界を生み出せるのなら」

男は拳を握りしめ、震えながら、省吾とハルトを睨みつけていた。ベッドから降りようとしてバランスを崩して、床に転げ落ちた。

省吾は黙って見ていた。動こうとしたハルトを止めた。

男はベッドの縁を摑み、呻き声を洩らしながら体を起こした。今度こそ点滴針が抜けて、血が胸元へこぼれ落ちた。さすがに見ていられなくなって、省吾は、針が抜けたあとに素早く止血シートを貼りつけた。

男は床に座り込み、ベッドの脚に背中をあずけて省吾を見あげた。「ここは海軍の病院か」

「いいや。救援団体の病院船の中だ」

「なぜ、おれを海軍に引き渡さない」

「最初に言った」と、ハルトが割り込んだ。「君と話をしたい」

「何の話を……」

「君が所属しているラブカの状態を知りたい。これ以上の戦闘が必要ないのであれば、君たちから停戦を呼びかければ陸側はすぐに受け入れる。いい加減、陸側だってうんざりしているんだ。こんな資源の無駄遣いみたいな闘争――」

「放っておいてくれ。どうせおまえらは、おれたちを〈人間〉として見ていない。逆らわない海上民は〈善良で哀れな人々〉だが、武器を手にして反抗したおれたちは〈ただのクズ〉なんだろう」

「生活のために振るわざるを得ない暴力があるのは知っている。決して誉められた行為じゃないが、それだけで人間の価値を判断するのもまた別種の暴力だ。水を飲むかい」

「ああ」

ハルトは省吾に訊ねた。「どれぐらいなら飲ませていいのかな」

「病室に置かれている分だけなら」と省吾は言った。「床頭台（しょうとうだい）の中にある」

ハルトはベッドサイドの戸棚に歩み寄り、中から真水が入ったボトルを取り出した。ボトルの数は一本だけ。これが一日分の許容量だ。冷蔵庫すらないので、ボトルの水は生ぬるかった。

　ボトルを開封して、男に手渡す。「これが一日分だ。大切に飲んでくれ」

　男は酒をあおるように、少しずつボトルを傾けた。三分の一ほど飲み終えると、ベッドの下へ置いた。

　ハルトは続けた。「君は、それほど大きな集団に属しているわけじゃない。潜水艇や魚雷を持っている連中とは違うはずだ。中の事情を話してくれたら、たぶん、それほどひどい措置にはならない。話の運び方によっては、警備会社がアドバイザーとして雇ってくれるだろう」

「うまいこと言って騙す気だろう」

「信じる信じないは君の自由だ。強制はできないが、仲間の生活を考えれば、君がしゃんとしている必要はあるんじゃないかな」

「おれみたいな泡沫（ほうまつ）活動家のために、ご苦労さんなこった」

「苦労だとは思っていない。この程度の援助すら常識にならない社会のほうが、私は居心地が悪いね」

　男は今度は嚙みつかなかった。両眼を閉じ、苦しそうに息を吐き出した。「仲間を売るのは嫌だ。たとえ直接の関係はなくても」

「ラブカを止められるのはラブカだけだ」

「おまえみたいな若造に何がわかる」

「若いから何でも信じている。〈大異変〉が来れば、どうせ何もかも無茶苦茶になるんだ。だったら、それまでは平和なほうがいい」

「……停戦してくれと言われても、明日の食い物もないと知っている連中は首を縦に振らないぞ」

「そこをなんとか、明後日まで待つことはできないのか」

「無理だな。明後日まで待てなくしたのは、あんたたち陸上民だ」

「では、どんな条件が揃えば君たちは停戦する？　遠慮なく教えてくれ」

「海上民の種類や立場に関係なく、海側への攻撃をすべて即時停止して欲しい。食糧や医薬品も過不足なく行き渡らせてくれ。海上民に出産制限を強要するのもやめろ。おれたちの文化に干渉するな。どれも昔は守られていた事柄だ。なのに、これを最初に破ったのは汎アだ。おれたちは未だに、それに対する謝罪の言葉ひとつ受け取っていない」

「その感情を、一時、棚上げにはできないのか」

「ふざけるな！　最初の環境整備政策で、どれほどの海上民が殺されたと思っているんだ。おまえたちは、それすら知らない世代か！」

「……それがラブカにとって一番大切な感情なのか？　そこだけは絶対に譲れないのか？」

男は荒々しくうなずいた。

省吾は暗澹(あんたん)たる気分に陥った。汎アの一件は、自分たちが生まれる前の話だ。それを自分たちが自分の罪のように背負わねばならないのか？　なんだか納得できない。

男は疲れ切ったように目を伏せた。両手で顔を覆った。「……少し休ませてくれ。とても疲れた――」

「わかった。でも、また来るから、そのときにはよろしくな。助けが欲しければ、いくらでも呼んでくれ」


省吾は廊下へ出ると「こっちも疲れた……」とつぶやいた。「あれで末端の小物なのか。上層部の連中は、もっと理論武装しているんだろうな」

「学校での議論とは、だいぶ違うだろう」

「ああ」

「学生時代には、意見の相違はあっても、まあ立ち位置は似たようなもんだ。知的水準が揃ったうえで議論をするわけだから、たいした衝突は起きない。押しの強い奴が勝つとか、その程度さ。だが、現実の社会は違う。生活環境や人生が凄まじく違う者同士で話を詰めるんだ。想像を絶する過酷な生き方をしてきた人間に、二十歳やそこらのおれたちが、論理だけを武器に立ち向かわねばならん」

「年上で経験が豊かでも、現状を読めてなきゃ意味がない。ああいう男たちの闘争で、海上社会がよくなるとは思えないね」

「だが、そうするしかなかった彼らの心情と決意はわかるな？」

「理屈ではね。でも、おれは陸上民だから」

「だったら、おれの話も理解できないか」

「おまえは別だよ。ラブカは好きになれないが、おまえは好きだし、普通の海上民も好きだ」

「その感情を差別だと思ったことはないのか」

「これが差別？　くだらないことを言わないでくれ」

省吾は、二度目以降の話し合いには立ち会わなかった。ラブカと話したくなかったわけではない。救援活動が忙しく、時間を作れなかったのである。工学知識のある省吾は、あちこちで引っ張りだこになっていた。

ハルトはひとりで話を進め、ラブカの男を病院船から移送させる手続きを取り付けた。陸側でどのような司法取り引きがなされるのか、省吾には想像もつかなかった。ハルトが言うには「いい感じで落としどころが見つかった」という話だった。

その日、省吾は男の姿を甲板から眺めていた。病院船から警備会社の船に移される様子は、犯罪者の引き渡しというよりは、難民を本国へ強制送還させるようにも見えた。

男は、結構、さっぱりとした表情をしていた。見送りに出ていたハルトに、うれしそうに笑顔を見せた。しかし、病院船の甲板に省吾の姿を見つけると、朗らかな雰囲気を一変させ、冷たい視線を投げかけてきた。

自分が、なぜ、そんな目で見られるのか、省吾にはわからなかった。

しかし、感情的には、なんとなく理解できた。

彼と最後まで話し合ったのは、立場は違うとはいえ海上民のハルトだ。自分は医療措置を施しただけである。しかも、いろいろと口答えをしてしまった。自分ではいまでも正論と信じているが、それが男の内面を不用意に踏みにじった側面は否定できない。

配慮しながら話していれば、彼の尊厳を損なわずに済んだろうか。そうとも思えないような気がした。自分もあの男も、実人生と共に、陸と海で綿々と続いてきた暗黒の歴史を背負っている。背後に潜む死者の声が、自分たちの体と声を借りて、ときとして語るべき言葉を語らせる。人は個人の歴史以上のものを常に背負い、それを盾に闘争するのだろう。

警備船の中へ姿が消えていく瞬間、男の表情が少しだけ緩んだように見えた。

それが、自由を失う自分への自嘲か、血まみれの闘争から解放された喜びゆえなのか――省吾にはわからなかった。

第七章　接　触

1

ラブカの闘争が激化してから、マルガリータ・コリエでは、タグの所有率が八十パーセントまで達した。都市の治安を巡って、NODEが、百パーセントの所有率を強く要求した結果である。だが、ここからは伸び悩み、市長たちとNODEとの間で、繰り返し、衝突が続いていた。

市長たちは、「海上民の価値観を変えるのは難しい」と言い、もうしばらく様子を見て欲しいと頼んだ。NODEは「タグを所有していない二十パーセントにラブカが含まれているとわかれば、ただちに都市としての運営を停止するように各機関へ働きかける」と迫った。

待ち伏せ作戦の直後だけに、市長たちは、NODEからの要求を完全には退けられなかった。モルネイドで海中監視を行っても、都市内に入り込んだラブカまでは排除できない。

マルガリータから相談を持ち込まれた青澄は、苦肉の策として、タグを所有したがらない住民を一時的に周辺海域へ出し、帳簿の上だけでも百パーセントを達成するという手段を提案した。市長たちは膝を打ち、それで進めるという返事を寄越した。

青澄は市長たちに訊ねた。「マルガリータの住民の中には、既に魚舟を持っていない者も多いはずです。そういう人々を海上へ出す手段はありますか」

「たぶん大丈夫でしょう」市長たちは力強く言い切った。「マルガリータでは、当初の予定以上にコミュニティが拡大しています。同民族の船団へ住民を分散させるのは、さほど難しい作業ではありません」

「しかし、他人同士ですから、新たなトラブルの呼び水になりますよ」

「最近、こちらは社会環境が変わりつつあります。試してみる価値はあるでしょう」

聴き取り調査による現場の実態は、パンディオンの交渉部門にも上がってきていた。陸上民が想像している以上に、海の民の社会は多様である。気温や収獲物が異なる海域で、それぞれの文化を発達させてきたのだ。雑多な海上民が一ヶ所に集中すれば、文化衝突は必ず起きる。

報告書によると、それでも、内部で調停機能が働き始めているという話だった。オサや調停者が、陸の人権擁護団体と協力しつつ、揉め事の解決に乗り出していた。

この動きに効果的に働いたのは、人権擁護団体が海上民に貸し出した携帯端末だった。マルガリータ・コリエは、陸側の海上都市と連絡を取り合うためにワールドネットを利用している。携帯に便利なリスト端末を使えば、海上民でも素早い情報伝達が可能になった。従来の無線通信を超える手段を得た結果、トラブルが起きてから合議するのではなく、トラブルを未然に防ぐ機会が増えた。海上民同士の意思のすれ違いが、目に見えて減り始めたのである。意思疎通が可能になると、お互いの社会への理解も増した。「自分たちは個々に違う価値観を持つが、素早い情報交換技術さえあれば、相互理解と共存が可能である」――これに気づいた海上民たちは、いまや、巨大な群体生物のように統制された動きを見せ始めていた。

このような状況ならば、タグ無し住民を一時周辺海域へ預けることも可能だろう――と市長たちは青澄に告げた。移動の手続きはこちら側で責任を持って行うと。

青澄は大いに喜び、市長たちにあとの仕事を任せた。

「人間の適応能力というのは素晴らしいな、マキ」青澄は通信回線を閉じると、珍しく晴れ晴れとした笑みを浮かべた。「ほんのささやかな技術を得ただけで、自力で次の段階へ進んだ。海上民は、いつか、陸上民よりも上手にリスト端末を使うようになるかもしれん」

マキもうれしそうに目を細めた。「久しぶりに、いいニュースですね」

「こちらとラブカとの接触はどうなっている。手応えはあったか」

「そろそろ、ズワルト氏から連絡がある頃です。再度訊ねておきます」

一ヶ月後、ズワルトから青澄へ連絡が入った。ザフィールではなく、別のリーダーが話に乗ってきたと聞かされた。

交渉に応じた相手はオクトープスだった。あまりいい相手ではなかったが、接触すれば何らかの情報を得られるのは確かだ。このまま話を進めてもらうことにした。

青澄は、マキが届けてくれた分析結果に目を通しながらつぶやいた。「オクトープスは闘争の最先端にいる人物だ。パンディオンとの接触は、たぶん保険のつもりだろう」

「闘争に失敗した場合の？」

「こちらを間に挟んで、陸からの追及を和らげようという作戦だな。うちが盾になる必要はない。条件によっては蹴るぞ」

「厳しく出ると、パンディオンの輸送船団が狙われないでしょうか」

「どう出ても、一度は、揺さぶりをかけてくるだろう。うちも無傷では済むまい。各方面への手配を済ませておいてくれ」

「かしこまりました」

マルガリータ海域の海上民と違って、ラブカは古い時代の価値観で動いている。容易に説得には応じないだろう。だが、ここで陸側が見捨てれば、彼らとの間に益々溝が深まるだけだ。〈陸側にもラブカを見捨てない人々がいる〉――相手にそう信じさせることが、和平交渉への第一歩となる。外洋公館とラブカとの交渉――おそらく、まだ機密段階だろう――も、ここを軸に進められているに違いない。

オクトープスとの合議の場所を、青澄は慎重に検討した。自分が一方的に不利な立場に置かれることを避けたかったので、魚舟を使わず、双方が所有する機械船も使わず、仲介者が提供する公共の場で――という線で進めさせた。

ダックウィードの事務所、商工会議所、倉庫の管理所など、多くの場所が検討された後、小型客船を貸し切って、その内部で話し合うという手段に落ち着いた。

短距離を往復する自動制御船――ブリッジに数人船員がいれば航行できる船なら、客室で何が話し合われようが外へ洩れる心配はない。

対外的には、定期検査のためにドックへ向かう途中――という理由を作った。ドックへの移動中なら客が皆無でも自然だ。

ズワルトは、ダックウィードのネットワークを束ねる会頭のひとりに相談して、小型客船で航行できる海域、および、船種の選定を始めた。会頭と呼ばれる世話役は、どこの海域にも必ずいる。それぞれの性質や性格は大きく異なり、この件について、口が固くて信頼できる会頭を選ぶのは時間がかかった。選定後も、長い時間をかけて話し合いがなされ、貸し出される船と航行する海域が決まった。

会頭は「所有する客船が定期検査の時期に入った」という以外には何も知らないという筋書きが作られた。現場にも立ち会わず、何の手助けもしない。その旨を、あらかじめズワルトと固く約束した。ズワルトは会頭への謝礼について考えたが、金銭授受の記録が残ると事情を知っていたと追及されかねないので、商売上の何らかの権益をもってそれに代えるという手段で事を収めた。

ズワルトは青澄に「丸腰で来て欲しい」と言った。客船を傷つけないためでもあり、お互いの命を保証するためでもあった。アシスタント知性体の持ち込みもだめだという。

　青澄は、いまのマキには戦闘能力はないと告げ、この要求を突っぱねた。実際には、マキは戦闘能力を持っている。外見からはわからないが、青澄が脳内通信で指示を出せば、即座に戦闘モードへ移行する。

　いくら安全を保証してもらっても、相手はラブカである。青澄はしらを切り通した。これで合議が流れるなら、縁がなかったとあきらめるつもりだった。

　ズワルトとオクトープスは揉めたらしいが、最終的に、先方が折れたという報告が、後日、青澄の元へ届いた。

　マキは青澄に訊ねた。「成功させる自信があるのですか」

「勝負は時の運だ」

「ならば、こういう仕事は手がけないほうがよろしいのでは」

「ラブカの本心を聞き出す機会だ。直接触れる情報の価値は大きいぞ」

「私たちが無事に戻れたら……の話ですね」

「ズワルトが同席してくれる。ラブカはダックウィードを敵に回したりはしない。そんなことをすれば補給物資が手に入らなくなる」

「それでも賛成しかねます」

「終われば、すぐに理事長としての仕事に戻るよ。往復にかかる時間を含めても、たいした出張にはならないだろう」

不満げな態度を崩さないマキに、青澄は穏やかに告げた。「これは命令だ。私は絶対に生きて帰らねばならんし、おまえは全力で私を守れ。わかったな」

「……仕方ありません。では、お供させて頂きます」

マキは人工知性体なので、パートナーである青澄が強固な意志で決定した場合、それに逆らえない。言葉の力でマキの判断を退けたことに、青澄は少しだけ罪悪感を覚えた。

若い頃から、しばしば、こういう態度を取ってきた。マキの忠告を無視した結果、失敗したケースもあるし、成功したケースもある。本当に正しいのはどちらの判断だったのか、あとから判定するのは難しい。あるのは常に結果だけだ。

「客船で向かう先はどこですか」とマキは訊ねた。「日本の近くですか」

「アラビア海だ」

「なぜ、そんな場所に」

「船の周囲にラブカを潜ませないためだ。あそこは大型の変異生物が多い。敵を退けるにはちょうどいい」

「ならば、先方は、どうやって船に乗ってくるのでしょう」

「私は港から乗せてもらうが、オクトープスは飛行艇で来るそうだ。客船が海へ出てから、沖合で合流する形になる。彼らが単独で航空機を管理できるはずはないから、おそらく支援者からの協力だろう」

洲田副理事長は、青澄からこの話を聞かされると、「なんということを」と反対した。

「客船を無人にするなど、いくら仲介役の言葉であっても信用できません。何らかの手引きがあれば、ラブカのメンバーを潜ませるのは簡単です。合議がこじれたら理事長はその場で殺されます。誘拐されて、パンディオンに身の代金の要求が来るかも——」

「そうなっても金は払わなくていいから」

「そうは参りません」洲田は眉根を寄せた。「多くのスタッフが動揺して、運営が立ち行かなくなるでしょう」

「おやおや、私はいつから、そんなに好かれるようになったのかな。厳しい条件で人を働かせる、ろくでもない経営者じゃないのかね」

「確かに、そんなふうに感じている職員もいるでしょう。理想に燃えてパンディオンに入ったものの、世知辛い現実に直面して、人助けといっても所詮はこの程度かと失望を噛み締めている者もおります。それでも、理事長を見捨てて平気な者など、いるはずがありません」

「洲田くん、現実的に考えてくれ。私がいなくても、パンディオンは、もうきちんと動くはずだ。そうなるように組織を作ってきた。私の実年齢はもう還暦前だ。今回殺されなくても、〈大異変〉が始まる頃には老人になっている。〈大異変〉の後まで指揮はとれないし、いずれは君たちに任せねばならん。それがいまでも何の不都合もあるまい」

「不吉なことを言わないで下さい」

「警備員を雇うし、マキも連れていく。大丈夫だよ。いいか、私が拉致されても、絶対にラブカに身の代金を払ってはいかん。前例を作ってしまうと、他の救援団体の責任者も狙われる。それだけは避けてくれ」

合議の数日前、青澄はマキと共に、オマーンのマスカット海上都市に到着した。青澄は現地で警備員を雇い、自分が乗る客船が出港した後、そのあとを飛行艇で追わせる手配をした。デュレーに情報を流したくなかったので、青澄は別の警備会社から人を雇った。馴染みのダックウィードを通じて、他人からの依頼として契約を結んだ。

警備隊長に対して青澄は、客船の中で何があるかについては話さなかった。非常事態を知らせる信号が届いた場合、躊躇なく、警備員を客船まで降下させてくれと頼んでおいた。

マキを紹介すると、警備隊長は驚嘆して彼女を見つめた。ここまで人間に近いアシスタント知性体を見られるなんて……と感動を素直に表した。警備に関する複雑な質問をマキと交わし、これほど高性能のアシスタントならば信用できます、あなたのご希望通りに致しましょう、と青澄に向かって微笑んだ。オマーンの水上警察に協力を要請する手筈も整え、あとは出発日を待つだけとなった。

合議の前夜、青澄はホテルのバスタブで湯に浸りながら、明日起きるかもしれないあれこれに想いを巡らせた。

かつて、青澄は国家の代理人として働く立場だった。自分で意識していた以上に、公務員としてのプロフィールは、彼を守る盾となっていた。だが、いまは違う。ただの民間組織の理事長である。社会における利害関係ひとつで簡単に抹殺される身であり、だから、この合議には命を保証してくれる要素など何ひとつなかった。足を踏み外せば死ぬだけという、ひりひりするような現実が待っている。

それが恐ろしいわけではなかった。不快でもなかった。むしろ、じんわりと熱い興奮が胸の奥から湧きあがってくる。些細な判断ミスが命取りになる——その瞬間の急降下するような崩壊感や絶望感を想像すると、むしろ、背筋がぞくぞくするような快感を覚えた。若い頃のがむしゃらな情熱とは違う、歳を経たからこそじっくりと味わえる退廃的な感情がそこにはあった。

暗い興奮を諌めるように、マキが青澄の感情に介入してきた。神経をまさぐっている様子から、早く風呂から上がれという指示も含まれているのがわかった。考え事をしているうちに長湯をし過ぎたようだ。

青澄は手すりを摑んで立ちあがり、バスタブの縁をまたいだ。

鏡の前に立って自分の姿を見つめた。アンチエイジング措置を受けている青澄の外見は、実年齢より十歳ほど若い容姿で止まっている。働き盛りの強靱な肉体は、まだまだ闘いに耐えてくれるはずだった。

人工的に整えられた体は、間違いなく自分のものであると同時に、どこか他人のもののようにも感じられた。バスタオルで全身を拭っていると、マキの制御が効いて興奮が徐々に収まり始めた。熱く燃えていた心が、研ぎ澄まされた刃のように冷えていく。それは必要な措置ではあったが、いまの青澄には、どこか物足りなさも覚える処理だった。

2

客船の舷梯(げんてい)を昇りきった先には、客室へ続く扉が口を開いていた。中へ入ると、廊下でズワルトが青澄を待ち構えていた。「ようこそ理事長。船内は調査済みだが、正直なところ何が起きるかわからん。気をつけてくれ」

「ありがとう」

「警備員ぐらいは乗せたかったが、向こうがどうしても嫌がってね」

「仕方がない。双方から護衛が出れば、話の流れによっては殺し合いになってしまう。ここは先方の人間性を信じるしかない」

「なんと呑気な」

「信じるというのは、何も保証がないときに使う言葉だよ」

オクトープスとの合議の場所は食堂だった。

ズワルトが照明をつけると、だだっ広い室内の全貌が見渡せた。平和な時代には華やかに飾りつけられた温かい食べ物や飲み物が供されていた空間――。天井の装飾の見事さが、在りし日のにぎわいを思い起こさせる。

青澄とマキは、室内中央のテーブルについた。「オクトープスとの遭遇時間は」と訊ねる

と、

「十五分ばかり先だ」とズワルトは答えた。

「何もせずに、じっと待っていればいいのかね」

「お茶もコーヒーも出せなくて申し訳ない。理事長はよくご存知だろうが、こういう場で口に物を入れるのは危険なので」

「どんな飛行艇で来るんだろう。ここから見えるかな」

「ディスプレイで確認するか？」

ズワルトが指を振ると、天井がすべてスクリーンに切り替わった。「ナイトクルージングで夜空を見るために使う装置だ。外部カメラが画像を取り込んでいる」

しばらく待っていると、中型の飛行艇が接近してくる様子が画面に映し出された。ハコフグのようにずんぐりとした機体の翼は長く、合計四つのエンジンカウルが見えた。近づくにつれて、白い機体に描かれている青いラインが鮮やかに見え始めた。画面の右上に、全長や全幅や飛行速度のデータが表示される。

「あれだと十人ぐらい乗れるな」と青澄はつぶやいた。「銃座が見当たらないが、輸送機だろうか」

「本当だ。なぜ、警備用の艇をチャーターしなかったんだろう」

「武装が丸見えになるのはまずいと考えたかな。だが、用心するに越したことはない」

マキは、飛行艇が降りてくるまで、じっと画面を見つめていた。艇は客船の上空で旋回してから、高度を下げ始めた。水面すれすれまで降りてきた機体の底が海を切り裂いた。爆発するように白波が立ち、白濁する航跡が長く尾を引く。補助フロートが着水すると飛行艇は急速に速度を落とした。ゆっくりとターンして客船に近づいてきた。

そのまま待ち続けていると、やがて食堂にふたりの男が入ってきた。片方は間違いなくオクトープスだった。もう片方は、オクトープスよりも筋肉質で上背（うわぜい）のある男だった。その精悍な顔つきを見た瞬間、青澄の心臓は大きく跳ねた。

ザフィール――。

来るはずのない男が目の前にいた。

蒼穹を思わせる鮮やかな双眸（そうぼう）が、厳しい眼差しで青澄を見つめていた。

（下巻へ続く）

本書は、二〇一三年十二月に早川書房より単行本として
刊行された作品を改稿の上、文庫化したものです。

華竜の宮（上・下）

海底隆起で多くの陸地が水没した25世紀。陸上民はわずかな土地と海上都市で高度な情報社会を維持し、海上民は〈魚舟〉と呼ばれる生物船を駆り生活していた。青澄誠司は日本の外交官としてさまざまな組織と共存するために交渉を重ねてきたが、この星が近い将来再度もたらす過酷な試練は、彼の理念とあらゆる生命の運命を根底から脅かす――。第32回日本ＳＦ大賞受賞作。解説／渡邊利通

ハヤカワ文庫

リリエンタールの末裔

上田早夕里

『華竜の宮』の世界の片隅で夢を叶えようとした少年の信念と勇気を描く表題作、心の動きを装置で可視化する「マグネフィオ」、海洋無人探査機にまつわる逸話を語る「ナイト・ブルーの記録」、18世紀ロンドンにて航海用時計の開発に挑むジョン・ハリソンの周囲に起きた不思議を描く書き下ろし中篇「幻のクロノメーター」など、人間と技術の関係を問い直す傑作SF全4篇。解説／香月祥宏

ハヤカワ文庫

日本ＳＦ大賞受賞作

上弦の月を喰べる獅子 上下
夢枕 獏
ベストセラー作家が仏教の宇宙観をもとに進化と宇宙の謎を解き明かした空前絶後の物語。

傀儡后（くぐつこう）
牧野 修
ドラッグや奇病がもたらす意識と世界の変容を醜悪かつ美麗に描いたゴシックＳＦ大作。

マルドゥック・スクランブル〔完全版〕（全3巻）
冲方 丁
自らの存在証明を賭けて、少女バロットとネズミ型万能兵器ウフコックの闘いが始まる！

象（かたど）**られた力**
飛 浩隆
Ｔ・チャンの論理とＧ・イーガンの衝撃――表題作ほか完全改稿の初期作を収めた傑作集

ハーモニー
伊藤計劃
急逝した『虐殺器官』の著者によるユートピアの臨界点を活写した最後のオリジナル作品

星雲賞受賞作

グッドラック　戦闘妖精・雪風
神林長平
生還を果たした深井零と新型機〈雪風〉は、さらに苛酷な戦闘領域へ――シリーズ第二作

永遠の森　博物館惑星
菅　浩江
地球衛星軌道上に浮ぶ博物館。学芸員たちが鑑定するのは、美術品に残された人々の想い

太陽の簒奪者（さんだつしゃ）
野尻抱介
太陽をとりまくリングは人類滅亡の予兆か？星雲賞を受賞した新世紀ハードSFの金字塔

サマー／タイム／トラベラー1
新城カズマ
あの夏、彼女は未来を待っていた――時間改変も並行宇宙もない、ありきたりの青春小説

サマー／タイム／トラベラー2
新城カズマ
夏の終わり、未来は彼女を見つけた――宇宙戦争も銀河帝国もない、完璧な空想科学小説

ハヤカワ文庫

著者略歴　兵庫県生，作家　著書『リリエンタールの末裔』『華竜の宮』（以上早川書房刊）『火星ダーク・バラード』『ゼウスの檻』『魚舟・獣舟』『妖怪探偵・百目』『薫香のカナピウム』他多数

HM=Hayakawa Mystery
SF=Science Fiction
JA=Japanese Author
NV=Novel
NF=Nonfiction
FT=Fantasy

深紅の碑文（しんくのひぶん）
〔上〕

〈JA1217〉

二〇一六年二月二十日　印刷
二〇一六年二月二十五日　発行

（定価はカバーに表示してあります）

著者　上田早夕里（うえださゆり）
発行者　早川　浩
印刷者　大柴正明
発行所　株式会社　早川書房

郵便番号　一〇一 - 〇〇四六
東京都千代田区神田多町二ノ二
電話　〇三 - 三二五二 - 三一一一（大代表）
振替　〇〇一六〇 - 三 - 四七七九九
http://www.hayakawa-online.co.jp

乱丁・落丁本は小社制作部宛お送り下さい。
送料小社負担にてお取りかえいたします。

印刷・株式会社亨有堂印刷所　製本・株式会社明光社

ISBN978-4-15-031217-6 C0193

本書は活字が大きく読みやすい〈トールサイズ〉です。